陈仓山

倪桂林 ◎ 著

北京日报出版社

图书在版编目（CIP）数据

陈仓山 / 倪桂林著. -- 北京：北京日报出版社，2020.9
ISBN 978-7-5477-3509-1

Ⅰ.①陈… Ⅱ.①倪… Ⅲ.①长篇小说－中国－当代 Ⅳ.① I247.5

中国版本图书馆 CIP 数据核字（2019）第 212500 号

陈仓山

出版发行：	北京日报出版社
地　　址：	北京市东城区东单三条 8-16 号东方广场东配楼四层
邮　　编：	100005
电　　话：	发行部：（010）65255876
	总编室：（010）65252135
印　　刷：	武汉市卓源印务有限公司
经　　销：	各地新华书店
版　　次：	2020 年 9 月第 1 版
	2020 年 9 月第 1 次印刷
开　　本：	710 毫米 ×1000 毫米　　1/16
印　　张：	34
字　　数：	400 千字
定　　价：	88.00 元

版权所有，侵权必究，未经许可，不得转载

序

一部重现西府沧桑的近代史的亮丽画卷

　　二十多年文字生涯以来,第一次被一位业余作家的纯粹感动。八十岁高龄,辗转多程托一位老友到我办公室方才得一相见。面对这位父辈级的老人,我由不了自己,诚惶诚恐,肃然起敬,他就是倪桂林老师,不仅因他百万字的文字作品,也因他岁至耄耋仍保有的那种真实、那种清澈、那种温暖。有种恍然隔世、似曾相识的欣喜油然而生,转瞬间不由得噙满泪水,心潮难平。

　　倪老师的新长篇小说《陈仓山》写的是其故乡陈仓山前一个古老村子里秦赵两家的情感纠葛,主干故事发生在二十世纪上半叶,整部小说文笔细腻、感情深沉,洋洋洒洒三十余万字,给我们描绘了一幅既体现西府大地(咸阳以西至宝鸡这个川道古指西府)浓郁的民俗风情,又饱含真善美的历史风云画卷。倪老师关于西府博大深厚历史的全景式展现,是这部作品的最大亮点。加之关于全民抗战的热忱描绘,使得《陈仓山》这部作品骨肉丰满,引人入胜。它体现了作者浓郁厚实的西府农村生活积淀,确为一本值得一看的好书。

　　小说不仅仅是文字的堆积、生活的呈现,也是作者生命体验后的沉思和决绝。好的小说看似轻描淡写,少有斧痕,却叫读者热情澎湃。因为作者那痛不欲生的生命呐喊,叫读者真真实实感受到了冰山下的广阔、时光深处的无言,既不是那些貌似才华横溢的无病呻吟,也不是那些所谓"做"豪华行头后的不忍直视。写作究其实,就是一种聊以自慰的生活方式。我们笔下流淌的每一个方块就是我们心灵深处真实的"小我",让读者看到一个活蹦乱跳、稍加粉饰都有生命张力的"小我",不仅仅是一个作家的脸面,更是一种责任和担当。

平心而论,倪桂林老师的《陈仓山》,尚有一些值得推敲的失漏之处,掩卷深思,也有遗珠之憾,但就整篇小说的生命力而言,这些失漏之处实乃微不足道,瑕不掩瑜。

万马奔腾,叫人不免眼花缭乱,怦然心动间最能平慰我们内心的东西,实则就是那不经意间遇到的普普通通的人、实实在在的作品,尤其是在满眼"大树"、鲜见"小草"的当下。这就是我读完倪桂林老师的《陈仓山》后最大的收获,不敢妄序,不过是一晚生的读后感罢了。

李巨怀

壬辰年冬月于陈仓半心斋

李巨怀,中国作家协会会员,著名作家。

目 录

第一章	1
第二章	15
第三章	35
第四章	51
第五章	65
第六章	83
第七章	97
第八章	109
第九章	125
第十章	141
第十一章	157
第十二章	173
第十三章	187
第十四章	203
第十五章	223
第十六章	241
第十七章	257
第十八章	273
第十九章	287

第二十章	301
第二十一章	321
第二十二章	337
第二十三章	349
第二十四章	363
第二十五章	385
第二十六章	401
第二十七章	415
第二十八章	429
第二十九章	443
第三十章	457
第三十一章	475
第三十二章	489
第三十三章	503
第三十四章	519

第一章

一场大火亲人去，儿女婚嫁受折腾。
夫遗良言守诚信，田粮催生诡异心。

1

在关中西部渭河南岸的陈仓山怀前，秦岭北坡山岭余脉的台塬之下，坐落着一个古村落——清泉村，村西的一道山岭向北延伸两里多后，被从秦岭山中流出的河流截断，岭头突兀于河湾之上。在村南山塬根有一眼泉水，水质清洌甘甜，冬暖夏凉，最初开发这片土地时形成的村落的名字便由此而来。离泉水不远的西边半山坡上，有一座坐西朝东的寺庙，庙前横着的南北向的小路，曾经是山外人进入陈仓山唯一的一条小路，这条小路在传说中也承载了残唐一代群雄勤王的事迹。

村子纵跨台塬与川道平地，由东、西、南、堡子四个自然村组成，分别居住着秦、方、赵、刘诸姓人家，村与村之间近则隔路连户，远则一二里之距却也连畔种地，如此村人便常有见面之机会。另外，村人除寺庙庙会、乡里社村的祭神、唱戏、取湫、耍社火常有联合之外，也有姻亲关系，所以在中老年人中说起哪个人来大家都知道。

西村里的秦大汉和堡子里的赵五田为儿女定了娃娃亲，一晃几年过去了，两个娃都长大了，一个十六岁，一个过了二十岁。到了谈婚论嫁时，双方之间按照老规矩便对纳彩、择期、迎娶等事进行商谈，中间找了两家都熟悉的媒人，为两家儿女亲事传话。也就从这一天起，两家人都为儿女的婚事开始忙碌起来。巧仙的娘为女儿整理准备了陪嫁衣物，并打发丈夫到县城为女儿买了一个漆色亮、画儿好、做工细的箱子。秦大汉把自己家三间厦房的一头旧炕打掉盘了新炕，还让老伴儿用白土水抹了屋子里外的墙面。又告诉儿子到山里多背几背柴，自己则到西镇街上买了粉连纸，准备把多年被烟熏成黄褐色的木板楼顶裱糊一下。

晌午，山儿娘在烧新盘的土炕时，炕洞里的火苗蹿了出来，引燃了放在外面的柴火，她忙着扑打房檐台上被引燃的火苗，谁知立在墙角的柴火又被引燃了，火苗一下蹿上房檐，瞬间屋檐间烟火直冒。她一下被吓坏了，便惊慌地喊了起来："着火了，着火了！房着了——"在她惊恐凄厉的喊声中，街坊邻居看到大汉家屋院里的烟火，都赶来救火，有提桶的、端盆的、担桶的，可房高人低，火苗从屋檐椽眼内外乱蹿，水又要从井中一桶桶地往上绞和担，火势迅速蔓延，越来越大。这时山儿娘突然跑进屋去抱了两个包袱出来，快到房门口时，被烧坏的房上掉下来的房木砸倒了。秦大汉从街上回来时，山儿娘已被救火的人抬到院子外边，身边围了几个女人又是掐虎口又是掐人中。看着尚在着火的房屋他跺着脚喊道："老天爷你睁睁眼啊！"这时儿子秦山从山里背柴回来，见家里着了火，老远放下背上的柴跑了过来，又见自己的娘躺在地上，脸额血污，便抱起来连声儿叫着"娘，娘，你醒醒，你醒醒，娘"。慢慢地，山儿娘睁开了眼睛，眼睛转动着，看见丈夫的面孔时，她说道："都……都怪我……"

入夜后，大火扑灭了，没有院墙的屋址上依然冒着青烟，啼哭声、叹气声、议论火情的声音，弥漫在院子里呛人的空气中。街坊邻居帮忙把山儿娘抬到院子的一角，大汉和几个女人，为山儿娘处理了砸伤的头部和烧伤的脸，这一夜父子两人都没睡，一直守在山儿娘跟前。第二天女儿秀姑、表亲、娘舅都赶了过来，可到了下午，秦山娘终因伤势过重而亡故。亲家赵五田夫妻听说后也赶来了，亡人灵寝已安在院里临时搭的棚子里。两人到灵前上了香、焚了纸，巧仙娘便去哭丧。赵五田很沉痛地问了失火的损失以及亲家的安排，问到粮食的情况时，秦大汉说："粮食在东间楼上没受多大影响。"巧仙娘在灵前哭了一阵，被帮忙的女人拉起，相互诉说对死者的同情与惋惜。秦山娘娘家人来后看了看死者的穿戴，看见院里那火烧后的一片狼藉只是唉声叹气一番，跟大汉说了几句宽心话，问了埋葬的日子就走了。

在亲朋邻居的帮助下，大汉借得他人一副尚未漆画的棺材，临时用锅底灰合了水，将外面刷成了黑色，然后用麻纸裱糊了棺材里面，将秦山娘的遗体放入棺材封了口。秦大汉做这些事的时候，低声说道："没办法，一点钱都用在了为儿子准备的婚事上，想不到啊，给你的丧事也只有简单化了，实在委屈你了。"

安葬的这一天，赵五田的女儿巧仙——大汉未过门的儿媳妇，穿白戴孝来为婆婆吊孝送埋，她为自己未过门就失去婆婆而伤心，更为婆婆为把自己迎进门操劳、不幸付出了生命而哭泣。亲朋邻居看到大汉遭此横祸后一家的艰难，便给大汉出主意，等未过门的儿媳从坟地里送埋回来脱去孝衣之后，便将已给新人准备的新衣换上和山儿完婚。

大汉说道："这使不得，咱不能为了自己，让人家闺女在这破房陋家之中受委屈，不要说有伤亲家的脸面，这也不是咱秦家处世为人的做法。"村人觉得大汉说话在理，做事想着对方，仁义，不愧是大户人家的后代。

赵五田的女儿巧仙送埋婆婆之后，回到家里一直闷闷不乐，因为她似乎听到有人说，这儿媳没过门就把婆婆给克死了。她想着自己的命怎么这么不好，本来要不了几天就要过门了，婆家却出了这样的事，这下又不知要到什么时候才能把烧坏的房子修好。赵五田夫妇也为亲家的不幸叹息，女人说："这么好的一家人，真是天不睁眼祸乱降。"儿子赵有余一旁接道："我看秦家几年都缓不过气来，我妹过门的事一时半会儿没指望，我不知道你们咋把我妹许了这么个人家,现在要啥没啥了,我看将来去了也是受罪。"父亲说:"谁不想过安稳日子?古人说,天有不测风云,人有旦夕福祸,人一辈子谁还没有个三灾八难啊。"儿子说:"我看不如把这门亲事退了重给我妹找个婆家。""胡说!"父亲瞪了一眼儿子,生气地说,"你秦伯可是我的救命恩人,你知道个啥?人常说'亲顾亲、邻顾邻',你不说咋个帮亲、顾亲,却掀下坡碌碡。"有余的母亲也接过话头说:"你爹说得对,你都老大不小的了,前面的事我想你都能记得一点,你咋这么说话哩,咱不能忘了别人的恩德。"在一旁做针线的妹妹也瞅了哥哥有余一眼。赵有余见父母和妹妹都对他说的话表示反对,便嘴里嘟囔着走了。

2

农历九月初九,下了一场大雪,满山遍野的白,唯有那农家场院边上和山坡崖畔上的柿子树,顶着白雪的一串串红色的火晶柿子特别惹人注目。天放晴之后,雪很快消了,正像老人们说的,"雪下重阳、冻死牛羊",这一年的冬天特别冷。

立冬后赵五田的气管炎犯了,才准备抓一服中药吃,不小心又感冒了,进而引起哮喘,整天喉咙里不舒畅,总是"呼咝咝、呼咝咝"的,就像猫儿念藏经似的,吃了几服中药也见效不大。遇上三九天他出气都成了问题,有时上气接不上下气,憋得发慌。他知道这病难好,特别是今年冷,说不定自己过不了这四九天。亲家秦大汉听到后来看他,他拉着大汉的手说:"亲家来了。"他说话吃力,用手拍了拍炕示意亲家坐在炕边,说:"老哥对我有恩,老哥遭了难,兄弟也没帮上啥忙。"

"快别这么说,兄弟有情哥知道,只是哥的命不好,在儿女的婚事上我现在是有心无力，自己不随心，也让你为难。"

"哪里的话，我知道娃们的事你比我急。"赵五田说一句话喘一口气，显得非常吃力。

秦大汉说："兄弟放心养病，熬过这寒冬就没事了。"秦大汉从堡子往回走，一路上他想，今冬再叫些人帮忙，和儿子一起去山里扛些木料回来，到春天把烧坏的房子续起来，给儿子把媳妇娶了，屋里衣食问题就不用自己操心了，也了了亲家的心愿。

说起秦赵两家儿女的婚事还是七八年前的事了。那是一年冬天，秦大汉要进山去烧木炭，他腿上缠了裹腿布、脚上穿了麻鞋，大襟棉袄外一根蓝粗布腰带上别了旱烟袋，辫子盘在头上，背了装有干粮、玉米面、镰刀、斧头、搭拐等东西的背篓，一早儿便上了路。走到大岭头上时，见到了堡子里的赵五田，两人都是进山烧木炭，便相伴到了山里。他们从一条沟进去，通过判山、搭寮、选窑址，将彼此的窝棚搭在了相距不远但地处沟谷的两边，开始建窑备料。下午，他们拉着砍好的树枝木棒回窑场时，山林里传来了"山客早回，山客，早回、早回早回"的鸟叫声。据说这种鸟儿是一个曾经在山里挖药，因天黑迷失路径不幸掉入山谷里的人死后变的，他为了不让那些走山场的人和他一样贪事误时，于是变成山鸟，常在山里飞来飞去，太阳西斜之后，便不停地扯着嗓子叫着，提醒人们早点回家。

赵五田的第一窑木炭背到集市上去卖时，因里面有没烧熟的生棒子，最后低价卖给了人家，第二窑却因火门封的时间晚了而风化，好炭不够装一背篓，他不想走。天上飘起了雪花，为了不让大雪把他们堵在山里，秦大汉把自己没装完的炭让赵五田装上出山。一路上，穿沟过河，雪渐渐大了起来，又刮起了大风，真是：寒山疏木荆苦落，大雪飘飘细路遥，雀鸟不知何处去，谷风阵阵似狼嚎。就在出了山门口过最后一道河时，赵五田一脚没踏好，滑入河里，为了保持身体平衡，他急忙将另一只脚也踩入河里，谁知却踩到一块动弹的小圆石上，脚一崴再提起来时，走不成了。秦大汉在河岸上不见赵五田上岸，扭头看时，见他站在水里不动，问："怎么了？""我把脚崴了。"赵五田说。"你不要动，我来扶你。"秦大汉说着脱了鞋袜到河里扶赵五田走上河岸，帮着把赵五田的炭背篓取下，让赵五田解开裹腿的毛帘，脱去鞋袜，一阵按摩揉搓。好在山外仅有零星雪花，秦大汉在路边拾了一些柴火，撇柴燃火给赵五田烤了鞋袜、毛帘，让其穿裹好站起。背上炭背篓刚走了两步，赵五田说道："大汉哥，我走不成，你走吧，路过我家捎个话，叫个人把我接一下。""天快黑了，走，我替你背。"秦大汉把自己的炭背篓背上，走了一段路放下，然后回来在路旁折了一截树枝让赵五田拄上慢慢走，他再背上赵五田的炭背篓往前走。赵五田说："这咋能行？""谁叫咱是伴儿，走吧。"

  秦大汉来回换着把他与赵五田的炭背篓背着前行，赵五田拄着大汉给他的那根树枝棍儿一瘸一拐地走着。离村子有两三里路时见到一位前行的路人，是堡子里的，赵五田便让那人给家里捎了话，不一会儿工夫，赵五田的媳妇和自家亲房兄弟便赶来接赵五田。到了他们家门口时，赵五田要大汉到家中歇息，大汉说："下坡就到了，你们回吧。回去后寻点烧酒点着，撩着热酒多擦擦，歇两天就好了。"说完没停步就走了。天晴之后，秦大汉又连着到山里跑了两趟，这一天他到集市上卖完木炭回到家里时间尚早，便和自己的女人说，要去看看赵五田崴的脚好没好，女人说："人常说伤筋动骨一百天，这才几天啊，你今天卖炭回来已经跑了六七十里路，等改天进山时顺便去看看就是了。"夫妻俩正说着，外面有人问："大汉哥在家吗？"

大汉走出房门一看："啊，是五田兄弟呀，快进屋坐，脚好些了吧？我才说看你去呢。"赵五田说道："谢老哥牵挂，基本上好了。"说着走进屋子，将手里提的东西放在大汉屋里的木柜上，说道："兄弟谢你来了，没啥拿，给你拿了两碗谷米。"

大汉说："咱是村连村、地连畔，说大点咱是一个村的，还这么客气。"

"说实在的，要不是老哥，那天还不知道咋受罪哩。"

这时大汉的儿子跑了进来，大汉指着赵五田跟儿子说："这是堡子里的赵叔。"

儿子叫了一声"赵叔"，把书包一放，说："我割草去了。"便跑了出去。

"娃有十一二了吧？"

"十二岁了。"

看到秦大汉这机灵勤快的儿子，又想到大汉为人厚道，赵五田产生了两家缔结娃娃亲的想法。说了感激大汉给自己帮忙的话后，便提到要把自己七岁的女儿许给大汉儿子将来当媳妇。

大汉说道："难得兄弟有这份情意，只是我这家境……"

赵五田说："要说家境我还不如你，像大汉哥这样勤劳积善的人家将来一定比我好。"这时大汉的女人在屋外听见了走进屋内笑道："他叔有这心也是咱山儿的福。"她望着赵五田说，"兄弟这话当真？"

"看嫂子说的，青天在上我怎敢自欺欺人。"

大汉呵呵地笑着说："兄弟不嫌我这家里没啥，行。"

赵五田走后，大汉的女人说："改天我去见见那女子，能行了先给咱山儿占下。"

没过几天秦山娘借走亲戚路过到赵五田家的时机，见了赵五田的女儿。见她长得十分乖巧，满心欢喜，走时，便将自己准备好的一股指头粗的红线从衣兜里掏出来系在了巧仙的脖子上。赵五田妻子觉得秦家老家老户，村里地方又平又近，结这样的亲对女儿来说也是福。两个人都笑得合不拢嘴，接下来双方大人便给儿女定了这门娃娃亲。

3

赵五田有一个儿子、一个女儿，儿子赵有余二十岁出头，结婚早，已经有了娃。他自小跟父亲种地，曾经是父亲的希望。在他来到这个世上时，正是父亲穷困之时，父亲"但求温饱尚且有余"的思想支配着他，给儿子起了一个"有余"的名字。女儿出生时是农历的七月初七，母亲希望女儿聪明秀巧，本想给女儿起个秀巧的名儿，可本村已经有了几个叫秀巧的女娃，最后就叫巧仙了。儿子长大成了父亲的帮手，在父亲的指导下庄稼活儿没有不会干的，就是不精，但他的嘴比他父亲会说，也有心计。他父亲后来种大烟发了家，他更胜一筹，种烟、买地、置家，七八年时间，家里土地连片，牛马成双，有时也雇短工干活。他从母亲那里知道父亲大半辈子的辛勤和不容易后，平时见了给自家干活的人稍有懒散，便脾气实足，父亲病后更是如此。而女儿巧仙勤快手巧，模样儿长得也俊，十二岁那年，村里七月初七过乞巧节，巧仙也去了。

乞巧节是晚上过，晚饭后星空灿烂，天河横过天空，秋爽气清，一群女娃跪在一张方桌前面的地上，桌上供奉着用纸写的巧娘娘的牌位，面前一盏昏黄的油灯，一个插着香冒着青烟的香炉与一叠黄表纸，另有几碗用豌豆、扁豆、绿豆生的长长的豆芽，豆芽足有半尺高，分别用两道红纸条拦着腰，还有几碟供果。桌跟前两个中年妇女不住地敬香祷告，并领着几个女人唱着乞巧歌："巧娘娘下凡来，指点秀女巧手来，一乞手巧会描画，二乞手巧会绣花，三乞手巧茶饭好，四乞纺织缝衣衫，乞手巧乞貌美，乞我女子样样会。"

　　人们都说巧仙的名字起得好。到巧仙十五六岁时，她纺线、织布、针工、茶饭、剪窗花样样都拿得出手，村里人都说她得了巧娘娘织女的真传。巧仙在母亲的指点下，靠着自己的灵气也给自己做了不少陪嫁，期待着嫁娶之日的到来。她知道自己和自己要嫁的夫婿，是父亲在他们还是娃娃时给定的亲，也记得母亲给她裹小脚她痛得走不成路时，他到他们家来串亲戚，还搀扶过她。母亲在她面前常夸他能干、懂事。她给婆婆送埋时，发现几年没见，他个头高了，人又壮实，心里很喜欢，可也为他失去娘亲难过。

　　快到五九天时，赵五田的病更重了，他对老伴儿说："我恐怕过不了这个年了。"老伴儿说："你不要胡思乱想，慢慢熬吧，大夫说这几服药吃了就见效了，四九就要过去了，后天就是五九了，五九半冰自散，天就会慢慢向暖了。"第二天赵五田有点气紧得厉害，还说他眼睛一闭见到了谁和谁。老伴儿一听丈夫说的都是已经去世的人，心里有点发怵，她也知道数九寒冬对于久病的老人，每交一九便是一道关。到了下午，赵五田自觉不行，对妻子说："你把有余和巧仙叫来我有几句话要说。"等儿女都到炕前时，他睁开眼停了一下，断断续续地说："爹不行了，走了之后，有余你再不要和我一样胡折腾了，把你娘看承好，把地种好，操心把你妹的婚事办好。"儿子说："爹，我记着你的话哩，你放心。"赵五田又叫着女儿巧仙的名字，说："爹本打算亲自送你出嫁，看来是不行了，记着过门之后那就是你的家，要敬奉老人，维护家声。你秦伯是个好人，一辈子也不容易。"女儿巧仙抹着眼泪说："爹，你不要想那么多，等你病好了再说。"赵五田又望着老伴儿说："你记着，咱绝对不能做对不起亲家的事，人有了要想到没有的时候。"说完，他闭上眼睛歇着了。晚上交夜时分，睡在旁边的老伴儿听到丈夫一阵粗声喘气之后，赶忙叫儿子去西镇请郎中窦先生。

先生来后，把病人的脉一摸，摇了摇头，说："准备后事吧，人不行了。"

赵五田去世后，秦大汉和儿子都来了，儿子身穿孝衣担着花献食，手里挑着铭旌，大汉一只手里拿着金花，一只手里提着大蜡。门外的吹鼓手瞧见早已吹打起来。帮忙的亲房、主事、给吹鼓手说是新亲戚，吹鼓手便额外鼓着劲儿吹。主事又传话劳客燃放鞭炮，主家为小伙子搭红，并接去所有献祭礼品，一时引得邻里、亲房、女人娃娃都来观看。大汉和儿子秦山进到灵棚敬香礼拜，有余在一旁燃纸哭祭。守在父亲灵前的巧仙陪祭之后，对礼仪周全的未来夫婿偷眼看了看，觉得他很耐看，村里姐妹们的夫婿论个头论相貌都比不上他，可是一想到彼此的命运，又哭得抬不起头。第二天，在埋葬父亲时，巧仙几次哭倒在父亲的墓坑边上，女儿对父亲的亲情让许多在场的人都掉了泪，秦大汉也深受感动，他认定巧仙将来一定是一个知恩知孝的好儿媳。

赵五田去世百日之后，已是新一年的春天了，赵有余对母亲说："我爹去世时让我操心办好我妹的婚事，这都几个月了，也不见秦家打发人来说。"

他娘说："你爹才满百日，巧仙的夫婿死了娘，是重孝在身，即使你秦伯把房子续好了，也要准备一下，况且你妹也是重孝在身，现在又是青黄不接的困月，不急。"

时间不等人，一晃就到了忙月。赵有余是个急性子，打麦场上才卸了碌碡，便叫长工给他翻麦茬地。他靠着那两个牲口、一个做活的人，要把准备种麦的五十多亩地赶在白露前翻两遍、打磨平整，谈何容易。因为赶得紧，大热天牲畜也没得歇，一头牛在犁地时倒在犁沟里起不来了，连拉带抬弄回场院就死了。赵有余气得大骂给他做活的人。

少祖山庙会，四周村社的人都会去赶会。少祖山是秦岭北坡的余脉，到了陈仓山山下，山势犹如一个圆圆的馍，相传燃灯古佛曾在此山修行结缘，最后功德圆满坐化于此处。后人修冢立碑，若干年后，又建庙塑像供人朝拜祭祀。此山周围有五座小山相拱，山山相连，树木葱茏，环境幽静，香火鼎盛，所以来此的僧人不断，逢庙会之时更是热闹。有诗言：

少祖山前思禅山，燃灯乘鹤去高天。
如来传说曾从学，暮鼓晨钟醒世间。
明月松间觉不晓，青苔花落白云眠。
道居尘世民心里，消怨结缘总相安。

赵有余往年爱逛庙会，今年他无心赶会，因为他要到庙会上打听买牛。他跑了几家，见到的牛虽然浑身滚圆、毛色鲜亮，但都是个头儿不大的小牛，看似利索实则没有耐力，他要买大犍牛。随后他在山门口见一算卦先生正给人算卦，跟前围了几个人在听。他无心地走过去，那算卦先生头一抬，见来人中等个头、宽板身材，上身穿家织布布衫，辫子盘在头上，从穿着上便知这是一个殷实家庭的人，开口道："少掌柜是个有福有运之人，算一卦吧。"有余正在琢磨算还是不算，这时老远有人叫他。他抬头一看，是地方上的里正贾金，便走了过去。等他走近，贾金问道："听说你家牛死了正跑着买牛啊？"赵有余说:"您老也知道了。"

"人常说家有万贯,长毛的不算,添一个就是了。"贾金又说道,"借一步我问你个话。"

"问啥,你说。"

"听说你有个妹子没出嫁,渭村的丁来财托我来问问。"

"这你甭问了,我妹早许人了。"

"我听说那家人遭了事,人强命不强啊,一两年内翻不过身。"

"这迟早是要结婚的。"

"想想吧,丁来财准备了十石麦、二亩川平地,其他彩礼一样也不少,让我来说媒,这在方圆几十里可是从来没有过的。"

赵有余听了心里一动,说:"看贾叔说的,你是咱里正,你说的我咋能不信,这是件好事,但我得跟我娘商量。"

第二章

承业有心又无心,时光剪刀总匆匆。
犹思垂首人前过,瞒骗引来夜抢亲。

一个说:"我是想让你嫁个好人,你总不能在娘家待一辈子吧。"

"都是父母的儿女,在这屋里你吃得住得,我也吃得住得,至于我嫁谁我自己知道,不用你逼我。"

赵有余没办法跑到母亲那里说:"要赶紧把巧仙嫁出去,不然在家里跟人怄气。"母亲说:"你是牛吃枣刺——自寻的。"

在赵有余的默许下,渭村丁家差媒人来赵家行聘,赵有余没让妹妹知道,只是给母亲说了,母亲不愿意,也没见媒人的面。丁家和媒人走后,赵有余想了一个偷梁换柱的办法,向外放出要嫁妹妹的话,同时又告诉母亲和妹妹,嫁娶的事情说好了,他要按父亲的遗言把妹妹的婚事办好。然后和原先妹妹的媒人说,到时候请她过去吃酒席谢她,媒人听后还有点儿气秦家看好娶媳妇的日子,不跟她说时间,让她传话。结果嫁娶这一天,丁家来送新人穿戴衣物,帮忙的邻里和亲戚发现都不认识,才知道巧仙要过门去的那家不是西村秦家,是渭村丁家,于是开始议论起来。有的去问巧仙,有的去问原先的媒人。媒人一听不对劲,支走问话的人后便去了西村。巧仙知道后刚要找母亲问个究竟,嫂子拿来了丁家送来的嫁衣包袱,巧仙关了自己的房门没让嫂子进去,母亲来叫也不开门。

在西村,秦山日落时从山里背柴回来,一进院门就听见屋里乱哄哄的说话声。他把柴放下走进屋去,坐在炕边的媒人姨姨见了说:"山儿回来了,姨给你说,赵有余和他爹不一样,心瞎了,一心毁了你们的亲事。前两天我听说渭村的丁家要和赵家结亲,那丁家是为刚死了媳妇、抽大烟的儿子娶巧仙,除了搭彩礼还搭了二亩川平地,我来跟你爹说,你爹不信,我也不大相信。后来在丁家做活的你姨夫回来说,丁家要给儿子娶巧仙当媳妇我还不信,今天丁家给赵家送来了新媳妇穿的嫁衣,才知道这是真事。我赶来跟你爹说,你爹到现在也不说一句话，你都二十岁出头的人了，你说这事咋办哩。"秦山用衣袖擦了擦头上的汗，看着边儿上站着的好几位本家婶婶，没有说话，坐在炕上的父亲也显出无奈的样子。一个婶婶，说："山儿媳妇是多年前双方老人给订的，如今当爹的去世就变卦了，这能说得过去吗？咱山儿哪一点配不上他家的巧仙，太欺负人了。"另一个婶婶说："媳妇的事是火烧眉毛的事，要当机立断。"几个人正说着，出嫁到东沟村的秦山的姐姐秀姑走进门，她和本家的两个婶婶、媒人姨姨打过招呼、问过父亲之后，问："你们在说啥事哩，怎么不说了？"媒人姨姨说了正在议论的事情后说："说了半个多时辰了，还没个啥主意。"

秀姑见坐在炕上的父亲不说话，便说道："爹，我兄弟的婚事可是大事，你不说，这个主意我拿了，我来想办法，姨和婶婶先坐，山儿抱柴火，我给咱做饭去。"两个婶婶知道秀姑是一个很有主见的人，说："秀姑来了一定会想出办法的，咱也该回去做晚饭了。"说完便都离开了。

媒人姨姨说："明天丁家就要来抬人了，秀姑你有啥主意？"

秀姑说："姨姨不要走，吃了饭，咱好好商量一下。"

天阴沉沉的冷，晚上戌亥时分，赵有余家亲戚和帮忙的人相继休息和离去，只有屋内外窗台上的两盏油灯亮着昏黄的光，锅灶间还有人走动。巧仙娘在屋内劝女儿吃饭，她一摸饭碗凉了，说："我给你端去热一下，有事归有事，饭要吃。"说完，端了饭碗去了厨房。这时，村子里突然一片狗咬之声，接着门外有人跑得咚咚地响，有人进了院子说道："贼来了。"话音刚落，便有几个人手里提了长长短短的棍棒冲进院来。这些人有的脸上蒙着手帕，有的脸上抹有锅灰，长辫子不是盘在头上就是搭在脖子上。

赵有余听说是土匪来了，忙跑到自家后院的柴房里躲着，没躲得及的人不是立在门后，就是缩在墙角连大气也不敢出。进来的几个人在门上用棍棒捣得哐哐咚咚，除了守在门口的，有三个直奔巧仙所在的厢房，没等巧仙反应过来，一块手帕捂住了她的嘴。巧仙不知究竟，心里害怕，嘴里"呜呜"地叫。只听一个人低声说道："不要怕，我们是秦山的人，来救你的。"随即拉了巧仙的胳膊往肩上一搭，急忙之中巧仙一手抓了炕上的一个包袱，另外两个人连扶带推把她扶上那人的背往外跑去。后边儿跑出院子的人撞倒了放着的几个碗碟，一阵"稀里哗啦"和"咚咚咚"的跑步声，又引得邻里一片狗吠。

刚才被吓傻了眼、躲在屋里的巧仙娘，这时从厨房里出来呼天抢地地哭喊道："我的儿啊，这可咋办呀，有余你在哪里啊？"儿子赵有余这时从后院里走了出来，见到院子里的盆盆罐罐倒的倒，碎的碎，一片狼藉。听母亲说妹妹被一伙贼人抢走了，于是叫了两个帮忙的人一起出门去看，走到村口，黑夜漆漆、四野茫茫，连那一伙人去的方向也辨不清，只得回到家里，一边劝解母亲，一边叫自己的媳妇去看妹妹的陪嫁是不是也被抢走了。

第二天村子里人们便议论开了，有人说："昨晚上村里跑贼了。"

有人说："好像土匪早盯上了赵有余这个财东，一进村只往他家跑。"

"这土匪抢女人的嫁妆是常有的事。"

"好像还抢走了赵有余他妹巧仙。"

"兴许是土匪给自己抢压寨夫人哩。看来今天赵有余嫁妹的事黄了，这下可有戏看了。"

有惋惜的，有看笑话的，还有说风凉话的。

在赵有余家里，一家人一夜没睡，赵有余的媳妇去看了巧仙的陪嫁，发现大的物件都没动，小的东西也说不清丢了啥。天一亮赵有余便去和村里的保正说了，然后又去找里正贾金，把自家昨夜里遭抢一事说了，让里正赶快通报渭村丁家，迎亲日子推后。里正感到事情突然，就去跟丁家人说了。

早饭时候，丁家叫来一伙子人，到了赵家后二话没说，把赵有余家一顿乱砸，还拿走了一些嫁妆，并指着赵有余说道："你赵有余还是有头有脸的人，没想到你家里出了这事，你今天得给我一个说法。"

赵有余说："我遭土匪抢了，人都没了你还要个啥说法？"

丁来财头一拧说道："谁知道你赵有余打的啥主意，土匪迟不抢早不抢，今天我要来娶人，昨日夜里就抢了人去？咋不抢了别家，不抢了你媳妇去？！我看你能把你妹卖第二家就能卖第三家。"

"你这人咋胡说哩？"赵有余气急地说。这时里正贾金、乡约、保正都来了，对双方进行了劝说，丁来财说："你们看，我家里准备了一摊子，总不能人财两空吧，我说三天，三天内你赵有余说不下个眉眼，咱衙门里见。"说完在乡约、保正的劝解下气咻咻地离去。

2

赵有余家里出事之后，巧仙娘整天以泪洗面，她要儿子赵有余去寻他妹妹，邻居的女人们也都来劝慰。村人们也有说风凉话的，什么"种瓜得瓜种豆得豆，种下恶收恶，种下善收善"。

"哎，好老子不一定能生出个好儿来。"

赵有余清理了家里的东西后，发现没有被土匪抢走什么，只听娘说妹妹的陪嫁中只少了一个包袱。他想，明明前一天晚上冲进自家院门的那些人，一个个凶神恶煞的，却只抢走了自己的妹妹，莫不是妹妹出嫁前一日，秦家来抢亲？但他又想到秦家被烧了的房子还没盖起来，抢了人也没地方去。

事实上，那天夜里抢人的人就是秦山领的人。姐姐秀姑亲房邻里的几个兄弟，在向媒人姨姨问清楚赵有余的庄院和巧仙所在厢房之后，主张冒这个险。当时秀姑一边安排抢亲之事，一边去寻大伯家的堂兄秦祥，提出借大伯家的北厢房为兄弟完婚。

大伯家的房屋乃是大伯在世时盖的，一溜儿五间大瓦房，房子刚盖好，墙连泥皮都未抹上，人就得病去世了。隔了两年母亲也走了，秦祥守着这个比较殷实的家，不久却抽上了大烟，后来媳妇也抽。几年时间把家里的地卖得只剩几亩了，地里活儿多的时候都是叫三叔给他帮忙。他知道三叔家遭了难，兄弟秦山的婚事也被耽搁，如今堂妹秀姑求自己也是三叔求自己。况且三叔也在扛木料续房子，于是便一口答应，并让自己的媳妇帮忙打扫和清理房子。前去抢亲的人，为了不让人认出和便于行动，秀姑让作了点装扮，并告知去的人只能抢人不得拿东西。而直奔巧仙房间背巧仙的人正是秦山，当他背了巧仙出了赵有余家大门，在几个人的簇拥下一路小跑到家里时，守在家门口的姐姐问："没有人追吧？""没有，姐。"秦山答道，后面跟着的人也接道："顺当得很。"便先后进了屋。

巧仙被背进厢房内放下，跟着进屋的姐姐秀姑对后面的几个家门兄弟亲邻说："今儿晚上有劳大家了，先去洗洗手脸，吃碗面，明日请大家吃酒席，但是这件事事关重大，暂时不要外传。"几个人笑道："这是咱秦家的事，姐姐放心。"这时一个女人递给秀姑一碗红糖水，秀姑接住走进巧仙所在的厢房，对坐在炕边低着头的巧仙说："妹妹受惊了，夜里凉，快把这碗生姜红糖水喝了吧。"又对兄弟秦山说："你去招呼人吃饭去吧。"巧仙认得秀姑，叫了声"姐"。接过碗喝完姜糖水，秀姑便对巧仙说："多亏了媒人姨姨及时向我们说了你家里的事，你哥也真是不当人。"这时秦大汉走了进来，说道："这抢亲是没办法的办法，娃呀，你可不要埋怨我们。"巧仙没有说话，只是乘人不注意偷看这厢房。她想，夫婿家里哪来的这房子？这时媒人走了进来说道："大汉叔，巧仙正儿八经是你家儿媳妇，要不今晚就给两个人圆了房算啦。" 大汉说："没想到老亲家一过世，这事会变得这么快，但是咱也不能委屈了巧仙，瞎了一场好事哩。"媒人说："这事越快越好，巧仙她哥一旦知道事情真相就麻烦了。"秀姑对爹说："我媒人姨姨说得对，但这事得正儿八经地办，明天一早让人到街上去买点肉和菜，山儿给咱几个亲戚说一下，你去庙上叫那私塾先生写一副对联，顺路去把吴乡约和王保正叫一下，一顿臊子面，把亲戚邻居都一待。"父亲说："这太仓促了吧？"媒人一旁说道："这事千万不敢搁，巧仙的心事我知道。"她转身对巧仙说："只要你们圆了房，你哥知道也没办法。""那我娘——"巧仙低声说。"你娘那里我事后去说。"媒人姨姨说完。大汉还在犹豫，头拧过来拧过去，最后说："那，这房子——"秀姑说："我和我祥哥说好了借用的。"父亲这才点了头。

　　第二天早上，上街买菜割肉的、叫人擀面的、给亲戚说的、借桌椅板凳的都分头去做后，两三个女人和秀姑帮巧仙开脸梳头换衣服。中午时分巧仙便与秦山拜堂成亲。西村人知道事情的来龙去脉之后，都骂赵有余贪财昧亲，虽觉得秦家人抢亲这事是做得不正道，但也没有什么不对，仍为这一对新人高兴，吃喝耍笑非常热闹。

晚上闹新房的时候，巧仙还有点羞怯，但因为是和自己心仪的人成亲，她心里高兴。巧仙娘家所居堡子距西村有二里路，巧仙长大后一直没出过她家大门，但村里人都听说她是个巧姑娘，如今出脱成水灵灵的大姑娘，现在又嫁到本村来，年轻人都想看看这新人，一下子挤了一屋子，然后变着法儿让这一对新人亲密取乐。其中一个人在厢房楼板檩条的钉子上绑了一朵花，让新媳妇用嘴把花摘下来。巧仙知道闹新房这场合不能拂人心意也不能不做，便要用手去取，却被簇拥在跟前的人拦住，哄吵着要秦山抱着新媳妇仰头用嘴去摘。秦山不好意思，新媳妇看着檩条上吊着的花，又看了看秦山，秦山才要抱媳妇，有人提议要新媳妇说："树上一朵花，妹妹想要它，伸手折不上，哥哥抱我吧。"闹新房的人都说好，就这么说，并吼叫着要新媳妇说了，秦山才能抱着摘花。巧仙说不出口，旁边还有人起哄，巧仙有点不高兴。在一旁陪着的姐姐秀姑说："说吧，巧仙，没啥，不要扫了大家的兴，这是喜事。"炕头、炕边坐着的和厢房站着的年轻人都在催促起哄，秦山也用手碰了碰巧仙，示意让说，巧仙拗不过，一字一句照着说了，大伙儿又催秦山，秦山笑着把巧仙抱起，巧仙仰面用嘴摘下吊着的花。刚坐下，又被几个人把两人推倒在一起，屋子里爆发出叫声和笑声。接着又有人提出"抓跳蚤"的游戏，就是将一个红纸条从新媳妇的裤腰塞进去，让新郎伸手到新媳妇的裤腿里去摸，啥时摸出来，啥时才算结束。就这样一个接着一个，文的、武的、怪模怪样的办法真不少。戏耍新人闹新房一直闹腾了大半夜，在陪伴人秀姑的央求下，人们才慢慢离去。

秀姑知道巧仙一天也没好好吃一顿饭，便去给巧仙下挂面，秦山说自己也饿了，便跟了去。

巧仙一个人坐在炕上，炕角小木桌上的长明灯亮着，她拔下头钗拨了拨，屋里墙面是新用白土水抹过的，箱子是新的，她知道那是去年准备结婚时买的。白白的窗户纸上贴了许多窗花，新芦席、新被子、新枕头，一屋子亮堂新鲜。她拿过墙上挂的一面镜子照了照，她看到自己被开过的脸额光亮圆润，圆圆的发髻梳在脑后，眼睛闪着亮光，一身火红的嫁衣把自己衬得十分好看。但她自昨日看到这房子，就觉得自己不是在秦山的家里，这在谁家呢？这时秦山端来了一碗煮好的挂面给她。"你吃了吗？"她问。"吃过了，你快吃。"秦山说罢去关了房门。五间大房的另一端住的人早已睡了，他进了厢房坐在炕边看着媳妇把饭吃了，接过碗放下，说："委屈你了巧仙。"巧仙微笑了一下，摇了摇头。这时鸡叫了，她仍没有睡意，她想问房子的事，刚开口，他却吹灭了灯，一把把她搂进了怀里。

清泉村的西村和堡子，一个在台塬之上，一个在台塬之下，离得很近，一个村有婚丧之事，另一个村很快就知道是谁家了。秦山结婚没过两天赵有余就知道了，而且新媳妇竟是自己的妹妹，他气得又是跺脚又是叫骂。倒是母亲听说女儿有了下落不再啼哭。可是赵有余气不过，跑到县衙门里去告状，被衙役拦住后告诉他："今日不行，明日放告再来。"他急道："我家叫土匪抢了，我——"衙役一听"土匪"二字觉得情况紧急，握着拳头点了点，然后将头一摆，示意他前去击鼓。赵有余会意，他来到衙门外西廊下大鼓面前，拿起鼓槌狠劲擂了几下，不一会儿中门大开，里面喊道："带击鼓之人上堂回话。"

赵有余被衙役带到县衙大堂，见县老爷上坐，堂下两排衙役一声呼威，他便双腿跪下，只听堂上传下话来："大胆刁民，不在放告之日告状，竟敢擅自击鼓惊动本堂，先打二十大板。"因为已经是民国了，县老爷虽树威立规，衙役打板子也只应付着打几下走个过场。打完,县老爷让押回大堂回话。赵有余还没喘过气来便听到:"下跪之人报上名来,何事击鼓?"便将两日前晚上家中被抢一事说了一遍,接着说道:"昨日小民得知那行抢之事,为清泉里西村人秦山串通土匪所为,他还抢走了小妹迫其成婚,望老爷为小民做主。"县老爷问:"劫匪可曾伤人?"赵有余答:"人倒是没伤。"县老爷又问:"都抢何物?""抢去一个人,抢去嫁妆包袱一个。"赵有余说完,后悔自己说少了。县老爷始听击鼓催堂之声惊为大案,现在听了告状人所言,长长地出了一口气,看了一下大堂左右,说道:"呈状子来。" 赵有余道:"小民只粗识几个大字,没有状子。"县老爷说:"据你所言被告有通匪之事,县府可传票缉拿其人,本县明日放告,你可在外寻人写一诉状挂号递告。"说完便退堂离去。赵有余出了衙门,在不远处找到了写状之人,让其写了状子,并于第二日一早儿便来投递,又托人向衙门里的书礼、刑名进行了打点。

很快,县府的公差就到了清泉里的西村,找到被告秦山之后,说道:"秦山,有人告你串通土匪抢劫,县府刑名缉拿。"说着便拿绳索拴了秦山。秦大汉看见儿子被差人用绳拴了从屋里奔出,说道:"我们冤枉呀,官差。"差人哪里听得进去,遂带了人出得村去。秦大汉一下跌坐在地上,儿媳巧仙听见外面动静从屋里走出,远远看见夫婿被差人拴了带走不明所以,转身叫道:"爹呀,这是怎么了?"大汉说:"看来,你娘家哥把你夫婿告下了。"接着,住在前院里的堂弟秦久来到大汉的跟前,说:"这官司是打定了,三哥,你得准备一下,不过这事就看巧仙了。"他转而对巧仙说:"你哥做事太绝,你和你夫婿的婚事是你爹在世时所定,这你娘知道,也有媒为证,如今你哥昧了良心不说,还恶人先告状。"大汉在旁边长叹一声摇了摇头。晚上大汉让亲房侄儿，叫来了先一日才回去的秀姑陪伴巧仙，同时又去找了乡约和保正。

3

秦大汉正准备到县城衙门里，打听儿子被拉去后的情况，村里的保正来说："秦老哥，衙门里传话来说你家的官司明天过堂，叫你和儿媳巧仙、媒人一并到县衙公堂听审。"秦大汉心里埋怨儿女做事莽撞，如今闯下了祸叫人操心，如若官司输了，自己上了年纪身子骨又不好，以后这日子咋过，便忧心忡忡地说道："保正兄弟，你看这官司——"保正说："到时候实话实说，地方上还有我和吴乡约。"大汉点了点头。

次日，秦大汉和巧仙、媒人随吴乡约一早儿赶到县衙，王保正也到了，不一会儿差人传出话来，要受审人到堂外伺候，听从传唤。接着从堂上传来一声原告上堂带被告的话。原告赵有余上堂之后刚要跪下，县老爷说站着回话。然后问："你是原告赵有余，将你状告秦山伙同土匪行抢你家一事当堂再述一遍。"赵有余便将自己妹妹许嫁渭村丁来财，嫁娶之前夜被抢之事说了一遍，书吏在一旁笔录。县老爷又问："你可有证据？"赵有余答道："地方里正贾金为媒，可以做证。"

"传里正贾金。"

里正贾金上堂之后站在一边，县老爷问："里正贾金，赵、丁两家婚约媒娶之事你可知晓？"

"回知事老爷，赵有余所言是实，贾金愿为此事做证。"

县老爷又转问堂下跪着的秦山："秦山，赵有余告你伙同土匪抢了他家，并迫其妹成婚，你可知罪？"

"老爷，我与赵巧仙的婚约是父母在我俩小的时候所定，本于去年迎娶，因家中失火母亲遇难耽搁，赵有余贪图钱财昧了良心，将其妹另许与他人婚嫁，小民心中不平，伙同亲族兄弟前往抢亲，抢亲俱实别无他意。"

"赵有余，秦山所言是否属实？"

赵有余吭哧了半天说道："他还抢去小妹陪嫁包袱一个，院内打碎不少碗碟，难道不是土匪行为？"

秦山道："包袱乃是媳妇所带，碗碟为兄弟们无意之中撞翻，成婚也非自己所迫，小民的媒人和媳妇巧仙可以做证。"

"传证人回话。"

秦山的媒人上堂叙述了事情的前后经过，媳妇巧仙最后说道："小民与秦山婚约在前，心无二属，且有父亲临终遗言给母亲与哥哥。至于我与丁家所谓婚事，都是我哥自己私下所为，望老爷为我做主。"

县老爷听后，知道女子情属秦山，抢亲之事便明白大半，遂传唤秦赵两家的父母到堂，书启说尚未发出传票。又传问了乡约、保正，然后说道："你们听着，今日审问到此，秦山暂且在押，其他人回去，三日后一同到大堂听判。"便宣布退堂。

退堂之后，县老爷即命书启带人乡访，取得实情。书启又禀告丁来财状告赵有余诈婚案与此案牵连。知事说："既然如此三日后一并审理。"

三日后开堂审理之日，原告赵有余，被告秦山，证人媒人、巧仙、清泉里的里正、清泉村的乡约、保正来到堂前，秦山的父亲、姐姐秀姑在衙门外等候，还有状告赵五田的丁来财。县知事再一次让双方诉说案情，赵有余和秦山说完之后，书启也转述了乡访的结果与无法到公堂来的巧仙娘的口供，县老爷点了点头。又问一旁站着的丁来财："丁来财，你状告何人？"

"老爷，我以十石小麦，二亩川平地，外加棉花十斤，白布十丈向赵有余聘得其妹，迎娶之日却没了人，小民后来知道，赵有余将其妹一女许于两家，是有意贪图小人钱财，望老爷明断。"

县老爷听罢说道："本知事差人在你们各家所在之地探访，秦赵两家之事自有来由，赵有余听着，你不该坏了父辈恩命、嫌贫爱富，贪财抵赖妹妹婚约。理上不端，状告不实。秦山抢婚合情而不合理，其办法非正人之为。丁来财早知赵有余之妹已许他人，又撺掇里正贾金从中谋合，三方均有悖于道义之处。本县治地一向正清无患，鉴于此案对本县有惊无险，对你们免于定罪，但是为了整教风化判罚如下。赵有余既是原告又是被告，作为原告无理，作为被告有失道义、自欺欺人，应将所收丁家财礼悉数退回，罚麦两石。秦山意气用事、有失教养、悖于德教风化，罚钱百文以示警诫。丁来财不该拥河桥而争渡，仗财势私己损人，罚麦一石、钱五百。上述处罚由本县刑名着人交库，三方再不得为此争讼。另外，里正贾金所为偏执失体，应自检过失，乡约、保正都是县府地方官，做事应维护一方平安，整教风化，不得授人以柄。"

宣判完毕，堂下站立之人一一叩头谢恩，然后离去。真可谓：

官司牵连皆有因，抢亲悖理做刁民。
知事断案鸳鸯点，扶正抑歪解纠纷。

几家官司之人走出县衙门之后，守在门外的秀姑赶上前去拉着巧仙的手，秦山告诉姐姐和父亲县老爷的宣判，秀姑高兴地流出眼泪。秦山对巧仙说道："巧仙，委屈你了。"

巧仙道："我哥无义，让两家亲人都受连累了。"

大汉说:"你心属秦家实在难得,如今也了却你爹遗愿。话又说回来,你哥如此,也是为你之心,怕你到咱们家受穷,以后也不要记恨你哥。你娘为你操心,不知在家急成啥样子,抽空去看望一下。"巧仙点头,然后拉了姐姐秀姑,同往回家路上走去。

赵有余没想到自己作为原告,在县衙大堂被县老爷一问二审,竟由原告变成了被告,官司打输了不说还被罚。而丁家的财物又少不得都退还人家,真是鸡飞蛋打,人财两空,自己还在乡里之中落得个好利忘义之名,真是晦气。他想到秦家那一晚上抢亲之所以能够得手,必定有人通风报信,等找到之后非得教训一下不可。他边走边想,丁来财赶了上来,叫道:"赵有余,我那连车拉、带人抬,弄到你家的粮食财物,你啥时退给我哩?"

"我赵有余没房还是没地?说实在的,我还看不上你那点破东西,你怎么拉来的就怎么拉走,明天就来,不来我就全扔到门外了。"赵有余没好气,虚张声势地扭着头说道。

大汉一家到了自家村口,秀姑记挂自己的孩子,跟父亲说要回她家里去,然后对兄弟秦山说:"巧仙是你媳妇了,你也知道她一心于你,这是你的福报,今后你要好好待她,咱爹也上年纪了,你和你媳妇把咱爹伺候好也是对咱娘的一个交代。"另转向弟媳说:"有时间了到姐家来走走。"巧仙说:"让姐姐为我们操心了。"

秦大汉一家进村之后,想请乡约、保正一起到家中歇息吃饭,乡约、保正都说到家了不去了。

冬日的太阳本没有什么火气,这时又渐没入村后山岭之中,天显得格外的冷,但弥漫于村中的暮烟,却显出了家中的温暖。

吃过晚饭后,侄儿秦祥,大汉的四弟等亲房邻里都来询问官事的情况。秦山说了判案的结果，堂兄秦祥说："县老爷断案断得好，本来就是没事的事，硬是让巧仙她哥给搅的。"四叔秦久说："还是山儿的媳妇好，听她爹的话，人常说不是一家人不进一家门。"大汉把旱烟盒子端到四弟面前说："把烟装上，让大家都受了惊。"接着又转向侄儿秦祥说："你兄弟这次结婚多亏你借给他这房。""看三叔说的，谁叫咱是一家子。我兄弟又不是外人，就是外人谁还没个过不去的时候。"秦祥说完，坐在一旁抽旱烟的秦久说："大侄子今天说的话在理儿。"大汉点了点头，秦山说："我秦祥哥仗义，我记着哩，以后秦祥哥有啥难处和要帮忙的地方说一声就是。"四叔秦久说："对啦，一家子就应该这样，老祖宗在天之灵知道也高兴。"

4

说起秦家，这一门族的人由来已久，据说老祖先迁来此地时，山野荒芜、草木荫蔽，村子土坎以下全是渭河滩，于是便在东山岗下河滩边起屋造田，繁衍生息。有一年河水泛滥，他们被逼向屋后山岗上迁移。不知过了多少代，整个家族出于灾荒和生存的原因，分别迁往近周与附近山塬台地之上，有的还去了渭河北面和姜水河畔。而祖宗最早来这里落脚和生存的地方，现在叫秦家滩，后面的土岗子被称为秦家疙瘩。尽管后来这秦家滩、秦家疙瘩已无人居住，但是在秦家疙瘩的土岗上，却留下了好多代人大大小小的坟墓，成为秦家的祖坟。每年过年，有不少来自方圆几十里的老人小孩，到祖坟上祭祀，并到近处村中秦家大房拜祖谒案。而同村的秦姓人家，此时由大人领着儿孙，提着食盒，端着放有香蜡纸表、酒食的红漆木盘前往礼拜叩头。

夜里巧仙做了一个梦，她梦见娘病了，睡在炕上叫着自己的名字要喝水，她端了碗水刚走到母亲的房门，与从门里出来的哥哥相撞，水洒了，碗掉在地上打破了。哥哥怨她不长眼睛，她觉得委屈，心想，明明是你撞翻了我手里端的碗，还怪我撞了你，正要和哥哥拌嘴，"巧仙，巧仙！"母亲的叫声传了出来，她答应着忽然醒了过来。天还没亮，但她再也睡不着了。

　　天亮了，她梳洗完就去烧水做饭。做饭时不断想起自己晚上做的梦。吃过饭安顿好屋里的事，便说要看娘去，秦山说："爹给我说了，让我买些东西让咱俩一块儿去哩。"

　　巧仙说："你现在不能去，我哥是啥人，他那一肚子气就等着你哩，我去看一下我娘就回来了。"说完用手把头发抹了抹就急急地要走。秦山赶忙跑去给父亲说，回来时手里提了一包东西，给媳妇说："既然你一个人去，咱爹让把这一斤红糖给老人提上，过两天我把东西买好，咱俩再一起去。"

　　已九月中旬了，地里的麦苗只剩两三片叶子，绿中泛着嫩黄，显得有点孱弱，但是在早晨的雾气中精神地向上伸展着它那叶尖儿，叶片上挑着的露珠在阳光下闪着亮光。村后的土坡上，稀疏的柿子树上的柿子已经开始变红，绿中泛黄的柿叶有些藏不住它那玉润丽红的面目了，空气清凉得让人觉出冷来。巧仙来到娘家门前，猛然看见自己的哥哥一边往自己的烟锅里装旱烟，一边回头说着什么走了出来。她恨哥哥无情，她只想着看娘不想见哥哥，但眼面前又躲不过，便低着头叫了一声哥侧身走进门去。

　　赵有余正在点火吸旱烟没听见，只觉得眼前一闪走过一个人，扭头一看是自己的妹子巧仙，便狠劲咳嗽了一声，巧仙没有回头："我看娘来了。"便直向上屋母亲的房里走去。赵有余见到她本来就有气，如今更气，便蹲在门外的一个碌碡上抽旱烟，一锅烟抽完了，又续了一锅。一个伙计牵着骡子，给骡子架上土筐驮土去了,另一个背了背架去地里拔棉花柴。

这时母亲和妹妹从房门里走出,妹妹手里提了个包袱与母亲一同向他走来。兴许是母亲的主意,巧仙走到他跟前叫了声哥,他没应声,母亲望着儿子说:"有余,你妹叫你呢。"

赵有余望着别处说:"我没有妹。"然后转过头用眼睛瞅着妹妹,似乎是接着妹妹前面进去时说的话,说道:"你回来看娘来了,你走的时候咋就给娘不说一声?娘哭天抢地的时候,你在哪里呢?你心里还有咱娘呀,我看你是回来拿东西来了。"

母亲听着儿子的气话,叫道:"有余!"

赵有余从碌碡上下来,抬起一只脚把烟锅在鞋底上磕了磕,望着妹妹说道:"咋不说话,衙门里大堂上你把我的好心当驴肝肺,噎得我说不出话来。再说,咱家置了轿和凤冠霞帔,四村八里的人都来赊用,你不坐轿也不穿衣服就走了,你让我难堪,让外人戳我的脊梁骨,你今天还有脸踏进这个门,我要是你,我就把这条路忘了再不走了。"

母亲急道:"有余,你说啥也不能说这话,你妹她——"没等母亲把话说完,赵有余又说道:"没想到你还真回来拿陪嫁来了,秦家不会是啥都没有吧?"巧仙一直低着头,她听了哥哥这么绝情的话,噙着泪水把娘给她的一个包袱塞到娘的怀里,一溜烟儿向村外走去。娘一边叫着女儿的名字一边数落着儿子,儿子把旱烟锅往腰带里一插,走了。

在偏院里的有余媳妇听见前院门口吵吵声,以为丈夫又惹婆婆生气,从后院里出来时丈夫已走了,便上前搀了婆婆说:"别听你儿胡说,看把你气得,走,回屋里去。"回房后,婆婆把巧仙梦见她有病来看她和有余难为巧仙的话说给儿媳听,儿媳说:"娘你别生气,你的身子骨要紧,你儿的臭脾气你又不是不知道,过几天咱娘儿俩一起去看巧仙去。"

2

麦子种上，收到场上的谷豆刚碾打完还没晾干，秦山便被父亲叫到屋里。"剩下的那点活儿留给你媳妇慢慢做，咱进山吧。"秦山知道父亲的意思，说："才过了重阳，时间还有点早。"父亲说："今年我想早点动手，到寒冬腊月大雪封山，咱不怕没炭背，昨晚你秦祥哥又来说想用些钱哩。""咱过事前不是给了他些钱嘛。"秦山说。"死水怕勺舀，他再从哪里能来个钱？咱多背两回炭也好支应。""那咱啥时把老房续起来呀？""我听你秦祥哥的口气，想把北面的那两间房也当给咱。"

"一个院子里，又在一个房底下，这不是个长远。""这庄基地还不是老祖宗留下的，只是在你爷手里咱分了出去，后来你大伯把旧房拆了重盖了这五间大房，安了四门八窗，你大伯人没了，你秦祥哥手里又是这样子，咱续房的事不急。"

秦山从结婚、打官司到夏收、秋播，忙了个晕头转向，才稍许消停点父亲又叫着进山烧炭。晚上他与媳妇热合之后，搂着媳妇说了父亲的打算，媳妇巧仙说："咱爹说得对着哩，屋里的那点晒豆子、晒谷、剥玉米的事我就做了，今年秋上多雨，冬天冷得比往年肯定早，烧炭的事该早点动手。"

"屋里没有你时我光想往外跑，自有了你我就哪里也不想去了。"秦山说完，媳妇望着他喷笑地说道："没出息，不就十天半月的还回来嘛。"

秦山小声说道："十天半月呀，难道你不想我？"媳妇用指头在他额头上一指，两人都吃吃地笑了。

第一趟卖了炭回来，大汉给秦山的零花钱，秦山回来时买了五个糖糕，他自己吃了一个，给父亲两个，给媳妇两个。媳妇吃了一个，把一个留到晚上睡觉前又给了他，他又把身上剩的几个钱给了媳妇。

第二天凌晨，巧仙起身做饭，并为丈夫和公公准备进山要带的米面和干粮。临出门，秦山说："我和爹都不在家，你要照看好屋里，天黑了早点把门关了。"

媳妇说："你放心，再说咱家还有条狗哩。"

秦山父子俩进山烧炭，连烧带背着到集市上卖，有时五六天一趟，有时四五天一趟，除了雪天耽误，一个冬天下来跑了十几趟。虽说冬天县城里大户人家和生意人取暖主要是靠烧木炭，但是背炭卖炭的人也不少，买的人只有到了三九、四九天和过年时才多些。不管怎么说，秦山父子因为着手早多跑了几回还是挣了些钱。

在置办年货时父亲问儿媳："巧仙，你看年里到你娘家去给哪几家东西哩。"

巧仙说："一家也不去。"

"看你这娃说的，结婚头一年新女婿拜年，你娘家的己亲、近亲、亲房都得要去哩。"

"我说了不去。"儿媳说。

"那你连你娘也不去看？"

"爹，你不知道，我哥要我把回娘家的路忘了呢。"

"那是你哥的气话，咋能当真呢，亲不见怪，到时候你和你夫婿一起去，看他能把你挡在门外？"

"我不去他也甭去。"巧仙说着望了一眼站在旁边的夫婿。又说道，"我娘那里，等走娘家的那个婶子来了把礼给捎去就是。"秦大汉见儿媳如此执拗便不再说什么，但他还是估摸着做了准备，把该买的都买了。年三十晚上，巧仙炒了一盘全家福大年菜，秦大汉备了一壶酒，让秦山叫来了侄儿秦祥两口子，招呼着坐在炕上，巧仙站在地上候着。

"给你秦祥哥倒酒。"

秦祥对秦山说："兄弟给咱叔先倒酒。"秦山给父亲倒完酒之后，又分别给堂兄和嫂子倒了酒，大家才开始吃菜，嫂子要巧仙坐，巧仙说还要到厨房去，便走了出去。

秦祥说："三叔有心，过年我没叫你过我那边去，你倒叫我们过来了。"

大汉笑道："看你这娃说的，咱是在一个房底下，本来就是一家子嘛。"

秦祥媳妇说："咱叔是个好人，老接济咱。"

秦祥接道："我给叔敬一盅酒。"大汉接过喝了，秦祥又倒了一盅递给三叔说，"愿叔身子骨越活越硬朗。"

秦大汉说："年里不缺啥吧？"

"不缺不缺，叔给我的够花了。"

秦祥媳妇说："就差走亲戚的点心还没买够。"秦祥用膝盖碰了一下媳妇。

秦大汉看在眼里说："点心不够，我买的有，差几斤过来拿。"

秦祥媳妇望着丈夫说："我说咱叔是个好人，你看老记着咱哩。"说话之间吃喝完毕，秦祥两口子离去时，秦山抓了一把枣儿、一把核桃给了堂哥和堂嫂。

送走秦祥两口子收了菜碟和酒壶后，大汉对儿子和儿媳说："过年哩，我给你们准备了年钱。"说着从怀里掏出来几个铜板放在两人面前。儿子说："爹，我们都是大人了，还——"

"一年到头了，年头节脑的你们的身上不能空着。"

巧仙和女婿下炕一起跪在地上说："爹，我们给你磕头。"

"算了，等一会儿在门外给你娘烧几张纸钱。"

秦山和媳妇磕完头，说："后晌我到我娘坟上烧过纸了。"

"门外面烧的纸是你们替我给你娘烧的，过年嘛。"父亲一边抽旱烟一边又接着说道，"又一年过去了，我想咱家种的地，平处的不多，今年有机会了添点平处的好地，以后添丁添口的就不愁没吃的了。"

儿子说："地要买，我想先把咱那牛卖了换个大牲口，大牲口能拉犁、能驮粪，还能到山里驮柴驮炭卖，牛除了种地多的时候闲着哩，一样是个喂。"

"大牲口咱这小家子买不起，买了好使但不好伺候。"

"咱总不能永远小家子吧。"

"以后就看你的本事了。"

父亲抿嘴笑着，又说道："到老屋把那火晶子拾些来，三十晚上吃了火晶柿子不害眼病。"

儿子说："我拾点来你吃，巧仙又吃不成。"大汉意识到儿媳可能有身孕了，说："你鸡叫了就起来，一早儿咱敬神去。"

3

秦山两口子睡得正香，父亲在院里大声叫，秦山听见后一骨碌翻起身找衣服穿。媳妇巧仙也醒了，她让他把放在炕一边的新衣服穿上，自己也赶忙到厨房里生火烧水。等父亲准备好香、黄表纸、蜡烛，巧仙便端来洗脸水。父子俩洗完脸，父亲端了放有香、黄表纸、蜡烛，还有酒壶的木盘，对儿子说："走，敬神去。"

儿子从父亲手里接过木盘，说："还是先到山神庙吧？"父亲点了点头。

秦大汉父子从村后山坡上的山神庙敬完山神，又到南山寺、关帝庙、五圣庙、朝阳观、三官庙、火神庙、魁星楼等，一一敬香吊表奠酒，黑乎乎地从西到南到东到北走了一圈。回来时正是村中家家户户在门前烤红火的时候。秦山在大门外边生了火，村里人家门前一堆一堆的红火，火焰熊熊，三四尺高的红火照得村街屋门亮亮的。天蒙蒙亮的时候，炮仗响起，锣鼓声响起，新的一年开始了。巧仙已做好了正月初一早晨要吃的臊子面，她给家里的神主、灶神、仓神、井王爷、土地爷上了香供了汤，并为公公爷儿俩端来了过新年的第一碗臊子面。饭后亲房家族的人们，领着穿新衣的小辈娃娃，给本户族的长辈拜年磕头。乡村里虽穷，但自有穷的快乐。

大年初二，人们开始了走亲戚，吃过早饭巧仙还在洗刷碗筷，大汉便开始安排秦山给丈母娘拜年的事，秦山说道："巧仙不是说不去吗？"父亲说："你媳妇说不去就不去了？你已经结婚了，村连村、户连户的谁不知道，这头一年新女婿拜老丈人家是礼数，咱要做咱该做的事，我想巧仙娘家也是南村的大户，他哥不会不顾脸面的。"他又对巧仙说："你四婶给你借了一件裙子，你把新衣服穿上，让你夫婿牵上我给你借的那匹马去，别让你娘家门上人看不起。"秦山也对媳妇说："打扮得光鲜点、精神点。"巧仙听了，倒生出争一口气的想法，于是她收拾完厨房的事后，便重新梳洗穿衣，她穿上了自己结婚那天穿的衣服，系上四婶娘拿来的红裙子，对着镜子在脑后挽起的圆纂发髻上，别了两朵红绒花。秦山进屋来问媳妇礼品份数时，看到媳妇白里透红的脸蛋，刘海贴额，秀眉明目，禁不住上前在媳妇的脸上亲了一口。

秦山扶媳妇上马之后，把媳妇的两只脚套进马镫里，然后一只手提了装有礼肉、干菜、点心的篮子，一只手牵了马缰绳出了村。因为是年节，马的头和尾巴上都拴有红布条，加上蹄子上主人家给钉的新铁掌，走起路来"当当"地响，特别精神。人更是如此。真是：

石榴红裙小金莲，发髻绒花映粉颜。
夫婿手提拜岳礼，马儿嘚嘚神气添。

巧仙看着前面牵马的夫婿那高大结实的身躯，心里欢喜，欣喜的神采更显出她的俊俏，一路上也惹来许多人的目光。当来到堡子时，人们看见了马背上端庄好看的巧仙，看到了出嫁后第一次骑着马来娘家的巧仙，在门外露脸的媳妇姑娘们，有的打招呼，有的目不转睛地望着，有羡慕的眼光，有赞叹的眼光，也有一些老人欣喜的眼光。到了娘家门口早有邻家娃娃吆喝着"新人来了，新人来了"。巧仙的娘听见，从屋里走了出来，儿媳也跟了出来，在大门口巧仙在夫婿的搀扶下，下了马，见了站在门口的娘，叫了一声"娘"。巧仙娘看见女儿的穿着打扮，温和地笑道："我女儿来了。"在娘身后的嫂子笑道："巧仙和女婿来了，快进屋。"巧仙叫了声"嫂子"，嫂子拉着巧仙的手说："女儿家到底是要嫁人的，你看现在多好看。"秦山将马拴在门旁的一棵树上，提了礼品篮子到岳母近前叫了声"娘"，转身又叫了一声旁边的嫂子，嫂子接过巧仙女婿手中的礼品篮子，这时长工老罗出来将新女婿拴在门外的马牵到了偏院里去。

巧仙娘见女儿、女婿今日体面的到来，牵了女儿的手往自己厢房里去，女儿说："还没给娘磕头哩。"随即同秦山在堂屋中的神龛前给娘磕了头，还没起身便问道："我哥呢？我们给磕头了。"娘答应着说："你哥出去了。"嫂子说："你哥

"你说错了,地亩冒估是冒估哩,实际上只有多没有少,再说山坡上还有林木,山下面的地不管种些啥,不纳粮不上税,我要是能买得起,我就不给你来说,瞎好一大片。"赵有余想了想说:"叔给咱打听一下实心价,合适了咱再说。"族叔点了点头。

族叔走后,赵有余想了想,动了心思,他想父亲靠种大烟发了家,置办了这几十亩地和一院房屋,到自己手里,也想继续把家业创大。自官府禁烟之后,地里不敢明种,在庄稼地里夹种的小块地被上面来人发现了,毁了种的烟苗不说,还要挨打受罚甚至坐牢。如果把山场买下,在山里的沟沟岔岔地方种上烟,神不知鬼不觉准会有收成。于是他把买山场的事给自己的女人说了,女人说:"我看咱现在不缺吃不缺穿,用不着操那份子心。"赵有余说:"你不懂,山场有山场的用处,听说那山场里还有些地,咱现在一个娃,过几年你给咱再生几个,这地和房将来够分吗?"女人不说话了,赵有余说:"你们女人家头发长见识短,所以就当不了家。"

第四章

学艺立身致传承,人生有技胜藏银。
寒冬送走清军梦,"反正"迎来民国兴。

1

秦山的姐姐秀姑夫婿家在东沟村，村里人家不多，十多户人家分散居住在沟西边的几个土台阶上，房屋有大房、偏厦和窑洞，房屋和窑洞间断地排列着，方向不一，除了四五家有院墙、院门，其他都没有。于是大部分房前和窑洞前场地上人们的活动、狗的厮守、鸡的游走对过路的人来说都一览无余。女婿周良娃自小和爹、娘、一个妹妹，四口人，三间厦房，七八亩地，日子跟着老天爷的脾气过，好年成还能凑合，不好的年成有时是吃了上顿没下顿。周良娃的爹一直羡慕手艺人有手头活便饿不着。就在良娃十六岁那年，门上来了一个卖绳拧绳还会做皮匠活的人。这人姓石，是渭河北边塬上人，五十多岁，胡子拉碴的，人都叫他石师。中午吃饭时，周良娃的爹给端了一碗搅团，说："忙了一上午了，歇一歇再做。"石师把手在自己衣襟上擦了擦，笑着接过碗，说："我给别人家做活吃你家的饭有点……"良娃爹说："你一个人出门在外游乡串村，饥一顿饱一顿的，快吃饭时谁让你吃你就吃，人常说千里做官还为了吃穿呢，何况手艺人。"石师吃完，良娃爹说："再给你舀一碗吃好。"

"上年纪了，干活儿不吃不行，吃得太饱也不行。"说着石师用舌头舔碗，然后把舔净的碗双手递给良娃爹，说："你有活儿拿来我给你做。"

良娃爹叫来儿子良娃把碗端了回去，然后装了一锅烟吸着，又把烟荷包给石师，自己用火镰打火引着棉絮吸着烟之后，又对着石师装好烟的烟锅头，两人一吸一吹引燃对方的旱烟，他吸着旱烟说道："有点手艺就是好。"

"说好也不好，跑来跑去的也只能混个肚子饱。"

"确实也辛苦，可比我们这没手艺的人强得多，到哪里也饿不着。只是我看你老哥一个人没个当下手的，活多了够你忙的。"

"说实在的，这也不是个啥好活，年轻时还行，现在一天下来，腰痛胳膊疼，一年到陇州买麻，到北山里收皮子，回来割皮子拧绳都跑了路了，我那个儿子嫌这活不好不做。"

石师说着话干着活，有时良娃爹给他递个他要拿的东西。干完一家人的活又接着干另外一家的，不知不觉太阳下山了。良娃爹说："今晚就住我窑里吧。"

"方便吗？"

"窑里炕大着哩。"

晚上良娃娘给石师端来了饭，良娃爹和石师一起吃完饭在窑里炕上说闲话，最后良娃爹说了想叫儿子良娃跟石师学手艺的事。石师看到这一家人忠厚和气，一心一意想叫儿子学手艺，便答应收良娃为徒弟。

第二天石师一早儿干完活之后，良娃爹让良娃娘做了一顿汤面，招呼石师吃了，叫过儿子说道："你也不小了，靠咱那几亩地也出息不了个啥，老话说，腰缠万贯不如薄艺在身，我跟你石伯说了，从今日起，你跟你石伯学手艺，你石伯就是你师傅，给你石伯磕头。"儿子爬到地上叫了声"石伯"，磕了头。石师应声拉起良娃，良娃爹对儿子说："记着，一日为师终身为父，在家听父母的话，出门听师傅的话，不要偷懒。"石师说："师傅领进门，学艺靠本人。"周良娃点了点头。

在农家的村子里，这些篦儿匠、罗儿匠、拧绳人、打铁的匠人们，一年半载难得来一次，所以他们到了一个村子后，活儿总是不少，一做就是几天，有的十天半月才能离开，石师拧完绳又做了两天的皮匠活儿要走了，良娃娘烙了馍给装到褡裢里，良娃爹让儿子良娃担了师傅的工具，然后他把两人送到村口。因为先前也有人想跟上石师学手艺，石师没应承，便有人说是石师睡了良娃娘，才收良娃做徒弟的。这话传到良娃爹耳朵里，他在门上骂了好几天。

　　周良娃跟上师傅游乡串村，有时师傅接些有车马的大家子，送来修补、加工制作驴马拉套用的垫肩和皮绳的活儿，就要割皮子、拧皮绳和缝制皮件。良娃识字，记性好，他在当好师傅帮手的同时，把师傅梳理麻絮、泡皮子、割皮子、拧皮绳和制作皮件放样裁剪的过程一一记在心里，还抽空儿帮师傅记账。师傅欣赏他勤快，叫他搭手制作，不到一年时间，他就学会了师傅能做的许多活计。有时他想回家看爹娘，师傅还给他零花钱，他都把钱交给了父亲。这时有人给他说媳妇。十八九岁的他也有了大人的样子，又有了手艺，父亲为他定了亲。就在师傅和他准备在镇街上开个专做车马拉套皮件、兼做拧绳的小摊时，师母去世了，不久师傅也得病不能外出了。师傅把他叫到跟前说："良娃，我这辈子命不好，在这个世上也没啥指望了，我们师徒一场，几年来你出了不少力，咱攒的几个钱埋了你师母也没啥了，打发你也没啥给你，我心里实在过意不去。"他停了一下，接着说，"我知道你现在啥都能做了，那几件工具你就拿去吧，还有那几张牛皮和一捆麻。"良娃说："石伯，不要说了，你有病我伺候你，等你好了咱再——"没等他把话说完，师傅便说道："你没看我儿整天黑着个脸，巴不得你赶紧离开，生怕我把什么体己让你得了去，你回去给你爹娘说，我今生还欠他一饭之食的人情，来世再报答他。"

　　周良娃没有拿那捆麻和牛皮，只拿了做活用的锥针、割刀、起皮子的起刀和拧绳子的绞车几件东西。回家后他在自己地方的左村右庄做起了活，过几天他去看师傅时，师傅刚刚去世，他为师傅戴孝送埋后才回来。

　　二十岁那年他结了婚，媳妇秀姑泼辣能干，两年后她就叫丈夫去城里摆摊揽活，等站住脚了就租了一间房做他那手艺活儿。儿子满月时，他让父亲给起名字，父亲说："我不识字，也说不出个啥，只想到你能学得这手艺多亏了当年你石伯仁义，你娃的名字就叫周义吧。"接下来媳妇又生了个女娃，媳妇看到丈夫城里村里两头跑甚是辛苦，为祈求一家平安，给女儿取了个"周平"的名字。谁知良娃十三岁的妹妹在用竹竿打自家窑洞上崖头边的酸枣时，失手从崖头上掉下殒命，母亲从此精神失常，一年后也去世了，过了两年父亲也走了。周良娃的皮匠铺又需要人，秀姑便带了孩子去了城里，除了伺候丈夫，也成了丈夫的一个帮手。

　　周良娃常到乡下和外地收牛皮、买麻，他为人厚道，时间长了和他打交道的人都信他，他一去，都把麻和皮子拿给他。他有时钱给不了，人家就赊欠给他。这么一来他收的东西，除了满足自家手工皮件等的制作外还有了转销，生意渐渐做大起来，家中地里的活便成了次要。

　　周良娃的皮匠铺，实际就是个加工出售农家、脚户、车户用的各种东西，活路杂而多，铺子里没有别人，就叫秀姑的兄弟秦山帮帮忙。儿子上了学，女儿平儿八九岁了还没给缠脚，倒是整天要哥哥周义教她认字。哥哥就教他念《三字经》，她跟着念了几天见哥哥写大字，又要哥哥教她写字。哥哥说："等你念会了《三字经》再说。"平儿要哥哥教她认字、写字的事父亲知道后，对母亲说："平儿都这么大了，也不给缠脚，整天叽叽喳喳的，再不缠脚就缠不下了。"秀姑说："娃小哩，缠脚那个疼你没受过不知道。"丈夫说："这是你当娘的事我不管，将来长一双大蛮脚嫁不出去看你咋办。"秀姑说："那我的脚也大，不是嫁给你了，我要是脚小呀，还真不知嫁到那个财东家里去呢。"秀姑说笑是说笑，还真找出一些裹脚的布要给女儿缠脚了。开始女儿喊痛，随着用力紧缠紧裹紧绑，女儿有时撕心裂肺地哭，当母亲走开时，她便央求哥哥给她松绑。哥哥才要起身，被爹眼睛一瞪又坐回了原处。

2

秦山的媳妇巧仙嫁过来一年都没有身孕，第二年有了娃后，几年时间一连生了四个都是儿子。可是秦山跟姐夫周良娃到北山买麻收皮子时，家里的一切事情都就成了媳妇巧仙的，孩子是大的哄小的，做一件衣服大的穿了小的穿，个个渐渐地成长起来。

这一年秦山赶着自己的驴随姐夫去北地收皮子，在他们回来的路上，傍晚时刚走进一家客店卸下牲身上的驮货，呼啦啦从门外拥进五六个人来。拥进来的人有的手里拿着刀，有的拿着棍，为头一个胡子拉碴的壮汉走上前来。秦山暗想，完了，遇到土匪了，他看见这些凶神恶煞的人十分害怕，但仗着个子大一动不动地挺在牲口前面。姐夫周良娃一看不妙，心想遇到土匪了，忙哈着腰说："好汉大哥，你看我们驮的货都是生牛皮、驴皮、苎麻，小本生意……"没等他说完，一个手持砍刀的小个子土匪说道："甭啰唆，什么小本不小本，再穷的买卖赛富汉哩，拿钱来。"接着刀尖一晃，指着另外几个人说："还有，你们几个吆骡子吆马的。"先进来还正在卸货的一个高个子大块头的人转身说道："诸位好汉大哥有啥事好说，我们都是出门人。"土匪中的一个喊道："啥大哥兄弟的，拿银子来，不然甭怪我们不客气。"

"甭急，我把驮架放顺。"只见那大个子身子一蹲，钻入刚刚四个人才从骡子身上抬下的驮架下，将那驮架连货扛了起来，周围个个瞪着眼睛看着那二三百斤的东西，被轻易转了方向放在店家指定的地方。然后他转过身接着说道："这年头大家都不容易，我们都是赶脚的，身上也只有几个吃饭的小钱。"说着掏出一块银圆递过去，没人接，他便扔在地上，其他同行也都掏出了身上的银圆铜板和麻钱放在地上。土匪们互相打量，其中一个土匪恶狠狠地说："怎么，打发叫花子？大哥，灭了他们，牲口货物一起弄走。"

那吆骡子的大个子，转身去将拴在槽头上的骡子口里的铁嚼子提了过来，瞄了一眼土匪说："都是苦命人，都要活下去。"土匪中那个为头的黑胡子壮汉看见了大个子眼里的火，也看到了这一帮赶脚的人中，除了有两个人的穿戴尚无破烂之外，另外七八个人都是补丁衣服、光脚麻鞋，特别是刚才扛货驮子的那人一身彪劲，其身手利索的劲儿不是一般。还有站在牲口前面的一个大汉，真动起来自己的六七个弟兄不一定是他们的对手，便头一摆说"走"，土匪们走了两步，那小个子土匪扭过头说："算我大哥仁义，你们走运。"

晚间脚户们一起庆幸货物未遭抢，相识之中，秦山和姐夫都记住了那个扛货驮子人的名字——宁王理，也知道了这人就在县城一家货栈做事。

第二天没等天明脚户们便起了身，秦山和姐夫周良娃一路上赞叹宁王理的仗义。姐夫说："人说在家靠父母，出门靠朋友，在外面混，除了自己要活泛硬气，还得交几个仗义之人。"

秦山在县城姐夫家卸了牲口身上的货，赶黑回到了自己家里，当父亲知道儿子跟他姐夫在北路遇到土匪的事，吃惊地说："再别去了，啥事干不成非要干那个事。"秦山说："历练一下也好。"父亲听见了说："如今世道乱，还是小心点好。"

秦山的姐夫周良娃自收开北路的皮子，又办了熟皮子的作坊，加上自己制作皮件外卖，铺子里的事、外面的事都要管，有点顾不过来，想找一个当力的伙计，便想起了他见过的那个名叫宁王理的人。他让妻弟秦山到西关打听并寻找宁王理，并打算和自己女人的娘家合买一头骡子，再加上秦山吆的驴一起跑脚户挣钱。先一天刚到，晚上县城里传来省城光复、清朝巡抚逃跑的事，县城一下紧张起来，城门关得早、开得晚，城墙上还站了不少兵。也就在第二天的夜里三更天，只听见一片枪炮声和呐喊声，周良娃起身在院里，老远看见城门口和城里边火光冲天。妻子秀姑也突然醒来，她点亮油灯，见丈夫不在而且房门开着，她刚要出去丈夫进了门，一口气吹灭了灯，说："别出去，外面起事了，城里城外一片火光，有喊叫声。"直到天快亮时，枪炮声渐渐稀疏起来，喊叫声也停了。周良娃的皮匠铺在县城东门外，铺面不大，前铺、后房一个独院贯通。早饭时节有人打门，叫人去清理街道，才知道县城里的清军，除投降的其他一律被杀，参将自裁，知县被杀于县署。县府衙门被烧得房倒墙塌，秦山和周义都被叫去街上抬死人，凑巧在人群里见到了身背大刀、一身血污的宁王理。宁王理头包白布，领着一伙白布包头的人清理街道。这也就是后来人们一直传说的县里推翻清朝的"白头反正"。

午时，秦山和周义才回到家吃饭，给姐夫说了城里的县署和洋人教堂被烧的情况以及死人的情况。姐夫说："从昨日夜里闹腾到今天早晨，死了那么多人，朝廷的命官被杀了那还了得，朝廷一定会派兵来剿杀，又不知要死多少人。"姐姐说："我看咱还是回乡下去吧。""说得轻松，那这铺子咋办？"姐夫说。秦山说："听说省里各县都'反正'哩，不怕的，现在城门都把着人，出进都盘查哩。"停了一下他又说了见到那个叫宁王理人的情况。姐夫说："这人也参加'反正'了？真没想到，看来是个飞把子。"

接着人们得知，省府里跑到甘肃去的巡抚领着清军要打回来，一个省革命军副统领来西府组织西线防守的事。

副统领到了之后和县府一起组织兵勇巡防，守关安寨进行布局。由于秦西、陈治等县西北方向为清军北来的正面，所以从陈治县到府城之北分设了两道防线，一道位于北五寨以北的汧山汧岭一带，另一道为柳河口、干河寨、北镇、北桥、营头西县头之处。另外，散关虽在渭水之南却与甘地相邻，为防止清军迂回突击也派了兵将把守，并议定各处军守统一由省革命军副统领指挥，武器方面自行充实和完备。县城之内由新任县知事主持，将县城的光复军和所办民团改为守城之军,并分为东、西、南、北、中五营由同志会负责人、哥老会堂主掌管,归中营管带指挥,由副统领节制。行政支应由县府协理成立了军备支应,城防、民团、各局任命了局长,城外四乡成立的民团由民团总局调遣,城防局又按区设立了支局,动员城里城外的青壮年参加,很快全面协防的局面形成。虽然只有总共不到五千人的防卫兵力,加上省城派来的一千二百人的敢死队,整体气势却很高。

秦山没来得及出城回家,便被征集在城中巡守。

很快传来消息说,逃到甘肃兰州的巡抚,带领清军沿泾河一线南下直往西安,另一路由兰州督抚派固原提督和回军首领率部出发,分别由安口、灵台向府城和陈治县奔来,县城顿时人心惶惶。

两日之后,清军分别越过汧山、汧阳岭到达县头、柳河口、干河寨、凤山口安营扎寨。接着在双方交手厮杀激烈之时,县城防局支援的一排人赶到,带兵的是宁王理。宁王理在你来我往的拉锯式厮杀中身受重伤,弟兄们连夜把他抬回县城,秦山去看他时,他对秦山说:"秦山哥,我是县东宁村人,小名叫黑狗,你捎话给我娘说,就说我不孝,先她老人家走了。"说完便闭上了眼睛。到这时秦山和周围的人才知道,他是几年前领人打翻监局的宁黑狗,人们都怔怔地看着他。他的同乡黄毛蛋知道后跑来看他,拉着他的手叫道:"黑狗哥,黑狗哥,你不能死呀……"宁王理被革命军和哥老会的弟兄们,买了棺材运回他的老家宁村埋葬了。

3

说起宁王理倒是有一段故事。早先他曾经领着人做了轰动县城、府城,反对盐价暴涨、砸盐店、围攻盐局的事。在受到县署派兵镇压进行追杀后,逃到甘肃的天水改名宁王理,随后给一个大户人家当长工。半年多之后，他因惦记家里父母和媳妇孩子偷跑回家，父亲见了说："你死在外面算了，回来干啥？"母亲哭着对他说："和你一起的那些人被杀的杀、关的关，也都不见人了，差人常来咱家查看，你媳妇也领上娃去娘家了，半月前那个叫王摇摇的从临洮回来后，被官府捉去杀了，这家里你是留不得的，你领上你媳妇连夜走吧。"父亲怕他闹出风声，要他小心，说着村里一片狗吠之声传来，便催他连夜离开。就这样，他没能去邻村找媳妇，而是摸黑步行到县西投奔一个远亲去了。后来他以串乡卖生姜和小菜为生。

一天宁王理挑着卖菜的担子，在县城东门外的牌楼旁见到有人算卦，只见算卦先生端坐地上，面前铺了一块黄布，布上画一太极图，图下写着"文王八卦"四个大字，两侧写着"预测祸福，化凶为吉"八个小字。只见先生头发上绾、银簪穿束，白袜皂鞋一身青衫，旁置青囊裕褛，便想起自己的处境与平安来。这时，一个人慌慌张张从卦摊前经过，不小心触动算卦先生摆在地上的物件，"看这人急得像牛没了似的。"算卦先生说。那人一愣转过身来，说："先生真是算卦的，我正是牛没了，今早上起来寻到现在也没寻见，一下就被你说准了。""你家住哪里？"算卦先生问过后伸出手指又掐又点，然后说，"从你家往北不远就会找到，赶紧去找吧。"那人有点迟疑，算卦先生说："去吧，没错儿，错了不要你的卦钱。"第二天宁王理又来近处批发生姜、小菜，见到先一日丢牛的人来到算卦先生面前，满面笑容地说："先生神算，牛找见了。" 说着又从怀里掏出几文钱来给算卦先生，算卦先生说："昨日已收你的卦钱，怎能再收你二次。"宁王理见算卦先生卦算得准，自己已流落在外两年有余，不知啥时才能回去，便也想算上一卦，但又怕把自己暴露了，正在犹豫。算卦先生抬头一看，面前之人块头高大，黑红壮实，说道："兄弟算卦吗？你不用算。"宁王理一愣以为自己没听清，问道："你说啥？"这算卦先生久见他串街走巷挑担卖菜，却老是一顶草帽不离，偶尔显出躲避人目光之状，心中便有猜想。两日来见他在卦摊之前踌躇，便说道："我常见你为了生计来往于市井乡村之间，虽小本微利却也为人爽快，只是脸上有点霉气定有什么难言之隐。"算卦先生说最后半句话时声音压得很低，接着又说道，"不过如有出头之日定有冠带之遇。"宁王理心里咯噔一下，想这算卦先生真神，可不知道他后面说的一句话是啥意思。遂问："先生说的冠带是啥？""冠是帽，带是衣，冠带是指当上带兵打仗的官。""先生说笑了，我一个卖菜的说啥当官带兵哩。"算卦先生笑了笑说："做你的生意去吧，明日是单日，无集，我住金台观下神农庙后，有时间的话去那儿我给你细说。"

次日，宁王理走街串巷卖完小菜之后，回到住处放了担儿，便去了神农庙后。神农庙在县城外东北角一座道观之下，宁王理在庙周望了望没有什么，便一路向人打听算卦先生，有人向北指着说："顺这条小路往前过了山神庙，就能看到他住的地方了。"宁王理终于找到算卦先生的住地，院子大门紧闭，却听见院内有踢踏之声，趴在门缝一望，只见许多人在里面练拳脚，有的还在举石锁，有的拿了棍棒对打。他寻思是不是自己找错了地方，正要离开，里面有人发现门外有人便开了门，出来的正是算卦先生。算卦先生一见宁王理就笑道："兄弟来了进去看看。"说着领宁王理入内，一边走一边说："这些都是我的弟兄，平时意气相投，喜好拳脚棍棒，闲了耍耍也撒撒心头之闷气。"宁王理以前就有一股子舞棍弄棒的疯劲儿，又有路见不平爱管闲事的脾气，自领人砸了盐局，与官兵相斗失败逃往他地之后，再没摸过这些棍棒刀矛了，今日一见眼中不禁露出喜羡之气。算卦先生看在眼里，将他引至院内一间房子，只见里面设有香堂，堂上横一青布，上书"秦凤忠义堂"五个大字，正中一面关公像，像上横批"义气千秋"，两旁书有"秦川永固山生秀，渭水长流紫气存"的字。

宁王理见后说："我给关老爷磕个头。"磕完头说："先生是来这里敬神啊。"算卦先生说："我就住在这里，逢集时外出挣几个钱生活，逢五之日弟兄们相聚，大家是有难同当、平等相待，处得很好。那日集市上见你言谈举止，知你有难言之处，便叫你来，想着能帮你的一定帮你。"宁王理一听心里发热，他想眼前这位算卦先生不是一般人，与自己两年前领人围攻盐局时一样，有为民众的仁义之心。算卦先生停了一下又说道："常来这里的兄弟来自各个地方，都是走得端、行得正，平时各谋各业的好老百姓，到这里来都有一个共同的信守，就是有难大家帮，和衷共济信奉仁义，讲究忠孝善对长幼。""噢，好，好。"宁王理听了，想起自己原先领的弟兄说散"哗啦"一下就散了，没个规矩。这时走进一个人来，宁王理突然发现这人长得像自己闹事时的一个兄弟，便叫道："黄毛旦。"那人一转身说："我不是黄毛旦，我是——"宁王理说："我是黑狗，你不认识我了？"那人重新抬头，看见面前这位皮肤略黑、长得有棱有骨的大个子，除多了那副短黑胡茬，声音形貌确是宁黑狗，遂上前叫道："黑狗哥呀，自王摇摇被官府抓住，人都说你也死在外面了，你从哪里冒出来的？"算卦先生见他们说话声大忙用手制止，并指了指外面。黄毛旦低声说道："咱们起事的弟兄二十几个都被杀了，六七十人被关，一些人跑了，我跑出来到这里乡下一家染布房做活，如今参加了这里的好汉帮。"算卦先生接着说，如今当官的贪盗淫逸、朝廷腐败，社会明理人多有微词，穷苦百姓移恨于势力富家，大家除了自保也为受害之人伸张正义，但对外不宣不闹待势而为，黄兄弟说的好汉帮也叫哥老会。宁王理听罢觉得耳热，说道："我愿拜先生为师，加入哥老会。"

"好，等我向堂主告请之后拜过香堂，便可为弟兄。"

"那就请先生成全了。"

后来宁王理便成为哥老会的一员，成为本地方响应省城光复

1

时间过得真快，一晃几年过去了，秦山一家，除了老爹秦大汉一人仍住在尚未续起的厦房里，其他人都住在侄儿秦祥的院子里。秦祥的五间大房已有三间当给了秦大汉，靠北一间大炕上住了大人娃娃五个人，外间是锅灶，和秦祥挨着的一间作为两家共同出进的过堂，也是五间大房中间安着房门的一间。

一天，秦大汉在院子里给秦祥零花钱后，说："祥娃，三叔老了，身子骨不好，住在老屋一天要跑几趟到这边来吃饭，很不方便，特别是天黑了和下雨天，我想把中间这一间隔成个厢房搬过来住，你看——"秦祥听了，知道三叔的意思，说："看三叔说的，走人的这间房是你的房，你咋收拾都是你的事。"

"咱叔侄两家一个屋底下住，一个门里走了几年了，现在你兄弟秦山几个娃又不消停，我想隔开了你也就安然了。"

"没啥，不知你啥时动手呢？"

"我这会儿就想叫人打土坯哩，到时候那老板门仍旧安在你那边，你不用管，我给你挪过去收拾好就是。"

不久，秦大汉替秦祥把老门挪到靠南的第二间安好，在自己做厨房的一间檐墙上安了新门，同时将两家中间的隔墙垒了起来，从此两家人虽然同住在一座房底下但开始各走各的门。村里有人说，秦祥是个败家子，把三间大房都吸到大烟葫芦里去了。

这一年的冬天，秦大汉一大把年纪了仍和儿子进山烧炭，不想在山中受了寒，之后仍背了炭背篓负重回家。回家之后，病情加重，用土办法吃了几服药见效不大，挨到腊月，说话已是有气无力，他要儿子把四个孙子领到炕前，一个一个摸过孙儿的头顶，微笑了一下，然后用微弱的声音对儿子秦山说："一定要叫娃念书。"说完便闭上了眼。

清泉村里，虽说还有赵姓、方姓、刘姓，但秦姓是村子里的老户，户面不小。据说老先人当过官，在村子里有几座像样的院子。老院子的大瓦房都是四门八窗，也是其他几个姓氏所没有的，那大院子和大房子便成为秦家身份的象征。在村子里秦家识字的人也是最多的，后来家败了，没有了成大器的，但在宗亲观念里都以祖太爷爷为荣，寄希望于自己的后生。所以秦家的家学私塾一直续存，后来清泉乡清泉里的义学便依此而设。这一年，设在祖宗祠堂里的书馆的教习年老辞教之后，族人议请教习。秦山曾读过蒙学，三个儿子中也有两个都在私塾受教。老大世德，老二世孝，不但能流利地背《三字经》《百家姓》《弟子规》，还能一段一段地背《千字文》和《幼学琼林》。二儿子世孝已开始念《论语》，三儿世忠也进入蒙学两年。他在本门房中辈分偏大，又值中年，平时热心于村上庙会与义学的劳作，很受村人敬重，便在议事时说："长辈同辈父老兄弟，义学授业关乎咱村后人的教化成才，近年来教习换了几个，我虽无能却觉得他们学识平平，只有教读之功，少有知达之识，如今新议延请教习，我想应该寻请一个德能精进之人，年龄也不能太大，以便驾驭后生。"方姓头人方明魁说："秦山兄弟说得对，只是到哪里去找这样的人呢？"其他参加议事的人随声附和道："就是。"参加议事的吴乡约说："我八月十五走亲戚，听西镇开药铺的窦先生说，县西五里河的黄村，有一位叫闫梓的先生，曾经数次问举取得拔贡，为了考取进士，他让妻子在家侍奉老母，自己在他家后山地畔建一草屋，在其中苦读不止，平常只让小儿为他送饭。自不兴科举之后，先生仍耕读在家，为人一言一行必信必笃、仁德刻苦，不知能不能请到咱村里来，为咱村人子弟授业。"他刚说完，秦山说："我也听到过这么一个人，好像是原先在动乱中从凤翔逃出的一家人。他家原是殷实之家，其父好读书习武，曾在那次变故之中遭难，当时他只和母亲、兄弟逃出。后又遇上光绪二十年年馑，全家人糠菜果腹，差一点饿死。可怜的兄弟病殁之后，他一度乞讨为生。据说他父亲留给他的一卷诗书他始终未丢，没想到他后来竟成大器。要不是老哥说，我一直不知道这人住在哪里。"冯姓人冯三才接道："细数咱这方圆还真再没个合适的人，只是你们说的人，人家是拔贡，放在以前是要做官的人，不知还能瞧得起当乡村的穷教习吗？"王保正说："要不咱去请一趟，总不能不给面子吧。"秦山与众人点头。"咱谁去呢？"秦山说。方明魁说："我看吴乡约和王保正给咱承头，秦山和刘财东跟上去。"秦山说："方老哥会说话，您去吧。"方明魁说："别的事还能行，办这事恐怕不行。"坐在一旁的刘财东又是摇头又是摆手，大家说，就你们几个想法子给咱把事办成就行，然后说了去的时间和准备礼品的事就散伙了。

　　第二天，秦山一身短衣，腰带紧缠，发辫盘在头上，手里提了一斤点心。方明魁穿了自己过年时才穿的一件长袍褂，方脸小胡子，头上还戴了黑瓜皮小帽，俨然一副小地主打扮，临出门又返回去拿了一斤白糖，两人一同来到吴乡约家。吴乡约一件齐腿的长衫，辫子吊在脑后，人显得瘦小但说话声音洪亮，显出一定的儒雅。三人为了表示诚恳一起走到五里河的黄村，秦山说："方老哥，吴乡约，我管打听和问路，到时候说话就是你们二位了。"方明魁说："你走你的，说话有吴乡约呢。"

　　三个人一边说话，一边走着，刚出村王保正赶了来说："吴乡约，县里来人寻你呢。"吴乡约只好让秦山和方明魁去。秦山与方明魁两人走了一个时辰才到五里河，方明魁坐下吸了一锅旱烟，秦山撒了一泡尿，又问了人，两人又开始沿河边一条小路向南走，到了黄村之后，向村人问清闫梓先生家，便看见在一个南北向的土山岭下，三间土房坐北向南，没有院墙，不大的场院边有一棵柿树，树叶子浓绿光亮，树旁一个立起碌碡的轴头上拴着一头黄牛，黄牛悠闲地卧在地上回草反刍，屋侧一畦青菜，一位身着月兰粗布的妇人正从菜地里走出。秦山紧走几步上前问道："请问这位大嫂，这是闫先生的家吗？"妇人见来人面善，点头道："就是，你是？"方明魁赶忙上前说道："我们是县东清泉乡清泉里清泉村的，是慕名而来请先生去我们那里义学授业的。"说完又接着道，"我们的乡约跟着我们来，都出村了，县里来了人叫回去了。"妇人摇头说："他不在。"方明魁说道："不知先生去处远近，我们等先生回来。"妇人微笑着说道："他回家没固定时间，说不定要到天黑才能回来。"秦山、方明魁二人互相看了一眼，准备等着。秦山打量着院子的其他摆设，方明魁提起旱烟锅在烟荷包里挖旱烟，妇人用小碗端来了热水，招呼他俩坐在房檐台上的草编蒲团和木墩上。二人喝过水，方明魁吸过烟之后，秦山对方明魁说："咱再等等吧。"妇人听见后说："你们回吧，这是没准儿的事。"秦山和方明魁遂将所提点心与白糖递于妇人，说："先生回来了请你给先生说，我们清泉村是自明朝以来老书上有记载的一个大村，乡约就在我们村，往东管了五个里，村里义学教习年纪大了已经请辞。听得先生大名大德，我们诚心实意恭请先生，我们明日再来。"

秦山回到家后，媳妇巧仙问："先生没请来吗？"

秦山说："没见着人。"

"那咋办？"

"再去请，一回不行两回、三回，反正要请一个来。"

次日，秦山一早和方明魁到吴乡约家说去请闫先生的事，吴乡约说："我屋里人的娘家侄女出嫁，我这个当姑夫的不去不行，你们二人今天再去一趟，先找到人，找到人了就凭我们这一片诚心，他会有个说法的。接请之日我一定前往。"秦山要去叫上王保正，吴乡约说："他今天有事也去不了，你们俩先去吧。"

秦山和方明魁来到五里河黄村时，正是早饭时节，方明魁说："没见院里有人，也许先生在家里。"秦山没说话，到屋前叫问时，屋里走出的女人说："你们又来了，先生不在。"那女人后面跟出的一个小女孩说："我爹在东山坡上忙，没回来。"秦山忙问："远不远？"没等女人张嘴，女孩转身用手一指说："就在半坡上一间草屋里。"女人瞪了一眼女孩，女孩光顾着听眼面前寻父亲的人说话，没顾上理会母亲的眼色，方明魁望着女孩问："从哪里走，我们去找。"女孩接道："我就要给我爹送饭去，我带你们去。"女人说："你们到屋里坐，让娃去了告知她爹就是。"秦山说："我们去拜见先生，不进屋去了。"正说间女孩从屋内提着小饭罐出来，秦山和方明魁便随女孩绕过村屋，三拐两弯爬上村后的山坡。在山坡上一个不高的崖坎下一间面东的草屋前女孩停了下来。草屋门开着，脚下一片豆苗地葱绿，坡坎儿的青草尖上尚有未退去的露珠，清新的空气给人以神爽的感觉。女孩叫道："爹，饭提来了，吃饭吧。"待先生荷锄从草屋后转出，女孩说："这两位叔伯找你。"方明魁和秦山赶忙上前答话，说了自己的姓名、村落和来意，然后方明魁说："先生先吃饭吧。"

先生不慌不忙地说道："听屋里人说，昨日你们来过，家中无事我便常在这里，你们今天来得早，二十多里路啊。"遂叫孩子去屋内搬出两个木头墩来，说道："屋内窄小，就在这里坐吧。"秦山与方明魁二人让先生先坐，先生拿过一把扫帚放倒在地，在上面坐了，端起饭罐谦让之后吃了起来。秦山见先生一身短衣打扮，约莫四十岁上下，发辫吊在脑后，宽额条脸，人瘦一些，却极其精神。转眼又见到草屋白木门枋上贴有一副对联，纸色已退，墨迹仍然生亮，上联为"月飞云过纸窗亮"，下联为"禾伴书声恬静来"，横批"茅屋当歌"。秦山看完一遍又一遍，看着想着字面之意，并与方明魁交换眼色。先生很快将饭吃完，叫去豆苗地里拔草的女儿提着饭罐回家，然后对二人说道："不好意思让二位久等了。"方明魁说道："先生过谦了，我们久闻先生曾被朝廷遴选拔贡，如今仍高山筑屋，苦读进取，真是名不虚传。"先生笑道："古人说，书山有路勤为径，学海无涯苦作舟，这知识与人生乃两大宿命也。"秦山接道："先生知识万斛，声名在外，我们受村中宗亲户族委托，特来拜请先生屈身我们义学，为子弟授业。"没等先生说话，方明魁又说了乡里义学原授业之师年迈请辞，经多方打听得知先生业德高尚，为了一方子弟成人明理，望先生纳愿成全，乡、里义学子弟父母兄弟绝对不会亏待先生。闫先生听了说道："授业解惑乃圣贤之道，我虽然幼苦穷饥，因先父遗书几卷，母仪榜示自己恒心，如是才得皇家智选，恩运临身，只因当时老母尚在，一直不曾远游。现在已经改朝换代往事不提。"

　　秦山早年在家学私塾之中识得些许文字，但辞章不达，闫先生说的话有的听得懂，有的听不懂，只听了个大概意思，知道先生是受过苦、有恒心、有孝心之人，去不去自家那里的村学还说不定，但他知道先生是个品德高尚之人更加崇敬。这时方明魁说道："拜请先生我们是一心一意，而且自家地面彼此不远，先生家中农事我们定可代劳，还望先生早日思定惠顾。"这秦山和方明魁两人的一席话很是恳切，也让先生十分感念，

便说道:"老母在堂,容我再思。"秦山和方明魁只得站起身来抱拳而辞。可谓:

五里河边村等闲,晨风山半草房前。
安贫耕读经伦理,德孝心身乡里传。

2

秦山再叫方明魁一起请闫先生时,方明魁说他家里有事,已和王保正说了,让去叫王保正。秦山的媳妇巧仙知道了,说:"请先生是个好事,一个大村有乡约、有保正,宗亲族姓那么多人,咋每次非得你去不成?" 秦山说:"众人的事是大事,再说咱家两个娃念书哩。"这时门外有人低一声、高一声地叫秦山,秦山听出是王保正的声音,赶忙跑了出去。

秦山和王保正到了闫先生家见到闫先生之后,没等秦山和闫先生说话,王保正便说:"闫先生,我是清泉村保正姓王,我和秦山受乡村父老之托又请你来了,古有三顾茅庐,我们虽是布衣乡人,但也是一片真心第三回来请先生了。"说着自己先哈哈哈地笑了。秦山说:"改日我们里正还说来哩。"王保正又紧接道:"先生不用担心,你到我们那里后,家中的度用我们包补,地里的活我们帮你做,你若有放任之事我们绝不与碍。"闫先生笑了笑,又摇了摇了头,然后招呼二人进屋。房屋内,一张八仙桌摞有书籍,墙上挂的一幅中堂上写着"吾厚吾德"四个字,中堂两侧一副联书"但识琴中趣,何劳弦上音",给人以恬淡安详的感觉。实际上,闫先生当初在被遴选拔贡之后,不久被派到甘肃一个小县做教谕,他知道光绪三十一年朝廷废除科举之后进士无望,虽说朝廷在

第五章

·73·

京城办了大学堂，可容取得廪生、贡生、拔贡之人进学就业，但自己已过不惑之年，既无进京进学之财力，也无趋聚求新之意，加上父亲逝后年成不好，母亲也已年迈，地里乏于耕作，日子过得不景气，甚觉灰心。一时间百无聊赖，便上山筑屋从书中寻找心灵的安宁。时有乡村富户请他为子女启蒙教习，他不愿去。如今清泉乡里村社几次恭请，村人乡风清正、热心且久有重教之习，若为之，也不枉为圣贤之徒，便点头道："乡党如此看重于我，诚心明德，现秋学将开，二位请回，待我告知老母与妻子，到时前往。"秦山见先生应承十分高兴，说道："不用先生劳步，改日我们来接先生。"王保正说道："我们回去马上为先生备办吃住之事。"然后又对秦山说道："秦山兄弟，到时候咱牵方明魁家的马来接先生。"秦山点头。二人起身告辞，闫先生抱拳相送。

秦山来接先生之日，方明魁赶了来对王保正说，自家马先一日去山里驮木板没回来，说着自己把自己骂了一阵子，又骂了驮板去的人。秦山只好去找吴乡约，吴乡约说："那就把你家的驴牵上去。"

"那天王保正给人家说牵马哩，现在把马换成了驴咋说哩，况且是第一次接先生。"秦山难为情地说。

吴乡约说："去了给解释一下，我想读圣人书的人不会见怪的，再说早没找下现在也一时难寻，你去牵你家的驴，我知道你家的驴又高又大，跟骡子一样，记着把骑鞍装好，咱们走。我已让王保正把学堂收拾一下，到时领上几个老人到村口接一下。"

这时方明魁跑了来说："吴乡约，听王保正说西镇的窦先生、刘村的刘财东，还有里正都来了，他说他和秦山去，你就不用去了。"正说着王保正来了。吴乡约说："那你三个都去，先生有啥要拿的东西都给背上。屋里的事我安顿。"

近中午时，方明魁牵着驴，秦山和王保正分别背着、提着先生的一些东西跟在驴后，骑在驴背上的闫先生一摇一晃的。秋阳灼灼，驴背上的人显得有点热，不时一双手搭在额前向前边望。秦山的二儿子秦世孝知道父亲一早去接先生，不时跑到村口张望，见村道上出现了牵驴骑驴的人，后面跟着的人中有一个是自己的父亲，于是撒腿跑回村中报信。秦山一行刚到村口，吴乡约、王保正、秦姓和赵姓的几位长者，还有西镇的窦先生、东村的刘财东、清泉里的里正都来接闫先生。秦山指着前面站着的人说："这是我们的里正、吴乡约。"里正和吴乡约上前拉了闫先生的手，一个说："早已闻名，久盼先生来了。"一个说："先生气色俱佳，这次屈就我们乡、里，是我们村众之荣、子弟之福啊。"闫先生抱拳道："有劳诸位了。"吴乡约接着又向先生介绍了窦先生、刘财东，清泉里的秦姓、郑姓等几位长者。窦先生说道："我是西镇人，听说清泉村去接请先生到学堂授业，我就跑了来，说实在的咱县里能出几个像闫先生这样的拔贡啊，先生来此授业乃是清泉乡、里的大事，义学的大事，我准备将我儿子也转来这里就学受教。"刘财东也接道："我儿子也要从西镇转来这里。"闫先生笑着不住地点头。大家还都在说话，秦山的大儿子跑来低声对父亲嘟哝了一句，秦山说："先生的午饭已经做好，诸位都到家里一起吃饭吧。"吴乡约说："秦山把先生招呼好，我和里正还有事就不去了，学堂里都安排好了，下午就领先生去，缺啥就说。"说着向闫先生打了招呼走了。刘财东被王保正叫去，秦山和窦先生一家是老交情，要窦先生陪闫先生到家里吃饭，其他人也都各自散去。清泉村是清泉里清泉乡的一个大村，村里的几个自然村落之间相距一二里，也都不远，南村的塬上，人家不多，土地不

第五章

· 75 ·

少。清泉村早年就有私塾，也有曾到县城书院念过书的，当过大官的却很少。自光绪三十一年废除科举兴办学堂之后，县里的书院改成高等小学堂，学堂里有了学制而且分设了修身与理科，而乡里地方的小学堂，有蒙学和小学三年四年之分，仍学《三字经》《百家姓》《千字文》《弟子规》《幼学琼林》《孝经》及四书等经学、珠算、联句、短文习字。学校每年二月初二开学，麦收时放假，六月初六收假直到冬至，清泉乡清泉里的学堂，开始在清泉村的秦姓祠堂，后来搬到村南的寺庙之中。

　　秦山陪闫先生来到寺庙，寺庙中有大佛殿、天王殿、菩萨殿、关帝庙，庙院内有柏树两个，枝叶遮盖了大半个院子。大佛殿后另有一座教室，不远处就是先生的住处，里面粉刷一新，方桌、椅子、火炕、被褥都有，与先生要住的窑洞相邻的另外两只窑洞，住的是住庙人。因为寺庙离村子有一里多路，又处在山弯之处，山脚下又有一眼清泉长年流水，所以四周一片绿色，环境特别幽静。先生看了很是满意，说道："此地甚好。"就在秦山陪先生走动之时，见到了住庙的长者，秦山说明情况之后，彼此客气了一番。离开后，秦山又接着说了村里对先生的生活安排，并说道："先生有啥不方便之处尽管说，先生回家或有家人要来可提前告知，好安排大车和大牲口。"秦山说完又担了寺庙里的桶担，去离寺庙不远处的泉里挑了一担水来放下，并向住庙的人安排了先生早晚洗漱和用开水之事才回了家。

　　傍晚秦山请闫先生到家吃晚饭，并将两个从学的儿子叫到跟前，说："这是学堂里新请来的先生，快给先生磕头。"然后又说道："明日学堂开学，记住上学，一日为师终身为父，听先生教诲，不得随意贪玩。"大儿子点了点头，二儿子偷偷地看了一眼先生低下了头。

次日学堂开学，闫先生将自己先一日晚上用毛笔写的蒙学章程和四条学规，贴在自己住的窑洞外面的墙上，学生来学堂报名时就看到了，年龄小的由大人陪着来报名，但对章程和学规似懂非懂。秦山的两个儿子报完名也站在那里看，小的问大的："哥，'常川在学'是啥意思？"听到弟弟问，哥哥秦世德说："'常川在学'就是说学习要循序渐进有恒心，不半途辍学，要遵守学堂制度。""那第二条里的恪守安章呢？"弟弟秦世孝接着问。哥哥秦世德说："现在学堂里有了规定的年限和课业内容，要多学多想，学完规定的课程才能增加阅历和知识。"接着他又为弟弟说了第三条中"摒除陋习"的内容，以及第四条中"燕明送师、燕辟废学、谢绝闲人、燕朋逆师、熟辟废学"的内容。然后又一边念一边给弟弟解释了学规四条：务整体、宜严肃、戒问断、宜区别，立法不可不严、行法不可不宽和查学功过、立善罚严，定章考查、刻求实效的要求。旁边站的一些家长听了都点头说好，在窑洞里的闫先生抬头朝外看了一眼。

来报名上学的有西镇开药铺的窦先生的儿子窦铨、刘村刘财东的儿子刘子清，还有里正之子和清泉村学子，他们一起打扫教室、院子。几个大点的学生拿了棍子、木桶在离学堂不远的水泉里抬水时，发现这个由长石条砌的，长有五尺多、宽不过三尺、深约四尺的泉池，池中水清得见底，而且底部四五个泉眼里不住地往外冒水。新从外村转来的学生，一个个趴在泉边伸着脖子去喝，水凉甜凉甜的。看着从泉眼里流出的泉水形成的小溪，弯来弯去，穿过村庄而远去，溪畔绿草丛丛，白杨树高高，叶子绿亮，觉得这地方就和别的地方不一样。寺庙里有神气，学堂里有活气，泉水又给人以灵气，都很高兴。

3

堡子上的赵有余一早起来，给牛拌了两槽草，并特意在草里多撒了些麸料，走出牲口圈房后，便叫大儿子准备要带的东西。这时女人把饭端到院子里的捶布石上放下，喊道："狗儿叫你爹吃饭。"因为丈夫要和大儿子到山里去，她给擀了面条，待他们父子俩吃饭时，她又到厨房为自己和另外几个娃做玉米面糊汤。在男人和大儿子出门时，她又将装干面和干粮的羊肚布袋递给男人，男人说："管好门户和娃娃，过两天我就回来了。"

赵有余的女人过门后不久生了个女儿，几年后却一连生了五个儿子，按照农家人的说法，娃们名字起的贱一些好养活，所以五个儿子分别叫狗儿、二狗、牛牛、丑丑、碎丑，一个个差两岁到三岁，赵有余心里高兴。农家人讲的是人丁兴旺，他娘那喜劲儿更不用说，常对儿子说："要是你爹活着不知咋乐哩，这都是老天爷给咱降的福。"外人也说赵五田是个好人，一辈子积德积的。赵有余也这么想。为了以后振兴自己的家业，他觉得应该给儿子起个官名，于是他找到西镇上的窦先生给儿子起名，窦先生说："给人看病抓药我还能行，起名字你得寻有文墨的人。"后来他提了一斤点心、半斤烟叶找到杨村的老秀才刘二，说明来意之后，刘二说："你赵有余是个有福之人，可一福不算福五福才是全福。五福者《尚书》载为长寿、富贵、康宁、好德、终命就是现在人说的福、禄、寿、喜、财，既然你祠子有五，那就让把这五福都占了。你那五个儿子就依序叫赵福、赵禄、赵寿、赵喜、赵财。"赵有余听了满心欢喜，说："秀才就是秀才，就依秀才吉言。"刘二点了点头。

赵有余自给儿子让人起了名字之后，一心想着作物庄稼和发家的事，他盘算着如何让自己这个家，福满门庭，贵为人尊。他要继续买地盖房、开油坊、种大烟，做能赚钱的事，供儿子念书。所以，他在买得山场之后，便准备去山里种上一片大烟。

赵有余牵着自家的枣红色大犍牛，牛身上除了搭有拉犁的轭头绳具，还装着人吃的东西，儿子腰里别了镰刀，肩上扛着犁头，父子俩刚要出门，小儿子赵财吵着要跟，赵有余说："在屋里听话，爹给你摘五味子和毛栗子回来。"赵福说："还摘毛桃哩。"赵财不听。这时有余的妻子出来，一把拉住小儿赵财，在屁股上拍了两巴掌拖了回去。

赵有余和大儿子，父子俩一前一后离开村子向南塬坡道走去。这条道是清泉村乃至远近乡里的人家，祖祖辈辈进山砍柴伐木烧炭之路，由于这条路也可以通往陈仓山，所以也是人们朝山敬神之路。翻过村后的土梁进入一条河谷，顺谷沿河走完有村庄的地方，一个拐弯便进入了山门。所谓山门其实无门，只是山沟两边土塬变成了石头山相夹的沟谷沟口。

赵有余去的山是浅山，山上只有山石灌木，在河谷转弯处有滩涂、荆棘、蒿草。在一个三岔路口，他们拐进一条小沟，沟谷坡缓，父子两人换着肩上的犁头赶着牲口前行，午时便到了一个稍许开阔的地方，不远处有三间草屋，屋门开着，厚厚的土墙墙面粗糙，赵有余把牛拴在近处的一棵小树上，说："歇歇吧，咱们的山场就在前面小山梁的后面。"说着到河谷里洗了洗手，双手捧着河水喝了几口，站起身，把手在衣服上抹了一把，从腰袋里拔出旱烟袋装了一锅旱烟，坐在一块石头上吸起来。儿子赵福放下肩上的犁头后，到河里洗了手脸，喝了水，然后从馍袋里掏出馍给父亲，父亲摇了摇头，他便自己拿了吃。这时父亲告诉儿子说，这地方很早以前有过一座寺庙，叫还丹寺，附近也有一些人家，寺庙在一场山火之后，只留下了断壁残垣，人也慢慢地走了。再后来，灾荒年间，山外有人到这里开荒种地，灾荒过后，这里终因土质问题，最后只留下了一对没有儿女的老夫妇，在这里过着自生自灭的日子。赵有余为买这山场曾经来过两次，第二次来时老汉的老婆已经死了，他看过山场之后在老汉的草房里歇息，老汉问他是不是进山扛木头，他说是想买一片山场来这儿看看。老汉说外面多好往山里跑，南山里能寻个啥吃穿。他说能拾一个是一个。后来老汉知道他是清泉村堡子的人，说起他老爹后，还赞叹了一番。

老汉姓朱，在这里也有些年了，凡外面人进这条沟背柴、扯葛条、割藤条、摘五味、拾栗子，常有人到他这里歇息，所以山外村里的事他知道的不少。现在赵有余要来做山场了，得在这里住几天，便和儿子向老汉的住处走去。到了草房前高声叫道："老朱叔在屋里吗？"朱老汉从草屋后面走来，见是赵有余说："你来了？""这回我和儿子要住你屋里几天。"朱老汉望了一眼正在往地上放犁头的小伙子，赵有余把儿子叫到跟前指着朱老汉对儿子说："叫爷。"然后又对朱老汉说："得给我多做一个人的饭。"朱老汉说："我瓦瓮里没面了。"赵有余说道："看你老人家说的，我带了面来，还有油、盐、辣面子。""那就好，你看你咋吃，这就做去。"朱老汉说完去抱了一些柴火放到了灶前。

过了一会儿，一碗飘着油辣子香味、里面煮有山菜的削筋面端到了朱老汉的跟前。

他看了一眼给他端饭的赵有余的儿子，接过来就吃，吃得满头大汗，说："山里天短，你父子两个要干啥吃了就干去，锅碗我来洗。"赵有余知道，山里的太阳一旦走到山后面，天黑得特别快，便说道："那就麻烦老叔了，我把牛拴到屋后的坡跟前，你留个心。"说完自己拿了镰刀让儿子扛了镢头，到自己山场清地刨畔去了。

第二天赵有余和儿子牵牛扛犁，到了先天下午清除的地畔犁地，到了第三天中午回来吃完饭，对朱老汉说："后晌我们就回去了。"朱老汉问："地犁了？"赵有余说："翻犁了几亩能种的块块地。"

"人常说远地不养家，再说这地方种点粮食不看着点，野猪、狗熊就给你糟蹋完了。"

"到时候咱再说。"

朱老汉摇了摇头。赵有余走时要把剩的面和油、盐、辣子面留给朱老汉，老汉让他拿回去，赵有余说："离种不到二十天了，以后还要麻烦你老人家哩。"

赵有余心里想着自己要在山场的地里种的作物，和儿子赶着牲口一路出山。这牲口也有意思，来时走得并不快，有时还得吆喝着赶一下，现在往回走好像知道要回家似的走得特别快，不到太阳落山便进了家门。女人听见男人回来了，出门接过男人从牛背上取下的口袋，大儿子将犁头、轭具放好，然后去拴牛。她便进屋端出一盆温水放在院里，拿洗脸手巾时，顺便拿出一把拍打身上尘土的甩子递给男人，同时叫着大儿子的名字说："把牛拴好了来洗一洗。"这时三儿子赵寿背了一背篓青草回来，大哥赵福让他把牛牵去饮水。四儿赵喜站在父亲身边，赵有余把手巾给洗手脸的大儿子赵福，转身在四儿头上摸了一下问："几天没见爹，想爹吗？"

"想。"

"哪个地方想？"

儿子指了指自己的胸脯说："这里想。"

"你怕是想爹答应给你摘的五味子哩。"

赵有余说着从装干粮的羊肚布袋里取出几串五味子，四儿一把拿了去。他接着问妻子："赵禄没回来吗？"妻子回答，回来了，又跑出去了。小儿子赵财圆圆的脑门上留了一撮毛盖，又来到父亲跟前接过父亲给的两串红红的五味子，一只手拿了一串，按在嘴上用牙齿一颗一颗咬着吃。饮牛回来的三哥见了要去抢弟弟手里的五味子，父亲看见说："还有哩，来，给你，给你婆婆（方言，指祖母）拿些去。"

晚饭做好了，赵有余的女人给有余娘端了一碗去，有余娘在她的厢房炕上摇着纺车纺线，接过饭碗之后，问："外面人和娃们哩？""赵福媳妇给端去了，除了赵禄没回来其他人都在哩。"儿媳说。

赵有余与儿子们围在院里的捶布石四周坐的坐、蹲的蹲，小儿端了饭来，用筷子给自己夹放在捶布石上盘子里的菜，被大儿子赵福挡住说："咱爹还没动筷子哩。"赵有余给每人往碗里夹了些，这才开吃。

赵有余吃完饭，给儿子赵福安顿了牲口添草的事，便去屋里歇息。家里三间大房一明两暗，母亲住一头，自己和女人、小儿住一头，大儿结婚后住在院里的厦房中，二儿、三儿、四儿住在院里厦房的另一铺炕上。等到女人安顿好厨房里的事和小儿回到厢房时，他早已响起了鼾声。醒来时，升格窗子上露出晨曦的光亮，他去尿壶里尿了尿，回头看见敞胸露腿的女人时，便伸手去摸女人，女人睁眼说："天都亮了，你——"说着将男人手挡开。赵有余说："昨天几十里路走得人乏的，昨晚一觉睡到现在。"赵有余说着又动起手来，女人说："没看你都快五十岁的人了，轻点。"结果因为赵有余猴急的大动作，睡在女人眼前的小儿子睁开了似醒非醒的眼睛，女人连忙侧过身用手为儿子拉了拉被子，赵有余不得不溜到女人的身后去。

第六章

古乡古镇古村落,祖辈传承贵在和。
为叫后生抱德在,师从典训尚勤劳。

1

闫先生到清泉村义学教书后，备受村里人尊重，接着又被聘往乡里的社学。社学设在西镇，西镇是一个具有几百年历史的集镇，位于由省会西行南向交通要道之上，地方平坦，傍台塬，近渭河，出产多样，乡人重学，于是他便有了久居此地之心。过了一段时间，他变卖了自己黄山村的几亩地，在靠近西镇的村里买了地，老母亲去世之后，他将家里的房屋拆了搬到这里重新盖了，一家人便都住到了这里。两年之后，他又被聘请到县立高等小学堂任教，而一直被他看好的几个学生，又都考上了县立高等小学堂。学校发榜之日，他想寻人给他们捎话，没找到合适的人，就回西镇让社学的先生把这一消息转告给他们，回到自己家里跟妻子说了这件事。妻子问："有清泉村秦家两个娃吧？""秦家那个大的已经不念书帮家里干活去了，现在念书的是二儿子和三儿子，这次考上的是那个叫世孝的二儿子。"闫先生说。

"我记起来了这个娃性子绵，好学，有礼数。"

闫先生点了点头，接着又说了几个学生家中的情况，最后说道："这几个娃的家教都好。"随后从自己柜桌上拿了一本名叫《纲鉴易知录》的书去看。妻子从丈夫的话里知道，一个学生家里是财东，一个家里开药铺，而秦家祖上也是个大家子，便说道："怪不得娃们都争气。"停了一会儿，她又说道："咱玉儿已经十四五岁了，该给寻婆家了，你刚说的那几个娃家里都好，这地方呢，也平荡荡的，把玉儿嫁到这里就好了。"闫先生根本就没听妻子说话，他看的这本叫《纲鉴易知录》的书，是清朝一位学人从《资治通鉴》中取其精华，摘其最要，简述历朝历代明君之德和昏君之失的历史，也是一部简明通史。当他看到隋炀帝造龙舟、幸江都、奢徭役、任佞拒谏杖杀忠良，之后翟让李泌起兵，林士弘称帝，窦建德称，刘武周立汉，梁士都和萧铣、李渊割据称霸，朝野大乱，战事频起、四民丧业时，叹声道："君主无意惜民，臣有杀伐之术。"妻子听不明白，问道："我在跟你说女儿的事哩，你在说啥哩？"闫先生莫名其妙地问："女儿的事，女儿的什么事？"妻子见先生手里捧着一部又旧又厚的书，说话时连头也没抬，叹了一口气说："人过三十不学艺，现在兴新学，你看那老书有啥用啊。"闫先生没抬头说："你不懂。"妻子道："你大多的时候不在家，回来了跟你说正经事你又不听。"闫先生听了妻子埋怨之言，合了书道："你说吧，啥事？"妻子把刚才自己说给女儿找婆家的事又说了一遍。闫先生说："女儿年龄还小，让她多读些书自有可贵之处。""我十六岁就进你家门了，女儿家读多少书嫁了人也是织布纺线、养儿育女，你有这心往儿子身上使吧。"在屋内的女儿听见父母说给自己找婆家的事，既害羞又想听，听到父亲的话心里高兴，听到母亲的话不悦，便倚在厢房门枋上说道："娘，你偏心。"父亲接道："玉儿，不能这么跟你娘说话。"又转向妻子说："玉儿的事不急，到时候人品才学俱佳的人有的是。""算了吧，这人品才学当得了饭吃啊，当初我爹不就是看重你的人品和满肚子的学问吗？到现在这日子——"没等妻子把话说完，闫先生把手中的书一合，"啪"地丢在柜桌上，头一扭，背着双手走出门去，显然妻子的话使他不悦。

秦世孝得到县立高等小学堂录取考生放榜的消息之后，便和同村一起上学、一起考试的同学刘子清、窦铨相约一起去看榜。吃完早饭，母亲让他换了一身干净的衣服，把发辫梳理好，又给他怀里揣了两个两合面坨坨馍，给了几文钱，又再三叮咛他，第一次进县城，人生地不熟，看了榜之后不要停留，立刻往回走。他答应着，向庄外的刘村走去，刘子清在村口等他，两人赶往渭河渡口时，窦铨已经先到了。三人搭了渡船过河、上滩，经过侍郎坟、店子上，淌过金河，上了一段慢坡到了魁星楼，便看见一个牌楼。刘子清说："那就是县城东门外的大牌楼。"三人走近后，秦世孝抬头往上望，大牌楼三间四柱两层高，柱枋、斗拱，层叠巧套，琉璃瓦顶呈重檐歇山式，戗角上翘。檐下一块牌匾上是"武都故郡"四个大字，雕刻精美，庄重典雅，整个牌楼漆色斑驳晦暗，木文显露出暗褐色，但气魄宏大瑰玮。牌楼下有中门和侧门，中门大，有车、轿、骡马出入，两边的侧门小一些，行人来往穿错其中。过了牌楼便是城门。城门门洞青砖卷砌，门洞上一块长方立面磨光砖上刻有"迎恩门"三个字，往上是城堞相围的二层阁楼。进了城门门洞，向西望去两边尽是街房商铺，秦世孝、窦铨知道榜文是贴在高等小学堂门墙上，学堂是在县署跟前。刘子清以前跟父亲来过县城，但他们都不知道学堂也不知道县署，问了路人才知道在街西，他们三个人便顺着这东西向的大街往前方向走去，中间又问了一位老伯，老伯转身一指说："再走几步向北一拐就是学堂。"他们顺老人指的方向走去，便看到有许多人站在那里张望，走近看，墙上贴着考生录取榜文，旁侧就是学堂大门。他们挤到跟前寻找自己的名字，秦世孝发现自己和刘子清的名字先后排在一起，刘子清看到自己的名字之后，又发现隔了三个人之后有窦铨的名字，便兴奋地指给秦世孝和窦铨看。三个人看完榜之后挤出人群，刘子清说："咱到学校里看看吧。"秦世孝说："以后在学校里的时间长着哩，闫先生说，学校跟前就是县署，县署是个啥样儿咱都没见过，咱寻见看看。"窦铨说："咱又不告状寻他干啥？"秦世孝说："看看衙门是个啥样子。"他们三人又来到大街上望了望，看到西边不远处临街有一座照壁，他们走上前去。照壁高大宽阔，青砖包砌，墙顶复加瓦脊，临街一面灰泥素粉，其上贴有文告，其下左右还有陈旧的判词批语、过时的告示。他们转向照壁的另一边，只见四周布有元宝、麒麟、如意、灵芝、摇钱树砖雕，象征吉祥如意、招财进宝。壁面上鹿、猴、莲花、竹黄、雕刻，这些雕刻隐喻进禄封侯、节节连升。照壁背后不远处便是有官差把守的红漆大门，他们认定那就是县衙门了。

县署的大门是三门六扇，中间的门大，两侧略小，三个门中，中门、西门紧闭，东门敞开，有行人进出。中门据说是官轿出入之门，大门西侧有廊庑一通，尖角状板条栏杆与外隔断，只留一入口，里面有大鼓一面乃为告状人喊冤击打之物。县署大门与南城门正对。秦世孝、刘子清、窦铨三人看完县署大门，商商量量又去看城隍庙，他们看到城隍庙门前的牌楼虽与东城门外的牌楼相似，但结构更为繁复。四个柱子中的两个柱子，在一人多高处由前后两根八叉短柱相抱，柱脚均为雕有花纹的鼓儿石，其上檩、梁、斗、拱着色均以蓝色为主，套以金红、玉绿，显得庄严神秘。中午时分三人来到东门外的一个卖醪糟的摊子前，刘子清说："跑了一上午渴得很，咱喝醪糟吧。"秦世孝点头。窦铨说："我不喝醪糟，我肚子饿了，我想吃扯面去。"说着向一家卖面的饭馆走去。刘子清和秦世孝在卖醪糟摊子前的小板凳上坐了。卖醪糟的说："有醪糟煮鸡蛋、醪糟煮麻花。"刘子清说："给我来一碗醪糟煮鸡蛋，再给两根麻花。"然后问秦世孝："你要啥？"秦世孝说："我要一碗醪糟。"刘子清望着秦世孝说："你就喝一碗醪糟不饿吗？""我带了馍来。"秦世孝说着从怀里掏出两个两合面坨坨馍。等卖醪糟的把刘子清要的醪糟煮鸡蛋和麻花递过来之后，秦世孝把自己的一个坨坨馍递给卖醪糟的说："老叔，把这馍给我放里面煮一下。"然后要把另一个馍给刘子清，刘子清不要，让秦世孝吃麻花，秦世孝摇了摇头，说："你快吃。"刘子清知道秦世孝的父亲在自己家中常打短工，家境不好，便硬把一根麻花塞到秦世孝的手里，秦世孝推不离手便掰了一点。这时秦世孝的醪糟煮馍好了，等两人吃完，窦铨吃完面也走了过来，三人便沿原路返回。在路上，刘子清提议回去后拜谢闫先生。秦世孝点了点头，但他说先回家和大人说了，准备礼品再去。窦铨同意秦世孝的意见，说说笑笑便到了彼此分开各回各家的地方。

2

秦世孝回到家里，把考上县立高等小学堂的事和母亲说了，又说了要拜谢先生的事，母亲高兴地说："好，你给你爹争气了，该拜谢先生去，等你爹回来商量一下，闫先生是你爹和几个人跑了好几趟才请到咱这里的，从义学到社学，教你们费了不少心血，是要好好谢谢。"

第二天下午秦山回来时，儿子考上县立高等小学堂的事已经在村中传开，邻里、村人、乡约、保正也都前来祝贺。有的说，秦山命大，儿子给争气了，也有的说，这放在以前就是秀才了，秦山算是把香插到香炉里了。四叔父也来了，他摸着世孝的头对秦山说："咱秦家自你太爷爷之后好几辈子了，总算又出了你这么一个秀才，这是咱祖上的脉气，也是先人积的德，你得好好到先人坟上祭告一下。"来人都用赞美的眼光看着秦山父子俩，秦山手里端着旱烟盒应酬着来人，说道："现在都不讲秀才了，不就是个县立高等小学堂嘛。"说话之间世孝的娘做熟了晚饭，端了出来招呼大家吃饭，邻里村人见状一一离去，唯有四叔和大房里的秦祥夫妻留了下来。

晚上秦山两口子商量儿子拜谢先生之事后，又说起世孝上学的事，秦山说："按我原来想的，要把几个娃都供着念书，好将来出人头地。自这两年咱添了地、添了牲口，手头便有点紧，特别是世忠上了社学之后，世德为了顾家不上学了，家里这一摊子事——"巧仙说："走到这一步了，村人亲戚都看着，难也得走下去。"于是秦山便想到给大儿世德寻点事干，再给自己也找个长活干。

第二天刚吃过早饭，世德的媳妇还没把厨房的事安顿好，秀姑来了，一进门就高喉咙大嗓子叫着世德、世孝，世德媳妇在院子里叫道："娘，我姑来了。"巧仙听见迎了出来，说："姐，来得这么早，吃饭了没有？"秀姑也没听弟媳问话，自顾自地说道："世孝考上县立高等小学堂也不给我捎个话。就这我还是听我儿周义说的哩。"巧仙说："你兄弟没回来，还没来得及哩。"接着又问道，"周义今年考了没？"

"他爹不让念了，说是铺子里的事他忙不过来，再说周义也学不进去。"

"唉，娃没考时想让他考上，考上了要到县里去上学，麻烦又来了。"

"是啥麻烦，我兄弟人哩？"

"做活去了。对啦，昨天晚上，你兄弟还和我说，冬闲了给世德寻点活做去，你看他姑父那里缺人手吗？"秀姑点头说："我倒没注意，回去后我跟他说说。"这时世孝从外面回来，见了姑姑，问候过之后又问候姑父，接着又问候表哥周义和表妹周平，秀姑笑着对巧仙说："你看世孝多会问候人，一问一连串。"然后说："都好着哩，就是给你妹缠脚时，整天哼哼唧唧的。"世孝说："现在不是都不让缠脚了吗？"巧仙说："说是那么说，实际上还都在缠哩。"秀姑接道："你姑父嫌我给你妹没好好缠脚，担心将来嫁不出去哩。"世孝笑了笑说："姑姑不要走，我给牛割草去了，一会儿就回来。"秀姑望着走出去的世孝说："我就看咱这些娃都听话。"

　　秀姑的女儿平儿，自开始缠脚，那龇牙咧嘴和哭声确实叫人不忍心，女儿是从今年八岁开始缠脚，要把一个脚掌连缠带勒，把脚趾骨全部卷曲贴在脚心里，最后整个脚变成像粽子一样的小脚，确实是要受罪的。当娘的用丈许白布给女儿缠绑脚趾之后，女儿撕心裂肺的哭喊，让当娘的自己也觉心痛，但又不得不给松松，接着又给往紧里裹裹。有时儿子周义架不住妹妹哭叫，偷着给松绑一下，父亲见了便会吼骂一顿。女儿人在长、脚也在长，缠脚的事常叫娘为难。

　　巧仙听着秀姑对自己女儿缠脚的事和对世孝的夸赞，知道她的心意，随后两人又说起世孝到县城上学的事。秀姑说："世孝到县城上学就住到我那里，吃用不让你操心，世德做活的事我回去和他姑父说，能雇别人还能没咱自己人干的活。"

　　午饭后秀姑问："秦山啥时能回来？"

　　巧仙说："今日一早儿还说要早回来，说有啥事要商量，结果这都快天黑了也没回来。"

　　秀姑说："我不等了，等他回来你把我说的话说给他听，娃考上学是先人积德积的，上学是大事，有啥难处跟我说。"说完转身要走，巧仙叫世孝出去送姑姑，世孝一直送姑姑过了渭河到了店子上才返了回来。

　　秦山晚上回来，听巧仙说了姐姐秀姑来的事，说："世德做活的事我得去跟他姑夫说。咱不张嘴总不能让人家把话往咱嘴里送，亲戚是亲戚，人情是人情，亲人也要按路数来。"

秦山的姐夫自在县城东门外开了皮匠铺，刚开始是做些农家大牲口用的笼头、轭头绳、缰绳、拉套的皮件、骑鞍、驮鞍，随着马车的发展，他的生意日趋红火，后来又增加毛皮作坊，作坊内从原来的两个人增加到六个人，从皮子的熟制有板有眼地变成了一个皮件行。秦山来到姐夫家，见到店铺架阁上摆的各种农用、车用、人用的绳索、鞍、套、皮、麻等单制、混做的物件，与后院里刮皮、熟皮、割制工作后，感慨姐夫从一个农家子弟到学手艺、开店铺，如今又办起作坊真了不起。他见到姐夫、姐姐问候之后，和姐夫进里屋坐下说了几句闲话，才说想叫儿子世德来学点手艺的事时，没等他开口，姐夫说："你姐昨日跟我说了，作坊那边是要增加一个人，只是那熟皮子的活整天和皮硝、烧碱打交道，气味又大，恐怕受不了。"秀姑接道："你就不能另给调一下？"秦山说："我想没啥，啥活儿不是从脏到干净、从重到轻干出来的。"姐夫说："你叫世德来，我安顿。"

　　天快黑时，秦山回到家里，正要跟儿子世德说去姑父家皮货作坊干活的事时，世德却说道："爹，我听吴乡约说，县里有人托他寻一个邮差，在一个叫草凉驿的地方，一个月一块银圆，我想去。"父亲说："我今天才和你姑父说好，让你去他那作坊里学手艺去哩。"

　　"学手艺，那得学徒三年，出师后才能有工钱。"

　　"邮差不就是当递脚送信吗，你爹我前些年也跟人跑过。山里土匪经常出没，格外叫人操心。"

　　"人家能跑咱就能跑，我都答应人家了。"

　　这时堂兄秦祥的媳妇来对秦山说："兄弟，你哥的烟瘾犯了，正在屋里骂人哩，你给几个钱我去买两个烟棒子去。"

　　秦山说："嫂子，我刚回来，屋里饭好了咱先吃饭吧。"

"吃饭是小事，你哥这瘾犯了可不得了。"她说着也打起了呵欠。秦山从身上摸揣出几个铜板给了嫂子，世德媳妇端来了饭招呼她吃饭，她说："你们快吃吧，我还要赶紧去给他买烟哩。"说完飞快地走了出去。吃饭时，巧仙说："这三天两头儿来要钱、借面的，啥时是个头啊，我估摸着三间房的钱早拿去了。"儿子世德说："这得写了约说清楚才是。"秦山说："我心里有数儿。"接着给巧仙说了他和刘财东续了一年长工的活路，巧仙说："世孝去上学，世德去跑邮差，你又给人家干长活，咱地里的活谁做哩，叫我说打短工比较好，一时一时地，咱屋里忙时就不去了。"秦山说："我又不是把自己卖了，这做短活挣不下钱，做长年一年下来几担麦哩。"妻子叹了一口气，心想，家里现在这境况，娃们啥时才能指望上呢？

3

秦山个头高，身体壮实，自年轻时在父亲的言传身教下成为一个干农活的好手，农村人讲究的撒籽、犁地、踩麦垛他都在行。据说他一把麦撒出去，用脚随便去踩，一脚下面七粒不多不少。犁地不管是大犁还是小犁，都是犁铧均匀而平整有序，踩出的麦草垛就像飘在水里的一只大船，既活而又平稳。他在刘村刘财东家做短工，不管干啥不惜力气，所以刘财东一有活就打发人叫他。刘财东要雇长工的话传出之后，秦山找到东家说了自己的想法，刘财东巴不得有这么个人给他家干，但是他不相信他能扎下身子守在他家里给他干活，摇了摇头说："那样一来，把你的身子就拴住了，你家里——"刘财东话没说完，秦山接道："应人事小，误人事大，我秦山既然应了就决不做误人之事，如果误了掌柜的事愿以佣金相抵。"刘财东熟悉秦山的为人，遂说定了这件事情。

秦山家底虽近年有了变化，但仍然只是处于温饱状况。他小时读过蒙学，知道"万般皆下品，唯有读书高"的话加上父亲临去世时要让孩子念书的叮咛，自己也有藏在心里的期盼。而且秦山看戏知道考秀才、中状元当官之后，给一个家庭带来的荣耀和尊贵。他也知道"富贵"两个字的含义，所以他下决心要在挣得一份殷实家业的同时，供儿子念书。

二儿世孝在县里学堂深得闫先生的偏爱，进步很快。一天秦山在去西镇的路上碰见了闫先生，忙问道："久未见先生，身体好吧？"闫先生点头说好，接着说道："听说你在刘财东家里做长工，力艰行苦啊。"秦山说："我是为一家之计，先生在为众人辛劳，更为可敬。"闫先生笑道："好说，好说。"遂说起秦山二儿子在学校的学习情况："你那儿子世孝用心习读，近日作文尤见长进，特别是在一篇兴教于民、治国立策的文章中说，学重天下法达于民，礼乐仁治何无慈义忠信以及崇儒修身盛衰自兴，大道之行非取禄于怀，而重不失乎民。这段话非常好，我在课堂上当作范文推荐给了同学们，这孩子读了不少书，他已能解读四书，我想将来有望。"秦山听了心中高兴，说："都是先生教导有方。"闫先生说："我对他说了，还得努力不敢懈怠，只是我听说你那三儿世忠，在社学虽心颖聪慧却贪玩有甚。"秦山说："我已几次告知社学的先生从严。"闫先生接道："人性使然，各有所好，先生教授也只可引领不可强求，回到家中多多开导才是。"

秦山既为二儿子得到先生赞许高兴，又为三儿子贪玩生气，回到家里便将见到闫先生说儿子之事跟妻子说了，幸好二儿子也回来了，便叫妻子做了一顿面吃。

从镇上社学回来的世忠，进门见母亲正在擀面，扭头问灶火里拉风匣的嫂子："大嫂，咱家来亲戚了？"娘接道："没来亲戚，你爹回来了。""都好几天没吃面了，我爹不回来你就不给咱擀面。"世忠说。娘说："你爹听先生说你二哥在学校里学得好，心里高兴，见你二哥今天回来，就让做一顿面吃，咱都沾你二哥的光了。"世忠听了说："吃饭还沾光哩。"

吃饭时，秦山接过妻子端来的饭问："世孝哩？"妻子说："是不是喂牲口去了？"她接着问三儿子："你二哥呢？"三儿子在房门外答道："我二哥给牛去添草，现在来了。"娘走出房门见三儿子端碗坐在房檐台上，二儿子正端着碗从厨房里出来，说："你们两个都把饭端屋里去吃，菜碟子在里面呢。"三儿子说："我爹眼睛翻人哩，我不去。"这时屋里传出话来："世孝、世忠，你们两个都进来。"

听见父亲的叫声，两个人端着碗一前一后走进屋内，一个靠在挨着炕的板柜前，一个坐在厢房的门槛上。母亲让弟兄两个往自己饭碗里夹菜，二儿子给自己碗里夹过之后，又给兄弟夹了一些放在碗里，转身看见父亲碗里的饭吃完了，忙放下自己的饭碗和筷子，双手接了父亲的碗去厨房舀饭，坐在门槛上的世忠没起身，只把身子斜了斜。秦山抬眼瞅了瞅。秦山吃完第二碗饭，将碗用舌头舔净放下，一边给自己的旱烟锅里装烟，一边说道："我今天见你们的先生了，世孝爱学，还要精进。世忠你听着，你也十岁的人了，不要光知道耍，本事是学出来的不是耍出来的，如果我再听见你在学堂不听先生的话爬墙上树，你就小心着。今天我瞅空儿回来看看，改天我回来，你给我背《弟子规》，记好了。"然后又对二儿子嘱咐道："你也大了，我和你哥不在，屋里的零碎活你回来就多操点心。"说完把旱烟锅在鞋底上磕了磕，然后把烟锅往腰带里一别，走了。

妻子知道丈夫回来是为教训三儿子的，遂瞅了瞅三儿子。

三儿子端着碗低眉顺眼立在厢房门旁,见父亲走出门后,便嘟囔道:"总说我。"母亲说:"你也是,再不听话在学校里生事,小心你爹收拾你。"大儿媳进屋收拾碗筷,世孝在兄弟头上摸了摸,说:"走,我跟你说咋背书。"

第七章

鉴古思今事，新潮时代生。
民间生活计，愿景自相同。

1

闫先生到县立高等小学堂执教之后，出于世道的改变和自己对现实的观察，潜心于授业解惑的执教之业。随着他的执业之德、为人之道、学生学业长进的名声渐大，他接触到一些新的变革思想，也和先生们议论起社会上的一些弊病。听取年轻先生们议论的《天演论》、"三民主义"、自然科学和时评。他自思二百多年的清室江山一触即溃，自己所在县城在一夜之间变了天，明白了荀子《王制篇》和唐《贞观纪要》中提到的"水能载舟亦能覆舟"这句话的道理，新的思潮是挡不住的，但是怎样与时俱进、顺应时势，他心里没数儿。西府这地方，大凡有女儿的家庭，在女儿长到十二三岁便开始有人提亲，家里人也就开始为其张罗找婆家的事，到了十五六岁就有举行嫁娶仪式的。

这一天，闫先生在家歇息，妻子又向他说起女儿的婚事，先生考虑到女儿年龄小，应读经明理，养德成才，才不至于被蒙昧吞没，听到妻子的话觉得心烦便出门转悠。因为他住的地方离西镇不远，不知不觉便走到了西镇的街口。西镇虽然古老却只有不过一里路的土街，街上从东到西有马车店、油盐店、杂货铺、饭铺、染房、油坊、药铺、肉铺等十多家商铺，杂以住房、粮市，间隔散居。街的东头一座关帝庙，西头一座无量殿与一间火神庙隔街相对、大门相左。逢集日，从街的一头到另一头摆满了新鲜菜蔬、时令瓜果，卖猪肉、醪糟、凉粉、面皮、饸饹、麻花、油糕、酒麸的，应有尽有。在街的两头空地上，柴草山货、牲口都有，而牵骡子、牵马的满街都是人，加上各种叫卖声、说话声，耳边总是嗡嗡的。闫先生从设在关帝庙内的社学去了县立高等小学堂之后，好几个月没再到这里来过。

今天不逢集，街上倒也清静，他正转身往回走，从一侧里传来叫他的声音，抬头一看，是街上开药铺的窦郎中。"好久没见先生了，怎么刚走到这里又要回去？"窦郎中问。闫先生笑道："是窦郎中呀，我没啥事闲转。"

"走，到我那里去坐坐。"

闫先生略有踌躇。窦郎中道："先生是稀客，高就之后更难一见，今日难得相见，一起喝杯茶。"

窦郎中的药铺在街中偏西，坐北向南，他是一早儿出诊刚回来，二人往药铺走时，见到几家作坊铺门半开，从门里望进去，有榨油的和染布的，闫先生瞅了瞅自语道："今天不是集日，这门有的也在开。"窦郎中道："平常不逢集，但也有人开门买卖东西，只是'白头反正'那阵子，大队人马从这里经过，拿枪拿刀矛、执火把的，人们受了惊，好些日子谁也不敢开门。这两年有时一阵兵一阵仗的，集市也不正常。"闫先生点了点头。说话之间到了药铺，窦郎中将两张药方递与抓药的伙计，说："现在就给抓药，一会儿有人来取。"然后把闫先生让到屋内，在一张方桌前坐下，有伙计来给两人泡了茶，窦郎中又拿过桌上的水烟袋让闫先生吸，闫先生摇了摇头，说："不会。"然后端起茶碗抿了一口茶，接道："窦郎中为医之道治病救人乃世间一等的善事，该是德福常随。"窦郎中从嘴边移开水烟锅，笑道："为人治病也是为己生活，一技之长也是一技之私、一己之福，如不留心也是一己之祸。而先生执教授业为学生解惑、成学、育人，乃德配天地，自古以来就是'天地君亲师'五尊之一啊。"

"话是那么一说，其实每家都有每家不如意之处。"

窦郎中是冯村人，早年读过私塾，因无缘于秀才，常跟随父亲到山里挖药、卖药材。后又投师一位老郎中习医，出师之后在西镇开了一间药铺行医卖药。因为人勤快、小心谨慎，渐渐在乡里极有人缘，甚有名望，他与清泉村的秦山祖上是亲戚，如今虽已无有来往，但提起过去却也感到亲近。村里为义学请先生之事，秦山没少与他议论过，当窦郎中知道他们要请闫先生到他们村的义学教书时赞不绝口，但他曾经怀疑大先生不一定能来。及至请他陪同乡约、族长们迎接闫先生到义学教授时，他才与先生相识，知道先生平易近人。儿子由义学到社学再到考入县立高等小学堂，一直受到先生关照，他也为先生看过病，先生的为人处事、道德经纶，使他对先生心存敬仰，说起乡里之事，闫先生抬头望了望窦郎中，端起为他新续的茶水喝了两口说："能从你们清泉里的义学考到县立高等小学堂，远的不说，近的像秦山的儿子、你那儿子、刘村刘财东的儿子、赵家的儿子，都是可造之才。家里人也都好。"

"我那儿子就不说了，其他几家，论家财家势，非刘、赵两家莫属，论家风人品德行，秦家可数，另外秦山这人诚实善事，乡亲邻里之中口碑不错，眼下虽然给人做长工，日后定有大起之日。俗话说房跟檩、人跟种，其儿定有出息。"闫先生听完笑了笑，自思自己认识秦山这人以来，觉得他为人厚道勤俭，又如此下苦力供儿子念书，想得远。他也听说过他家祖上出过举人的事，遂说道："你所说不假。"这时外面的伙计进来说道："掌柜的，有人取药来了。"窦郎中忙起身对闫先生说："先生稍坐，我给取药人叮咛一下煎药要注意的事。"闫先生见窦郎中忙，便起身告辞，窦郎中将闫先生送出门外，回头拿起一个小药包，指着柜台上的大药包和取药人比画着说了一番。取药的人刚走，只见秦山的大儿子秦世德牵着他家的大驴急急走来，走近后叫道："窦叔，我爹请你过去看病哩。"

"是世德呀，看把你急的，你们家谁病了？"

"不是我们家的人有病，是我们邻家的蛋蛋他爹陈才。"

"噢，咋啦？"

都是好人，可是一家子除了几个光葫芦儿子和不多的一些地再有啥哩，大人还给人家当长工哩。咱就不能挑个像样的人家。"夫妻两人说的话，让走进屋里的玉儿在厢房门外听见，母亲的话刚一说完她便将门帘掀起叫道："爹、娘，你们不要说了，我听说县里有女学堂了，我要念书去。"娘说："你看这村里左邻右舍像你这么大的女子，有几个没定亲的，还有准备出嫁的哩。""那都是为饥饱和生老病死在发愁，有几个想以后的事哩，《三字经》里说，人不学不知义。《家诫要言》里也说，多读书达观今古可以免忧，多读书则气清，气清则神正。"听了女儿的话，父亲在一旁点头，他觉得女儿读了《三字经》和《家诫要言》，倒也记住了一些话，可见女儿渐长，学则事理通达。便对妻子说道："女儿婚姻事，宜择其古旧门坊、守礼敦实之家才无后患。"妻子道："你们父女俩咬文嚼字的，我听不懂，玉儿叫你调教得只想念书啥也不会做，等嫁了人等着受气吧。"女儿接道："你放心，娘，我都把我爹给我的《女儿经》读了，《女儿经》里的女德、女容、女言、女工我都知道，我会给你和我爹争气的。"母亲瞅了一眼女儿和丈夫，说："你们都识字，我说不过你们。"说完拉了炕一头放着的被子和在一旁翻书的小儿睡觉去了。

闫玉儿对父亲说她婚姻时提到的秦家也熟悉，她知道父亲刚到清泉村义学教书时，最早认得的学生就是秦家几个儿子。秦家最早念书的是老大秦世德和老二秦世孝，秦世德憨厚勤快，他义学念完时三弟世忠也开始念书了。他父亲忙完地里忙家里，他十二岁就跟着父亲到山里背柴，又学会了扶小犁种麦，他母亲一人做着全家人的穿戴铺盖，一年光鞋就要做十几双，还要做衣服，从纺线到做成大小单棉衣裤，还有推磨做饭，一年到头不得闲。他跟父亲做地里活，跟母亲做伺候牲口的家务活，于是也就不念书了。为了家里的用度，他跟父亲到山里烧木炭，现在他已经成为一个样样农活儿都能干的壮实小伙，而且听说已经娶媳妇了。而秦家的二儿子秦世孝长得有点文弱腼腆，话不多但念书念得好，父亲常常提起他。他又有礼貌。她记得年里他到自己家拜年，一进门就趴下给父亲磕头，然后又给母亲磕头。他一对大眼睛瞳仁黑亮黑亮的，嘴角还有两个笑窝窝，说实话，他在她少女的心里早留下了美好的印象。

这一年腊月三十下了一场大雪，人们除了走亲戚其他时间都在屋里的炕上暖着。秦山的大儿子秦世德坐在炕上，不换眼地看着自己的媳妇提着拨条拧麻绳，媳妇瞅了一眼问："看啥哩，没见过拧绳绳？"女婿说："我看你那张红脸蛋，加上你这续麻拧绳的样子，挺好看的。"

"没出息。过了年还出去做活去不？"

"去呀，不去在屋里干啥。"

"要不，你跟咱爹商量一下，弄一副担子当货郎或油郎。天天能在家。"

"你说得容易，一来咱不懂咋买卖，二来哪来钱置那些家当呢？"

"你去冬不是挣了钱回来吗？""那钱呀，咱爹早都把腿给安上了，买地还欠人家一些钱，秦祥叔家要给，还有世孝上学要用。再说做生意那是在分分厘厘上说话，称平了人说你不厚道，称旺了小小聚大赔不起，现在一些人卖东西都在秤上做手脚，短斤少两，以次充好，亏人损德，将来死了到阴间，受了苦刑还要下辈子变牛变马给人还呢。"

3

清泉村里虽早先就有义学，但大多数人都只叫孩子读几年识些字、能懂得道理就算了。人们淳朴的风俗靠老一辈人不断的言传身教和历史戏剧传播的"孝悌忠信、礼义廉耻"八个字维系着。所以不管穷还是富，做事少了德便没了人缘。

　　堡子上的赵有余，从父亲那里继承了种植大烟发家致富的门路，家业不断增大，但是父亲去世之后自己悔妹婚姻，与秦、丁两家有官司纠葛之后，乡人的口碑便不好了。除了平常邻里与他来往少之外，最明显的是家里有婚丧大事帮忙的人也少，你不去请人人手就不够。另外就是儿子结婚。当地人有戏闹新房的讲究，一般要闹三天，三天之内，人不分大小，新人都得礼貌相待。白天人忙，晚上一吃完饭年轻人便前往新房里嬉戏。这本是最能吸引年轻人的热闹之事，但赵有余大儿子赵福结婚的当晚却很少有人去，赵有余站在他家的大门外，见了路过的年轻后生叫着让进屋里去耍，也少有人去。这件事后来成为村人闲聊时的笑话，使赵有余很没面子。

　　赵有余通过这件事想到了，人有了家业还得有势，他从老戏里看到人再有钱还是没有做官好，做了官不但扬名声显，人人见了都得敬着。就拿自己的外甥秦世孝考上县立高等小学堂的事来说，考上放在过去就是秀才，村里人都去恭贺赞叹。所以他下狠心也要让自己的儿子出类拔萃，不仅叫儿子努力进学，还到处烧香许愿。好在第二年自己的二儿子赵禄也考上了县立高等小学堂，他便大摆酒席，宴请亲戚邻里。但人们总是把他和他的儿子分开来看，认为他的儿子是接受圣人教化才有了出息，并非他的德行所积所报。

　　这一年秋天，他和大儿子赶着牲口，把春天在山场翻犁的地全种上了大烟，第二年割完大烟回来之后，忙于大烟的收集处置和家里的农活，没来得及收拾留在山里的烟果壳，等他把家里的事全安顿好再进山去时，烟苗上的烟果壳都不见了，他回到朱老汉住的地方，问朱老汉："老朱叔，有没有见着进山来的人，到对面山梁后面去的？"朱老汉说："进山割柴的人有，到对面梁后去的人没看见，你问这——"赵有余没敢说自己种烟的事，他撒谎道："我在梁后一块地方种一坨儿洋芋，今天去看剩的没几窝了，好像被人挖了。""唉，这山大了谁能知道你在那里种的东西，也许是让獾和野猪给糟蹋了。"朱老汉说。赵有余心里明白，獾和野猪不会吃他那留在地里的烟骨朵的。他原想割完烟膏后待骨朵风干了，再摘回去卖给药铺，结果却让人给摘走了，白跑了一场，想起来就一肚子气。

原来清泉村秦山族叔的儿子秦旺，到山里背柴时发现了那片挂着烟骨朵的荒田，他是个二十岁出头的小伙子，他知道这大烟壳壳是药，能卖钱。里面的籽儿取出来捣碎，合在面里烙成馍油香油香的，便决定把它摘回去。但是他知道这是山外人种的，割完烟后未及时收取，弄不好会落个偷。而且跟他一起来背柴的还有邻家陈才的儿子蛋蛋。他便把蛋蛋支远一点去割柴，并告诉他割好了柴叫他，他帮他捆柴打背。蛋蛋走后他割了一阵柴，便把自己装馍的布羊肚袋里的馍掏出来揣到怀里，去摘那干烟骨朵。等到蛋蛋在山坡上叫他时，他已打理好自己背的柴，他走过去帮蛋蛋捆好柴、挽好背带，说："坐下吃点馍吧。"完了帮蛋蛋把柴背上说："你往下走，我去背我的柴。"一路上蛋蛋在前面他在后面，蛋蛋隔一阵儿叫他一声"旺叔"，他应一声，在一个有歇台的地方，蛋蛋发现他背的柴上，夹在中间装馍的白羊肚袋子圆鼓鼓的，说："旺叔，你肚子不饿吗，羊肚袋里的馍还那么多。"秦旺灵机一动说："那是我拾的几个马兜铃。""马兜铃是啥呀？"蛋蛋不解地问。

"马兜铃是一种药，能治咳嗽。"

两人走出山门口时太阳已经下山了，便加快了脚步往家里赶。

这叫蛋蛋的是邻家陈才的儿子，他还不满十二岁就开始操心家里的事。自他爹陈才得了中风躺在炕上，虽然有秦山一家帮顾，经诊治人能说话了，半面身子却动不了了，家里的日子过得很差，缺吃、少穿、没柴烧，娘常在山坡崖畔上割柴草，在坟地里刷草屑。这次他偷偷跟着秦旺去了山里,他娘找不到他,直到发现她割柴的镰刀和绳子不见了,才知道可能是他拿去割柴了,中午没见他回来,他娘心急,不住地跑到门外去看。山村的太阳一偏西就跑得快了,村后的西山岭一挡就向晚了,他娘便坐在门槛上等儿子。

天黑了,蛋蛋背了一捆柴回来了,蛋蛋娘忙站起身叫着儿子的名字说:"你背柴去也不给娘说一声,到山里去你就不害怕吗?"蛋蛋放柴时,胳膊没法从背绳里取出来,便连柴一起躺倒在院子里,蛋蛋娘上前帮儿子卸去肩膀上的背绳,儿子龇牙咧嘴地抹了抹自己的肩膀说:"我跟我旺叔去的,柴背都是他给我打理的,我渴得很,娘,你给我舀一碗水。"喝完水,娘已端去一盆水说:"洗洗脸吧,看你脸上让汗流得五麻六道的,你跟你旺叔一起回来的?"

"他背的重了,走得慢,在后面哩。"

接着娘给他端来了糊汤饭和馍。到了屋里,爹说:"以后走哪里要给你娘说,少叫你娘为你操心。"话虽是这么说,但当爹的心里却涌出对儿子由衷的期望,期望他赶快长大,能顶立门户。

秦旺翻过大塬岭后就走得慢了,他故意把进村的路留到天黑走。第二天他又早早地一个人去了一趟山里,也是到了天黑才回来。这一次他是专门去摘那山场地里的烟壳壳,顺便捎了不多的一点柴。

第八章

生死之谜罩古人，敬天敬地敬神灵。
一年一度朝阳洞，祈子传承盛况隆。

1

清泉村虽然只有四个自然村,但因靠山连塬占地面积不小,村居田地东西约三里,南北四里有余。其中西村、南村、东村以川平地为主,而堡子上纵跨塬上塬下,以塬坡地为主。山坡脚下一眼泉水汇成溪流出后,能够浇灌几个村的几十亩地,能保种保收,旱年村里有这水浇地的人家大都能支撑过去。

相传古时村西北靠山岭头有一座大寺庙,寺庙金碧辉煌,殿堂林立,庙内有不少和尚,每天光用石臼杵捣粟米粮食的就有十多人,钟声远传乡里,信众香火繁盛。后来寺庙内和尚不守戒规,常将上香朝拜的妇女圈养满足其淫欲,祸害不断,引起乡民愤慨,便一把火将寺庙烧了,和尚们作鸟兽散。过了些年村民又在村南山湾的台地之上盖了一座寺庙,寺庙背靠西岭山坡坐东朝西,一条古有的小路经过寺庙门前,将山塬与其前后的村子相连。塬边有一土堡,此路是居于塬上之人担水、赶着牲口驮水的便道,也是山外人走进大山的一条主要道路。据说唐末宦臣田令孜谋逆,与梁王勾结以宗臣造反为由,诳骗唐僖宗西出长安避暑宝鸡山,当时勤王之军平乱叛军就是走的这条路,可见其村之古之老。

明朝嘉靖年间,关中地震,寺庙坍塌,重修之后寺院以七级石阶高居于台地之上。清末,寺院北侧增加了关帝庙堂及其献殿,另成一院,两院左右连通,加上住庙之人居所,占地三亩有余,院内古柏参天。由于世事多变,天灾人祸,人们对生殖的渴望加剧,于是村人又在一里路之外的南塬半坡,凿窑洞、建道观、供奉送子娘娘三霄、保佑平安的药王以及太白金星、玉皇大帝等神祇。

因为人们希望子嗣繁衍与健康,所以道观香火旺,特别是每年春三月的庙会之日,渭河南北山塬前后左右数十里内外的善男信女,蜂拥而至,有祈子的,有还愿的,有求药的,有求一方平安的。于是奉敬的香、蜡、黄表纸、献果、布施、锦帐、红绫应有尽有,伴有会戏秦曲、乱弹,非常热闹。会期三天四夜,加上跳神、问病,往往彻夜不眠。

这一年,道观的庙会到了,因去年地里收成尚好,庙会的会长、村人、族老商议请了一台合阳的线猴戏,也叫提线木偶戏。戏台就搭在道观院内,村里、邻村的曲子班和乱弹班相约凑数,村人像以往一样给亲戚捎话让其前来看戏,世德娘还让儿子专门去跟城里他姑家说了。家家都又是磨白面又是割肉买菜的。会日开始,道观观门、洞室便上了黄纸对联,五色彩旗插的插、挂的挂,旗幡高高飘拂。晚上吹鼓手的锣鼓喇叭一响,敬香、吊表、烧纸制品的火焰冉冉,鞭炮声炸响,沿山村道路蜿蜒而动的人流渐渐形成。秦山的女人巧仙,因了过门的大儿媳怀孕,便将早已准备好的五色纸粘的敬祀之物,绣鞋、彩、香烛纸表、鞭炮带到洞观,她要祈祷神灵保佑儿媳母子平安。在观内燃烧完敬祀之物后又到戏台前望了望,才要转身往回走,时却碰见了娘家邻居银儿姐,两人相互问候完毕,银儿姐见旁边跟随的小媳妇,问道:"这是?"巧仙答道:"这是我大儿媳妇。"转身对儿媳说道:"这是你银儿姨。"儿媳叫了声"姨",银儿姐道:"真俊。也是来许愿的吧?"巧仙道:"已经有了,是来还愿保平安的。"银儿姐羡慕地说道:"妹子命好。"遂说了自家的情况。

这叫银儿姐的女人也已四十岁出头,早先嫁到南村塬上纪家生了一个儿子,家里穷,儿子二十好几娶了媳妇,没有本事又好吃懒做,想挣轻松钱便混入赌场,输了钱被逼行窃。回家之后,被父亲打了一顿赶出门去,久不见人,等知道时他已经入伙八里之外的土匪,父亲被活活气死。儿子回来埋了父亲,给了母亲几块银圆说:"娘,你不用怕,拿着花去,咱被人看不起是因为穷,将来我要变成了富汉谁也不敢惹咱,你不要管钱是咋来的,只有它最会说话。"母亲说:"我的儿,咱穷没啥,你可千万不要做那些伤天害理的事。"实际上,村里人都知道他给东塬的土匪头子背枪,一月、半月回来一次,黑天里来黑天里去,家里的日子也还过得去,村里人明白他的钱和粮食是哪里来的,但也没人敢说啥。他的媳妇芸香在家里经常守着空房,三年了生不出孩子,自己心里寂寞不说,婆婆过一段时间总要瞅瞅她的肚子。几年来银儿姐每年都要到朝阳洞观为儿媳祈子,总是不见儿媳肚子大起来。芸香是个好媳妇,丈夫不在,一年除了端午、中秋、年节到娘家走走外,从不出门。在家里不是纺线织布就是给一家人做衣服、做鞋袜。

银儿姐为儿媳朝阳洞祈子回来,和儿媳说:"今年庙会上唱的戏虽不是大戏是'线猴戏',可很多人没见过,来看戏的人还特别多。"儿媳问:"线猴戏是啥戏啊?"婆婆说:"和咱这里的肘猴戏一样,但人家不是用三根棍棍挑着,而是用许多线线提着,人家线猴的眼睛和嘴都还能动弹。我这辈子只在很小时候见过一次。对啦,刚才我已给娘娘许过愿了,在跟前经管的人说叫你去一下,她包个东西亲自给你,保你就有了,你现在就去。"芸香听了抿嘴一笑,心想不管啥,婆婆不说让自己去,自己也去不了,便不再说什么。临走婆婆又要她记着去了给娘娘磕头。

芸香出了门，跟在几个从自家门前经过去道观敬神看戏的女人后面走去。道观离他们家不到一里路，她边走边想着，婆婆这两年老怪自己怀不上娃，也不说她儿子自打结婚就常在外胡逛，后来走了，两年多来一直是一月、两月回来一次，有时几个月都不回来，就算回来，也是半夜里回来、天不明就走。有时婆婆喂鸡时骂鸡："喂你连个蛋都不下，喂个公鸡还打鸣哩。"她知道婆婆是指着鸡骂自己，但也只得忍着。婆婆为自己到送子娘娘那里已经要了两年娃了，也许真是自己没去给送子娘娘敬香磕头吧，于是她到了道观之后便直往供奉送子娘娘的洞室而去。洞室的人很多，等了很长时间才轮到她上香磕头，她磕完头站起身之后，一旁经管的人便将一个红纸包着的东西交给她，说："揣到怀里，路上见了人不要搭话，回去睡觉时，把那东西研细用开水冲着喝了。"她应了一声，低着头走出送子娘娘洞室，在没人处取开纸包一看，是一个泥捏的婴儿的小牛牛，她脸热了一下，掀开衣襟装在里襟的衣兜里。

道观院里的人来来往往，焚纸楼里纸制的祭物、香表，燃烧的火焰托着飘浮的纸灰不时腾空而起，不停在燃放的鞭炮，照得整个道观泛红锃亮，声音响彻夜空。忽又听得靠南的一个洞室里传出"咿咿呀呀"的声音，洞室的门口被人堵得死死的，只见有人问："伐的是啥神？"一个人答道："听说是玉皇大帝跟前的童子神。"她又看见庙院坐南向北的女楼上，人来人往，据说这里是为远道而来敬神祈子还愿、看戏回不去的人准备的休息之处，楼下为办会场所。而观门跟前的戏台上，锣鼓敲得叮叮咚咚的，台下围满了人。她想起婆婆说的线猴戏，她还没见过，但又怕碰见娘家门上的熟人一直低着头走着，正想望望戏台上的线猴戏，只听旁边有人说："这戏不简单，人只用十七八根长线，牵动着木偶的头、耳、腰、腿、脚，通过提、勾、挑、扭、抢、摇，便能做出走、跑、跳、坐、骑、舞、耍枪弄棒、腾云驾雾、甩水袖、摇纱帽翅各种动作，真够能的。"突然，旁边一个人低声叫道："芸香你也来啦。"她扭头一看是娘家邻居的秦世德，不知他啥时候站在她跟前的。她想起从送子娘娘洞里出来不能跟人说话，便欣喜地笑了一下，眼睛瞪得大大的看着对方。

2

芸香的娘家和秦世德家里是邻居，他们自幼在一起玩耍，秦世德比她大一岁，她十四岁那年她娘就不让她出院门了。十六岁那年她小舅娶媳妇，她爹她娘和兄弟都去了，就留芸香一人在家看门。她坐在炕上一边做针线，一边想心事。一只喜鹊在大门外的树上喳喳地叫，叫得她心事都想不下去，便到院子里"嘘，嘘——"地赶，不知是她的声音小还是喜鹊的声音大，喜鹊的叫声依然如故。她准备打开院门到树跟前去赶，刚开门却见邻家的秦世德从门前经过，她叫道："世德哥去哪里？"秦世德见是芸香，说："总不见你出门，今天咋这么胆大地跑了出来。""我出来赶喜鹊，我家里人都不在。"芸香说。秦世德接道："喜鹊叫，客人到，你家要来客了。"说着朝门旁的树上望。这时树上的喜鹊扑腾着飞走了。芸香一笑，说："好长时间没见你来我们家了。"

"不敢去了。"

"为啥？"

"你娘把你看得紧，只怕你让风给刮跑了。"

芸香笑着靠在门枋上，手里拿着针线活儿，秦世德看在眼里，说："窝在屋里给你做嫁妆呀，你家里给你把夫婿说到哪了？"

"没有。"

"你还哄我哩，我都听说了。"

"谁哄你是个狗。"她瞅着世德着急地说。秦世德觉得芸香羞红了的脸特别好看。眼睛细长，嘴唇薄薄的，一条辫子梳在脑后，胸前微微地鼓着，他瞅着她说："最近我们家也有人来给我提亲哩。"

"那你们家找个媒人来我们家嘛。"

"不知你爹娘愿不愿意。"

"不来说能知道吗？"

"那你——"

"笨牛一个，牵都牵不到犁沟里。"芸香说着抬头看了一眼世德，换眼时瞅见娘和兄弟回来了，忙说道："我娘回来了。"世德慌急地转身要走，芸香说："有我哩，我说时你自管顺着我说就是。"她说着叫问道："娘回来了，我爹呢？"

"你爹路过到地里去了。"芸香娘说着瞅了一眼一旁站的邻家的世德才要问话，世德叫了一声"婶子"。芸香忙说："我世德哥刚来咱家借篦刀，我不知道地方才正说哩。""噢。"娘答应着说道："篦刀不常用，我也不知道你爹用了放在哪里了。"芸香抬头给世德摆了个眼，世德便说道："那我走了婶子。"

秦世德离开芸香家门口，芸香娘进了屋院对跟在后面的女儿说道："以后屋里没大人，你跟外人不能在门口说闲话。"芸香说道："隔家邻壁的，谁还不能到谁家借个东西。"

"你们是大男大女的了，不是小时候那阵子了，再说近些日子有人常来给你说婆家，叫人家知道了不好。"

"知道了就知道了,知道了又能怎样?"

"你甭犟,知道了就没人给你说婆家了。"

"没人说就没人说,我不稀罕有些媒婆子那张烂嘴。"

芸香说着拿了自己手中的针线活儿回自己房里了。芸香娘让身边跟着的儿子把手帕里提的东西给女儿拿去,儿子却跑出门外耍去了。她只得拿上东西到女儿房里,说:"你舅家过事你没去,你舅舅把我埋怨了一遍又一遍,给,这是你舅婆让给你的两个蒸馍夹肉。"芸香接过来放在一边。芸香娘又接着说道:"今天在你舅家又见了给你说媒的那个人,等着要你的生辰八字哩,我跟你爹也打听了一下,给你说的几家,就南村这家一个儿,家里还差不多。"芸香心里却盘算和期待着,邻居秦世德家的大人找媒人来提亲,便说道:"家里差不多的跟前就有,知根知底就用不着打听。"芸香娘听出女儿话中有话,晚上和芸香爹一说,男人摇了摇头说:"近处有近处的好处,但不好处比好处多,结婚后小两口一吵架,两家大人都不得安宁。"

就这样,芸香出嫁时"呜呜呜"地哭了一路。出嫁的芸香回娘家时总想见秦世德可总是见不着,后来知道他也结了婚。如今见了,既埋怨他又想揶揄他两句,想和他说说话,却又不好开口,秦世德把她的衣襟捋了一下,头微微一摆朝观门外走去,她会意地跟随其后,保持一段距离也出了观门,下了坡道。

农历三月下旬,正是麦子拔节抽穗之时,大都已经高过膝盖了,白日里青葱的田野,在夜色中显得静谧而安详。为了避开路上的行人,他们来到一片麦地边坐下。"过得还好吧?"秦世德问。芸香不语。"我知道你是来要娃的,人家也给了你一个纸包包,那里面包的是啥你知道吗?我小时候在村里学堂念书,庙上人就让我们帮忙用泥捏那东西哩,那能顶事男女就

第八章

117

不用结婚了。"提起那纸包里的小东西，芸香不觉脸上有点发热，不好意思，终于忍不住说道："你没良心。"秦世德说："当初我是想着咱们的事，有啥办法，都是大人说了算，后来你又出嫁了。"

芸香扭头望着秦世德："从那以后我就再没见过你这个男子汉。"

秦世德"哈"的一声笑道："在家里有做不完的活，还要走山背柴，还要外出挣钱，今儿后晌回来，听说庙上唱线猴戏没见过跑上来看，碰巧见到你，就想跟你说说过去的话。我们都结婚了就好好过，你那人咋样？"

"别提啦，有时几个月都不回来一次。"

"男人在外面挣个钱也不容易。"

"你知道他在外面干啥事哩？"

"是啥事？"秦世德扭头问。

"他自己不说，但屋里人都知道，屋里地里的活都是我和他娘两个的。"

"是这样啊，那就太委屈你和你婆婆了。"

秦世德的温和与关心，让这个平时无法向人诉说的女人心存感激，她多么想有一个这样的肩膀靠一靠，她凑近了挨着他。在这清凉的夜里，男人身上的温暖使她身心都感到温热，这个有时几个月才能见到男人的二十岁出头的女人，爱欲隐隐地燃烧着，不自觉将身子靠向了秦世德怀里。秦世德也出去跑邮政当递脚有两个月没见媳妇了，两个人一下子便缠绵在一起，寂寞已久的芸香觉得从来没有这么舒畅过、愉悦过。

下弦月已经没入清泉村后的山梁了，芸香说："时间晚了，我婆婆在家等着我，我得赶紧回去。"说着起身用双手拢了拢头发，又说道："把人家麦子压倒了这么一大片，明日该让人骂了。"秦世德帮芸香拉了拉压皱的衣服，说："骂去，反正咱都听不见，我送你回去吧。""不用了，免得碰见村人，你走吧。"芸香说完便走了。

芸香回到家，婆婆开了门，不高兴地问："咋这时候才回来？"

"今天晚上人太多，完了又看了看戏。"芸香说着低头说。婆婆问她庙上人给的东西拿回来了吗，她说拿回来了，让碾细用开水冲着喝了哩。她怕婆婆看出什么破绽，说着话便直往她的厢房走去。进了厢房，她想起和秦世德在麦地里的事，心里乐开了花。

秦世德第二天上午在自己家里准备走时要带的东西，听见从院门进来的父亲边走边骂。在房门口的母亲说道："刚回来，你看屋里啥没安顿好你就说，骂啥哩？""咱有一片地里的麦子被啥压倒了一片，这麦正抽穗哩，我能不骂吗？"父亲说。母亲笑了笑，说："我以为啥事，已经绊倒了你又没看见是人还是狗，再骂有啥用。"这时南边屋里的秦祥走了出来笑道："门上不是过会吗？老时候，外村外乡里的人把咱这地方要娃会叫压麦会，并不是没影儿的胡叫哩。"世德娘说："麦压倒了把你兄弟气得胡骂哩，你还说笑哩。"

屋里的秦世德听了，想起自己昨晚上的事扑哧地笑了。一旁帮着整理东西的媳妇问："你笑啥哩？"

"没啥。"

"没啥，你笑哩？"

"我笑咱昨晚睡觉的事哩。"秦世德一语双关遮掩地说。

3

　　清泉村的庙会第二天是正会，人最多，唱戏的要拿出最有吸引力的戏本来唱，曲子班、乱弹班也是，戏班的锣鼓、曲子乱弹班的锣鼓弦索再加上鞭炮声、嘈杂声，似乎什么也听不清，什么也只能偶尔听得一两声。卖吃食的、卖杂耍的也特别多，还有卖针头彩、胭脂香粉、发卡顶针的货郎，也有卖香、黄表纸、蜡烛、纸钱和鞭炮的，还有山里人拿了缚好的笤帚、扫帚、竹子编的拌笼、鸡笼等卖的。

　　午时，秀姑从县城里带着女儿平儿来赶庙会，母女俩到了娘舅家，放下礼品后便要去道观敬香，在厨房做饭的巧仙说："你跟娃歇歇吃了饭再去吧。"秀姑说道："今日正会，敬神赶早不赶晚， 我上去敬了神回来吃饭。"说着便叫上女儿平儿走了。吃午饭时，巧仙让秦世德到庙会上去叫亲戚，秦山也回来了，亲戚相继也都来了，大人小孩十几个，吃饭时屋院之内闹嚷嚷的。

　　下午，秦山给姐姐秀姑说："你歇歇，要看戏了跟娃去望一望，我还要到刘财东家去。"说完跟其他亲戚打过招呼就走了。屋里的亲戚有的要走，有的要去看戏，秀姑不去，平儿没见过线猴戏，跟上看戏的人一块儿走了。世德媳妇在为世德烙走时带的馍，巧仙在屋里和秀姑说闲话。秀姑说了自己儿子的媳妇又说侄儿世德的媳妇，她说："世德媳妇就是勤快，话不多手脚又不闲，现在又有了身孕，你就要抱上孙子了，看来你和我兄弟都有福。"巧仙说："有啥福呀，你兄弟现在还给人做长工哩，世孝、世忠、世义要不了几年就都长大了，后面的事多着哩。"秀姑说："人常说不怕家穷，就怕没人。"

"没人难，有人也难，娃们小时候大人盼望长大，长大了又要操心给娶媳妇和盖房，世德算是安顿下了，世孝还听话，这世忠又贪耍又淘气，世义却是个牛。"

"我看弟兄几个都不错，世德勤快顾家，世孝聪明好学，听说在学校先生经常夸奖，世忠精灵胆大，世义还小就不说了，我看将来都有出息。"

"将来成龙还是成虫，难说。"

"暂时就是苦了你两个人，不过我兄弟话不多，心里啥都有数儿，心劲大着哩。"

"在外是硬撑哩，你不知道有时回来还要做这做那，睡下了说他全身骨头像散了架似的。"

"男人家都有一股子牛劲儿，世德他姑父也是，忙了外面忙屋里。"

姑嫂两个说了一阵之后，秀姑话锋一转说道："对啦，我和平儿她爹说过，想把平儿给咱世孝当媳妇哩。"巧仙笑着说："姐姐有这个心我感天谢地，世孝媳妇的事我就不愁了。"秀姑说："我还怕弟媳不愿意哩。"

"嘿，有这么个外甥女给我当儿媳，我还有啥说的呢。"

"那你把这话给秦山说说。"

"肯定要说，但是不急，你来了住两天，散散心、看看戏，说话的时候多着哩，今儿晚上他知道屋里的亲戚多不一定回来。"

两人正说着，儿子世德进来说："娘，姑姑，我走了。"

"现在就走？"娘问。

世德说："我给人家就说了一个对时（指整天），拿点换

第八章

121

的衣服，我得赶今天晚上回去。"

秀姑对巧仙说："给人家干事就是这样。"然后又转向侄儿说："路远了，路上要小心。"

秦世德走后秀姑说："我也该走了，这平儿还不见回来。"话音刚落平儿就回来了，说道："娘，咱走吧。"巧仙说："你娘儿俩住一晚上，明日一早让秦山吆牲口送你回去。"秀姑说："就十多二十里路，我娘儿俩赶黑回去就不挨世德他姑父骂了，你记着我给你说的话，甭忘了。""平常忙，不得来，来了总是那么急，你的话我记着哩。"说着叫道，"世德媳妇，你姑要走哩。"平儿说："妗子，我回来时我嫂子去庙会上了。"

巧仙送走姑姑母女俩后，回到屋里便想到近日有人给世孝提亲的事。她知道当地给娃定媳妇礼钱，一般是按年龄算，一岁一石麦，十二三岁的女娃最少最少低不了七八石麦，十六七岁没个十石麦是不行的。如果是男求女还要比这多。等把媳妇娶到家，加上棉花、布、衣物、待客，那就更多了。要是把平儿许给了世孝那就省心多了。这时有人在门口叫道："世德娘，老妹子，门上过会哩也不出来，在家里忙啥哩？"巧仙从房门伸出头一看是邻村的王媒婆，说道："呦，是他王婶呀，啥风把你给吹来了。"王媒婆说："肯定是东风，别的风把我能从东吹到你西边来吗？我给你说，我是来替你二儿说媒来了。"

"让你费心了。"

"谁叫你一下生了那么几个有出息的儿子哩，挣钱的挣钱、上学的上学。"

"要说出息那还早哩。"

"不说了，说正经的，那个李村的李老二一心把他女儿许给世孝当媳妇哩，和我都说了两回了，那女子长得精灵得很。"

"前些日子赵村就有来提亲的,他爹说娃们都念书哩,现时也没力成婚。"

"李老二说他不图彩礼,就图咱娃以后有出息。"

"都是那么说哩,可谁家把那么大的女儿白给人哩,啥都少不了。"

"老妹子你听我说,你给娃他爹说,愿意了彩礼的事包在我身上,街上买卖东西也看谁寻谁哩,不是他说多少就是多少。"王媒婆说完巧仙笑了笑。王媒婆又赞叹世孝娘会养娃,生下的几个娃个个都长得高大又识字,不愁以后没有好日子过。这时又有亲戚从庙上下来到门口说要走了,巧仙赶到门口一再挽留。王媒婆见巧仙忙,说:"你跟娃他爹说说我改天再来。"说完走了。

晚上秦山回到家,巧仙便将白天王村王媒婆来,给世孝说媳妇的事和丈夫说了,秦山说:"道人的腿,媒婆的嘴,一个能游一个能说,以后别招惹那些人到屋里说东道西。前些日子刘村的刘媒婆说赵家,不是也说得天花乱坠吗?人常说上梁不正下梁歪,这赵、李两家大人都是些啥人,抽大烟的、赌博的,以后别再提了。"巧仙听了一时无话可说,停了一会儿又说起秀姑说的话,秦山没说话,装了一锅旱烟对着油灯的火苗吸着,吸了一阵儿说道:"说起来这是一桩好事,亲上加亲,不过老辈子人说骨血不倒流,他姑的女嫁给她舅家的儿那骨血是倒着的。"巧仙说:"话倒是有那么一说,不过这姑表亲也多得是,那个花亭相会的戏里,张梅英和高文举不就是姑表姐弟吗?况且他姑说两个娃的属相也没啥问题,平儿在娘家是外甥女,过来了是一家人,我想这事如果定了,世忠还小,你就不用给刘财东做长工挣钱给儿子娶媳妇了。"坐在炕上抽旱烟的秦山,刚想开口反驳,突然一阵咳嗽,然后说道:"你呀,你就话多得很。"

巧仙翻了丈夫一眼说:"我还不是为你着想来着。"

第九章

民国时期说民国,土匪军阀难以息。
民生依旧未曾变,民主作为诱饵提。
纵有新论闻世界,正谋谁又问元黎。
后生只有一条道,从学求知是命题。

1

陈治县的县城里传来了原驻府城靖国军司令被杀的消息，有人说好，有人说是军阀之间阴谋挤兑。说实在的，这个靖国军司令曾经是辛亥革命时的学生军，当过营长。袁世凯宣布称帝后，他在护国讨袁运动中又组织起义，成为陕西靖国军将领。他出身于书香门第，善于文辞书法，在省靖国军于右任司令的统领下，实行国民政府纲领，推进民治的进程，在地方上办中学、成立天足会、成立农会、办报纸，做了一些实事。有一年，他在陈治县县署听取县知事陈述县署工作之后，登上县署院内的望蜀楼，在望蜀楼上，看到一条马路逆着清姜河水蜿蜒没入那山岚叠嶂的秦岭之中时，他不禁吟出唐代诗人李白的"蜀道之难，难于上青天"和宋时陆游的"楼船夜雪瓜洲渡，铁马秋风大散关"的诗句，然后说道："看来陈治县河川与关中其他各县相比，虽偏狭却有左扼陇右、右挚蜀汉的军事要势，而且还是汉魏唐宋众多诗人墨客兴叹之地。"然后在县知事的陪同下，又到东门外金陵塬半坡上的金台观，瞻仰仙人张三丰修身之地。在看到斗旗游龙的铁旗杆和翘檐映日、斗拱重叠、朱楹雕栏、绚丽壮观的玉皇阁时，他不住地兴叹其建造之精湛。而仙人修真洞口的一副对联，上联"仙迹金台坐牢明避世德渡人九节杖中藏妙道"，下联"神灵照宝邑士求名农祈年商卜利万枝签内显天机"，道尽了仙人之心与世人之期盼。然后他又看了观内的白皮书、翻耳罐，看了几座碑碣和观内的墨刻山图，他为圣贤与前人的德行所感动。面对秦山渭水、城邑市井，这位文武全才的靖国军将领便留下了狂放苍劲、浑厚洒脱的墨宝。在其视察西府几个县城，看到山村田野荒芜凋敝，乡民身穿破褴衣衫时，他想起民国成立，改朝换代也没有血溅兵刃，如今却连年战争、满地哀鸿,不觉感慨万千,一时间历史上的楚汉雍王章邯、残唐五代时的岐王李茂贞奔进脑海,遂写了一首"禾黍高地古战场,眼底风物尽悲凉。秦山渭水应如昨,漫拟章邯作雍王"的七言律诗。可惜的是他部下的军兵,多为来自地方上的刀客和穷民,根本谈不上教养与素质,在派系之争中,攻城掠寨什么坏事都干,闹得到处鸡飞狗咬人跳墙。为了筹集军饷,逼走富户、吊打商民,满屋院中掘金搜银,为了银子曾将一家皮作坊的老人吊打致死。在陈治县和府城搜刮财物时,一个连长企图霸占一个卖锅盔老人的女儿,邻居周良娃出谋献计,让老人用背篓将女儿背上逃出城外。于是街巷间传出一首歌谣,"民国六年把年过,西府地面大难到。郭坚官兵似虎豹,一进村子打三炮。门油墙漆像海漂,屋里挖成胡基窑。吓得媳妇裤裆尿,吓得姐儿井边坐"。倒行逆施的土匪行为招致众人咒骂,他便成了国民政府消灭的对象。人们议论说,带兵不管教,迟早要被消灭掉。

县立高等小学堂虽说民国后改叫学校,但人们习惯仍叫它学堂,学堂在县署之西由原金台书院所改。入学的学生一律要剃掉吊在脑后的辫子,剃掉辫子的秦世孝,从学校回到东门外的姑姑家,表妹平儿见了跑到秀姑跟前说:"娘,我世孝哥没辫子了。"秀姑出来看时,世孝叫了一声"姑"。秀姑望了一眼世孝的头说:"我的娃呀,你的辫子呢?"世孝说:"上了学没剃辫子的,学堂里统一给剃了。"表哥周义见了用手摸了摸世孝的光头,笑着说:"这下都成革命党了,不过没了辫子也好,干活儿利索。"这时他姑父从外面回看到,问:"世孝报名了?"没等世孝回答,他姑姑说道:"娃报名回来了,正说剃了辫子的事哩。""啥?剃了辫子,谁剃了辫子?"世孝的姑姑说了世孝学堂里剃辫子的事,姑父说:"衙门里的人都剃了辫子,学堂里的娃娃也剃辫子?读书人嘛就得像个读书人，没了辫子像个啥？"秦世孝想，姑父在县城城门跟前住都这样说，父亲肯定更有个说法，便说道："学校里先生说全国人都要剪辫子，咱们汉人本来就没辫子。"姑父摇了摇头说："反正自我知道我爹我爷时就有辫子，现在都不在正经事上想，却在头上脚上谋。"世孝的姑父本来不识字，后来学了手艺后慢慢认得几个字，一直靠工匠手艺谋生，没有文化哪里懂得一个社会生活形态便是这个社会的存在和表现。它的改变也表明了民国和皇朝的决裂以及一个新的社会的诞生。在一家人议论秦世孝辫子的事时，表妹平儿一直望着表哥世孝的光头在笑。

学堂里要求学生一律住校，但因改制后学员增加，宿舍房不足，城里的学生有要求回家住的，乡村来的学生有要求寄住亲戚家的，学堂也顺其便，只是规定了严格的学生习时间和到校制度。秦世孝向先生说明自己住东门外姑姑家店铺，同来的刘子清、窦铨几个住学堂宿舍。学堂遵循县城更鼓报时，每日初更，也叫净更，先击鼓后撞钟，快十八下慢十八下，分六次。钟鼓相间敲击，早晨五更天，也叫亮更，鼓钟与净更相同，届时城门开放。秦世孝每日五更起身，姑姑为其备饭，饭后便进城往学堂去。学堂里学的课仍以经学为主，主要有四书五经，《周易》开释，《圣论》广训，《唐诗》析义，学政全书《资治通鉴》，另有算学地理。秦世孝在学堂除了背书听讲、辨析完成先生布置的课业，放学之后常把一些书带回姑姑家，晚上读，有时姑父夜里起身发现和儿子周义屋的灯还亮着，便叫醒儿子说："人都睡了，怎么不吹灯啊？"发现是同住一屋的世孝在读书后，在妻子跟前嘟囔道："这一晚上得几灯盏油熬，你也不操心。"妻子说："咱义娃不爱念书，要像世孝一样你还不供了。"

一天，秦世孝吃了中午饭去了学堂，世孝的姑姑一家人还没吃完，世孝的姑父问妻子道："秦山还没把粮食驮来吗？""没我半年来攒的工钱。"父亲拿在手里取开看了一下,然后交给了妻子。吃完晚饭他又去了刘财东家。

秦山走后巧仙和世忠说:"你大哥刚回来,喂牲口的事你要操点心。"世忠去了拴牲口的圈房,巧仙对世德说:"世孝十六岁了,前些日子有人给说媳妇。""是个哪村的,打听过吗?"世德问。他母亲说:"打听过,没有高门楼,就是有人说她娘怀过葡萄胎,也有一家王村的,只是你爹听了都不愿意,说是一家女子她爹抽大烟,一家女子她爹是杀猪的,上梁不正下梁歪,名声不好。"

"我爹在这一点上把得严,很看重门风。"

"对啦,你姑一直想把她平儿给世孝当媳妇哩,你爹又说什么骨血不倒流。"

"其实平儿可以,只是世孝的心不在家里。"

"有了媳妇就把他拴住了。"

母亲说着打了个呵欠,一看刚进来上了炕的世忠已呼呼地睡着了,说道:"你也睡去吧,跑了那么远的路。"

秦世德回了自己的厢房,媳妇已摆好枕头拉开被子,却仍在炕角的纺车前纺线,便走上去搂住媳妇亲了一口,两人吃吃地笑着,脱去衣服钻入被子里。

在县城学堂念书的秦世孝很得恩师闫先生看重,快要毕业了,他还是爱学习。一天同班同学都出去活动了他没去,看见同班同学翟杰拿着一本书神情专注地看,瞅了一眼觉得没见过,便弯下腰偏着头去看书的封面。翟杰发现后将书一合望着他笑。他看见书封面上《盛世危害》四个字,他没见过也没听说过这个名字的书。"这是啥书,你的?"翟杰点了点头,说:"想知道书里说的啥,等我看完借给你看。"

很快,秦世孝在拿到这本书之后,囫囵吞枣地看完了,在给翟杰还书时说:"这本书你是从哪里买的?里面说的东西咱都不知道。"翟杰说:"这是家父从他的一个朋友那里拿来的,咱们地理先生好像讲课时提到过这本书,咱们都没注意,见到这本书我才想起来。不过从咱和日本人在海上打仗败给了人家之后,英国人、土耳其人、葡萄牙人都靠那些洋枪洋炮占了咱们的便宜。"翟杰说。

"咱们现在的军兵不是也都有了枪吗?"

"那都是买人家外国的,咱们国家不会造。"

没过几天秦世孝在地理先生那里见到一本叫《天演论》的书,他表示好奇,拿起翻了翻,看到了"物竞天择,适者生存"的字句,他想了一下并不能完全理解。于是在国文课堂上,闫先生讲完课题之后问谁有什么问题时,他站起身问道:"老师,'物竞天择'是啥意思?"

闫先生看了看他,说:"这不是本课内容,但我可以回答你,物竞者,物争自存也,天择者,存其宜种也。早些时候天津印刷出版的《国闻汇编》上,登过的严复先生介绍英国人写的一本书《天演论》里就有这么一种观点,民物顺应自然时势生存,否则非变化而难以适应。你可以向格致课程先生请教。"后来他在上格致课时又问程先生《天演论》是一本什么书时,讲格致课的先生说,《天演论》是一位英国名叫赫胥黎的博物学家写的,他是用生物进化演变规律阐述社会发展规律。简单地说,就是地面上的物种要生存,除了自己努力生长外,还要力争不断适合自己生长的环境。就像岭南的果树到了北方就栽不活,或不结果或发生变异,像南橘北枳,所以物竞天择的下一句就是适者生存。秦世孝想程先生肯定读过《天演论》。这时程先生又向同学们介绍了这本书的篇章,说了由严复先生译的这本书里,包括导论和正文共计三十五篇,对其中的二十八篇作了按语,说明了文章的意思和自己的观点。这本书回顾了甲午海战,联系国之现状发出图强争胜、保种救国的呐喊,是一本很值得一读的书。下课后，同学们都围着秦世孝问《天演论》的事，接下来，翟杰拿来的那本书便在同学中传开了，同时看过书的同学便常聚在一起议论和探讨。后来格致课先生在课堂上提到一些名人，容闳、黄宗宪、孙中山、黄兴、蔡锷以及《新青年》刊物，而这个宣传科学、民主和新文化思想的刊物上的文章，引起了同学们的热议。

3

秦山家近两年虽添了些地，但平地和坡地各占一半，山坡土质不好，又不收墒（方言：下过雨后，不管地里有草无草，都要再锄一遍），好的年成一亩地或谷或豆收个百十斤，不好的话收个几十斤，天旱了颗粒难见。好的是他们家有一亩多地泉水能浇上，丰收了就打一石多粮食，其他的平地亩产也就是两百来斤，日子倒还能过得去。只是女人的娘家哥赵有余看不起秦山，所以他要争这一口气，他不但苦供二儿、三儿念书，还一心置一份有房有地的家业。所以他除了自己去做长工挣钱，还想让大儿子在农闲时也学点手艺挣钱，可是光靠勤劳和实干想发家实在不容易。女人为他给人做长工的事唠叨，他不在乎。种麦时候儿子世德回来了，正好，给他减了轻。到了农闲，他又想起让世德到姐夫家的皮匠铺学手艺的事。女人说："都腊月了世德媳妇又有了身孕，开春再说吧。"

年节到来时，到西镇赶集的人和往年一样多了起来，闫先生学校放了假，这一天也到西镇买东西，窦郎中见了，邀到铺子里喝茶烤火。这时杨村的"秀才"刘二，头上戴着瓜皮帽，又勒一块手帕护着耳朵，胳膊攀了装有肉、调料、菜蔬的竹篮，不住地擦着清涕向药铺走来。窦郎中看见忙招呼道："刘秀才快进来烤火。"刘二一只腿刚跨进门便打了个喷嚏，说道："这天真冷,人常说三九四九冻破砖头,一点也不假。"窦郎中问:"赶年集来了。""就算是赶年集来了,唉,一年不如一年。"刘二说完,又接着道,"今早一起来就觉得背颈有点僵还有点疼,现在浑身都痛开了。你看吃点啥药好?"窦郎中说:"你是受凉了,给你抓一服药吃了就好了。"刘二说:"我不想吃药,你看有啥偏方没有?"窦郎中知道这刘二抽大烟,舍得卖房卖地,舍不得看病花钱,便说:"回去熬一碗葱胡子蒜皮子生姜汤喝了发发汗,再不行寻六七颗谷,用开水冲着喝了就行了。"刘二说:"我也听人说过喝米谷,不知道顶事不顶事?"说着放了胳膊上攀的竹篮把双手伸向木炭火盆,这时才看见原来社学里教书的闫先生坐在一边,忙问道:"闫先生也来赶集啊?"闫先生听说过本地一个叫刘秀才的,但他没见过人,刚听见窦郎中叫着问,望了望,见其穿着以为是窦先生取笑那人并未在意,现在见到对方相问便点了点头。窦郎中给刘二拉过一只蚂蚱腿板凳让坐下,刘二坐下后将双手在火盆上翻来覆去烤,又把烤热的双手在自己脸上捂了捂,才说道:"听说省城里这一个月都在清理死人,唉,也是,整整八个月,死了好多人,活人死人都遭罪。"窦郎中说:"这年头,人祸大于天灾。"说着转向闫先生问:"先生在县城里眼观六路耳听八方,你看这社会啥时能太平?"闫先生道:"自民国后,袁总统死后军政界大乱,一连换了五位总统,现在中国出现了武汉政府、南京政府、北方的军阀政府、南方的苏维埃政府,大小四个朝廷,就像唐朝后的五代时期,要说太平一时还看不到。"刘二说:"我看总统也罢,总理也罢,说起来,光是老百姓遭殃。"闫先生接道:"说起朝代更替,哪个不打仗不死人,可袁保宫没费一枪一刀就上来了,清朝下去了,他那猫哭耗子的办法倒也安然了许多,不能不说他那办法不是办法,只是后面这些确实没法说。"窦郎中听了笑了笑。刘二又接道:"中国几千年了啥时候没皇上？没了皇上就乱，说共和，说民主，民能主吗？那都是哄娃娃不哭哩。"

镇街上赶集的人来人往，一片嗡嗡声，刘二说完，把自己勒耳朵的手帕解下，在火盆上烤了烤重新勒上，说："不说了，我还得请门神和灶爷去。"说完提上他放在一边的菜篮子走了。

平淡的日子在老百姓那里不仅更加平淡，而且异常艰难。而朝代的更替和国体的变化，并没有改变国人的生活状态，只是在变化的这几年中，老百姓只知道，没皇帝了，县太爷改叫知事了，学堂改称学校，监狱改叫看守所，县里教谕变成督学，学校里的堂长成了校长。其他啥都和以前一样。

秦山的二儿秦世孝和刘财东的儿子刘子清、窦郎中的大儿子窦铨他们要从高小毕业了，学校里举行毕业典礼，县署的督学在典礼上高声宣讲国民政府爱国、尚武、崇实、法孔孟、重自治、戒贪争、戒躁进的教育宗旨和高等小学校培养生员强体爱国、明理增智长生计的成效。在主席台上坐着的先生们，有的木讷地坐在那里望着台下，有的不屑一顾地东张西望，坐在台下的学生，后面的偶有交头接耳的。秦世孝虽然端坐在第二排，但他的思想也不在会场，他在想即将考学的事，等到校长宣布毕业典礼结束时，在人们一阵子的拍手声中，他的思绪才回到了现场。

第十章

铁牛庙里听宣讲，渭水渡头睹俗情。
始祖祠中瞻姜炎，九龙泉侧拜神农。
不言乡里杂细事，穷富谁无难念经。
学费正愁难以解，门前喜鹊声声鸣。

1

当秦世孝将一张高等小学毕业证带回姑姑家时，姑父、姑姑、表哥、表妹都凑近看，一张不到一尺长的方纸上写了许多字，姑父粗识字，姑姑不识字，表哥周义拿在手中一字一句地念完，说："兄弟晋先生了。"姑父眯着眼睛笑着望着内侄，姑姑高兴地说："世孝晋先生了呀，世孝这可是你爹娘的功德呀。"姑父对姑姑笑着说："还有你的功劳哩。"世孝说："姑父姑姑都为我念书操心了，我给二老磕头。"说着趴下磕头，姑姑急忙去拉世孝，世孝站起身说："还有我周义哥呢。"姑父说："算啦，这是你秦家先人坟里的脉气。"表妹望着表哥说："那世孝哥现在就是先生了，今后更要教我念书写字了。"周义说："看把你美的，谁成天没事陪你耍呀。"姑姑说："好了你兄妹俩甭争了，平儿择菜去。我现在就和面，一会儿让世孝吃了饭早点回去，给家里报个喜。"世孝说："姑姑，我给你拉风匣烧锅。""男人家往灶火里跑没出息，屋里坐着去。"姑姑说。秦世孝并没有走开，而是帮表妹平儿择菜去了。

吃饭时，周义问世孝说："兄弟现在毕业了，回去就要当先生了吧？"世孝摇了摇头说："我准备考西安师范学校。""师范学校是干啥的？在哪里？"周义问。世孝说："师范学校上完才能当先生，西安师范在省城里。"平儿说："到省城里去呀，那么远，吃住要花许多钱吧？"世孝说："听说师范学校里给管吃管住哩。"姑父说："你爹当初为你上高小学堂都有点作难。"世孝说："就是，家里人多，又都不当力，为了我们，我爹还给人家做长工哩。"姑父说："你爹会打算，心劲好，这几年添了好几亩地，还供你们弟兄念书，如今你哥也挣钱了，

第十章

· 143 ·

你又要考省里学校，你爹的劲儿就更大了。"

"我哥回来了，不当邮差了。"

"不去了，为啥？"姑父问。

"听说路上不太平，他一个人都遇两次土匪了。"

姑姑接道："回来好，在外面人生地不熟，叫人格外操心。"姑父说："世德不去当递脚了，叫到咱铺子里来，跟我上北路收皮子去。"说完转向对世孝说："回去跟你哥说，就说我叫他哩。"

吃完饭，秦世孝打包好自己的书籍，回了家。父亲看见儿子带回一张高等小学毕业证书自是高兴，他哥嫂不用说，兄弟世忠也把他的毕业证看了又看，摸了又摸。世孝又将姑父听说大哥回来不去当递脚了，要大哥去他铺子的事说了，父母都很高兴。母亲又望着父亲说："世德走了，这地里的活，屋里的力气活就都成你的了，你顾得过来吗？""不就是个收收种种嘛，老二老三到时候都在家。"世孝说了学校里介绍的情况和老师说的话，说自己还准备考西安师范学校，这时同学刘子清在外面叫他，他出去后刘子清说："我在学校里听说，明天东镇铁牛庙里从省城来了几个大学长演讲，你听去吗？"秦世孝说："这是好事啊，去。你对窦铨说了吗？"

"说了，那咱明天一早儿就走。"

正说着母亲喊道："世孝，饭熟了。"秦世孝应声后，刘子清走了。第二天一早儿，世孝给娘说："同学叫我去东镇听演讲，几十里路哩我们走得早。"说着到厨房拿了两个馍一边吃一边跑出门去。半晌时他们到了东镇，循路往东街的铁牛庙而去，在庙门口一问，便直奔庙内正殿，演讲正在进行，门口站了不少人，屋里高个子低板凳坐满了人，也有靠墙根站着的。秦世孝他们挤进去之后在一个角落里站定，一个刚讲完另一个接着讲说了一阵后,最后说道:"民国这么多年了,军阀们的仗打不完,我们的社会到底会变成个啥样子呢?在南方,革命党人办了许多报纸,还有讲习所、各类学堂,咱省的省城里也有《新秦日报》《关陇日报》《民生日报》,报纸里面讲民情、讲国情、讲变革。可咱西府地面,黄土厚重、消息闭塞,人们什么也不知道,我们青年人要走出去,要了解外面的世界,梁启超先生在《少年中国说》里说,少年强中国强。我们要多读书,用心读书,用心行动,社会需要我们,中国需要我们。"演讲得到了大家的掌声。演讲结束后,秦世孝他们三人又在庙院走了一圈,看了铁牛,看了其他庙堂。

铁牛庙的庙院不大,几间庙堂之内供奉着玉皇、太白金星、药王诸神像,庙院的西南角一砖砌高台上,一只铁牛静卧,双角上盘,目视由西向东的渭河水。

相传早年渭河泛滥,洪流浩荡直至堡城之下,城堡里人心惶惶,人们到处求神卜卦,神汉、算卦者不是说那是上天有意责罚子民,就是说那是蛟龙鳖精作怪。这时看庙的老人做了一个梦,梦见一位仙人告诉他,金牛星愿替民间解忧,可着一巧妇剪得一纸黄牛悬挂于城头,赖其巨饮神力可退洪水。老人醒后告知村人如梦制作,洪水果然退去。事后便有人提议铸铁牛于此,以保永安。因铁牛之功,人们像敬祀神灵一样,从此敬它、爱它,常去抚摸它,铁牛虽在露天之下却浑身光亮有加。

走出铁牛庙之后已过午时,三个人在街上吃了饭,又到从没到过的东镇各处走了走,离开东镇时太阳已经西斜。他们顺原路返回途中便议论起演讲的事,然后又一致决定到省城念书,并彼此说到考学校的事。窦铨说:"我想考武备学堂,你们俩呢?"秦世孝说:"我想考法政学堂。"刘子清说:"法政学堂是大学堂,收中学毕业的学生,咱们只能考和中学一样的中等学校。"秦世孝说："那我就考师范，西安师范。你呢？"刘子清说："我随你考西安师范。""师范毕业了只能当教员教书。"窦铨说。秦世孝说："大学长们演讲中说的《少年中国说》里，不是说'少年强则国强'嘛，当教员就是为了少年强。"窦铨说："我要学武备将来带兵，没有军队谁听你的呀。咱虽已是青年，更要往前。你看现在，谁的枪杆子多谁就说话顶事，谁就能办成事。"

　　太阳落山时，他们来到渭河渡口，渡船在河边停泊，船上已经上了不少人，船下岸上还有一头小毛驴和一头骡子，船家吆喝道："甭急，先让大牲口上。"骡子被牵到船边，牵的人在船上拉着缰绳，后面的连吆喝带赶，骡子一跃便跳上船板，可那小毛驴却是胆小不前，也许是没有那腾跳的力气和勇气，硬是被人连拉带推被拥上船去，最后他们几个人才从架在船边的木板上了船。接着船家抽回上船通人的木板，拔去扎在岸上的锚杆，说："上面来水了，大家站好。"正说着，舵手一摆舵、篙手持竿将船撑离岸边之际，锚杆手一跃而跳上船尾，渡船迅速拥着浪花向河心而去。河心水深浪大，渡船顺水流势斜刺里穿越，只听得舵手把木舵搬得吱吱扭扭地响，船头四个篙手将篙用力插入水中，然后用肩膀扛着，两两互换提篙撑船，船体继续下移，船上一时没了说话声。就在大家神情高度紧张之时船已近岸，只听舵手喊了一声"狗旦"，坐在船尾手持锚杆的人迅速跳入水中，逆着齐胯深的水奔向岸滩，将锚杆斜插入岸边的砂石之中，用力摇着向后拉。渡船在舵手与篙手、锚手的合力拖拽下，猛地摆了一下，被缆绳牵住慢慢靠向岸滩。渡船因涨了水后不能靠向干岸，船与干岸之间留下一片浅水区。当跳板推向河底时，船上的人只得挽起裤子脱掉鞋袜下船蹚水。

　　一位老人被船家背上了岸，牲口也牵下了船，只有一位小媳妇在船上打转,她没想到上午好好的,下午河里却涨水了,她胆小又羞于脱鞋挽裤腿,几次踏上船边又退了回去。只见站在岸边的锚手吆喝道:"大妹子甭急,我背你。"那小媳妇听有船家背她过河,便抬头望去,却见是个浑身湿透只穿了一条裤衩的黑不溜秋的男人,顿时脸红不好意思。待那男人走近船舷她有点迟疑,"怎么,不让背你就在船上待着,我走了。"说着扭身就走。小媳妇看船上只剩下她一人急道:"哎,你不要走,让你背,你背吧。"已上岸的人都"哗"的一声笑了。"背河"在当地是常有的事,只是大多是穷人背富人、背官人背老人。狗旦走近船跟前坏坏地笑道:"真让我背你,你得叫我一声好听的。"小媳妇叫了声"叔"。狗旦说:"我有那么老吗?我还没有娶媳妇哩。"

"嗯,那就叫你哥吧。"狗旦笑了一下没动,小媳妇只得叫了一声"哥"。狗旦故意高声应道:"哎,这还差不多,哥背妹子这是顺茬。"狗旦说着转过身子说:"来,两只胳膊搂住我的肩膀,身子贴紧我的脊背,不然我的脚下被河里的石头一绊你就掉到河里了。"小媳妇唯恐自己掉到河里,两只胳膊将小伙子搂得紧紧的,狗旦将那小媳妇背到岸上,上岸时腿被岸边的枣刺划破了,小媳妇看见后说:"大哥你腿上的血——"狗旦低头一看,说:"没啥。"随即三个指头捏了地上的一撮土按了上去。小媳妇说:"小心点,破伤见不得水。"说着从身上掏出几文钱给狗旦。狗旦说:"就凭你这一句疼人的话不要钱。""那怎么行,不收钱叫人说闲话。"

"那我收你两文钱。"

小媳妇笑说:"我是刘村的,改天我们村里唱大戏来看戏。"

狗旦回到渡船上,同船人都调侃狗旦:"狗旦这回占啥便宜了,背河连钱都不想要。"狗旦笑了笑没说话,同伙中一个

第十章

· 147 ·

人指着狗旦说:"看露馅儿了吧,还装好狗哩。"另一个说:"我就知道狗旦背那小媳妇没安好心。"狗旦急道:"我可没有故意摸人家。"这时船上又上了一些到河对岸去的人,河对岸也有了许多等船的人,在舵手的一声吆喝中又开船了。秦世孝他们三人涮了脚穿上鞋起身离开了渡口,这时月亮已经挂在天边,一天的暑气慢慢开始消退。

2

秦世孝、刘子清、窦铨分别考上西安师范和陆军小学校之后,刘子清提议到县里人常说的地方走走。窦铨说:"也是,咱们到省城去念书,学校里有各地的人,要问起咱县里有啥有名气的地方咱还都不知道。"秦世孝说:"有名气的地方多了,庙呀、观呀、山呀、陵呀,涉及周、秦、汉、唐好几个朝代,咱都没去过。前年我娘六月六朝拜陈仓山我跟上去过。"窦铨说:"我只跟我爹到山里挖过药,其他地方又高又远,不逢庙会山场不开,也去不成,咱就说些近处吧。"刘子清说:"金台观咱都知道,蟠龙山下的清泉观、渭河南边的姜城、炎帝祠、九龙泉、陈仓城、清泉观和马跑泉听说也没啥看的。"秦世孝听了,说:"听说翟杰和王也同学一个考上了农工商实业学校,一个考上了农业学校,把翟杰和王也也叫上,咱一起去县城南的炎帝祠和姜城吧。"刘子清说:"行啊,我明天要到县城里去,翟杰家在城西一个巷子里,离王也家也不远,我给翟杰说一下让他把王也叫上。"刘子清说完又接着说道:"到时候窦铨来时,路过把闫玉儿也叫上。"窦铨摇头道:"人家又不跟咱同级同班,女娃家,家里能让跟上咱们一群男的跑。"秦世孝在一旁笑了一下,没说什么。他们知道翟杰和王也对他们所在的清泉乡和西镇不熟，经过商量，他们决定到县城东门口会合。这一天，秦世孝、刘子清一早出发在渭河渡口等到窦铨之后，走了将近一个时辰才来到县城东门口，翟杰、王也同学还没来，他们便东张西望地看经过牌楼进出东门的路人。说实在的，他们自到县城高小念书，到现在已经两年多，经常经过这里，却没仔细看过这高大雄伟的牌楼。看着看着，刘子清说道："这建造牌楼的人，当初不知道是怎样把这一个个斗呀、拱呀的安放在这立枋平枋木上的，一层一层由小到大叠加之后，竟顶起了两坡流水、歇山式、翘角、琉璃瓦屋顶的，还有那脊呀、兽呀，叫人看着玄乎。"秦世孝接道："听说这个东门上的牌楼和西门上的牌楼都是外地能工巧匠盖的，一样的雕梁画栋，精美庄重、气魄典雅。只是西门牌楼的一侧有两座贞节碑。"窦铨问："那东门咋没有呢？"秦世孝说："贞节碑只能立在西门一侧，东门要立碑那就是立功德碑了，这是有讲究的。"然后他们又看了看悬挂在牌楼正中牌匾上雄劲有力的题字。这时候王也老远喊着走了来，刘子清问他："你来了，翟杰呢？""翟杰还没来呀，远的都来了，这真是人常说的，远是近，近是远。"王也话音刚落，窦铨说："世孝，你表妹周平。"说着给秦世孝摆了一下头。秦世孝转身一望，周平也看见了他，她走近后说："世孝哥，啥时来的，咋不到屋里去，站在这里？"说着瞅见他跟前站的人有两个好像见过。世孝说："刚来，我和几个同学聚一下，你干啥去？"周平听表哥说同学，她记起面熟的两个曾同表哥一起到过她们家，便望着窦铨和刘子清微笑了一下。

秦世孝的表妹周平比秦世孝小几岁，扎一根辫子，脸圆圆的，眼睛虽不大却好看，穿一件家织红白相间条子布布衫、毛蓝色裤子，小嘴旁两个酒窝，红扑扑的脸显得清纯可爱。平儿见表哥问，说："我称盐去，你到屋里去，我娘在屋里呢。"

"不去了，改日看姑姑、姑父去。"

周平走后，刘子清望了一下天上的太阳，说："这翟杰咋还不见来，要不咱沿街走吧，看能不能碰见。"于是几个人便沿街向西，走了一阵，窦铨指着一条南北巷口，说："到水巷口了，从这里下去便是南门，咱再往西便要走回头路了。"刘子清说："他家在太平堡，要来早该来了，兴许家里有事来不了，咱走吧。"几个人转身进入水巷口，王也走在最后仍不断扭头往后看，这时翟杰气喘吁吁地跑着叫着赶了来。王也说："我们以为你不来了。"翟杰缓了口气说："你们拐弯时我已经看见你们了，我喊你们没听见，你们不知道，我村里昨晚进贼了，一早人们相聚议论，我就把这事儿给忘了。"窦铨说："看来你们那个太平堡也不太平。"

出了南门，很快到了渡口。上满了人、牲畜与货物的一只大渡船已向对岸开去，另一只渡船上也开始上人和骡马驮货。一个人推着一辆木轮手推车，从搭在船与岸滩间的木板上吃力地往上走，秦世孝赶上去帮他推。

渡船齐头翘尾，长宽都比他们经常过的渡口的渡船大，船上五分之四的地方铺了木板，牲畜车辆货物和人大都在木板上，人多时，除了前后舱撑篙、掌锚与掌舵者站立的地方之外全部站满了人。这个渡口是县里唯一的一个大渡口，渡口周围方圆几十里的人们进城赶集来往办事都要经过这儿，而且这也是南去广汉的商旅驮队必经之地，随着军旅、商旅的需要，繁荣而繁忙。当秦世孝、刘子清几个同学渡船到南岸后，顺着南去延伸的秦蜀之道走着，不远处便是一片台塬，台塬之上有残缺的土城墙相围，翟杰指着那土城墙说："那就是姜城，古时叫姜氏城后来叫姜城堡，传说中的神农氏炎帝部族曾居住这里。"窦铨说:"走,去看看。"他们顺着一条大路爬坡上去,在路西的城堡里穿行,看了圣母庙、土地祠。

从姜城出来后准备去神农庙,秦世孝说:"听说姜城长生姜,咱咋没看见?"王也家住县城,父亲是生意人,到处走动,常听父亲说些周边地方的事,听秦世孝说这里生长生姜的事,说道:"这里的生姜长在台塬坡下的地里,咱要去神农庙,路过就能看见。"果然,他们折回向东顺一条小路下了台塬之后,不规整的田间水草丛生,在一条条有水的块田里生长着他们没见过的绿色的苗苗。尖尖的叶子,从下往上密密地斜着向上生长,颜色深绿深绿的。王也说:"这就是生姜苗苗,苗苗的根部就是生姜,闻到气味了吧?"秦世孝蹲了下去抓住生姜苗,鼻子凑近,说:"闻到了,闻到了。"刘子清和窦铨也去闻生姜苗,翟杰说:"真没见过,我原以为这是啥叫不上名字的草草哩。"王也说:"我认得这苗苗还是去年七月七跟我娘赶神农庙会时,我娘跟我说的。"窦铨说:"我听我爹说,古时候住在姜城的神农氏族众得了一种病,肚子痛、腰腿酸软、口吐清水,肠子里咕噜咕噜叫,还拉肚子,一个个倦卧不起,神农氏便外出寻药。他自己也觉得浑身不适,他来到城外塬坡之下,似乎闻到一种异样的气味,便循气味见到此草,连根拔起后,块状的根茎,鲜气冲鼻,他掰了一块放进嘴里去嚼,竟然辣得出了一头汗,顿觉浑身轻松。他随即拔了一些回去煮成汤水让族众喝了,第二日个个都站了起来。因此物生于姜城之下,后来就叫生姜。从此生姜以其辛辣之味、温里驱寒之效成了一味良药。"大家都知道窦铨的父亲是一位大夫,家里又开了药铺,窦铨耳濡目染自然知道一些中药的故事。听完后,秦世孝说:"怪不得,如今人受了风寒都给熬姜汤喝哩,原来是老祖宗传下来的最省钱的治病方法。"说着话几个人看完生长生姜的地

第十章

方，顺着田间小道往东走去，没走多远，神农庙便呈现在眼前。

神农庙坐南朝北，正北面对着庙院的是一座戏楼。戏楼三楹两层，四坡流水，筒瓦五脊飞檐，翘角腾空壮观，只因年代久远，雕梁画栋彩绘暗淡。近处一个有九个水眼的一汪清泉，泉池石条砌筑，流水汩汩清盈。泉边一座六角古亭，亭内石碑上书"九龙泉"三个字，亭后是一间龙王庙，庙后拾坡而上便是神农庙。

神农庙分东、中、西三院，三院三门从东向西一字排开，砖红色的木门枋，门扇陈旧厚实，门内均为两进石阶，各院自成体系，之间有侧屋短墙相隔、小门相通，前后深阔。中院之内殿堂有前殿，也叫献殿或拜殿，两边有钟楼鼓楼，楼上分别悬钟架鼓，木栏杆护卫。顺中直道往里是高台大殿，也是主殿，殿屋飞檐叠斗，四门八窗，水磨石青砖墙裙，青砖包砌的墙头上有砖雕的卷书花卉，墙头里侧砖墙面上雕有松、鹤、鹿。主殿两侧享殿相陪，院内几棵古柏森森劲立，苍然高拔，另有两株柿树，叶子肥厚、柿果深绿，地面上除了小草尚有零星的落叶。

大殿之中享祀神农氏炎帝，殿门平日上锁，逢人前来上香便有看庙之人开门点烛敲磬。秦世孝、刘子清几个人走近大殿，向看庙人说明来意，看庙之人见其穿戴，知是一些学子，上前开了门。几个人走进大殿，抬头上望，一座头上披发长角的大神面目凝重，宽额润颊极富智慧的伟岸形象让人肃然起敬。秦世孝说："这就是咱们的老祖。"说着便到供桌前准备点香，看庙人便点亮油灯，刘子清揭了放在桌上的黄表纸，秦世孝将点燃的线香分给每人一根，几个人先后将香插入香炉，点燃黄表纸后跪在地上三叩六拜，然后起身各自在香案上留了香钱。在观瞻了炎帝神农氏塑像之后，他们又指着塑像背后墙壁上画的太阳、芝草、耧耜议论起来。看完配殿中供奉的玉皇和药王塑像后，他们转向后面又上了一个台阶，到了一个被乡人称作老母洞的窑洞前，洞内一座慈眉善目的女神像端坐，王也说道："这是炎帝之母女登，听我娘说，每年这里庙会，赴会祭拜的人特别多，神农氏不仅是农神还是医药之神，因寻药尝草中毒殒命，功德无量。老人都知道神农氏炎帝，是降生在姜城南面的一个沟里，名字叫石年。在姜城长大成人之后，裂山种谷，问病寻药，置设日中之市，献身于民后被尊为农神，后成为中华文明的始祖享祭至今。听家父说，《五帝记》和《白虎通》两本书里都说到过，唐时还有碑记，只是几千年来民族争雄、分合离乱、盛衰循世，如今中华光复，可以说是强壮待举。"秦世孝说："说得好，强壮待举。不过咱们这里的人都知道神农庙，神农是农神，管五谷管农事的神，却很少知道他是咱们最老最老的老祖宗。当然，这与历代帝王知白于民倡导有关。清朝进关之后，究其祖先认祖归宗之后，为了驾驭汉民族，才重修了此庙并进行了扩建，顺应华夏大地炎黄后裔之心，起到了凝聚炎黄子孙情感的作用。一个民族要发展强大，没有一个团结的轴心是不行的。皇朝时代皇帝是国人的轴心，民国后到现在十几年，总统换了六个，军阀遍地，你打我我打你，国家依旧穷，民众依旧苦，团结国民的主心骨在哪里呢？"说着摇了摇头。秦世孝说完，大家不约而同地点了点头。随后又一同来到九龙泉边，用手捧了泉水喝了个够，最后游完不远处的瓦峪寺，便在瓦峪河边说了开学到省城学校报到的事后，分手回家。

3

赵有余从山里回来后，一直想着自己割完大烟烟壳被偷的事，并不断地唠叨着。妻子说："你时间长了没去，也许落地里了，或者背柴人见烟壳壳都干了没人要，折了回去倒籽儿卷馍吃了哩。"赵有余说："你知道什么，那壳壳能卖钱，再说咱是偷着种的，一旦让人知道传了出去，会招祸的，我一定要寻着这个人。"

"我觉得不寻还好，一寻，倒让人知道是咱种的。"

"看你把我说得笨的，我有我的办法。"

终于，赵有余打听到塬下西村秦久的儿子卖大烟壳的事，他知道他们没种大烟，肯定是背柴时偷了他地里的。但他又不敢明里去问，便在自己家里指名道姓地大骂秦家人把先人亏了，出了贼后人没有好下场。他母亲听见后问："出了啥事，你怎么能这么骂人？"他媳妇低声对婆婆说："他是骂偷了山场种的大烟壳壳的人哩，好像是西村亲戚的亲房。"母亲隔着厢房门对儿子说："你又没拉住人，即使是真的，也不能一骂就扯上人家先人，人家先人把你咋啦？"他媳妇对婆婆说："你又不是不知道你儿子，骂谁一张嘴都是那样。"

"几十岁的人了还这么一张臭嘴。"

赵有余听见娘不高兴地大声数落他，转身走了出去。

回到家里的秦世孝，知道大哥赶着牲口去山里驮柴快回来了，便去牲口圈里清理牲口的屎尿，用干土垫了圈，然后又往圈里担了些干土。这时大哥回来了，他迎出去问过大哥之后，大哥让他叫旺叔来帮忙抬牲口身上驮的柴。他说："我抬。"大哥说："不行，这一驮柴连架子二百五六十斤哩，你没出过这么的大劲。"他坚持要抬，这时父亲回来了，对世德说："你抬一边，我和世孝抬一边，力气是使出来的。"接着他喊三儿世忠来牵牲口，等几个人把柴驮子从牲口身上抬起，牲口被牵出、柴驮子放下后，秦山便揭去牲口背上的驮鞍。牲口在地上打了两个滚儿，站起来浑身抖过之后，他叫世忠端过一盆合了麸皮的清水让牲口喝了，然后让世孝牵去槽头歇息，他说："牲口是庄稼人的伴儿和力气活儿的依赖，要爱惜，特别是大牲口夜里的喂养。"之后他安排世孝次日把牲口身上的毛给刷一遍。

晚饭后，秦山在炕上一边抽旱烟，一边想二儿世孝上省里师范学堂的事，他心里既高兴又发愁。高兴的是亲戚邻里都赞叹他教导儿子有方，家里出了人才，坟里有脉气，这事放在民国以前便是中举。他以前想过也说过，只要儿子上心地学，自己累断筋骨、砸锅卖铁也要供儿子念书，好出人头地。可现在儿子要去省里念书，即使师范学校免费食宿，刚开始去的路费、学杂费，都是个问题。自己给刘财东家做长工的工钱是麦子，前半年的已经结用，后半年的要年底才给，妻子还说要给世孝走时缝一件衣服，真愁人。于是他和妻子说，让她到儿子的娘舅家去借点现钱。妻子说："我跟我哥没话，这些年了你见我哥啥时候到咱家来过？每年四时八节咱让娃们去看他，我有时去看我娘，即是碰见了一句话都没有，你又不是不知道我哥是个啥人。"

"我想这多年了，你哥都成大财东了，人也有了些年纪，虽跟你我过不去，咱叫世孝去，他还能跟外甥计较吗？"

"我哥这人说不成，我娘又不当家，你斟酌吧。"

距离儿子世孝到省城上学没几天了，秦山一早和儿子世孝说："你到省城上学的钱，爹算了一下还差一点，你吃了饭到你舅家去一趟，跟你舅说一声让你舅给你点。"世孝说："我舅那人说起话来气粗声高，要他出钱，恐怕不行。"父亲说："搭上个借字，就说我借哩。"世孝说："到我舅那里借钱还是不去的好，有时过节我们去，他说得好听，我娃来了，快把鞋脱了到炕上来，然后一边抽他的大旱烟锅，一边这个土匪那个懒汉贼娃子地骂他几个儿子。吃饭时饭端了来，等端饭的人走了,他从炕上站了起来,把挂在木楼檩条钉子上的肉哨子罐罐卸下来,给我和他的碗里夹点便又赶紧挂了上去。这时几个孙子端着碗来了,说要吃臊子罐罐的肉,我舅骂道,吃你的脚后跟,你们的老子不给你们割肉跑来害我,谁打发你们来的,都给我滚。"大儿子世德进来听了站在一旁笑。秦山笑着对妻子说:"看来财东家也有财东家的俭细。"妻子说:"话又说回来,我那几个侄儿都年一年二的,老大在家,老和他爹想不到一起,常挨骂,老二念书哩,老四老五不听话,一大家子十几口人、七十多亩地全靠他,他老是气不打一处来。"秦山摇了摇头对儿子说:"不要再说你舅那些不好的话,去了只说你的事就行了,我走了。"世孝不大愿意去,有点磨蹭,不一会儿,大门外树上的喜鹊喳喳地叫个不停,接着院子里的大黄狗叫了起来,随之一个声音从窗子里飘了进来:"世德,世孝——"

世孝说了声"我姑来了",便跑了出去。

第十一章

姑嫂有情儿女亲,丈夫善事义为重。
人生应取勤与俭,家业青春相伴行。

1

世德、世孝在屋里听见姑姑来了，赶忙跑到院门口接了姑姑手里提的东西，将姑姑搀进上房屋内。北厢房里的世德媳妇出来问候，住在南厢房的巧仙，从炕上下来揭起门帘，说："刚听见喜鹊叫了几声，姐姐就到了，快进屋里坐。"秀姑说："有几个月没回娘家了，心急，今天瞅空儿来看看。"巧仙问："平儿没跟你来？"秀姑说："我不在，她要给她爹和几个人做饭哩。"

"你算是指望上平儿了。"

"都十四五岁的人了不会做饭还行，衣服鞋袜也在学着做哩。"秀姑说完，接着问，"我兄弟哩，前几天世德他姑父量了几升白米，我给你拿了一些，不多，吃个稀罕。"巧仙看见放在柜上的东西说："看你有心的，拿了米还拿了挂面。"世孝将姑姑搀上炕，给姑姑脱了鞋，问："我姑父最近好吧？""好着哩。"秀姑说着转向世德说道，"你姑父叫你把屋里安顿一下进城去。"

"啥事？"

"我不知道，主意在你姑父心里，去了就知道了。"

世德接道："我知道了，姑姑歇着，我和世孝做活去了。"秀姑看着两个侄儿出去，回头望着走进来的世德媳妇，问："世德媳妇孕身几个月了，我看都显怀了？"

巧仙说："有五个多月了吧。"

"我兄弟和你快要抱上孙子了。"秀姑说完，巧仙笑着没说话。秀姑接道："你们可是人丁兴旺啊。"

"好是好，添丁添口，又是一张嘴。"

"你可别说,活人就是要人,没人了活啥哩。再过几年世忠一当力,加上世德、世义都是能干的小伙子,村里谁家能比得上你,等都娶了媳妇,我兄弟和你都是老太爷、老太婆了。"秀姑说完,巧仙听了心里高兴,但嘴里却说:"你看你兄弟那身子骨,一点儿都歇不下,今年一下子瘦了许多。"

姑嫂两人说着话,世德媳妇给姑姑端来一碗酒麸子。巧仙说:"前些日子我做了一点甜酒麸,今日才揭开,你尝尝,看好了吗?"秀姑接过碗,一股酒香气直入鼻子,说道:"我好些年没做过了,也想做,怕做不好,现在除了乡村庙会上能碰到有卖的,已成稀罕了。"秀姑说着吸溜地往嘴里拨拉完酒麸子后,吧唧着嘴说:"味道正好,要再捂两天就过了。"随后便又说起世孝上学的事。巧仙说:"世孝上学的钱你兄弟说还没凑够,叫世孝到他舅那里去借哩。"秀姑接道:"世孝上学的钱差多少我给,甭再跑着借了。"然后又提到平儿跟世孝的婚事,巧仙说:"我早说了,你兄弟说给世德娶毕媳妇不到两年还没打过转身哩,再说娃的年龄又都还小。"

"你记得咱们那时定亲时才多大呀,我过门时才刚十六岁,你和我兄弟还是娃娃亲,到行彩礼时还是拿了我的彩礼钱去你家的。"

"那阵子咱啥也不知道,说实在的,现在一大家子人全靠你兄弟一个人,力量不济。"秀姑说:"我又不向你要个啥七啥八的,我就看上我侄儿日后有出息。现在呀,也有给平儿说媒的,平儿一听不是噘嘴就是吊脸,世孝一去就话多得很,两个人自小又要好。不瞒你说,我把两个人的属相找人都合了,好着哩,我就图个亲上加亲与和顺。"巧仙听了笑道:"天上给我儿掉个媳妇我还有啥说的,平儿又是眼面前长大的,心性脾气啥不知道。"秀姑随后又说起县城里叫男人全剪辫子、女人不缠脚的事，巧仙说："听世孝说过，乡村还是老样子，他四爷说过，这世事还不知咋变哩。"两人说着话，不知不觉已到中午，世德媳妇进门来问公婆做啥饭，巧仙说："这还用问，你姑来了你先把面和好，摘菜，我一会儿去。"

太阳偏西，秀姑要走，巧仙说："你还没见你兄弟面哩，等晚上你兄弟回来了说说话明天走。"姑姑说："我屋里一摊子事，不回去平儿一个人不知咋埋怨我哩。"巧仙知道姐姐一家，连铺子里做活的有八九个人，都忙得很，便说道："你执意要走，让世德吆上牲口送你回去。"说着让世德媳妇叫世德牵牲口佩骑鞍。秀姑临走时叮咛世德媳妇衣食起居要小心，别累着身子。

秦世德自姑姑来说了姑父叫他进城的事，他便打算安顿好屋里，晚上等父亲回来说一声，次日就去城里。他在二门之外麦草垛跟前正和世孝铡草，媳妇来说娘叫他送姑姑回去，他停了手里的活儿，收了铡刀，让世孝把铡好的麦草揽到牲口圈房的草仓里，自己便去牵牲口佩骑鞍。等姑姑出来时，世孝已搬了一只蚂蚱腿板凳，放在大哥牵的牲口跟前。姑姑踏着板凳被侄儿世孝扶上驴背时，世德媳妇已按婆婆的安排，将一大碗酒 馍用手帕包了提出来，和世德说："你给咱姑提上。"骑在驴背上的姑姑说："算了，这么远的路。"巧仙说："做得不多，提点回去叫他姑父和娃们都尝尝。"

秦世德赶着毛驴送姑姑回城，二十多里路一个来回，回来时已经天黑，世孝从哥哥的手里接过牲口缰绳说："哥，我去喂牲口，你去洗一洗吃饭吧。"秦世德到父亲住的厢房里说了几句话，媳妇已把洗手脸的水和饭都端了来，母亲说："洗了，

第十一章

161

把饭端上坐到你炕上去吃,还能让腿歇歇。"秦世德巴不得回到自己厢房,他刚坐到炕边,媳妇倒了他的洗脸水进来,弯腰替他脱了鞋,他一转身盘腿坐在炕上,很快吃完饭又吃了两片两合面馍,等媳妇洗了碗回到厢房时,他说:"你知道咱姑今天干啥来了?"媳妇说:"不就是心急了回娘家转一转,还有啥?""一来,说姑父叫我进城给我安顿活。"

"是真的?"

"二来,就是咱姑想把她家平儿许给世孝当媳妇哩。"

"这是好事。"

"这下世孝到省城上学,咱爹也就不为钱发愁了。"

媳妇笑道:"你瞎猜。"

世德说:"我后晌送咱姑回去的路上,咱姑一路上说世孝在县里上学教平儿识字念书和偷着给平儿松缠脚绑布的事,说平儿没上学堂现在都念了几本书,还会写不少字哩。她就想把平儿许给世孝哩。"

媳妇说:"两个人小时候好是真好,咱姑是个有心人,听说咱爹咱娘当年的婚事也是姑姑拿了主意的。"说完后又接道,"世孝也能,自己念书还知道教平儿哩,那你不是也念过两年书吗,就没见你教我认一个字。"

"我认的那几个字多的都遗到山里和地里了,再说女人家识字有啥用,会织布纺线缝衣服就行了。"

"那不一样,就说这尺、斗、剪、秤总常要拿的,高低大小多少总要见的,另外赶个庙会、花个小钱总不能叫人哄了去,看个戏、听个戏也还能知道些意思,不然站在戏台之下,只能看着花脸敬德出来进去,别人热闹自己却像个木头墩墩。"

"嗯,说的也是,那等我闲了教你吧。"

"你闲了不是丁方（丁方是陕西关中农村人玩的一种小游戏，在地面画出格子，用小材棍或小石子按规定走格子，类似于围棋）就是看人家耍花花牌，你有心你现在就教。"媳妇望着他，生出一种不寻常的期盼来。怀了孕的女人那种温柔和悦的眉眼别是一番景致。秦世德望着媳妇的样子犹觉可爱，便用伸在被窝里的脚蹬了一下，对坐在对面的媳妇说："来，拿手来。"说着一只手捏住媳妇伸出的手，另一只手在媳妇的手心里画了一撇又画了一捺，说："这是个'人'字。"媳妇说："天地人，石斗升合，上下大小，丈尺寸分，我在我娘家就会认了。"秦世德点了点头又写了个字，说："这是个男人的'男'字。"接着又写了一个字，说是女人的"女"字。

"你写的'男'字我还没记下，又写'女'字。"

秦世德转过来和媳妇并排挨着坐在一起，拉着媳妇的手重在手心里画字，一边画一边说："你知道咱姑父叫我去做啥吗？"

"你是叫我听你说话，还是教我写字呢？"

实际上，秦世德坐在媳妇身边说话和在媳妇手心里画字时，他的心已不在这上面了，当媳妇再问时，他突然在媳妇脸上亲了一口，媳妇用另一只手在被亲的地方抹了一下，说："你咋这么不老实。"秦世德放开拉着媳妇的手，伸出胳膊一下将媳妇揽入怀中。媳妇急道："你慢点，你不知道人家肚子里——"媳妇说话声大了点，秦世德怕对面厢房里的爹娘听见，忙用手去捂媳妇的嘴，并说道："小点声。"用手指头指了指厢房门外，然后拿开媳妇跟前的针线活儿，"娃娃在肚子里才多大点，就给缝衣服，睡吧，睡下我给你说另一件事。"说着脱衣服，摆枕头。

刘二吸完一锅水烟，拔出烟锅头，吹掉烟灰，重新装上水烟后说："不好的地卖不上价，好的地也没几块了，沟外平处靠西那块地离家远一点，种起来也吃力，就想卖那一块地。"

刘二，四十多岁，戴一顶西瓜皮衬帽，瘦骨伶仃的长脸，一只眼角有点下斜，过完瘾时间不长，说话声气倒是挺大的。窦郎中问："地是平地，肯定是块好地，打算多少钱卖？"刘二"咕噜咕噜"地吸完一锅水烟说："一亩还不顶个塬上或沟坡的三四亩？说实话，那是一块打粮食的地，要不是手头紧，还真不想卖。"

"那块地有几亩？"

"三亩多吧。"

"你说个价有人要。"

"你又不要。"

"说个实心价，真有人要。"

刘二伸出一只手抖了抖袖子，掐了掐窦郎中的手指，窦郎中说："有点大。"刘二猜想一定是窦郎中的熟人，便又把手缩进袖口对着窦郎中的袖口掐了掐对手的手指，说："这个，不能少于这个，到时候请你当代笔。"窦郎中说："我当不了代笔，到时候请闫先生代笔，我可以当中间人。"

赵有余到西镇街上打听寻找匠工，准备到西河上与人合建一盘水磨。在街上碰见何三，两人说起闲话。何三说："赵有余你可是人财两旺啊，有田有地，现在又置水磨，几个儿子虎虎生气，啥都叫你遇上了。"赵有余因种大烟、卖生烟与何三之间多有来往，笑道："咱和人家刘财东比还差得远呢。"

何三说："虽说咱们之间干的是黑的出去、白的进来的活儿，可我是混个眼前欢喜日子，那能比得上你这乡间的土地财主，要地有地要粮有粮，你是财大福大。"赵有余似笑非笑地说："你何三也成街流子了，学了个会说话。"何三笑道："你把我高抬了，对啦，听说杨村的刘二要卖地，卖的还是好平地，你不打算要？"

"刘二卖地？你听谁说的？"

"他亲口对我说的。"

"啥时候？"赵有余问。

"昨天他让我欠他三钱烟膏子，说等他把地卖了，连老赊欠的一起清，我怕他说的话放空，只给了他几个烟棒子，他嘴里嘟囔着走了。"赵有余点了点头。

赵有余回家之后，便让大儿子去杨村的亲戚家打听刘二卖地的事，儿子回来后说："刘二卖地是真，那地就在沟外紧靠东村的地方。"赵有余心中有了底儿，他知道在清泉村的东村、南村、杨村连畔种地的地片中，东村和南村的平地最多，杨村十成的土地九成在沟坡与塬上。沟外川平地不多，这坡塬地和川平地差别不仅是地势不同，土质肥力生长也大不一样，可以说一亩川平地的产出能顶两三亩坡塬地。以前赵有余买过刘二的九亩多塬坡地，他一直想在塬下头置些川平地。这次刘二卖地没来找他，他知道肯定是前几次刘二急着卖地他把价压得太低，刘二虽然把地卖给了他，但心里不高兴。刘二是考过秀才的人，肚子里有墨水，这次他是好货待沽，自己找他是肯定要碰壁，得寻个得力人去说。于是他想到了在西镇开药铺的窦郎中，窦郎中坐地行医，远近知底，办事利落，说话无谎言讹语，便于次日早饭后去找，谁知窦郎中一早外出替人看病去了，药铺伙计告诉他，先生去高村了，没准儿啥时回来，他等了等，坐不住了，说："窦先生回来了，你说清泉村一个姓赵的找他有事，今日等不了了，明日一早就来了。"

窦郎中到后山高村替人看病，有几家有病人的人家听说后都来守候相请，窦郎中走完这家走那家，走了这村走邻村，被村民用毛驴送回时已是一天的黄昏之时，他进门后便问伙计高村、弯沟、小村人前来抓药之事，伙计告诉他来抓药的人都把药拿回去了。他又安排说："快给现在来的人抓药，他们还要赶黑回去给病人熬着喝哩。"说着把伙计给他倒的茶水给了送他的人。等到药包好了，他又向抓药的人一一交代煎药要注意的事情和小包药下锅的办法和时间。送他抓药的人走了后，伙计跟他说清泉堡子上一姓赵的人后晌找他，天快黑时才走了。"不是看病吧？"他问。伙计说："没说。"窦先生知道事不要紧。

第二天赵有余来时，窦郎中又去了镇后的东堡村，他只得坐在店铺的凳子上等待，并不时到店铺外张望。小晌午时先生回来了，他说："我还说让你等我一下，你又出去了。"窦郎中说："让你久等了，不过你的事再大没有病人的事大啊。"在店铺等着看病的人，见先生回来了都去就诊，先生给病人一一开过药方之后，这才和赵有余叙话，问："赵财东，你说有事是啥事？我可只会替人看病。"赵有余随即说了要先生为自己说合买杨村刘二地的事。窦郎中听了哈哈一笑，说道："你说得晚了，你亲戚秦山早已有托，我已向刘二说了。"

"他知道这事？"

"你在堡子里他在村里，刘二的地离秦山的地又近，你都知道他能不知道？"

"这几年我一直想在塬下川道置些地，我想唯你能帮忙。"

"刘二那两三亩地我总不能说给两家吧。"

赵有余听出郎中说话的意思，他也知道他是个说话一勺子一碗的人，便改口道："没听他一亩地能要多少钱？"

"比塬坡地多几倍哩。"

"这刘二也真敢要。"

"刘二是啥人，人叫他秀才，他能不知道川平地比塬坡地能打粮食？"

"那倒是，只不过也不能像他那样狮子大张口。"

"自然，啥都有个行情嘛。"

赵有余知道窦郎中给他帮不了忙，但是他有他的打算，人常说牛不抵牛是怂牛。他往回走，看到沿路已经翻耕过的田地正等着种植小麦，为数不多的零星的秋庄稼已经泛黄，远处山坡崖畔上的柿树、软枣树上的果子也露出了脸，绿红伴着苍黄，深秋到了。他想直接到杨村找刘二，不知不觉也就来到杨村，老远他就看见了刘二庄院的门楼，他知道刘二家祖上富足，自己现在虽有田地、骡马、大车房屋十数间，却没有人家这气派的门楼。到跟前时又想起往年他买刘二的塬坡地时正值旱年，刘二紧困，他压低过地价，使说话的中间人也为难过。如今自己找他实在不好开口，转而返回去找吴乡约帮忙。

3

说起刘二，本名叫刘天财。祖上种地，他父亲手里开了一座油坊，后来在西虢和县城做油盐生意，发家之后在村里村外置了些地，盖了一座五间院口的四合院，因家中盖房时未出功名屋顶未能加脊。膝下两个儿子取名天福、天财（意为添福、添财），他本人只念过两年私塾，半生奔波，备受社会权势蔑视和欺侮，经常不得不在权势人面前低首弯腰，办起事来，得拿钱买路，自觉富而不贵，还常常成为地方土匪抢掠的对象。为了寻求保护，上至衙门、下至里正乡绅时不时都得打点应酬。因此，他寄希望于儿子读书上进，一旦儿子求得功名，既可保护家财又可光耀门庭，所以他先后把两个儿子都送清泉村私塾读书。可是大儿子读了几年读不进去，倒是喜欢庄户人家行当，人又憨直、少心眼。他想家中田地总得要人照管，便把家中庄户之事交给了大儿子，把读书上进出人头地的希望寄托在二儿子天财身上。天财从私塾到书院学业不错，乡试中考取最末一名秀才，老爷子高兴，同时在自己大房屋顶上加了脊、添了鸡，谁知，在儿子奔举的路上，他却去世了。

后来二儿子无望仕途，便做了父亲曾经经营的油盐生意。可惜他不懂门道又比较身懒，时间不长就亏损倒闭了。兄弟二人分家之后，刘天财不久又吸上了大烟，其妻生下一女之后再未生养，他自认命中无子，后继无人，失去生活希望。从此精神颓废，常常出没于烟馆赌场，视种种之事为累赘，妻子又不敢说。几年时间，家计不济，开始典卖田地。但是秀才的文气与过去家资的丰足，又使他养成了一种说话做事不欠人情的倔脾气。人们通常出于对他的尊重，不叫他大名只叫他刘秀才，随着年龄的增长和他的无所事事，又有人按他的排行叫他刘二。妻子为阻止他赌博而要上吊一事让他断了赌博，但一日三餐的大烟却断不了，断了他就神倒了。妻子也知道老一辈人说的话，不肖之子能抽大烟但不能赌博，抽烟就算把一亩地都换成大烟，他也是从那烟葫芦的小眼眼里一点一点吸出去的，而赌博输急了为赢回来，田地房屋整块整块都被押上去，弄不好就一下子全没了。所以对男人抽大烟之事也就不再说了，况且村子里抽大烟的人多的是。

赵有余见到吴乡约后,吴乡约问道:"啥事,今日还转到我这里来了?"赵有余笑道:"无事不登你这三宝殿,今日求你来了。"赵有余说着将一包兰花烟叶放到吴乡约面前,说:"事情不大,但没有乡约叔给侄娃子帮忙还真不行。"

"啥事,你说。"

"杨村的刘二卖他沟底的一块地,我想请您当个中间人。"吴乡约说:"我听说西村的秦山已经托人说哩。"

"我就是请您老人家给我帮个忙。"吴乡约看了一眼赵有余,说:"你在堡子上,那地和东村连畔离你又远,你七八十亩地呢,还少那一两亩地,种起来又不方便。"

"看乡约叔说的,那是一块川平地。人常说,王十万还差个担呢,地价出高点都没啥。"

"你是要和秦山争吧?"

"怎么会,我是一心想置点川平地,说实在的,那一亩地的出产顶塬坡地两三亩。"

"行,我给你去问问,看来你是真心想买。"

次日,吴乡约来到杨村,见到刘二说了几句家常话后,便问道:"听说你又卖地,还是沟外的川平地。"刘二说道:"老兄台不愧是耳听六路、眼观八方的人,当乡约就是不一样。"

"快别贫嘴了,既是事实,说个价,有人要买。"

"远处人还是近处人?是实心还是问价呢?"

"这你就甭管了,要的人不远。"

"我卖也要卖给实心要的人,你说的是谁?"

吴乡约接道:"肯定是实心,人是我村堡子上的赵有余,你们打过交道。"

"是他呀，这地离他远，不沾边、不接界的他图啥？"

"就看上你那地是一块好地。"

刘二摇了摇头说："不卖给他。"

吴乡约说："在你要的价上加一成也不卖？"

刘二说："不卖。君子一言驷马难追，再说，前些年他买过我地，坑人也罢，难为也罢，不说了。秦山老厚，德彼邻里，几个儿子精干勤竞后继有人，他托人早说了。"

"你卖地卖钱哩，又不是结亲。"

"但我宁肯将地贱卖给秦山也不卖给他赵有余，他是个谋人的小人，难道你不知道？"吴乡约一听无话可说，他没想到这个浪子秀才，把先人的家产不当一回事都踢光了，看起人来倒是自有见识，到底是读过圣贤书的。

第十二章

牢记五恩德常在,青春梦想待自成。
追根述史说今古,蜀道山歌入画中。

1

秦世德按姑父说的，牵了自家的驴到县城里时，太阳快要落山了，他在姑姑家的皮匠铺门口见到表妹平儿，平儿转身向屋内喊道："爹，我世德哥来了，还牵了牲口呢。"在屋里的父亲听见女儿的声音随即叫来儿子周义，让儿子把世德牵来的牲口牵到他陈叔那里，让陈叔喂了后过来吃饭，有事跟他商量。周义和表哥打过招呼，便牵了牲口缰绳而去。秦世德随后进了铺门叫了一声姑父，姑父说："把褡裢放屋里，先歇歇。"这时平儿给表哥端来一茶碗水，秦世德接过茶碗，将手里的褡裢递给表妹。

"跟你娘说多做两个人的饭，一会儿你陈叔就来了。"姑父对平儿说完又问他："屋里安顿好了？"

秦世德一边喝水一边答道："也没啥安顿的，种麦的地都翻犁过了。"

"你爹还给人家做活啊？"

世德点了点头。

"这一次我叫你来，想让你跟着我和陈师到外面跑一趟。"

"是收皮子去吗？"

姑父摇了摇头。

这时让周义去叫的陈师来了，他一进门看见坐在炕缘上的秦世德，说道："世德来了啊，你姑父昨天还跟我说你呢，说你已长成大小伙儿了。"秦世德赶忙站起身，说道："陈叔好吧？"

"好，你爹还好吧？"

"我爹好着呢，劳陈叔惦记着。"

"你把你爹的活皮包上了，个头儿、说话声特别像，我见你爹还是前些年你爹跟你姑父和我们一起跑北路时的事。"秦世德听了,笑着把姑父面前的旱烟盒端到陈师面前。姑父让陈师把旱烟装上,对陈师说:"本来想去北路,又听说北路不安然,想叫你过来商量一下,咱去南路怎么样?"陈师说:"看掌柜的说的,这有啥商量的,咱又不是没去过。"姑父说:"南路虽说有土匪,但白天跑帮的人多,沿路驿站也通行,不像北路上的兵匪,咱惹不起。"陈师说:"去南路要准备的货物——"

"我想咱去的时候驮点布匹、药材、辣椒、毛皮,回来时驮点那边的生漆、茶叶、白糖、桐油类,你看能行吗?"

"你是掌柜的生意人,我是吆牲口赶脚的,看来你早就有谋划,就按你说的,咱啥时起程?"

"东西我都准备得差不多了,明天咱就收拾打包,后天能走咱就一早儿动身。"

"我就说嘛,掌柜的早弄好了,行。"

秦世德接道:"南路白石铺以上我走过,以下再往南我就不知道怎么走了。"姑父说:"有你陈叔哩,这你就不用管了,但是照看牲口的事你得多操点心。"几个人正说着,儿子周义、女儿平儿把饭端了来,大家一边吃饭一边又说了打包勒货架的事,互相叮嘱了走时要带的衣服。吃完饭陈师走了,姑姑和世德又说起了世孝,世德说:"世孝在家除了打打地里的胡基,还准备拜谢闫先生去哩。""世孝就是懂事。"姑姑说。姑父一旁掰着指头计算货物数量与牲口分驮归类的事。

陈师是县城东堡子的人,家里先前种了几亩地,早先给人当过雇工,后来给人吆牲口赶脚。媳妇坐月子去世之后,只剩他一个人。随着县城发展,生意人驮运货物的事多了起来,他便卖了自家的三亩地买了一头骡子,真正当起脚户,替生意人驮运货物。在一次跑北路的时候,与到北路收皮子的周良娃和秦山相遇,也就那一次他结识了开皮货铺的周掌柜和秦山。几年过去了，周掌柜的厚道与秦山的精干，他一直记在心里。如今他为周掌柜的当脚户，在这里见到秦山的大儿子说话和善诚实，觉得这是个好后生。现在周掌柜想带侄儿行商，这是一件好事，世德也是自己的一个好帮手。

秦世孝要拜谢闫先生，父亲秦山打听到闫先生在家之后，这天早上，他赶早到西镇街上割了上好的一挂礼肉，又买了一斤水晶饼让儿子提了，自己又将自己种的、揉好的兰花烟包了一包拿上。到了闫先生住的村屋院门外，看见闫先生的妻子在院里，秦世孝隔门叫了一声"师娘"，师娘抬头一看，是丈夫的学生秦世孝，后面跟着的一个人她也认识，忙说道："是秦世孝呀，你爹也来了，快进屋里坐，先生在屋里呢。"然后转身对屋内喊道："玉儿，叫你爹快出来，来客了。"说完她接过世孝手中的礼物。闫先生从屋内走出，看见妻子手中提的东西，和迎面而至的秦世孝的父亲秦山，说道："哎呀，你我之间怎么还拿这来。"说着将秦山让进屋内。秦山说："两年也没见你了，顺便给你带了一包我种的兰花烟叶。"秦世孝叫了声"老师"并深深地鞠了一躬。闫先生说道："你父子二人心真长，快坐。"

闫先生的三间大房内，仍是关中地方传统的一明两暗的布局，中间是客厅，两头是住人的厢房，客厅正中一张方桌两边各一把椅子，方桌正上方墙上挂了一幅松鹤延年图，图两侧是一副洒金梅红对联，上联"清风挺松柏"，下联"日月照鹤家"，从落款看系友人奉赠。桌上的一个长方茶盘里有一把青花粗瓷茶壶和四个茶碗。另外，桌上还堆有几本书。先生让秦山坐下后说："要开学了，在家准备一下，你看屋里让我给翻乱了。"秦山知道闫先生现在的住宅是在这里买了地后，把老家房子拆了搬过来重盖的，三间大房没变，原来的两间偏厦现在变成了三间，但房子新了，屋院整体整洁清爽。秦山坐下后，说："盖房时我来过，这新院子和屋里又收拾得这么好。"闫先生说："世孝也快开学了吧。"秦山说："是要上学去了，走之前来拜谢恩师来了。""好说，还是你立家之教，根本深厚，你儿子又争气，作为先生只是个引路人，昔日孔圣人弟子三千，贤人也才七十二个。人常说，先生引进门，学不学在本人，有慧根没慧根，是另外一回事。""自你去了县立学堂，见你的时候就很少了，这一开学你又要忙。""是啊，现在学校里娃娃们念的书和以前的不一样了，改朝换代了什么都换。过去的学堂是以读经为主，经史子集、八股成学，致官为用。现在是中西合璧，受教于身体德智，造就社会人才，以改变我们国家多年来积贫积弱状况，开始我也不以为然。后来我读了顾炎武、容闳、盛宣怀的书，才知道这几十年来，先贤们一直在寻求改变世道的办法，这才有所理解，也对民国的新学堂新学业有了认识。"

秦山对闫先生所言似懂非懂，他也不好去问，按照他自己想的，说道："民国了好，满官赶跑了，学堂多了，新学的东西多了。"闫先生接道："换一个皇帝容易，振兴一个国家不容易啊！国家大兴的长远之计是要从娃娃抓起，像你们家的世孝、刘财东的儿子刘子清、窦大夫的儿子窦铨和他们同学考上的省里各类学校，就是给以后治国兴民培养人呢。国家要发展，社会要往前，是要各种各样能干的人啊。"秦山一直敬仰闫先生的博学多才，这一回他又听到了先生的新论，他抬头看了看坐在一旁的儿子世孝，说："先生的话你要记下，到了省城有啥不懂的就来信请教先生。"

"省城学校人才济济，现在的年轻人对新事物接受快，世孝又肯动脑筋，我想一定会学有所成的。"

这时闫先生的妻子烧好了开水，进屋来提桌上的茶壶泡茶，儿子闫睿在院里叫道："娘，衣服在哪里搭晾？"闫睿娘从屋里走出，说："你一个人回来了，你姐呢？"

"衣服还没洗完,我姐让我把洗好的先提了回来。"

"你先放院里。"说着向灶房走去。

闫睿放了提衣服的篮子,听见屋里有人说话,便跟母亲后面进了灶房问娘:"咱家来亲戚了?"娘说:"是你爹的学生秦世孝和他爹来了。"儿子曾听父母早先议论过要把姐姐许配给秦家的话,便笑道:"是给我姐说媒来了?"娘说:"你甭胡说,你爹的学生秦世孝考上学了要去西安上学,来感谢你爹对他的教授之恩。"儿子想起父亲常常提起他的几个学生,还要他向他们学习哩。但是他还是要把这件事告诉姐姐,便一溜风跑了出去。

2

秦山和闫先生说了一阵子话,借口有事让儿子世孝拜别先生。秦世孝对先生行了大礼,又转向师母磕头,师母将他扶起,然后他将自己写的一首感恩诗呈给先生,说:"先生恩德,学生秦世孝不忘,后将以先生教诲读书做人,请先生赐教。"闫先生接过秦世孝的诗笺过目之后说道:"忠孝乃人伦之德,礼者人伦之序,知而必进,可造之才。"秦山一旁说道:"先生先别夸他,且走且看。"临送出门,先生对秦世孝又嘱咐道:"智慧出英才,学问摄其躁,当记拙以制巧。"

闫先生送走秦山父子回到屋里,又将秦世孝的那首诗看了一遍,这时两个女儿和儿子都回来了,两姐妹在院里拴的绳子上晾完衣服走进屋里,他叫大女儿玉儿来看手中的诗,说:"你看这是秦世孝写的。"玉儿接过手,念道:"天地君亲师德重,数年教诲记心中。悉心启迪解蒙昧,经史文章析古今。宣讲文明传圣事,人伦义礼化精诚。今朝拜别宏恩在,来日修身尽孝忠。"玉儿读完点了点头。儿子闫睿一旁眨了眨眼,说:"啥意思吗？写得像诗一样。"玉儿说："这是一首七言诗，合韵也合律，只是有点板。"小女儿兰儿说："我觉得还没姐姐写得好。"父亲望了一眼儿女，说："古人说，歌咏言、诗言志，秦世孝的这首诗中有志，这是你们青少年当有之思，只有先立志而后学，方才有进，吾儿浅见。"兰儿看了一眼姐姐吐了吐舌头。父亲接道："你看他这首诗里把受教、解惑、感恩都说了，最后摆出了自己的志向。另外，他的小楷字写得也大有长进，你们看了别人写的东西，要择其优而学，不可不懂装懂乱说一气。尤其是睿儿，就拿临帖习字来说，要好好用心揣摩，颜帖有颜帖的格体，柳体有柳体的风骨，和写诗一样既要守规则又不泥古，不能写字只知横平竖直，写诗只知道天对地，雨对风，獬豸对麒麟。"

秦世孝和父亲刚回到家，刘子清来找他，说一同拜谢闫先生的事。秦世孝说："我原想咱们和窦铨三人明日一同去先生家，谁知我父亲识请闫先生到义学授教最早，两年未见又值我准备前往拜谢，便和我一同去感谢先生，我不好执拗也没来得及跟你和窦铨说。"刘子清似乎有点妒忌地说："你可是捷足先登，但不知先生明天在不在家？"秦世孝说："看样子先生也在准备去学校，下午你就去。"刘子清说："我现在就去找窦铨。"说完又说道，"咱们去省城要是坐马车至少也得三天时间，不知翟杰、王也同学他们啥时走？"

"我想省上的学校开学时间大致都差不多吧，你要见了窦铨问一下，看窦铨知道不？"

下午，刘子清和窦铨去见闫先生时，得知除陆军学堂外，其他学校开学时间都差不多。待拜谢过闫先生，先生的大女儿玉儿送他们到门外后，刘子清慢走了一步扭头对闫玉儿说："闫玉儿，现在民国学校提倡女学了，好好学也考师范。"闫玉儿说："我人笨，比不得你和秦世孝，愿你们二位上师范的，既要有邺仙秋水之才情，更要向宣圣春风之道德。"刘子清说："学妹所言我们定记。"刘子清转身见窦铨走出丈余便抬步去撵，但对闫玉儿说的邺仙秋水和宣圣春风一时不解，一边走一边念叨，他赶上问窦铨后，问窦铨邺仙秋水、宣圣春风是啥意思。窦铨听了刘子清莫名其妙的问话，一时答不上来说："你咋想起这两个词语来了？"停了一下接道，"我像在哪里读过，宣圣好像说的是孔子，词语出于何处，原语怎么说的都忘了。"他说着摇了摇头。

次日，刘子清和秦世孝说雇马车去省城的事，秦世孝说他想步行，刘子清说："要说走路，我们这年龄一天走个七八十里路还行，但要背上行李走就不一定了。况且我们都是初次出远门，人生地不熟有许多不方便之处，到了省城也摸不清东南西北，我们几个人雇一辆马车既可省去问路寻宿的事，还可以彼此有个照应。"

"好是好，就是——"

"不就是要花几块钱嘛，不说这事了，我问你一件事。"随即说了前一日到闫先生家去后，闫玉儿送他们出来她说的两个词语，自己无解，窦铨也似是而非。秦世孝略一思索说："邺仙秋水，宣圣春风，词语出自《龙文鞭影》一书，这本书是明朝萧良有等人编的一本蒙学读本，介绍历史典故，四字一句，两言押韵，言简意赅、内容丰富。这邺仙秋水、宣圣春风说了两个古人的故事。第一个说的是唐朝李泌小时很聪明，七岁时就能写文章写诗，因出身于官宦之家被唐玄宗召进宫中，这时唐玄宗正与左丞相张说下围棋，见李泌进来便让张说试其作诗，张说便依棋试之李泌。张说道，方如棋盘圆如子，动如棋生静如死，说棋但不能说出棋字来，只可虚意而为。李泌说，随意那就太容易了。遂说道，方如行义，圆若用智，动若逞才，静若遂言。唐玄宗一旁听了很高兴，张说称其为神童。秘书监

第十二章

1

秦世孝要去西安上学了，母亲早已把他要带的被褥拆洗得干干净净，并准备了换洗的衣服，现在她正在厨房里给世孝烙一个大锅盔馍，她一边翻转锅里烙的锅盔馍，一边对在院里劈柴的儿子世孝说："你爹早先说，到时候吆上牲口送你，后来又说让你姑家在县城车马店寻一个顺路马车，把你的行李铺盖驮上让你跟上去哩，现在你姑父又不在，不知有眉眼没有？"儿子说："我们几个同学说好了，雇一辆马车一起走，今日刘财东的儿子刘子清一早就去城里了。"话音刚落，门外传来"世孝，世孝"的叫声，秦世孝应声跑出院门一看是刘子清来了，便问道："怎么样，有马车没有？"刘子清走进院内，世孝娘见了说："世孝正跟我说你去寻马车的事呢。"刘子清问候过世孝娘后，说："马车雇下了，是翟杰他爹去雇的，正好是回西安的，说好明天一早，在县城东门外高家车马店门口等，翟杰说他去和王也说，现在就差和窦铨说了，咱们三个离县城远，得赶早走。"世孝说："你跑了一天了，回去歇歇，我到西镇给窦铨去说，你回去顺便和我爹说一声，我爹先前说吆牲口送咱呢。"

"行，那你和窦铨说，让他把行李拿来就住咱这里，免得到时候碰不到一起，还得在鸡叫的时候就起来赶路。"

第二天凌晨，天上的星星还在眨眼睛，秦世孝就背着行李到刘子清家，并告诉刘子清，窦铨说他们药铺的伙计直接送他去县城，让他们不要等他。秦世孝的父亲用牲口驮了刘子清和秦世孝的行李，一起往县城而去。踏着深秋的晨露，吸着凉沁沁的空气，赶在太阳冒出头的时候，他们到了县东门口的高家车马店。这时车把式正在给拉车的牲口架套，世孝的父亲对世孝说："这里离你姑家不远，你去和你姑说一声。"世孝刚走，翟杰、王也同学在家人的陪送下走了来。车把式套好牲口，装好草料后便开始替这些学子装行李，一边装一边说："小伙子没吃饭的话就去城门口摊子上吃点，吃完了咱就走。"刘子清望了望翟杰和王也，两个人都说吃过了，他又接道，"这窦铨咋还没来呢？"王也说："不会是起来得晚了吧，他可是离县城最远。"刘子清说："不会的，他爹是看病先生又开药铺，通常起得很早，说不定有啥事给绊住了。""来了，来了。"翟杰手一指说。窦铨手里提了个布袋，一个人替他背着行李跟在后面向这边走来了。刘子清伸出胳膊向窦铨招手。窦铨走到跟前用衣衫擦了擦额头上的汗说："真不顺当，原想着过渡船走这条常走的路近些，谁知天都大亮了，船家还在等人。"这时秦世孝从姑姑家回来了，姑姑和表妹平儿也跟了来，世孝的父亲迎了上去，世孝的姑姑说："咱把车寻到明天了，还说今天让周义接世孝去，没想到娃们都早办好了。"秦山说："让你们都操心了，几个同学一起搭个伴也好互相照应。"这时车把式说："走了，谁现在要坐就上车。"这时世孝的姑姑从兜里掏出一块银圆递给世孝，世孝说："姑姑给的已经拿上了。""穷家富路，要走几天时间，再说到省城里开销不一样。"秦山对儿子说："你姑给你，你就接住，但要记住疼惜每一文钱，大人的钱来得都不容易。"这时平儿从后面把娘的衣服挦了一下，秀姑对侄儿世孝说道："你看我差点忘了，平儿赶着给你做了两双袜子、一双鞋。"说着把女儿递到手里的一个小布包给了世孝，世孝接过小布包望了一眼姑姑身后的表妹平儿，看到她的脸泛红，自己心里也觉得热热的。车把式赶着马车和学子们已走出一大截路，他转身撵了去，坐上马车之后，转身向后望去，父亲、姑姑、表妹仍站在原地望着他，直到他们没入一道坡坎之下。

　　送世孝上学的秦山和秀姑直到看不见马车和人，才将目光收了回来。这时秀姑对女儿平儿说："把你舅手里牵的牲口牵上回屋里吧。"秦山说："不去了，姐，我这就回去，你和娃回吧。"说着牵了牲口走了。这时周义迎面走来说："都走了？"秀姑答道："走了。"他回头望着妹妹笑道："没想到咱平儿还真有心，我听说还给世孝做了鞋和袜子，八字没见一撇心早跟上跑了。"周平羞红着脸赶着打哥哥，哥哥躲来躲去。秀姑对儿子说："你都多大了，还没大没小地说你妹。"

　　秦世孝和同学坐的马车淌过金河，经店子、上城、卧龙坡、五城山向东而去。一路上荒地连片，瘦田枯草，近望渭水波涌，不时有滩地夹在河心之中，偶尔可见南北摆渡的船只来往于河上。再往南看便是台塬、浅山，秦岭携带着它脚下的余脉逶迤起伏，显得壮阔而空远。路边种植的不多的谷豆玉米庄稼，已有了泛黄的叶子，大片被翻犁后的土地静静地躺在那里。而塬地的半山坡上散落着一排排的窑洞。崖边偶有树木孤独地长在那里，只有拴在树下的牲畜和游移在院边的鸡犬。他们在马车上望着眼前的这一切，不时地探询所经过地方的地名，在他们的询问下，车把式给他们讲说着地名的典故，讲着侍郎坟、斗鸡台、上城、卧龙坡、五城山的来历。车把式还编说那山就是孙悟空触犯天条后被佛祖压在身下的五行山，实际上车把式把武城山当成了五行山。大家有点不相信地看着那武城山山头。车把式还说："你们不信呀，那牛魔王洞就在石嘴山的半山腰，有几十丈深呢。"说起牛魔王洞，秦世孝想起自己小时，在离自家村子不远的石嘴山河畔放牛玩耍时，就有同伴指着半山腰的一座小寺院说，那寺院后有个窑洞深不见底，是牛魔王洞。

寺院荒凉至极，他们谁也没敢靠近。王也、窦铨没听说过，翟杰、刘子清听过唐僧取经的故事，只知故事离奇人物古怪，神妖斗法引人入胜，但对于故事中的，山水、寺庙、藏洞在什么地方都不在意，如今听到说有的地方在本地便觉得好奇。大伙儿七嘴八舌地议论着，到了底店镇见到男人脑后仍拖着长辫子，女人那走起路来扭来扭去的小脚，话题又转到剃辫子和放足的事上来。刘子清说："民国都已经好些年了，清朝的辫子还剪不掉，女人缠足还禁不住，这改朝换代易风易俗咋说？"秦世孝说："民间有人据以为德、习以为惯，能一下消除吗？人常说，冰冻三尺非一日之寒。"翟杰说："我看要改变这一现状，就得像满人入关后强迫汉人留辫子时采取的留发不留头的做法。"王也说："那是满人的血腥与恶劣，现在民国了都是同胞，留与剃只是时间问题。当初我把辫子剃了我爹没说啥，我爷骂我是忤逆虫、是忘祖，世事变了没王法了，现在才不说了。"秦世孝笑道："我当时从学校到我姑父那里去，我姑父说是学堂里胡闹，我回去后我四爷还说我成革命党了呢，到现在我四爷虽没了辫子却还留着齐耳的长发，说满清不满清，说民国不民国。"窦铨说："你四爷可谓清朝的遗老了，不少地方还都有那么一两个。"秦世孝接道："闫先生说过，改变社会的现象是改变一个社会，很不容易，人的观念不变，国家难以振兴，更不用说强盛了。"秦世孝的这句话说完，一时间大家都不说话了，似乎出现了一种压抑沉默的气氛。等过了汧河上了大塬，广袤的土地、无遮无拦的田野，才让刚才大家的情绪渐渐释然。

　　府城的城郭宏大，城墙高耸，街市井然，长长的街道两边门面房，青瓦白墙十分规整，间有高门大户的，复瓦接檐、门墙一砖到底。市面繁荣，街道整齐，不失为千年的古城。偶有房屋格窗对外者，不乏褪色的窗花贴饰。

秦世孝和刘子清几个人目不暇接地四处张望，车把式说："诸位学子，时已过午，这里是城关街，你们要吃饭就去吃，我把车赶过去停在城门外的拐角处，给牲口喂些草料。"秦世孝、刘子清几个人此时也觉出饿来，便在临街的饭铺各自要了一碗面吃了。刘子清说："久闻府城东门外有湖，据说宋朝大学士苏轼在此为官时，引城北凤凰泉水于此，掘池筑堤，建亭置阁，历经千年，盛名尚在，咱们趁此之便去看看。"秦世孝说："那咱得和车把式说一声，免得到时候找不见咱们着急，听车把式说咱们赶黑要歇在岐山县城。"刘子清说："咱们走快点去望一眼，然后在路边等他。"王也自告奋勇去告诉车把式。

几个人出了东门一望，东南一隅柳树丛丛，透过树枝可见被遮掩的亭台楼阁，走近后只见曲桥轩屋，一面湖水之上湖光粼粼、波光涟涟，伴有残荷枯茎和零落的败叶，湖边的绿树有的泛出了黄色，柳枝低垂，轻盈袅娜。秦世孝看见眼前的景色，和在街道上见的住户人家窗上的窗花，便想起家村老人们常常赞叹的府城两绝，"东湖柳，姑娘手"。刘子清正要再往里走，只听车把式远远地高声呼叫，翟杰说："车把式已经把马车赶过来了，还在吆喝咱们呢。"刘子清转身瞅见湖的东北角有一高台，说道："那平地上突起的高台莫不是凌虚台？"翟杰说："就是凌虚台。""那喜雨亭在哪里呢？"刘子清又问。因为翟杰跟随父亲生意上收账，到过府城游过这里，转身指着湖中说："喜雨亭在那曲桥之南。"这时车把式又吆喝了起来，秦世孝说："走吧。年里回来时咱好好地在这里看一看。"在几个人上了马车之后，他们又议论起闫先生给他们读过的《喜雨亭记》和《凌虚台记》两篇苏轼写的文章来。可惜眼前的景色却显得十分苍凉。

马车在马儿嘚嘚行走的声中移动，远处可见，北面莽莽的山岭向东延伸,近处是平坦的田地,他们谁也没想到在渭河川道之外的土塬上,还有如此平坦壮阔的原野。无怪乎历史上的周太王古公亶父,亲率族民翻山越岭来这里扎根发祥。后来秦人西出千陇,四迁国都,到这大塬之上定居发展统一六国,在这里依靠族民的勤劳和智慧孕育了文明,然后又让文明走向全国。武王伐纣、冰冻岐山、闻太师命丧绝龙岭,甘棠树下,誓诰、礼乐、诗经的故事和历史,此时又纷纷被提起。

路边杨树上的鸟雀聒噪,太阳西斜,远处村落的暮烟渐渐升起。该进岐阳城投宿了。

2

杨村刘二要卖的那块地,经窦郎中的说合要卖给清泉村的秦山了。这天,秦山在自家三间大房的客厅里,摆了桌椅板凳,请来了里正、乡约、保正、窦郎中,还有住在邻村在县城高等小学教书、昨日回家的闫先生,及自己家族中的长辈四叔父,堂兄秦祥和四至地邻。乡亲们彼此寒暄了几句之后,秦山便说了买地之事,并请大家来作中交割。然后,按照双方原议定之事,由闫先生执笔写了张地契,地契写好后由说合人窦郎中看了交给刘二过目,刘二看后说:"地亩数,地的坐落四至和地钱都得改一下,亩数三亩五分改为二亩,四至中的南、西、北三处不变,东至写我。"窦郎中说:"不是说好是整块地吗?"刘二嘴里嘬着旱烟锅不动声色地说:"内人不悦,先这么着吧。"窦郎中说:"你也不早说。"刘二说:"卖地之事没变啊,只是地亩少了点,这也是不得已变的。"在座的里正、乡约、保正、亲房等中人,你看看我,我看看你,然后又往秦山脸上看。这时秦山笑道:"好说好说,刘秀才把这么好的地卖给我,我很承情，他刚才所说自有他的不便，麻烦闫先生重写一张吧。"秦山说完，将一方粉连纸重新铺在闫先生所坐的桌前，这时里正、乡约也都点了点头。窦郎中说："那就请闫先生再劳动一番。"闫先生很快又提笔写了一张，拿在手里念了一遍，刘二听后点头，表示再无异议。闫先生便在契约的左下方，按秦山说的依次写上了土地出让人、买地人、说合人、执笔人、中人、立约时间等。又让各人在自己名下按上了手印。然后闫先生对秦山说："秦山兄弟，现在写的这地契是白契，等你们买卖两家交割清楚，到县府验契后盖了红章就叫红契，这买卖土地的地契才算合法有效，我想你和刘秀才都是知道的。"秦山点头。作为中人的里正和乡约、保正都为秦山添地置业而高兴。然后又议论验契的事，这时在秦山家帮忙的亲房人等端上了准备好的酒菜，众人分了两摊就座。秦山为众人一一斟满酒盅，然后给自己倒了一盅端起，说："今日之事有劳诸位，我敬大家。"大家喝完第一盅酒之后，他又给在座的每人倒了一杯，自己端了酒到刘二跟前说："承秀才老哥之情看得起我秦山，我敬你。"刘二说："算了，兄弟体谅我，给我面子，仁义，咱俩喝一盅。"

　　饭后，闫先生说下午要回学校，里正也说有事便走了，其他人略歇之后，偕同买卖田地的当事人，和秦山的亲房兄弟、侄儿、四至地邻，一同到地里勘定地界、埋了界石。这时有人找窦先生看病，窦郎中要走，便和乡约、保正二人说了买卖双方钱粮交割之事。刘二说："说好的钱粮各半。"秦山说："放心，你能把地卖给我，我一定让你满意才是。"

　　事情办完秦山回到家中，妻子说："刘二这人真是，说好的事，害得咱东凑西凑把钱粮准备好了，他却变了卦。"秦山说："刘二自有他的不得已处，给人留余地、留面子也是给自己留余地、留面子。"

"是不是他知道有人也想买他那地，他留下一些，缓一缓多卖些钱？"

"那倒不一定，况且刘二不是那种人，不过这样一来，咱倒是松活点，这块地总算没让你娘家哥买去。"

去南路行商的秦世德和姑父、陈师，在褒城歇息之后便直奔汉中，因汉中是水旱码头，他们所带货物经过货栈很快便已脱手。几天之后，他们从当地购得了生漆、茶叶、桐油、卷烟几类货物，在与所宿店家闲谈之中，了解了当地一些风土人情。店家得知陈师丧偶独身时，便要为陈师说媒。陈师说："我一个脚户，哪里有钱在这里娶个女人？"店家说："只要你愿意，我就给你领一个来。说真话，今年这里乡下收成不好，不少人家生活艰难，有的只求有一口饭吃。"陈师摇了摇头叹了一口气。陈师原来的女人，将近三十岁才怀上孩子，谁知临产时血崩而亡。自女人死后他家屋冷清，穿戴窝囊，吃喝常常凑合，日子过得有点惜惶。一晃几年过去了，他何尝不想续弦，回到家里也有个知冷知热的人。况且自己年近四十还没个续香火的，不想此事倒也罢，想起这事心里便不痛快。说起来世人不管贵贱，为妻子儿女整天奔波倒也心安，而自己跑北跑南又在为谁呢？如今被店家一说有点动心，但是自己身上又没带娶妻的钱，说也是白说，便转回房中拿出旱烟袋，装了一锅烟抽了起来。准备睡觉的世德，见陈师在一边抽闷烟不说话，问："陈叔，有啥事吗？""没啥事，明天咱就要走了，我想咱走得早的话，第一站到哪里歇的事，你先睡。"陈师说。这时世德的姑父从外面回来说："看来明天一早还走不了。"陈师说："不是啥都弄好了吗？""说了一桩生意，明天早饭后才见话。"世德的姑父说。

第二天早上等事情办好起程时，店掌柜的来到陈师跟前，身后跟着一个女人。没等陈师说话，店掌柜的笑道："我不骗你吧。"然后指着身后的女人说道："满意吗？没啥说的就领上。"陈师见那女人胳肢窝里夹了一个小包袱，中等个子，身形清瘦，黄白色脸，眉眼和顺，脑后挽了个发髻，额前一绺头发搭在耳畔，穿一件月蓝色粗布衣衫，约莫三十岁出头。店掌柜和陈师说话时，那女人望了他一眼低下头去。陈师半会儿没说话，世德的姑父笑道："给我陈师领来个女人呀，店掌柜的尽做好事。"陈师先是感到突然，过了些时候笑道："我可不落拐骗女人的名。"店家说道："啥个拐骗呀，她是我的一个亲戚，丈夫在山野里割漆摔伤殁了，夫家的哥嫂不容，只留下了她那个八岁的女娃，让她走。她一直住在娘家，娘家日子也艰难，没吃的粮食，女儿又不是娘家久留之人，她娘让我给说个人领走。论辈分她叫我表叔，说起来这侄女也苦情，昨日知道你的情况后，听说你人忠厚实在，昨晚上我去一说，她父母都愿意，就给你领了来。"陈师说："我是给我们周掌柜赶脚的，身上没带钱，要不，下一回我来领。"站在一旁的女人说道："你不嫌我，这一回我就跟你走。"世德姑父说："这是好事，陈师。""可是，这也不能太对不住人家爹娘。"陈师说。店家接道："好吧，你就凑够买两斗玉米的钱给我，我替她爹娘买了粮，好歹再有三四个月青荒就过去了，也算是她爹娘得了女儿的接济了。"世德姑父说："陈师，这么好的人、这么好的事就应了吧。"陈师二话没说，从身上掏了半天，掏出一块银圆和几枚纸币，说："下次我来——"世德姑父说："我给你添两块银圆，再多也没有了。"遂将两块银圆递给陈师，陈师连同自己手中的钱一并交给店掌柜的，又望着那女人说道："几百里路，牲口又驮了货，你能走？"女人悦意地说："我能走。"店掌柜接过陈师递过来的钱，只收了两块银圆，

◇第十三章◇

197

将一块银圆与纸币退回，说："两块银圆能买几斗玉米，你们路上还要花，拿上吧。"陈师说："老人家，下一次来谢你。"又将纸币递给了店家。

就这样，陈师领了女人，赶了牲口，几个人说说笑笑朝回乡的路上走去。在好走的地方，陈师扶女人在牲口的驮架上坐上一程，缓缓脚，不好走的地方让她下来跟着一起走，晓行夜宿回到家中。世德的姑父另外给了陈师几块银圆，让他把屋里收拾一下，准备几桌酒席把婚事办了。陈师迟迟不接，说："掌柜的给我这钱，我啥时才能给你还上？""咱老弟兄俩以后的日子还长着哩，先不说这，办事要紧。"

秦世德回到县城之后当日赶回家中，见媳妇虽挺着个肚子却十分妩媚，晚上和爹娘说了跟随姑父南去汉中一路的情况之后，便说身体困乏回自己房中去了。半夜里媳妇用胳膊撞醒了他，说肚子痛，他想替媳妇揉摸肚子，媳妇不让他动，说："不行，痛得厉害。"他赶忙起身去给娘说，娘说："准是你媳妇要生了，快去村北叫接生的你刘婶去。"打发儿子走后她立刻到儿媳房中，问了媳妇情况后就去厨房生火热水，等接生的刘婶一到，她又忙着到炕上卷席，叫儿子掏灰、撕麦草。完了又把儿子打发出厢房。当世德听到媳妇在厢房里呻吟不止掀起门帘要进去时，世德娘说道："女人家生娃，你一个男人家进来干啥，快出去！"他只得止步于厢房门外。一会儿他听到接生的刘婶在里说："用劲，用劲，再鼓点劲！生了生了。"接着"哇——哇——"，婴儿的哭声传了出来。"他姨，是个长牛牛的。"刘婶说。接着又说："剪子呢？"世德娘听说儿媳生了个儿子，一高兴也顾不上到哪里寻剪子了，便上前提起婴儿的脐带，头一低，狠劲用牙咬断了脐带，然后吐了一口唾沫，接着叫儿子到厨房舀热水。热水被隔着门帘递进来之后，刘婶说："你扶媳妇到炕上坐草去,别的我收拾。"刘婶一边给婴儿裹肚脐、擦身上,一边说道:"没看你刚才咬脐带真麻利。"世德娘说:"有时剪子不干净,还没牙咬好。"

刘婶将世德娘拿来的一件洗得干净的旧衣服包了婴儿,放在炕的另一头被窝里。世德娘又交代世德再去烧烧炕,让刘婶歇歇,自己去了厨房。一会儿便给刘婶端来了荷包蛋和旋油饼,给儿媳冲了一碗红糖水,等一切安顿好,天已麻麻亮了。秦山起身要到刘财东家去,世德娘告诉他,儿媳生了个儿子,秦山高兴,他觉得今年家里买了地,又得了孙子,添丁添财,便一脸喜气地对女人说:"你抽空儿到庙上给神上炷香去。"

秦世德心里高兴,在他和人说闲话时,把和他一起去南路的陈师从汉中领回一个媳妇的事说了,村里人一传十、十传百,都知道二斗玉米能在汉中换个女人,不少光棍汉都羡慕不已,有的也准备跑一趟汉中领个媳妇回来。

3

赵有余自从知道刘二将那川平地卖给了秦山,便觉得自己在这件事上输给了秦山,心里很不美气。这一日西镇火神庙有会,他去看戏,戏还没开,便在一个钉眼镜的匠人跟前蹲下来,看人家钉眼镜。围着的人中有人提到,刘二戴的一副好眼镜。有人说,那是刘二他爹活着时戴过的石头眼镜,名叫"竹叶青",值钱。有人说,值钱顶啥,几十亩地都快卖完了,迟早就轮到卖眼镜了。说起刘二卖地,一个人说,刘二新近卖的那块地,是刘二他爹活着时请风水先生看风水时,在沟口外发现的,说那地方后靠坡塬,一条脊脉直连大山,前面开阔,两厢不高的山岗相佐,是个椅子穴。先人死后若埋此处,后人必擢升官贵。

刘二的爹后来便不露声色将那块地置下，谁知他死时，只说了把他埋到那块地里，没说原因就咽气了。刘二觉得母亲死得早埋在祖坟，如今把父亲一个埋在沟外不合适，便让父亲与母亲相伴于祖坟，活人死人彼此都心安。两兄弟分家后，那块地在刘二名下，如今卖给秦山，真是地缘天福自然流转。赵有余听了此话连戏也不看了，径直奔向刘二卖给秦山的那块地方去看，确实如此，心里非常后悔。他回到家里，刚进门，妻子说："西村妹家孙子满月呢。"他说："亲戚娃娃满月是你们女人家的事，我不管。"

秦山的孙子过满月，按理是长子长孙应该大办一场，但是秦山考虑到这几年大儿娶媳妇，二儿去省城上学，最近又置买了田地，便和妻子商量了一下，准备只招待儿媳的娘家人和自家平常来往的亲戚、亲房邻居，其他村里人就算了。可是秦山四叔秦久提着他那长烟锅走进里院，问世德娘："山儿家的，孙子满月哩，咋准备着？"世德娘说了已定的打算，秦久说："这是你们的第一个孙子，你们门房里的第三辈人，加上你们最近添了地，可以说是双喜临门，咋能不招待村里人。"这时从大房另一个门里出来的秦祥说："还有世孝考上省城里师范，应该是三喜了，四叔。"世德娘笑道："人多事多窟窿多，外人不知道你们俩能不知道？"秦久说："再怎么说也是咱家族里添丁增口的事，能这么静悄悄的吗？"世德娘说："谁家不生个娃，再说世德他爹现在还给人做长工呢。"秦久说："算了吧，我侄儿是里种外挣，谋着大发呢。"

在秦村，长子长孙满月，家族邻里都比较看重，特别是结了婚的女人头一胎生个儿子，娘家人更是兴师动众。尽管秦山不想张扬，就是请吃一碗满月面，他还是借了一些桌凳摆在院中，帮忙的亲房邻里早已来家里擀好了面，臊了哨子菜。午时，面锅、汤锅架起了柴火。世德媳妇一改月子里的懒散，把自己屋内收得干干净净，梳了头穿了新鲜干净的衣服，并为婴儿穿上了新做的衣裤。这时世德娘又拿来了一个小布包，层层解开后，亮出一对小银镯，说："这是世德的外婆在世德满月时，叫银匠打制好偷着给我的，弟兄几个都戴过来了，现在该我的孙子带了，就是镯子上吊的那个槟榔被几个小嘴儿含小了。"她说着拉出婴儿的小手给他戴在了手腕上。这时院里传来呼喊："世德娘，亲戚来了。"世德娘刚走出房门，儿媳的娘家人迎面走来，有拿衣物的、有提包袱的。招呼进了屋里，世德媳妇怀里抱着孩子坐在炕上，问过她娘亲几个人之后招呼他们到炕上坐，她娘上前从她怀里抱过外孙，低头在脸额上亲了一口说："长了，长得像个大狗娃了。"旁边的婶婶说："你看这眼睛黑亮黑亮的，多像咱杏儿。"姨姨说："这鼻子嘴巴像杏儿的丈夫，还有额头阔阔大大的也是。"几个娃娃争着拉婴儿的手摇，一时间屋里乱哄哄的，杏儿娘拿出一个项圈说："来，把你外爷给你打制的项圈带上。"接着，几个人把带来的披风、包被、虎头枕、虎头鞋、虎头帽、红肚兜全都拿了出来。这些以虎头为型的婴儿用品，其形状与色彩布料点缀都不一样，就说虎头帽，它是以红布为底，黑眉白睛黄鼻子，耳尖花线串成，两腮绣了花纹，嘴巴两旁还绣了白胡须。虎头鞋是黑布白眉红眼睛红鼻嘴，而虎头枕是两端虎头白布缝制，还有虎头枕与一个花里花哨的布老虎，虎饰布件个个虎虎生气。这时布老虎被挂在木楼檩条的钉子上，尺许长的黄布身子黑布斑纹，五颜六色彩线点缀的布老虎，引得婴儿的眼睛随老虎的摆动而转动，并不时现出稚笑来。

世德的姑姑也来了，还有平儿，因为世德的姑姑是个爽快人，一进房门就喊道："他妗子，你今年可是喜事连连啊。"

没等世德娘回话,她瞅见世德媳妇房里娘家人挤了一屋子,接着说道:"他姨他婶们都来得早,来,让我看看这小娃子。"众人让开,世德媳妇叫了声"姑姑",姑姑一边答应着,一边亲了亲孩子的脸蛋说:"人说月娃一天一个样,真是见风儿长,越长越蛮了。""平儿把那牌牌拿来给娃戴上。"平儿将一个盒子打开取出银牌递到秀姑手上,秀姑将银牌的项链挂到了婴儿的脖子上,银牌形似一朵牡丹花,正面雕有"长命富贵"四个字,周围布满了云纹,牌下坠着四个小银铃,大家还是第一次看到如此好看的银牌,有的啧啧地咂着嘴。平儿又将一身婴儿的衣服交给秀姑,秀姑给世德媳妇之后,又掏出两张纸币放到娃的胸前,屋里乱哄哄地热闹。世德娘说:"姐,走,到我那边炕上歇歇去。"世德的姑姑本是至亲,又因女儿平儿许给了世孝,可以说是亲上加亲,她被世德娘搀到厢房炕上坐了,炕上还有彼此熟悉的亲戚,便相互拉起家常。平儿要到厨房去帮忙,世德娘没答应,但平儿已走了出去。平儿娘说:"让她去吧,迟早是你们家的一口人。"秦山走了进来问了姐姐,刚问到姐夫,亲房劳客用红漆木盘端来了满月面。

第十四章

弃旧趋时邻顾邻,乡规民约树良人。
谁知屋漏逢阴雨,招夫养夫更揪心。

1

住在县城东门外的秀姑的女儿平儿,偶尔去街上买盐见到上女子学校的学生,回家后便在母亲面前嘟囔着也想上学。她父亲听见了,说:"女娃娃家念啥书哩,再说现在上女子学校的娃娃家里,不是当官的就是大家子,咱能跟人家比?"说着看了一眼平儿娘。平儿娘没有答话,但她想起把女儿许给内侄世孝,世孝到省城上学去了,将来世孝当了先生,虽然都是至亲,到时候可就门不当户不对了。于是在女儿不在跟前时,又和丈夫说起平儿念书的事,丈夫说:"你听你女儿嘟囔,你叫她缠脚她不也是嘟囔吗?"这话被进屋的儿子周义听见了说:"爹,甭说我妹缠脚的事了,衙门里告示贴出来禁缠脚的事,我还听到县里新成立的天足会编的顺口溜。""顺口溜是啥?"母亲问。儿子说:"顺口溜就是编的口歌。"遂念道,"叫一声众姐妹,缠脚之事真愚昧。天足本是上天给,何必缠裹来受罪。丈二裹布把脚缠,硬叫指骨变形畸。一次缠裹声声泪,喊爹叫娘裂心肺。地上爬来按墙起,好处到底在哪里?"父亲说道:"行了,正经念书念不进去,记这乱七八糟的口歌倒是上心得很。"母亲笑道:"这口歌编的是大实话,可是人都照旧那么做。"父亲说:"缠脚是老辈人留下的,能变了吗?编口歌是识字的人没事干。"周义听父亲这么说,只好离开。停了一会儿,平儿娘又对丈夫说道:"这世事变得也就是快,女子学校刚开始才几个人,现在已几十人了,要说女娃识些字,不当睁眼瞎也好。"

"咱平儿不是已经认得钱和尺寸剪、石斗升合,还有斤两钱分,叫人哄不了了吗?"

第十四章

· 205 ·

"世孝到省城里上学去了,以后平儿——"

"这有啥,在外面干事的男人,屋里女人有几个识字的?"

"你也甭说,识字和不识字就不一样,念了书的人看事情就看得远。况且现在这学校又是官学,娃娃念书也花不了几个钱。"

在妻子的劝说下,丈夫说:"话说回来,平儿既然和世孝定了亲,也就成了人家的一口人了,念不念书咱还得听人家她舅的。"

"你说的这话在理。"妻子说。

平儿娘第二天就到娘家,和兄弟秦山说平儿上女子学校念书的事,秦山自儿子世孝到省城上学后,思想也开通不少,觉得姐姐想得远,说:"难为你了。"平儿未来的婆婆也没说啥,于是平儿娘回到家之后,就安置女儿上了女子学校。按学校规定,上女子学校的学生不得缠脚,平儿穿上母亲给做的半放大脚的圆口布鞋,父亲说:"平儿的脚硬是让你给放荒了。"平儿因为从此摆脱了缠脚的约束,心里特别高兴。

清泉村堡子上的赵有余,自罂粟壳被人折走后,他一直在打听,如今有了点眉眼却又拿不准。他正在想办法怎么能抓住这个人,突然听到村里敲锣,出门问询,才知道是方明魁把偷东西的贼逮住了,叫保正敲锣喊话让丢东西的人家到大槐树下去问。他知道这一阵子村里有好几家被贼偷了,有被偷走鸡的,有被偷走粮食的,还有油罐子被偷走的,他想去看看偷东西的贼是哪里的。当他赶到西村大槐树底下时,树底下围了一圈人,方明魁正在说他家刚下机的布连卷轴被贼偷走的事。他说:"这是大白天啊,人还在厢房里。"说着上去踢了那贼一脚。只见那被倒绑住双手的贼低着头,浑身是土,嘴角有血,一个眼窝还有点发青,众人知道这贼没少挨打。于是人群里乱嚷道:"问他在咱村还偷了些啥？""问他偷鸡没有？""问他偷粮食没有，偷了多少？还有偷油的事，偷柴火的事。"保正说："咱一个一个说，甭急。"贼支吾半天，不是嘴里哼哧哼哧就是不说话，跟前便有几个人又你一脚他一拳地踢打。有人喊道："不说就拿绳把他吊起来。"

"对，把他在大槐树上吊起来，看他招不招。"

"吊起来，贼不打不招！"

除了踢打，还有女人上前吐口水。这时有人拿来绳子将贼再次绑了后，将绳子另一头搭在大槐树的一根横杈上，随着一声"吊起来"，贼被用绳拉到了离地四五尺高处，随之"啊"的一声，贼的头连腰一直弯了下去，顿时脸色发白。下面的人继续追问他都偷啥了。这时吴乡约来了，说："这还能说话吗？放下问吧。"拉绳的人把手一松，贼被放了下来，半晌贼只承认偷布的事，有人又吆喝吊起来，话音刚落，忽的一下贼又被吊了起来，有人拿着鞭子抽打。贼的脸由白变红再变白，豆大的汗珠滚落下来，吴乡约喊道："把人放下慢慢说。"然后转身对拉绳吊人的几个人低声说："不敢这么做，出了人命可不得了。"等人放下后，吴乡约问："你都偷了些啥？招认了就算了，真的不知道这皮肉疼痛吗？"清泉村的大槐树在两个自然村西村与北村之间出入的三岔路口，有三四个人手拉手合围起来那么粗，两三丈高，有竖、横、斜枝，枝干苍老干硬。在过去的岁月里，因雷电击烧，主干部分中空，可容两人于内，但树根横斜、交错盘卧，骨凸于地面部分足有一大间房大，伸筋展爪深深地扎入地下。尽管躯干横皮裂肉显得丑陋，枝叶仍然繁茂，浓荫之下可容几十人乘凉。要说这树的年龄谁也说不上来，据离这树不远住的一位老人说，他爷爷的爷爷在时这树就这么大了。树跟其他活着的东西一样，太老太老了，不是被

第十四章

人说变成妖精了，就是变成神仙了，因此便有人在树前经常烧香表，在树枝上、树干上缠绑上红布条，表示敬畏也表示祈愿。

被清泉村方明魁捉住的偷布贼，在这槐树上被吊打拷问之下，除了没承认偷油、布、粮食、鸡、柴火，其他都承认偷了，先前偷的都卖了，卖的钱抽了大烟了。听了这话，贼突然又被一下吊了起来。吴乡约喊道："都承认了，快放下。"接着几个拉绳的人手一松，因为放得太猛，贼跌落在骨突起的树根上，头歪在一边脸色灰白，人像昏了一样。吴乡约有点紧张，忙用胳膊捅了一下身旁的王保正，指了一下昏在那里的贼，王保正走过去用手背在鼻子前试了一阵点了点头。吴乡约这才说："乡亲们，据我所知，这人离咱村有四五里路，好吃懒做，又抽大烟，常偷东西换大烟抽，这一回算是尝到了做贼的味道，大家也把气出了，不过先前被偷的东西肯定回不来了，把贼娃子打死也不顶用，大家回去以后都把家里的东西守好。"说着向跟前的保正和秦山使了个眼色，二人会意上前解了捆在贼身上的绳索，贼人半晌才微微睁开了眼睛。看来一上午的吊打，让贼的身骨早已散了架，动弹不得。保正说道："大家都看到了贼娃子的下场，记住，我们清泉村以后牵扯到辱没村人、不顾廉耻的就到这老槐树下处治。"然后又对在地上还没起来的贼说道："这么大个小伙子做什么不行，做贼，辱没了你先人不说，后辈儿孙在人面前都抬不起头。"

站在人群里的秦久的儿子秦旺眼睛左右流转，看有没有人看自己，心里发虚。

吴乡约摆了摆手让众人散去，然后又叫住秦山低声说了些什么，秦山惊得抬起了头，乡约说："这是听说，当然种烟的人也是犯法的，不过咱都要清楚家族与村人的脸面。"

秦山作为秦氏户族的头人，听了乡约说有人说堂弟秦旺偷人罂粟壳的事，虽说自己有点不相信，但无风不起浪他也不得不重视。回到家中他悄悄将秦旺叫到自己屋里探问，秦旺已经有十七八岁，今日看到老槐树底下场景，又听堂兄问卖粟壳的事，心中害怕，遂跪倒在秦山面前哭道："二哥，我去山野背柴看到一片烟苞苞，我以为是野的，后来见是割了烟的烟壳壳，都干了没人要了，想起老人说罂粟壳是药能治肚子痛，便折了些拿去卖，以后再也不敢了，你不要和我爹说，我爹知道了我就活不成了。"

"有多少？"

"第一次的卖给药铺了。第二回的还在柴房里。"

秦山松了口气，问道："你打算咋办哩？"

秦旺不作声。秦山知道四叔半辈子没儿子，五十岁了才过继了这么一个儿子，所以安了个名字叫秦旺。四叔是个有文化的人，也对儿子寄了很大的希望，虽说念不进去书，管教也还严厉。秦山想了想说："你把东西给我，我不和你爹说，唉，你还年轻，不能让这事害了你，以后的日子还长着，这事我来处理吧。"

秦山在一个没有月光的晚上，提了堂弟交给他的罂粟壳来找乡约，说："罂粟壳的事是真的，世德他舅是个得理不让人的人，和我又有点宿怨，这事又不能让我四叔知道，那是个心里装不下事的人，看在兄弟我的脸面上你给想个办法，把这事给了了。"吴乡约点头说道："兄弟做得对，教育了侄儿，维护了家声，也维护了咱村的村规民约，怪不得你几个娃都那么听话。"秦山说："是乡约老哥和保正的作为正。"吴乡约说："兄弟会说话，村上有面子，村里的人也就有了面子。"

吴乡约是清泉村人，对堡子上赵有余在山里偷种大烟的事，虽早有所耳闻却无证据，也无法上报清查。如今证据虽在，事情已经过去了几个月，要是张扬出去，自己也有失查之责，想来想去只好对上不说捂了下来，但也不能让其犯法赚钱还害人，得让王保正去好好敲打敲打。

2

清泉村在村里老槐树上吊打和拷问贼娃子事后，村里人议论纷纷。有的说把贼娃子拉住打一顿解气。有的说，方家的布又没被偷走，把人吊在槐树拷打有点过分。有的说，这样也给一些游手好闲、抽大烟赌钱赌输了、到处胡想法子顺手牵羊的人一个教训。秦山的邻居——陈才的媳妇石榴和儿子蛋蛋，看完吊打贼娃子的事后，在回家的路上对儿子说："你看那贼娃子可怜不可怜，被吊到半空里打得放下来都不得动弹了。"儿子蛋蛋说："谁叫他偷人的东西。""对，我蛋蛋说得对，不能偷人东西，长大了要学好，要勤快，不能懒惰。"母子二人刚进家门，睡在炕上半身不遂的陈才对妻子石榴说："你，你去看一下，地里的胡基打完了没有，种得麦了吧。你留心把咱那地让秦叔帮忙给种上。"他不连贯地说完。

石榴说："早着呢，种麦的事你就甭操心了，我知道，这几年还不都是别人帮忙给咱家种上的。"陈才看了女人半晌，然后长长地叹了一口气。石榴说："我扶你起来坐一下吧。"陈才摇了摇头，说："三年了，你看我啥都做不成，还要吃要喝、要你照顾，比死了还难伺候。"

"说这些事做啥？"

"我想不如你另走一家，也就不跟着我受这罪了，吃的、烧的、穿戴的我都操不上心，给你减不了负担。"

"我真的走了你和娃咋办？"

"我是个要死的人了,怀里的女儿你带走,蛋蛋十岁了,留下来。""我娃我不放心,我一个也舍不得。"

"那就叫蛋蛋不要改姓,长大了回来就是。"

"你甭再说了,你这是在气我。"

在炕上玩耍的两岁多的女儿爬到石榴的怀里,掀起衣襟要吃奶,石榴把衣襟掀了下来说:"都这么大了还吃奶,要吃到啥时候啊。"她衣襟又被孩子掀起,孩子将母乳含入嘴里不停地吮吸,看到长得瘦小、脸色黄黄的女儿,她又爱怜地把她揽进怀里。

石榴三十岁刚出头,身子本就单薄,男人病后,家庭的重担让她变得一脸的憔悴,生活不好,自己的奶水自然也不多,孩子该离奶时也没离得了,养成了一有空孩子就依偎着吃奶的习惯。

给孩子喂奶的石榴,一边喂奶一边又拿起针线活儿,她的一绺头发垂了下来,孩子用手去抓,她将孩子的手拨开,把头发顺到耳后继续做她的针线,但脑子里却出现了两年多来一幕又一幕的景象。

那是一天中午,她把饭做好,抱着自己才满月的女儿倚着门等待男人回家吃饭,男人从地里种麦回来,镢头把儿上挑着一捆从地坎上捡来的柴火,就在放柴火的时候他突然倒在了地上。她到跟前发现男人的嘴里流着涎水一动不动,叫了几声不应,她便慌了手脚,把怀里的女儿让八九岁的儿子蛋蛋看着,自己去叫邻居秦山叔,秦山父子帮忙将男人抬到炕上,秦山叔又让儿子世德去西镇请了看病的窦先生来,经过诊治神志有所恢复,说话虽不如先前,也还能让人听清,但是半边身子不听使唤,后来能动了,一只脚仍拖拉着,同一侧的胳膊也抬不起。男人得病之初听大夫说是"中风",她没想到会成这样,她问过大夫,大夫说:"你男人的病能恢复到这样就很不错了,这

第十四章

· 211 ·

种病都有后遗症。"男人从昏迷不醒、不会说话、半边身子没有知觉后来好转到能说话、还能拉着棍子挪脚走动,她一直以为自己男人会好得像从前一样,能做活背柴、养活她和孩子,结果大夫的话让她希望落空了。她记得那年得病后,没种完麦子的地,她娘家爹来帮忙种上了。去年她娘家爹病了,种麦时她把娃让男人看住,让连畔种地的人帮她撒了麦子,她用镢头连挖带勾种了一些,秦山叔家把他们家麦种上后又帮她种了些。夏收时,她一个人拿着镰刀一点一点地割,一捆一捆往回背,娘家爹抽空儿帮她割。一双小脚,一个中等瘦弱的身躯不停地干着。今年夏天在坡地割麦时,上午天好好儿的,下午半后晌天变了。她急忙把割倒捆成一小捆一小捆的麦子,三五个一堆码成垛儿,然后让跟着拾麦穗的儿子蛋蛋背一小捆,自己用绳子捆了两捆背上,正赶紧走着,一声响雷,大雨下了起来。霎时坡道上雨水汇流了起来。她不小心滑倒,坐在地上起不来了,顿时她的眼泪流了出来,劈头盖脸的雨水把她的头发贴在了头上和脸上,泪水雨水合着流。走在前面的儿子,先前一直听着娘叫他小心,不要滑倒了,忽然听见背后"啪"的一声响,听不见娘的声音了。回头看见娘坐在地上,赶忙走了回来,"娘,你滑倒了,我拉你。"

娘说:"你拉不动。"

"那咋办呀?"

"你站近点,鼓着劲站稳。"她一手按地,一手抓住儿子身上的衣服,慢慢地站起了起来,等母子二人回到家里时,都像是从河里捞出来的似的,浑身上下淌着水,石榴粘了一屁股的泥。坐在自家屋檐下的男人疼惜地说:"看着天要下雨了,就赶紧往回跑,还背啥麦呢,你看都成啥了?"她没说话,把背上的麦捆放到房檐下,让儿子蛋蛋把湿衣服脱了,进屋找了一件干衣服给他穿上，自己却连着打了三个喷嚏。

忙后的一天下午，秦山的女人巧仙要经理织布的线盘，她去帮忙，一进门说道："婶子经织布线也不说一声。"巧仙笑道："一个忙天你人瘦了一圈儿，我真不忍心，再说我还有世德媳妇和你四婶呢。""看婶子说的，凭你和叔对我们的恩德，我要不来那才叫亏心呢。""你来得正好，你给咱经上两把线，我去拿卷轴和刷线的刷子。"

盘线后穿缯时，石榴和世德娘离得很近，几乎是头碰头了，巧仙对她说："石榴，婶子给你说，你蛋蛋他爹的病已经几年了，现在睡在炕上啥也做不了，屋里地里的活儿你一个女人家怎么忙得过来？怎么特别是收收种种、背呀扛呀的。忙里下雨天你背麦那一次弄得满身泥水，你一旦累倒了怎么办？以后的日子还长着哩。婶子想，趁现在你还年轻，不如招上一个男人帮顾着这个家，把娃拉扯大，你也省点心。"石榴惊奇地说："那能行？"

"这是为了儿女，也是为了他爹。"

石榴半晌没说话，她想，再招一个男人，屋里就两个男人，这怎么相处？蛋蛋他爹能愿意吗？他老舅家和自己的娘家能愿意？村里人又会怎么说呢？她摇了摇头，说："我过去听说过但也没见过，一个女人伺候两个男人怎么伺候，还不叫人骂死了。"说着自己脸都红了。

"这类事不多，但也不是没有，西镇南村里就有一个，那也是没有办法的办法，谁骂呢，说实在的，你这是在积德呢。人一辈子谁还没个三灾八难的，你和陈才两个，你真有个头痛脑热，谁来管？"

这天石榴回到家里，伺候男人和娃娃吃了、喝了、睡下之后，她在灯下做了一阵子针线活，灯盏里没油了才睡下，但是

第十四章

· 213 ·

她睡不着，秦山家婶子后晌给她说的话，是贴心话。她知道自从自己的男人得病之后，地里的活儿、家里的花销都要靠自己，而打的粮食又一年不如一年。男人好着时，年成不好了出去给人打个短工或担一担柴卖了，也还有个贴补，现在自己一年到头累死累活屋里还是缺这少那，时间长了，在亲戚和村人的眼里也只有同情和怜悯的眼神。有时一觉醒来，燥热与无法释放的情感也让她久久不能平静。她想起两人过去生活尽管清苦，却彼此合乐着、温暖着，有欢娱有争执也有笑声，现在没有了。自己除了吃饭、穿衣、干活、骂娃娃，和陈才没有了彼此亲热地你呼我唤和言笑，没有了身体接触与温存。村里一些中年光棍汉用话语戏逗她，让她心烦意乱，但是传统的"妇道"，使她萌生的心火一次又一次被掐灭。以后的日子怎么过下去，她感到渺茫，心跟死了一样，唯有自己的儿女成为她的憧憬和希望。巧仙的话，给她死一样的生活里扔进了一块石头，打破她的平静之后，激起的波纹一圈儿一圈儿在扩大，她喘气、换气之后又叹气。男人听见了问她怎么了、哪里不舒服。她没答，过了一会儿，她说："又到种麦的时候了，这阵子雨多，时令又逼得紧，秋分已过，社日随后，人常说先分后社，有牛不借，咱咋办？"男人说："麦是隔月种同月收，霜降前连耙带耧，种上就能行。"

"你睡在炕上说话呢，就怕到时候种不上。还有，今秋雨多冷得早，灶洞里烧的柴也是个事。"

"到时候我和蛋蛋到崖坎上、坟地里用枣刷刷碎草。"

"你能行呀，你是让人指我的脊背骂我。"

"那你说咋办，让你走你又不走，你知道我是个废人。"

她没回答男人的话，却唏嘘地哭起来，这时窗外传来了鸡叫声。

石榴在坡地上种了几分地的谷,谷地里还带了点小豆,午后她去看谷穗能掐了没有。谁知谷子熟了的消息早已传给麻雀,她刚一进地,一群麻雀"呼"的一声飞了出去。没飞的几只有的在东张西望,有的仍在啄谷穗,她抓起一把土疙瘩扔了过去,几只麻雀"唰"的一下飞了。谷地里的小豆叶子已经泛黄,她弯腰去看豆荚,麻雀看不见人了,又一下飞了回来。她站起身又喊又赶,一次又一次,直到太阳没入岭山之后。她回到家,在男人的指点下用麦草扎了一个草人,第二天插到地里,为了把草人装得像人,在草人头上戴了个破草帽,还在胳膊上捆了些破布条,见一时辨不清真假的麻雀似乎不敢来她才离开了。等掐完谷穗割完谷草,拔了地里的小豆种麦时,不知是忧愁还是劳累,她病了。男人陈才坐在房门的门槛上,一会儿望望天,一会儿望望村子里大路上来往忙碌的人。躺在炕上呻吟的石榴对男人说:"我到秦山叔家去看看,人家种上了叫用牲口给咱把剩的那块地种一下,我实在没一丝劲儿。"

秦山在刘财东家把麦子种完后,赶回来和儿子世德给自家种还没种上的地,和他同在刘财东家干短工的吴宝也来了。秦山说:"你啥时回去种麦呢?"吴宝说:"我种得早,我来时家里几亩地就种了,我来给你扶一张犁。""我儿子世德已经种了几天了,明后天也就种完了。"两人正说着,石榴摇摇晃晃地拄了根棍子来了,"叔,快种上了吧?"

"噢,石榴来了啊,快了,你家地种了吗?"

"就我一个人,让人帮忙把麦籽撒上,用镢头勾勾刨刨,种了些,这两天人不舒服还没种完。"

世德娘在屋里听见石榴病了,出来问:"石榴咋了,哪里不舒服?"石榴说:"头晕,浑身没一丝劲儿,不想吃饭。"世德娘说:"准是累倒了,一个女人家。""快霜降了,我心里有点急,来看你们种上了,让世德给我们帮个忙。"石榴说完,秦山一旁接道:"后天吧,后天早上我让世德牵上牲口过去。"婶子叫石榴到屋里歇,她说:"不用了,婶子,这么忙的。"说完便拄着棍子走了。

3

石榴在炕上睡了一天,缓过来些,一早儿起来刚把饭做熟,两个孩子也醒来了。她让儿子蛋蛋穿好衣服后帮妹妹穿衣服,她知道世德要来帮自己种麦,就去准备种子。这时秦山来了,问麦籽呢,哪块地还没种?石榴说:"秦叔来了,我世德兄弟呢?"

"世德的娃不舒服,抱去镇上给看病去了,我也要到刘财东家去,我把给我帮忙的吴宝领来先给你种,世德回来就来了,现在人和牲口、犁都在外面。"

"麦籽我已经装好了,秦叔进来吃饭吧。"

"我们都吃过了,人在外面,你先领上人到地里去,我走了。"然后他在大门口和吴宝说:"我儿子世德来了你再走。"

石榴听了秦叔说的,到厨房给娃们和丈夫把饭舀好,用手帕包了几片馍揣上,然后背了麦籽和丈夫说:"你叫蛋蛋把女儿看好。"说完提了一把镢头出了门,见了扛犁的男人说:"你来了。"吴宝接过石榴背上的麦籽搭在牲口身上,石榴紧走几步,到牲口前面领路,向要去的地里走去。快中午时,秦世德来到陈才家,陈才问了世德给孩子看病的情况,告诉了他石榴去种麦的地方,秦世德走时,陈才给指了指房檐台放的耙地的磨。秦世德用胳膊挟上耙磨到了地里,石榴和吴宝都问了世德给娃看病的情况,秦世德说完,接道:"吴宝哥,歇一歇我来给咱扶犁。"吴宝说:"这一块地再犁两个来回就完了,你歇歇,踩耙磨。"石榴说:"快中午了,谁也甭走,我给咱做饭去。"

吴宝是渭河北塬上人,早年丧父,母亲为了生计常求村人帮忙收种庄稼,因为年轻寡居便时有男人光顾,有时头痛脑热,没钱治病,便用粮食换大烟止一时之痛,时间长了也上了瘾。于是便和拿着大烟棒子、带了烟具一起过瘾的人往来,时间晚了就睡在了炕上。就这样,那些原先和她并不公开来往的人成了常客。来的人常带米面菜蔬来,吃的也不怎么缺。特别是晚上,来家过瘾过夜的人不断。作为儿子的吴宝,长大懂事之后便不愿在家里,常常外出给人打零工打短工,偶尔听到一些闲言碎语,更不愿意回家去了。他家里本就贫穷,二十五六岁了没人给他说媳妇,即使他娘托人给儿子说媒,人家一打听他娘那样就不愿意了。后来一个亲戚从后山里给领养了一个,结婚两年,得羊痫风死了,他就离开了家。他娘死了以后,除了地里收收种种的时候他回去一下,别的时间都不回去。他自从来到刘财东家干活,与先来的秦山认识,知道秦山年长,农活行道里样样精通,便对秦山很尊重。他知道秦山家的情况后,主动向秦山提出帮忙,秦山为了不给刘财东造成不好的影响,一直没答应。直到今年秋雨多,赶着种完刘财东家的麦子替自家种麦时,才让吴宝来了,他给秦山帮了一天半忙,被秦山叫来替儿子给陈才家种麦。

吴宝老诚、卖力、无家室,世德娘知道后,便想到了石榴。后来抽空儿给石榴说了,石榴没说话。

这天天气晴和,太阳暖暖的,世德娘在院里,摘从地里拔回来的棉花柴上剩余未全开的棉桃,石榴路过瞅见了,说道:"婶子忙也不叫我一声,一个人在摘。""世德媳妇在这里,刚回屋去了,进来坐吧。"世德娘说。石榴走进院中坐在一旁,也帮世德娘摘起棉桃来。世德娘问:"屋里的活都理清了?"

"就那几亩地,本就没多少活,就是前一阵子雨多把人急的。"

"把你连急带累都病倒了。"

"多亏我叔领来的那个人和世德帮忙,一天工夫,我的愁帽就卸了。"

"蛋蛋他爹这几天咋样?"

"不提了,三婶。"石榴说着叹了一口气。

"唉,这天长日久就苦了你了。"

"我叔那天领来帮忙种麦的那人,做活又快又实在。"

"人老诚就是命不好。"

世德娘便将从丈夫那里听来的吴宝的身世说了一遍,接着道:"这人家里没啥牵挂,三十来岁,要是你招来了,你就有个依靠了。"

"有人说,嫁了两个男人的女人死了,到阴曹地府会遭刑的,有这事吗?"

"这是说的那些坏女人,你可是为了养活自己病男人的好人。"

过了一会儿石榴终于开口说:"不知道人家愿意不愿意。"

世德娘说:"你若愿意我就让你叔和他说。但是你跟陈才要说清楚。"

石榴自种麦见过那个叫吴宝的之后,对吴宝印象清晰,中等个头,黑红色皮肤,粗壮楞实,黑眉骨下的眼睛不大却亮,话语不多尤显憨厚。世德娘的话激起她心里的波澜,但嘴里却说:"蛋蛋他爹还在炕上躺着,这咋说呢?"

"等这边说过了,你跟蛋蛋他爹说,你想招个人来帮顾你一家子,也是为了蛋蛋、为了他。至于相处,你是他的女人,和过去一样伺候他。要是你真的走了,这一家就散了。"

石榴记得陈才曾经说过,让她离开半死不活的他,她不忍心。如今真要这么着,也许还行。过了两天她将招人的事和陈才说了,只见丈夫眼睛瞪得大大的,痴痴地看着她不说话,她才知道男人原先让她另嫁的话是一句怜惜她的话,并不是他的真心话。之后,他又低下了头,她知道他心里并不愿意。但是一个没有男人支撑的家,对一个一双小脚、又弱又穷的女人来说太难了。

吴宝得知秦山家的女人在给他拉扯上门的婚事,是他曾经帮忙给种麦的那个女人,觉得那女人和自己年龄差不多,是个过日子的好女人,既勤快又精明,心里高兴,只是听说屋里还有个病男人时觉得别扭。他找到秦山说:"叔,养活女人娃娃是小事,就是一个屋里两个男人一个女人这……"秦山笑道:"那个男人是个半身不遂,啥也干不了,招你上门自然是跟那女人过日子,你们是夫妻,娃娃是那个男人的也是你的,今后你对娃好就把两个人的心都暖住了。说实在的,那女人是个好女人,既为了她娃,又不愿撇下病男人不管,你也小四十的人了,该有个家了。这女人心好,你去了对你对她都是个好事,将来有个一男半女你也就有了奔头,你婶说这话呢,我觉着也好,你愿意就在一起说说。"

"不说了秦叔,这事就托你和我大婶了。"

"如果没啥说的,我说就尽快把事办了,也都彼此有个照应。"

"那陈才家一门子的亲房和石榴娘家人不会有啥吧?"

"陈才一家是个独户,没啥亲房,石榴娘家也只有一个哥,是个好人,你不委屈,别人还有啥说的。"吴宝点了点头。

石榴的男人陈才,自石榴说了要招一个帮家里种地、养活一家人的男人之后，一连几日都不想吃饭，他不是睡着不起来就是漠然地看一眼不说话。石榴和世德娘说了，世德娘借串门儿劝了劝，陈才知道自己病了之后家里艰难，也知道了石榴这么做也是为了他、为了娃，他前一天跌跤后更不如原来了，便点头了。但他说，他不离开他住的屋、睡的炕。

石榴和吴宝在秦山家里见了面，也商量了接下来的一些事情。吴宝在世德的帮忙下制了一些土坯，稍干之后，回了一趟家，将自己老屋的灶房拆了，搬了来，挨陈才住的厦屋盖了一间房，盘了炕，然后用自己多年来攒的钱买了新席，扯了布，称了棉花，石榴除了照顾陈才还烧干了新炕，又缝了新被子，给自己和吴宝都做了一件新上衣。吴宝回老家背粮食的时候，石榴又用白土泥水将屋内抹了。一切安排妥当后，在秦山的指点下，吴宝买了两个大烟棒，请世德的四叔秦久择了吉日。由于这种事情多不被人理解，但又要做到公开让村人和社会认可，石榴和吴宝、秦山商量，请了近邻秦山一家、秦祥家、看日子的秦四爷和乡约、保正、本村的方姓赵姓族长、吴宝老家的一个亲房。石榴的娘家哥嫌妹子有男人又招男人，名声不好听，没来。就这样，一顿臊子面就把事办了。陈才自然在炕上睡着，给端来的饭也没吃。人们散去之后，石榴又给陈才收拾了一碗饭端去，扶陈才起身，陈才摇了摇头。石榴说："吃点吧，都多半天了。""蛋蛋呢？"陈才问。

"耍去了，饭给留着呢。"

陈才没有想吃饭的意思，石榴对吴宝说："你出去寻一下蛋蛋。"吴宝走后，石榴说："吃吧，以后还要一块儿过日子，蛋蛋你不用操心，有我呢。"她说着，端起碗，拿起筷子挑了面给陈才往嘴里喂，陈才慢慢张开了嘴，吃着吃着用手去抹眼泪。

吴宝寻了一回蛋蛋没寻见，石榴扯着嗓子在门上叫也没有应，直到傍晚，秦世德从村南的寺院庙门上把蛋蛋领了回来，十一岁的蛋蛋先是不进门，后来进了门，娘问话也不答言，世德交代了一声便走了。石榴给儿子端来一碗饭，儿子头没抬，只翻着眼睛瞅了娘一眼，不说话，然后上炕钻到爹的被子里睡去了。陈才说："蛋蛋快起来吃饭，吃了饭睡觉。"只见蛋蛋"嚯"的一下坐起来对娘说道："你走，你走，你到你屋里去，我不吃你做的饭。"石榴顿时眼泪盈眶，把手里端的饭放在炕边说："蛋蛋，咱还是一家人，只是为了咱们都有饭吃、有柴烧，才把你吴叔接了来的呀。"说着眼泪流了下来。陈才在一旁说："蛋蛋听话，莫让你娘伤心，你娘是为了爹和蛋蛋的，你看爹啥活也干不成，种麦时把你娘累得都病倒了。"转而他对石榴说："你去吧，等会儿他想吃了去吃。"石榴又分别伺候两个男人吃了晚饭，给陈才烧了炕，瞅见儿子蛋蛋吃了碗里的饭，心里安然了许多，进去收了儿子的饭碗，说："一天了，都早点睡吧。"

石榴走进自己的新房时，吴宝已躺在炕上睡去，她知道这个男人两个月来够累的了，该好好地睡睡。她望着厢房里面除了吴宝买的一个箱子，再没什么，但新的被子、新的芦席，让她心满意足，特别是这个男人，让她心里波澜不已。他就是今后自己的依靠，也是全家人的依靠，他的健壮和厚道使她感到安稳亲切。她将他脱在一旁的衣服放在炕的一边，然后除去自己身上的紫红色夹袄，吹灭放在窗台上的油灯，轻轻地睡在他的身旁。谁知躺下去时撞动了他的一双胳膊，好像他知道一样，另一只胳膊将她紧紧搂住。

陈才在自己的炕上，看着自己的女人从自己的厢房走出去到另一个厢房后，心里很不是滋味。他知道从这一天起，他的女人便成了别人的女人，而且同在一个屋底下。虽然她还替他做饭、烧炕、缝洗衣服，但她却再也不会和他睡在一个炕上了，他翻来覆去睡不着。他睁着双眼，望着灭了灯、黑呼呼的厢房，听着儿子蛋蛋睡着均匀的出气声，几次强迫自己闭上眼睛，直到听到村子里的鸡叫才迷糊地睡过去。

第十五章

省城求学明宗旨,革命人生受启蒙。
科技开启新科目,子集经史说文明。
家乡旧俗不曾变,古都依然显兴隆。
祭祀游神言善事,民情民俗说传承。

1

秦世孝和刘子清几个同学到西安之后，便分手去了各自学校报名。秦世孝和刘子清上的是西安师范学校，学校在城内钟楼之南、南门东侧的华塔寺跟前。他们找到之后，看见校门为高高的石牌坊门，门楣之上的横格里书有"关中书院"四个大字，门柱上挂有"陕西省第一师范学校"的大牌匾。校门里偌大一方庭院，正面一排六间大屋门上有"元执堂"三字，两厢各有协堂数间，院子东西另有厢房、圊院、小坊泽园师生住房。几棵古槐浓荫遮蔽、显得格外幽静。"元执堂"后的"精一堂"内，祀炎黄二帝和正学、礼学名臣，作为师范的道统，与其三个门牌匾上的"德配天地""道冠古今""继往开来"相彰。而园圃、亭台、假山与其各门的门联、亭联，构成了一座修身励志、培育俊杰的读书场所。校院前后左右的房子加起来有上百间，这么大、这么好的学校他们俩第一次见到，特别是在学校的开学典礼上，从校长讲话中得知学校的建校史，知道了学校在省城乃至西北地区的声望，因此而感到自豪和激动。

但他们在这陌生的环境一时难以融入，又显得自卑。他们想把所见所听到的激动，告诉给一起来西安上学的其他同学，于是他们俩在一个星期日的上午，去寻找离他们最近的、在实业学校上学的翟杰。看了实业学校后又和翟杰一同去找上农业学校的王也，最后又到了上陆军学堂的窦铨那里。好在这几所学校都相距不算太远。几个人相见之后，都倍感亲切。他们走着、看着、议论着各个学校的不同，但秦世孝和刘子清还是觉得自己的学校好，便要翟杰、王也、窦铨一同到自己的学校去看看。于是几个人又从北大街南行路过钟楼，沿南门里的顺成巷到了西安师范学校，大家看后都说校院环境古色古香，不愧为一座老学府，其建筑气派、布局幽雅，令人十分羡慕。最后他们又来到南门外，一条马路穿过平展展的麦田向南而去，路的两旁一棵棵柳树高低不一，枝条上开始有了泛黄的叶子，有的树跟前围着一簇一簇种麦时收获的玉黍秆，伴着路边的杂草，显出一片荒凉。在不远处的路西可以望见一座庙院和一个没有顶尖的砖塔。他们坐在城墙根的荒草滩上歇息，秦世孝瞅着小个子王也问："想家吗？"王也点了点头。翟杰说："谁不想呀，这里人生地不熟的，可是想有啥用。"窦铨问翟杰："你们课紧不紧？"翟杰说："实业学校嘛，刚开始普通课上得多，听说下一学期开专业课，专业课中农业学科有育种、林果、蚕桑、水利，工业学科是机器制造，开的普通课除了国文、数学、历史、地理、外文，明年有物理、化学、机械原理和制图课，听说不好学。"他说完又问王也："你们呢？"王也说："我们农业学校与你们实业学校普通课一样，专业课与实业学校的农业学科差不多。"

窦铨说："我原以为我们陆军学堂就是学打仗，谁知要学的科目繁杂不说，光这开始的三个月军训就够受了。"秦世孝问："军训是训练打枪吗？"窦铨说："哪里呀，整天是立正、稍息，左右前后转，跑步列队，还有野外行走、翻沟过河爬山梁，一天下来把人累得都不想动了，有时给你讲点射击知识，三个月训练完才开正课。"刘子清接道："有劲儿，你们的正课都有些啥？"窦铨说："我们第一阶段学习战术军制、射击教范、技术体操、劈刺、阵中勤务令、通讯教范、内务规则、陆军惩罚令，另外写字、卫生专业课、国文伦理、机械画图、算术、史地都少不了。这些课学完后到部门去实习三个月。第二阶段学习又分为步兵科、骑兵科、炮兵科、工兵、辎重科等。下来有兵器学、地形学、筑城学、交通学和各科操典、各科教练、野外演习、马术、炮术专业课。这些科目都学完了考试合格了，再到部门实习半年才结业授衔,你说繁复不繁复?"王也说:"我的妈呀,等学完了人就累趴下了。"翟杰说:"听着都叫人觉得累。"刘子清说:"有意思,有学,有做,有静,又有动。"秦世孝说:"有学有练,学出来、练出来的本事才是真本事,有知识、有本领才能带好兵。"翟杰望着秦世孝说:"甭听我说,说说你们师范吧,你们将来都是为人师表当先生的人,都学啥课呢?""我听了你们说的,我觉得你们将来不是开工厂、当农学家,就是带兵打仗,我们除了学经史伦理、升学教管之法,中小学的普通课全有学习,毕业后就回去当教员,和学生娃娃打交道,不会有什么大作为。"刘子清说完,秦世孝接道:"师范嘛,本身就是培养师资的,毕业了当教员看起来不怎么样,但他的事业是从儿童着手,启心智、薄恶风、习善、明伦理、充知识强身体,为其长大就业、升学打基础。所以虽比不上你们诸位将来在社会上大有作为,但还是比较神圣的。"王也说:"就是,孔夫子就是当先生的,创造了那么多名言,成了圣人。"秦世孝说:"不过咱们现在学的都是新科目,困难肯定不少,但都不能打退堂鼓,当没出息的人。"大家都点了点头。接着又说起省城里说话的腔调,都是后音上扬,干爽利落,比较有特点。

　　护城河水幽幽的,在秋风吹拂下泛起粼粼的波纹,而在岸坡上的蒿草与零散的荆条小树,又让人倍感荒凉。城门楼又高又大,十分雄伟,砖包的城墙坚阔而富厚,只是城墙之上的城堞有的地方有,有的地方没有,和家乡县城的城墙一样颓废破败。快到中午吃饭时候了,他们才彼此分手回到各自学校。

　　下午,秦世孝给父母写了一封信便去洗衣服,正好刘子清要上街寄信,他便要刘子清替他把信捎上发了。刘子清说:"我本来想找你一块儿上街哩,也好,我有一件衣服就劳驾你帮忙了。"秦世孝笑道:"你真会拉差。""你不也一样嘛。"刘子清说着拿了秦世孝要邮寄的信走了。十月的天气，几天不下雨，城里街道的土路就被马拉轿车、驴车、牛车、人推的独轮车，和来往行人踩踏得尘土飞扬。街道两边店铺林立，字号牌匾一个接着一个，有高挂的，有低立的，有横的，有竖的，"永昌号""兴隆堂""恒义坊""秦和堂""万利栈""金福通""洪聚源"……另外在街边的小巷里，有在剃头担子旁为人剃头的，有卖鸡毛掸子的和卖琼锅糖芝麻糖的。刘子清行走在大街上，座座店铺从他眼前经过，有高门大堂也有土墙瓦屋，木门窗的小二楼不少，铺门面都很讲究，京广杂货、绸缎布庄、土特产店面、饭铺面馆、馒头肉铺应有尽有。但引起他注意的却是携儿带女要饭的老弱妇孺和穿绸挂缎、头戴瓜皮帽、鼻梁上架一副石头眼镜的人，以及头戴礼帽、身穿制服、手提文明棍的人。不过普通人还是对襟上衣、大裆裤、光脚布鞋，中老年人还大都扎着裤腿口，和自己所在县城里的人差不多。刘子清来到钟楼东边的邮政楼，寄完信出来碰见了卖报的买了一张报纸，走捷径进入桥梓口，一抬头却又瞥见挂有"公益书局"牌匾和"长安书店"匾牌的书店，书店门口进进出出的人很多，便穿过马路又向书店走去。在里面转了一圈，书不少，但感兴趣的书价钱不低。出来后走了几步又到"酉山书局"看了看，太阳已接近西城墙墙头，遂匆匆赶回。幸好秦世孝已为他买了饭，他把手里的报纸往床头一放便去抓馒头吃。秦世孝说："发个信怎么就到这阵子了，逛大街了？"刘子清说："回来时想走个捷径，从桥梓口进来穿南院门时，看见那里好几个书局书店就进去转了一圈，出来时觉得晚了赶紧往回跑。"秦世孝说："赶快吃吧，馍都凉了。"说着拿起刘子清放在床头的报纸，翻看了一下放下，接道："不知谁给了我一本《西安评论》，里面有些咱不知道、没听过的事和文章。"刘子清扭头说："《西安评论》？"秦世孝说："这杂志前年出版，现已停刊了，里面除了论述陕西的政治、经济、文化、教育之外，还有介绍无产阶级革命的道理、促进工农学生反帝大联合的情况，据说这《西安评论》被誉为古城的号角。"

"让我看看。"

"里面还夹了一张去年的旧报纸。"

"报纸上的新闻都成旧闻了，有啥看的？"

刘子清很快把饭吃了，从秦世孝那里拿过《西安评论》和《新秦日报》去看。报纸对于他们俩来说，过去在陈治县城里是很少见到的，县城以外的事情大都靠口头传说听来的，他们在学校里虽然从先生的讲说里，知道民国之后革命约法、实业救国、尚武救国的说法，但走马灯式的军政和在政治前途上的糊涂朦胧，他们真还说不出什么。只是对政府查封报刊感到莫名其妙。

过了两天，学校里高年级的学长们在学校里集会，宣传对国民革命的支持，秦世孝和刘子清也去了，他们见到有人拿着一本《新青年》杂志，宣读里面的一些文章。通过几次听讲，他们知道了"人权""科学""文字革命论"。休息时间，在校园里的"醒钟亭""立志亭"有讨论国家时局和人生志向的议论，这使他俩增长了不少知识。但学校里一再布告训诫，要学生致力学习、少谈论社会政治。同学们有的说，学校里要求是对的，当学生就是来学知识的不能分心。有的说，学知识是对的，如果学了一程，连是非都分不清怎么教学呢。学校里的训诫和同学们的议论，对他们这类刚进校不久的同学来讲似乎都有理，而对高年级的学长们似乎作用不大，他们该怎么着还怎么着。

放寒假了，秦世孝回到家乡，听村里人凑在一起说闲话时，总说如今衙门里要粮派款的事特别多，还说清朝时老百姓纳了皇粮便再不要啥，那时日子过得就是省心。秦世孝去问四爷，秦世孝回到家的第二天，就去找刘子清，说了看抬城隍的事。刘子清说："城里人正月里抬城隍，跟咱们乡下人抬黑虎灵官一样，叫夸官，求神保平安，也没啥看的。"

"还说商量咱开学能否一起走的事，再说过年一起聚一聚，在家也没啥事。"刘子清和家里说了一声，便随秦世孝到西镇去找窦铨。

正月初九，当窦铨到秦世孝家，按约定再到刘村叫上刘子清去城里看抬城隍时，秦世孝的兄弟世忠知道看热闹也要去。世孝说："娘不是叫你走亲戚吗？"世忠说："我跟娘说我明天去。"世忠比二哥小五岁，也是小学四年级学生了，硬要去娘也拉不住，便任他跑了。几个人不到一个时辰，便来到县城预先约好的城隍庙门口。这地方除了到庙里烧香敬神求平安的人外，门前摆小摊卖耍活的、卖灯笼的、卖花炮的、卖吃食的、吹糖人的，一个挨一个一直到牌楼下。小摊前围有大人、小孩，有买这买那的、有看吹糖人的、有看吹玻璃的，各种叫卖声、嬉闹声和偶尔的放炮声，使这里显得既杂乱又热闹。他们一边看着这一切，一边东张西望地寻找要找的人。这时站在城隍庙门一侧台阶上的王也对翟杰说："秦世孝他们来了，在牌楼下。"两人急急向牌楼而来，等到相见时，一个个牵手相问。秦世孝向翟杰和王也介绍了自己的兄弟世忠，大家都很高兴。翟杰说："走，进庙里看看去。"语音刚落，一阵鼓乐声，十多个人打着彩旗从庙门里出来，随后是锣鼓队，接着一乘四人抬的小轿跨出庙门，可以看到轿内一个身披绸缎衣服的木雕神像端坐，轿侧有护轿之人用手挡了近轿围观之人。翟杰说："那里面坐的就是城隍。"另有端了红漆木盘的人随轿而行，盘内放了些许钱币，其后是抬了大铜锣和干鼓的队伍，吹鼓手吹着喇叭、唢呐断后。

这一队抬城隍的人走上街之后，便有买卖人的店铺不断点响鞭炮，在噼里啪啦的鞭炮声中，有人在轿头抬杠之上拴上红绫，向端着红漆木盘的盘中投钱，有人在店铺门前摆香案设礼品致祭。抬轿的人走不多一截路，便有人走上前去接了抬轿的扛头放在自己肩上。还有人为求孩子免灾免难，将孩子抱了放在轿前，让轿子从身上跨过，这叫作"过关"。看热闹的大人娃娃有跟着走的、有看的，街道上拥满了人，锣鼓、仪仗、鞭炮，走走停停，显得既庄严又热闹。秦世孝等人跟着走了一阵，刘子清说："咱们不跟上走了吧，文庙不是在西边吗，咱到文庙去看看。"秦世孝说不知道开不开门。翟杰说："文庙在正月初一到正月十五白天都开着哩。"秦世孝说："过去我只知道秋季开学后不久过孔子节时，学校里组织同学们到文庙祭祀孔子，祭祀仪式完了又排着队回学校，平日里文庙的门好像总是关着，里面那么多房，除了孔子还有啥真不知道。"几个人都同意去。刚开步翟杰便说："秦世孝，咋不见你兄弟呢？"世孝左望望右望望，刘子清说："那不是，正跟着抬城隍的人走呢。"秦世孝赶忙去叫了回来。

　　古陈县的文庙建于元朝泰定年间，明清时期重新修建过，庙院围墙仍保持着砖红色，大门叫仰圣门，门外有下马石，门的两侧另有两个门，东边的叫礼门，西边的叫仪门，两个门均是坊式建筑。门内一条甬道两面都是柏树，不远的一个门叫棂星门，牌楼式两层建筑。接着一半月形水塘名曰泮池，上有小桥，过了小桥面前的门叫戟门，戟门两侧的两间房名字分别叫"名宦祠"和"乡贤祠"。祠后东西廊庑相向，与其上首正中的大殿连接，大殿门上有刻着"大成殿"三个字的悬匾，五楹九间琉璃瓦屋顶。殿前高台之下，几株古柏，步入大成殿内，迎目两面木制牌匾，一书"道观古今"，一书"德配天地"。其下正中是"大成至圣先师"孔子的牌位，两侧有宗圣曾子，亚圣孟子，复圣颜子和述圣子思等十二圣人。其牌位前均是香烟缭绕，上香磕头之人不少，在磬声悠悠回旋之中，殿内人影往复。秦世孝、刘子清等人望着孔子和数位圣人的牌位，跪下连着磕了几个头。然后一同到"名宦祠"，在"名宦祠"里，他们看到了中过探花当过侍郎官的杨畏知、中过进士官至工部侍郎的刘俊、御史杨茂、给皇上当过老师的党阁老和令江南举子望文生叹的主考官白进士白鸾等。出了"名宦祠"进入"乡贤祠"，里面多为克己重义、名冠乡里和彰德行孝的贤孝之人的牌位。王也说："我听我爹说，离我们村不远有个姓杨的人，考取过庠生，性子耿直好善，曾资助自家一个门人考取功名，那个人当官后带了银子来致谢，他坚辞不受。自己在外出时拾得布匹一卷，便坐在原地等候丢失之人，先一天没等到，第二天又去坐在原地等，直到把那人等来把布交给人家才回去。第二年年馑时他又把自家的麦子拿出来赈济周边之人，邻村一个人家里老人去世，为了借本村财东家的钱粮埋葬老人，将自己的儿子与人为奴，这位庠生知道后给予周济，并帮忙办了那家老人的丧葬之事，又在该村支锅舍粥，平粜粮食。后来被乡里之人推荐为县里训导，做人做事清廉忠纯，自己父亲殁后徒步回家奔丧，后以赡养母亲为由而再未复仕，却悉心致力于本村乡学，逝后以乡贤入祠，就在这里受人公祭。"秦世孝说："这位庠生可是忠孝仁义之人，应是乡人贤德的楷模，是该被永久纪念之人。"刘子清说："我看咱县里的文庙和西安的文庙差不多，都是在效法老祖宗敬天崇德、讲究仁义、推崇学而不罔思想的，只是庙宇大小不同。孔夫子的修身、治国、平天下，对于我们来说还远得很呢。"秦世孝说："其实我们现在上学，也就是在修自身、修知识、修道德，虽不是治国、平天下，也是在做有利于治国、平天下的准备。"翟杰接道："我觉得咱们现在不管学啥，将来做的都是治国、平天下的事，像师范教育、农业水利、机器制造、军事技术都是。"他的话音一落，秦世孝的兄弟世忠问道:"窦铨哥,你上军校打过枪吗?"大家没想到小世忠问这话,不禁笑了,窦铨却一本正经地回答道:"打过,只是训练到最后才叫你打一下。"

"那你啥时候把枪背回来教我打一下?"

大家都被小世忠的话逗笑了,世孝说:"学校的枪哪能随便背回来叫你打,等他毕业当了军官就有枪背了。"窦铨笑着摸了摸秦世忠的头,说:"有胆量,等着吧。"秦世忠说:"我以后也要上军校学打枪。"刘子清说:"要说治国、平天下中的文治武功,武更重要。"窦铨说:"自民国以来谁手里有枪谁就厉害,不过缺了文治就是乱。"

3

二月十九观音菩萨圣诞,清泉村隆兴寺敬香还愿的人络绎不绝,但大都是女信众,有老的、有年轻的。隆兴寺因在西岭山角的半坡台地上,信众来时都要爬一段小坡,上七级台阶进入寺庙,寺庙分前殿、后殿与偏殿。前殿迎门是一尊韦陀护法神,绕过护法尊神进入殿内,两厢是四大天王,红黄绿黑面色,身躯高大,怒目严峻,有一股令人生畏之感。与前殿相对的是三丈之外的大雄宝殿,宝殿高出院面三阶,五间殿堂,四门八窗,墙头窗下水磨石砖包砌,并有花卉雕饰其上。檐里不乏象头、斗拱,屋顶鸱吻、脊兽俱全,甚是宏伟,只是木色已显陈旧。殿内上坐如来、文殊、普贤三座佛像,两侧分列十八罗汉,供台之上香烟袅袅。而偏殿中的三间观音菩萨殿虽没大雄宝殿气派,屋内却挂满了名讳锦幡、功德彰旗。一幅百花帐内、云台莲座之上,慈眉善目的观世音菩萨塑像盘腿而坐,双目平视,一只手背贴腿手掌朝上,另一只手置于胸前拇指与中指呈环指状,食指、无名指、小指平伸呈观心式法相。面前的供桌上茶果糕点列摆,香烟绕梁,烛火炎炎。桌侧站一女尼,随人们上香叩头朝拜和布施而击磬。钟磬的敲击之声不断,洪亮悠长,萦回于山寺内外。

闫先生的女人这一日前来寺庙进香,她到菩萨殿将一支红烛点燃插上蜡台,燃香焚表跪在供桌前的草垫上,然后,双手合十,默默祷告。她一为丈夫求平安,二为女儿求婚事顺当,祷告完毕后,双手手掌贴地俯首叩头。磬声响过之后,她站起来又向功德案头放了布施。她从观音菩萨殿出来又到大雄宝殿、地藏菩萨殿上了香磕了头,出门时被进门的世孝娘看见。

"哟,是世孝的师娘玉儿娘呀,好长时间没见了。闫先生去了县里学堂,你也从来不出来走走。"世孝娘说着拉住玉儿娘的手。玉儿娘笑道:"谁叫咱都有个家哩,如今玉儿随她爹到城里上学去了,玉儿的妹妹、兄弟还上社学着哩,一天三顿饭到了时候得给做。""也是,现在的娃娃比咱大人重要。"世孝娘说着拉了玉儿娘一起坐在大佛殿的房檐台上,说:"我也是来给菩萨上炷香。"于是两人说起家常来,玉儿娘说:"最初来咱这里时,娃们都还小,眨眼都大了,你家世孝也到省城上学去了。""是啊,你家玉儿有十四五了吧?""都十六了,今年正月以来不断有人来说媒,玉儿一听不是扭头就是噘嘴,现在这娃念上几天书,心思揣不透,咱们那阵子老人说啥就是啥。""娃在念书,不急。"

世孝娘和玉儿娘两人,说了儿女的事又说起过日子的事。世孝娘说:"自你跟先生离开后,几年了就没再见到过你,到我屋里去歇歇,吃过中午饭再走。""不去了,回去还要给上学的两个娃做饭呢。"玉儿娘说着起身就走,世孝娘把玉儿娘送出寺庙门,看着她下了门前的一段坡路才返回庙里。

说起闫先生大女儿玉儿,自她知道秦世孝与其表妹定亲之后,家里再给提说亲事,她都以上学为由摇头。其中就有清泉南村赵有余托媒人，给自家上学的二儿赵禄说过。玉儿的父亲闫先生，在清泉村义学时听得赵有余的为人，知道他是他们的村的财东，在壮大自己田产时，过于有心计，有乘人之危之事，不仁义，所以未答应。被拒绝之后赵有余心里有点嘀咕。

一天，赵有余到西镇街上闲逛，来到窦郎中药铺，闲话之中窦郎中对闫先生的学识和教书育人大加赞赏，赵有余却说道："先生饱学又能咋样，多半辈子还是个穷教书的，有田地还是有庄院？"窦郎中瞅了一眼赵有余，说："田地再多、庄院再大你也是一个土财东，知道你的莫过于方圆一二里之地，闫先生就不一样，过去声名乡里，如今县域之内桃李天下。""名声好听那是虚的，他能有咱实在？"赵有余的话音刚落，杨村的刘二走了进来，赵有余的话被刘二听见，接了过去说："赵财东，你的实在只不过说你是一个敛财守业的浊物，除了自家还是自家，岂能与一个为人之子授业、为社会育人，自食其力的，有知识、有学养的人相比，让窦大夫说说是不是？"窦郎中见刘二来了，接了赵有余的话茬，嘿嘿地笑道："刘秀才说的是，不过我记得你一向不看重教书先生，今日却一改往常。"刘二说："我不是不看重，都是孔圣人的门徒嘛，只是我生性散漫惯了，不愿置于人管和去管人罢了，但我也不愿听到有不敬人师之言。"赵有余被刘二一席奚落之话弄得颜面不悦，本想回顶上一句，想到刘二虽是个败家子，却中过秀才，和他议论起来自己不是他的对手，便装了一锅旱烟吸着说："说闲话呢，谁能不尊敬先生，咱娃也念书的。"窦郎中让伙计给二人把茶水倒上，说："喝茶喝茶。"刘二喝了一口茶又接着说道："这为人在世，五尊之中的天、地、君、亲、师，师虽居于亲后，可与天、地、君一样都是为人的，如果没了天、地、君、亲、师，也便没有了这世道。"窦郎中点头说："还是秀才说得透。"刘二喝了口茶，将他头上的瓜皮帽取下，那有辫子头没辫子尾的齐耳头发显得有点散乱，他用双手从头顶往下顺着拢了拢。窦郎中望着刘二的头发指了指自己的头，说："不急人吗？""老祖宗几百年了都不急，民国了，长的变成短的还急啥？""你可是光前裕后啊。"窦郎中笑着说。

这时来了一个找窦郎中看病的人，先生让病人坐下略歇，又接待了两个拿着药单买药之人，交给伙计抓药之后才替看病的人把脉。赵有余见窦郎中忙，便起身说不打扰了，然后凑近郎中耳边低声说："今天来见你，是想着你久居西镇，街面上人情通达，有空儿给我在县城里念书的二儿操心说个媳妇。"

"我就知道你来我这里有事，不然你能来我这里坐，平时走路你都掐着八卦呢。""看你说的，这十村八里的人谁能离得了你？"

赵有余走后，刘二望着赵有余的背影说道："这种人既贪财又无知，既可憎又可怜。"窦郎中给刘二递过水烟袋，刘二吸了两锅烟说："你忙，我到街后去，改日我给你说古今。"

第十六章

世上千人和万人，老诚说的是真心。
巴山云雾排佳丽，金锁关前玉水清。
古有五丁开蜀路，米仓山险道神功。
一声呵喝"明月峡"，平坝驿街满是情。

1

秦世德和陈师替姑父赶脚打开南路的生意之后，一年多时间下来财利生新，姑父便有了从经营皮作坊改行从商的想法。他觉得经营皮作坊赚点钱太辛苦，从把生皮子买回来，根据用途进行加工处理，到割制成各种绳索皮件卖出去，实在费事，特别是进行硝碱浸泡刮毛剔皮时，那气味儿不但难闻，一双手经常被那碱水弄得发红发白，脱了一层皮又一层皮，看着瘆人。而做买卖只要货物运销对路转手就能赚钱。自己将渐入老境，以后的事终究是儿子的事，他不想让儿子和自己一样那么苦、那么累。为了让儿子熟悉行商之路，他增加了牲口，让儿子周义跟随世德和陈师脚力行商。但是不到半年时间，同一条路上同行渐多，货物脱手变慢，周期加长。陈师感于掌柜对自己的倚重和帮他娶媳妇的支持照顾，对于货物购销商市变化心里生急，在他住的店里，和店家说话之际露出心烦。店家是他所娶女人的表叔，知道情况之后告诉他，汉中县城虽是一座水旱码头，但民国以来地方军政头目换得太勤、盘剥重、山区匪事多，近期生意不好做。四川广元地处在陕西、甘肃、四川三省交界之处，听说那里是个经商的好地方，要不去那里走一走。陈师问："广元离这里有多远？""过勉县，在宁强县南多少路说不清楚。"店家说。这时秦世德和周义从门店外进来听得，说："要不咱试着跑上一趟？"陈师望了一眼秦世德说："我去过勉县，知道勉县往南尽是大山，对啦，你两个出去跑得怎样？"后面的周义摇了摇头说："跑了两条街、好几家店铺，货栈都因滞销而倒不开资金。我看咱在这里等不了了，要不把货欠给几家店铺，咱回？"秦世德说："那能行？"周义说："做生意讲究个信用，况且这几家店铺咱又不是第一次打交道，又是坐商。"一旁抽旱烟的陈师说道："少掌柜说的是个理儿，反正货物剩的也不多了，就那么办吧。刚才店掌柜的说的话倒是可以考虑。"遂说了店掌柜在周义和秦世德来之前说的一席话。周义听了，觉得去广元是一条路，但他知道陈师年长有经见，便问陈师："你说呢陈叔？"陈师见问他说道："这远路上咱摸不着行情，不过店掌柜说得有道理。"周义当即表示："人常说，树挪一步死，人挪一步活，世德，咱下一步去广元。"

　　周义比秦世德大三岁，个头不高四方脸，这些年一直跟随父亲在自家的皮作坊做事，帮父亲记账，出于父亲手艺人的教习，为人实在干练，买卖方面比父亲灵活。于是他很快把剩余不多的货物留给几家店铺，便和陈师、表弟安顿要带回的东西，准备起程，这时，陈师媳妇的爹赶了来，他拿了几斤米说："你捎给我的你们那里出的生字牌水烟我收到了，你来了也不去家里坐坐，现在又要走，这点新打的稻米你拿上吧。"说着将一个小布袋递了过来。陈师说："这一回来比较忙，没顾上去看望你老人家，只把东西让捎了去，下次来一定去。你给的米对我们来说虽是稀罕之物，但这回去几百里路，算了。"老人说："几百里路，你们赶骡子的，几斤米拿不回去呀，拿上。她娘老是惦记闺女到你们那边吃不习惯。"周义接过老人手里的小布袋说："陈叔，老人家的一片心意咋能这么不敬，牲口驮又不是人背。"

　　周义、秦世德、陈师三人一行几天之后回到家，周义向父亲说了跑汉中生意的情况，父亲叹了一口气。接着他又向父亲说了准备下四川去广元的打算，父亲考虑到汉中货物脱手不利有点踌躇，说："过些时日再说吧。"

　　由于周良娃手上有老主顾，加上他的走动，驮运回的货物很快就脱手了。周义要他准备去广元的货物，他心里没底儿，又觉得儿子年轻，便叫来陈师和世德商量。陈师将汉中店家说的原话又说了一遍后，说："那店家是我媳妇的表叔，他不会和我说假话。不过我只到过勉县，我这几天打听了一下，咱县里就有去广元的，听说那边的一些东西价格比汉中低，驮过去的货物销路也好。"秦世德说："我就担心那边山里有土匪。"陈师说："咱随马帮走，不独行，守规矩，我想别人能去咱也能去。"周良娃说："陈师，这南路的生意是你带着打开的，我信你。"

"这几年掌柜的待我厚诚，路难走没啥，只要掌柜的下了决心咱就去。"

"是种麦时间了，麦种上再走吧。"周良娃说。

周良娃是个农民手艺匠人，也是个做事不讨巧的人，他从拧绳到开皮作坊，他没有城里那些大商户的派头，说话随和，陈师给他赶脚，他有时还听陈师的意见。上次在陈师从汉中娶回女人时，他不但帮他出钱待客，还让周义娘到家里帮他的女人打点，这让陈师很感动。陈师已经打了几十年光棍了，现在自己屋里能有个知冷知暖的女人，多亏了他帮忙。当陈师媳妇得知麦种上之后，陈师又准备出远门时，她对他说她怀上了娃，他说："你咋不早说，早知道我就不——"

媳妇说："怀娃娃是女人家的事，说啥呢，显怀了自然都会知道。"她羞涩地笑了一下接道："怀上都三四个月了，没啥，你去吧，我能行，再说要生还早呢。"

秦世德把麦种上进城来，在姑姑家商量动身的事要去叫陈师时，姑姑说："陈师的女人怀上娃已经几个月了，能不能去还是个事。"姑父说："你这人咋不早说？！"这时陈师来了，一进门问道："啥时走，掌柜的？""陈师来了，我看这一回你家里离不开，咱就不去广元了。"姑父说。陈师从嘴里取出旱烟锅问道："咋回事，变卦了？"

"才听说你女人怀了娃，你也捏了个严实。"

"嗨，我也是才知道的，这有啥，人家还说怀娃是她们女人家的事，不生不养说给谁听？我觉得说得有道理，咱该做啥还是做啥。"

"这能行？"

"咋不行，生娃还早哩。"

"那这，你回去把屋里的事安顿好了咱再说。"

"我都安顿好了，去广元路上，来回就个把月时间，宜早不宜迟。"

周良娃想了一下说："那也行，回头我让周义娘多给操点心，你回去和你女人说，有啥事、缺啥就说，你们后天就走。"

2

周义、秦世德和陈师三人赶了牲口、驮了下川的货物，晓行夜宿，几天时间赶天黑到了勉县。考虑到要打听南去路况和沿途驿站，住下来之后周义让秦世德经管牲口，自己和陈师找店家攀谈，他先拿自己的小烟袋与人相让，然后让店家装自己的烟叶。"这是自家种的兰花烟，与大叶旱烟不一样，吸起来不呛人还有一股子香气，性凉不起痰。"等店家一边品尝一边点头时，他便问起店家县城里的街市商情与人货往来。店家说道："勉县县城不大，四周客商多为过客，不过街市还可以，人多嘛，不知你们要上哪里去？"

"我们准备到四川的广元去，不知路上现在好走不好走？"

"看来你们是初往，这路嘛说好走也不好走，说好走翻两架山就到了，这没啥难的，说不好走，运气不好遇上土匪毛贼就不好了。"

周义点了点头。秦世德问："那边山路怎样？"店家说："勉县往南的山就是巴山了，过了宁强县那边叫米仓山，不过都是巴山，只是地方上那么叫，米仓山高一点。"随后，周义又问了从勉县到广元去的站点和行程时间，店家将知道的一五一十地说完之后，秦世德又提起了另外一个话题，说："你们这边人盖的房子和我们那边大不一样。"店家说："你说咋个不一样？""你们的屋顶两侧都是伸了出去，我们那里两面坡流水和一面坡流水的房子都是硬山，而且屋里还架了木楼板放粮食。"

"半面房里也有楼吗？"

"除了厨房没有，住的房里大部分都有。"周义说完又接道，"你们这地方吃食都不错，就是说话腔调有点怪。"这时门外一个女人指着一个跑着的孩子骂道："你个死娃子，夜黑个跟你说的话，你今儿个就忘个干干净净，你不听话你就莫回来。"周义笑道："你听，一样的话那腔调就是有点怪怪的。"

勉县，这个汉中盆地里靠西边的县城，北有秦岭南有巴山，汉江穿境而过，县城临汉江一边平地不少，河流发育、渠网遍布，土地肥沃、气候滋润，冬不寒、夏不热。乡民庄田大多处于青山绿水之中，县城因是历史上三国时代的古战场而颇有名气。站在县城夕阳之下北望，作为屏障的云雾山高峻雄伟。而城南之山，多是馒头状的山体，从西到东十二座山峰，呈串珠状起伏排列，逶迤秀丽。

按照说好的，第二天一早，陈师便叫醒了周义和秦世德，让店家做了些饭吃了，将牲口从槽头牵出，把货物驮架从屋里抬出抬上牲口的背，便赶着上了路。翻定军山，过玉带河，穿金锁关，奔大坪驿，一路向西行走在山岭沟谷之间，经过金牛驿、五丁梁转向西南宁强县歇宿。次日爬上横卧于川陕交界的米仓山，山大高险、树木荫蔽，道路曲离拐弯，当太阳西斜的时候，他们才由高而低进入山间平坝交错之处，途中偶尔传来山歌之声。这里的山歌是巴蜀语音，一点儿也听不懂，用陈师

第十六章

的话说全是"嘀哩嘛啦"。但天气异常晴好，可谓天高云淡、艳阳高照、气息爽人，虽然已是深秋季节却与关中初秋一样。他们紧赶着进入朝天驿时，太阳已经下山了。朝天驿的两边都是山，在朝天驿路边一打听，到广元的路程还有几十里，走了一天山路，人困牲口乏。周义说："陈师咱住店吧。"陈师说："离天黑还有一阵子哩，不急。"周义说："山里地方黑得早，咱在这里歇一晚上，明天轻轻松松早早就进城了。"秦世德也说："住店吧，人肚子也饿了，牲口也出汗了。"

他们刚走到小街的一家临街店房门口，便有主人招呼，接着帮忙牵牲口进院，一声吆喝，店里的女主人应声儿端出了洗脸水，店里的伙计忙着抬卸牲口身上的货物。等安顿好放货处，看过住处洗手脸时，女主人又拿来自制的粗糙的胰子，并询问吃饭的事。

朝天驿驿站，本为明清时代朝廷设置的信使传递站点，渐渐发展成商旅歇息的村居小街。一般小街虽有供商旅过客歇脚的铺子，但商旅过客吃住大都由店家料理，食宿简单。但朝天驿却颇具川人蜀习，吃食除米饼、菜肴，另外酒肆茶馆不少。周义他们进入店房之前已经看到小街上悬挂的招牌、旗帘，入夜上灯之后远近不乏吆五喝六的声音，因为一天从早到黑的行程甚为困乏，在用饭之后便早早地睡了，唯有陈师操心给牲口添草加料。

次日，他们从朝天驿走出后，沿嘉陵江谷弯来拐去，有几处行走在石崖陡壁和修建的栈道之上，牲口钉了铁掌的蹄子走在栈道的木板上，叮咣叮咣的。栈道宽六七尺，其下便是哗啦啦的江水，让初次行走在上面的周义、秦世德他们心中发怵，老是不敢往下看。但不时可以听到"噢呵呵——噢呵呵——"的叫声。秦世德问："陈叔，这是吆喝啥呢？"陈师说："路道儿窄，牲口驮的东西有时在拐弯处难以躲让，便有了这种相对老远就打招呼的事。"约莫一个时辰，河谷变得稍许开阔平坦起来，远远望见许多房屋，近处江岸平坝水田已干涸，田里只留有割完稻子后褐色的谷茬，旱田里的麦苗、油菜绿生生的。江面上不断有船经过，靠岸停有许多大大小小的船只，路上人渐渐多起来。广元县城到了。

在县城的街口，满脸堆笑的店家一个挨一个向他们打招呼，等他们走进一家车马店之后，店家的热情和女主人的殷勤，把他们一路上关于人生地不熟的顾虑全打消了。就是当地人说的话他们听起来很吃力，经过对方的重复比画才知道意思。当店家知道他们是从陕西来时，告诉他们陕西来广元和到成都经商的人很多，并说陕西人看起来没有四川人精，但做事心细，为人厚道。周义没听清楚，陈师说："他说陕西人看起来没四川人精，做事老诚。"等安顿好住处后，周义拿出自己的旱烟袋让店家吸，店家装了烟叶点燃吸了几口说好，和以前在这里住店的客商拿的烟叶不一样，吸着不呛人。周义说："这不是大叶旱烟，是小叶开兰花的兰花烟，抽着不上火、不起痰。"说着从自己装烟叶的袋子里给店家抓了两把。店家笑着说："要得，要得。"秦世德见店家高兴，便问道："掌柜的，你们这里市面上棉布、花椒、辣椒好卖吧？"店家说："店铺多的是，具体行事不大清楚，你们驮的货物要到货栈去问。另外，我们这里有个陕西会馆，赶明天去那里一下，他们是陕西人办的，专门为陕西做生意的人帮忙的。"周义在家时听说过会馆的事，便问道："陕西会馆，这里有陕西会馆？在啥地方？"店掌柜跟他说完，接着道："明天一早去吧。"

周义让陈师在店房里照看货物和牲口，叫上表弟世德一同去找陕西会馆，他们在会馆的协助下，找到集存货物进行贸易的货栈，处理了所带货物的同时，又购得了当地的土特产桐油、生漆、绸缎、白糖等，还结识了一些陕西的乡党。在他们准备返回的前一天，三个人分别买了自己要买的小东西。世德买了一根竹子做的拐棍，周义买了一对缎面苫枕，陈师买了一个石头烟嘴和一块香胰子。就在他们在饭铺吃饭谈论返回走哪条路时，临桌一个穿青色袍衫、头戴西瓜皮帽子的中年人凑了过来，说："你们是陕西人吧？"秦世德答道："是呀，你是？""我是关中陈治县人，在那边桌上听见你们说家乡话，过来打个招呼。""嗨，咱们是乡党啊，我们也是陈治县的。"周义说着忙起身让座，接着又说道："我看这广元咱陕西过来做生意的人不少，你啥时过来的？"陈师将自己的旱烟锅装了一锅烟递了过去。乡党接过吸了两口，说道："不瞒乡党说，一言难尽。"周义问："有啥不顺心的事？"那人一边吸烟一边叙说了自己的姓名、乡里和到四川做生意的先后情况，完了叹道："唉，自己是人强命不强。"然后摇了摇头。

这人名叫陈栋，陈治县八区陈家堡人，早先曾随亲戚经商，后在四川阆中与人合伙经营土布生意，不想近两年受江浙一带运来的洋布影响，亏赔太多。家中来信告知父亲有病，原想这次回趟陕西老家，一来看望父母，二来从亲戚处再筹借点钱好行施展。谁知在阆中到广元的途中遇到土匪，身上所带被抢了个精光，连吃饭钱都没有，一时进退两难，好在出事地离广元不远，知道广元有同乡会馆，便来寻求生活上的资助，不想在这里遇到了乡党。听完陈栋的苦衷，陈师说道："出门在外就怕这意外。"周义说："我们是七区清泉乡的，咱离得不远，甭愁，只要有人咱从头再来。"秦世德说："陈家堡和我们清泉里只隔了一个岭一条河，村里还有到你们那里走亲戚的，我十七八岁时还跟人到陈家堡看过戏呢。"周义为乡党点的饭来了，说："快吃饭吧。"然后给付了钱，陈栋没拦住，觉得有些不好意思。周义说："不用客气，咱在异乡能够相遇是缘分。"秦世德说："我叫秦世德，他是我表哥，我们原是一个乡的，他现在住县城,是我们的少掌柜。""噢,周掌柜。"陈栋说着向周义点了点头。周义说:"甭听我兄弟说,就叫我周义。"陈栋一旁笑道:"乡党越说越近了。"吃完饭又说了一阵子话,周义说:"我们明天就动身回去,老哥愿意,就随我们一道儿走。"陈栋摇摇头。周义说:"一路上生活吃用你不用发愁,有我们呢。"

"兄弟有所不知,我在这边已经几年了,先是跟掌柜的做事,掌柜的是咱那边的人,人特别厚道,前年由掌柜的做东我另立自行,现在我这样子回乡岂不辱没了先人?"

"那老哥打算——"

"在这里的陕西会馆有个熟人,求助于他回到阆中再作打算。"

"老哥志气有加,一定能东山再起,我们明日一早就走,如有所托之事决不负所望。"

"兄弟好说,我如今不能回去,委托你们给我家中捎一封信。"

于是周义几人邀陈栋,一起到所住店房找来纸笔,陈栋写了家信交于离他家村子最近的秦世德。秦世德说:"放心,我一定给你带到。"周义说:"乡党有难,我们理当帮顾,只是所留返乡盘费不多,只能匀给你一点。"说着取出十块银圆递给陈栋,陈栋不接,只说:"周掌柜助我路费,受之当愧。""你即使回到阆中,一时之间也不一定顺当,拿上吧。"周义将银圆放入陈栋手中,陈栋感激不尽,说:"我们异乡相逢,虽是乡党但并不相识,周掌柜如此厚待于我,是我有幸,日后定恩还恩报。"

秦世德和陈师赶着牲口已经走出街口,还不见表哥周义,陈师说:"少掌柜人仗义,就是有时不利索。"秦世德说:"我表哥和店家结账去了。"

"不就几天的店钱嘛,都好一阵子了。"

"你不知道，店家人好，店家的女儿对我周义哥可有情义。这里的女子个个都长得水灵灵的，又会说话。我昨日后晌到江边码头和后街转了转，就有人打招呼问住店吗？耍吗？还听到一些门院里唱小曲儿，比咱那里富华得多。"

"你小伙子才说呢，你就不知道，咱那里流传着一句，'少不下川，老不出关'的话，意思就是年轻人到四川抵不住四川女子的诱惑，当了俘虏回不去，而老了的人出了关，就是口外嘉峪关，弄不好想回来一路上人烟稀少，连一口饭都要不到，只有饿死或老死在关外。"秦世德笑道："陈叔说得够玄乎的。"这时周义从后面赶了来，见他们说笑，气喘吁吁地问："你们说啥呢，这么高兴？"陈师说："没说啥。"秦世德说："陈师说你被店掌柜的女儿勾引去了。"周义说："怎么会呢，咱陕西人粗壮高大的，谁能看得上你？"陈师说："就瞅你粗壮高大才黏你呢。""嘻，看陈叔说的。"周义说完又接道："不过那店掌柜的女儿倒是有情有义，这不，把他们家做的、这里时兴的吃食还拿了些来，叫咱们路上吃，店掌柜还一再叮咛让咱们下次来仍住他们店房里。"秦世德说："店掌柜的女儿长得就是秀气，说起话来听惯了还好听。"陈师说："这里的女子就是比咱那里的女娃机灵，所以你们年轻人就不能在这里待久了，久了就忘了家里的媳妇了。"周义和秦世德听了都笑了。

3

十月下旬的广元，没有关中的木叶萧萧、衰草凄迷，依旧山绿，水清，天蓝。一条白色的道路像带子似的，一会儿沿江畔弯绕，一会儿又蜿蜒于山上山下。江水穿谷走峡，急流湍瀑跌宕激越。行走于栈道之上，没了之前来时的担心紧张，却有了对古人石崖凿孔、依木支承铺设道路、创造修路史章的崇敬和对其智慧的赞叹。而路途上的明月峡、飞仙关、铁锁关等剑峰石峡，既给人以危象行险之惊，又给人以河山壮伟之美。

翻过秦岭中的紫柏山，天气陡然生冷，山色苍黄气象萧索，土地岭上寒气逼人。等到翻越洒奠梁时，山坡、路旁、草丛与阴谷山涧都是白白的积雪。好在路面上的雪已开始融化，虽然有的地方还有些泥泞。

周义、秦世德和陈师这次驮运回的货物，大半已经脱手，周义高兴地对他母亲说："这次驮回的一驮绸缎货色鲜亮很招人眼，看上的人最多，开始我爹还埋怨我们驮回绸缎呢。"他母亲原本看到儿子回来拿的一对缎面苫枕就啧啧地赞不绝口，现在知道货物中还有绸缎，便说道："你妗子说要给世孝说亲呢，到时候我想给平儿嫁衣里添一件料子衣服，你啥时让娘看看那些料子，给平儿添一件衣服，既是平儿的光彩，也是你爹的脸面，再说世孝将来成了先生也是有头有脸的人。""行，娘。我明天就领你去货栈里看。"周义说。

秦世德回家的第二天，把家里的活路安排停当后，和他母亲说了给人捎信的事便往陈家堡去。他翻梁过沟，找到陈栋的家，见了陈栋的父母说了自家的所在和捎信的情况，并把所带之信从怀中掏出递了过去。坐在炕上的老人招呼他到热炕上坐。陈栋的父亲说话有气无力，身体显得异常虚弱，头发半白。他把信拆开，取出信笺又递给秦世德，说："我不识字，你给我念一下吧。"秦世德将老人手中的信笺接过来展开念了起来，念完说道："陈栋大哥本来是要回来的，临时有点事脱不开身，这人出门在外有时候由事不由人。"这时陈栋的母亲端来一碗温热了的火晶柿子放在炕边，说："咱这地方再没啥，就只有柿子，我捡了几个软的暖了暖，吃点吧。"秦世德说："柿子好。"说着捏了一个剥了皮吃了，又捏了一个。陈栋的父亲没有说话，只是叹气。陈栋的母亲说："都有两年没回来了，只是给家里捎寄点钱，今年秋上他爹有病，他信里说要回来，这下又回不来了。"说着用衣襟擦眼泪。陈栋的父亲对老伴儿说："咱全当没他这个儿就是了。"这时一个年轻女人的声音从厢房门外传了进来："没良心的，能捎信就能捎点钱回来，老人有病，他又不是不知道，现在离过年也不远了，这一家子老的老，小的小，怎么过呢？"显然年轻女人在厢房外听到了里面人说的话。陈栋的母亲指着厢房门低声说："陈栋的媳妇。"话音刚落，一个四五岁的瘦小男孩跑了进来，在叫"婆"的同时，看见了炕边碗里的柿子，说："婆，我要吃柿子。"秦世德知道，一个家庭对一个在外奔波的男人寄有很多的希望。他又问了他们地里的收成，看来日子有点恓惶，说了几句安慰的话便离开了。

秦世德在家歇了两天后，进城向表弟周义说了去陈栋家送信的情况，说："当时我身上没装钱，要装了的话就想给留点。"周义说："你没说陈栋遇到土匪的事吧。"

"没有。"

"不要让他们知道，千里路上报喜不报忧，这样，明天我和你一同去一趟陈家堡，看看陈栋的爹娘，一个人在外几年了，家里父母妻子牵挂的同时也抱着希望，不能让一家人的牵挂和希望，变成埋怨和眼泪。估计陈栋明年上半年也回不来，我们帮顾一下他的家里，让他家里人有希望才行。"秦世德点了点头。

秦世德将一份点心和一斤红糖放在陈栋家的柴柜上，说："大叔，这是我表哥，我和你说过的，我们一块儿在广元见你儿子的，他来看你了。"靠在炕墙上的老人坐了起来，周义走到炕前拉起老人的手说："我叫周义，上次在广元和你儿子见面，我表弟给你拿信来时我不知道，你儿给你捎的钱还在我这里呢。"老人听到钱眼睛一亮，说："你就是县门外皮货铺周掌柜的儿子啊，天冷，快到炕上来暖暖，这么远的路。"老人让老伴儿端来了旱烟盒，又叫去拾点柿子来。周义说："翻沟爬坡的，一点也不冷。"说完又接道："听说你有病，请个医生把病看好，陈栋大哥那边能脱开身就回来了，你把身体顾好，一家人平安就是福。"说着从身上掏出十块银圆递了过去。老人望着一旁的秦世德说："信上好像没说捎钱的事。"秦世德看了一眼周义，周义笑道："也许当时急，忘写了，钱是交给我的。"老人接了钱，老伴儿也高兴，出去让儿媳擀了面，招呼了周义和秦世德。

陈栋的父亲请了医生看病，一连吃了好几服药，病情好转，再回想起儿子托人给家里捎信捎钱的事，已是腊月中了，便在一次上街赶集时，找人代笔给儿子写了一封信，说了收到他托人捎信捎钱的事，和自己病情好转的情况，以及一些叮咛盼望他回来的话。陈栋收到家信已是半月以后，他拿着信想到自己托人给家里捎的信，家里应该收到了，但自己的困境和家中的艰难使他的心里很不是滋味。当他拆开信封展开信纸看到信上所言时，他不敢相信，他又从头看起，信上写道：

陈栋吾儿：

甚念，吾儿上次回家离去距今又是两年，原盼望你今年下半年归里，今知不能，但你托人捎的信与十块银圆收到，来人携礼关照，甚好。为父就医服药月余病已好转，今得你及时济于家计，你媳和孙儿有养而宽心。望儿在外平安，谨记，来年回家为盼为念。

父，腊月二十六日

他拿着信，眼里不禁涌出泪花。他明白一月多以前在广元碰到的乡党，让其所捎家信不仅带到了，还为家里送去了钱。他因遭遇不幸对家中失养，父亲不但没有责怪还表示出欣慰。两位萍水相逢的乡党，不仅在他有难时接济了他，还为他对家中抹去了心中的愧疚和不安，他眼眶里泪花变成了泪珠，滴在了自己的手上。当天夜里，他便给周义写了一封信，信中表达了他对他们表兄弟俩的感恩之情，也述及了他在阆中的情况。

　　陈栋在广元得到乡党周义的资助之后，没有去同乡会馆，只在街市上溜达了一天便回到阆中。他向他的东家说明了遇匪的情况后，提出以身劳工逐利抵赔，东家很是同情，对他几年来合作中的诚厚、精细很是看重，并允以继续谋定商事。他感激东家的宽容，并根据自己的观察，提出吸纳股金扩大经营的方式。他鉴于对乡党周义的感激，在信中，除对其表兄弟二人千谢万谢之外，还说了他将以周义接济他和他家里的钱作为股份，纳入自己的生意中。并说道，等待阆中的事情就绪，如乡党愿意可以共同筹资，在广元开一家专门经营绸缎的门店，以批零兼顾在此行商的陕、甘客商。他很看重这个陕、甘两地进入四川的商旅通道。周义接到信后十分欣喜，从他年前十月间行商的经验，他便确定了继续做绸缎生意的想法，同时将这一想法告知了父亲。父亲心中感慨无数，没说什么，而他复信陈栋，准备二月入川见面相商。

第十七章

也言围军守长安，学子城民受熬煎。
复局一朝长志气，迷茫前景又相残。
灞桥绿柳依然是，飞雪年年四月天。
秦腔并非是壶酒，传承历史乡到关。

1

秦世孝、刘子清、窦铨他们到省城西安上学的第二年三月下旬就听到，曾经在陕西当过督军、后来被赶走的刘镇华率领十万大军从河南进入陕西，进攻支持北伐战争的陕军。西安城里顿时人心惶惶，因为刘的军队当年在陕西时，除了让百姓负担军务费用外，他们还抢掠拉差、搜刮民财，无所不为，特别是为了索财，开禁鸦片烟种植，当时光一个眉县就种了四百多亩。

刘军很快临近西安，四月中旬杨虎城部到达西安，与原守军共同构筑防御工事进行防务。七月下旬刘军攻城时，一度登上东北城墙与守军短兵相接。战事从上午一直持续到下午，虽然打退了刘军，但守军损伤也甚为严重。另外，小雁塔失而复得，接着城西北潘家庄大白杨的守军败退城中，守军受伤增多，当局通知学校组织学生，加入后勤，运送物资和救护工作，秦世孝被编入救护队，在抬救伤员中碰见了王也。窦铨是军人原驻城外，刘子清作为学兵被编入连队。仗打得很惨烈，敌军在攻城不克的情况下，为断城中粮食供应，点燃了外城周围正在收获季节的麦田。白日里浓烟滚滚遮蔽田野，夜间从城墙上望去一片火海。敌军又从护城河坡往城内打地道，守军发现后拦截炸毁。在敌军的大炮声中，城内许多民房烟火弥漫，居民的哭喊声、救火声、抢救声飘荡在街区的上空，弹药运送与伤员救护人员往来穿梭。东北角城墙被敌人的大炮轰塌，在抢修加固中，秦世孝又遇见了窦铨，窦铨告诉他，自己从城外撤进城后一直在城上守着，他领的一连人已经有一排人牺牲了。他又黑又瘦，但是说起话来却很精神。守城将士在联合防守的市民、学生的支持下，用柴草、木头、砖石、黄土又垒又夯连夜轮番作业，城墙坍塌缺口终被修复。

经过无数次战斗，敌人也没占到多少便宜，开始采取围而不攻的战略。城里的粮食供应成了问题，进入八九月份，天气阴雨连绵，被围困的西安城里开始有人被饿死。天一放晴，敌军从飞机上撒下的传单又是恐吓又是劝降，又是扔炸弹又是打机关炮，地面上同时还进攻。南城门的瓮城被炮火击毁，西城区守城将士借敌人劝降以献城为计，杀了几百敌人。城内因饥寒，冻饿而死的人天天增加，守军开始杀马充饥，居民刮削树皮，甚至煮食鞋皮。十月的一场大雪，一日之内就有数百人倒地，街巷门旁到处都是死了的人，活着的人也都有气无力，士兵们每天发三两黑豆充饥，战争和饥饿使这个拥有二十万人的古城，变成了一座瓦砾滩，入夜一片黑暗，除了寂静便是传来的"呜呜呜"的哭声。

在没有枪炮声的时间里，救护队的学生们在救护所的墙根议论着战争和粮食，他们的脸上也不那么青春了。有的说，听说国民革命军北伐已经占领了武汉，有的说，听说五年前在陕西当过督军的冯玉祥，在内蒙古的五原已誓师南下，配合国军北伐，绕道宁夏、甘肃出师陕西。"要走几个月啊，说不定那时咱都饿死了呢。""行军打仗说快也快，骑兵马队日行千里是个话，一天跑个一两百里也就是个把月。"人们在坚守着，也在抗争着。

几个月前刘子清给家里写了一封信，信中提到说西安要打仗的事，信刚发出几天西安城就被围了。因此，刘子清的父亲接到儿子的信忙回信叫儿子速归时，西安对外的交通已全被阻断，儿子并未收到。当然即使儿子收到了信，也不可能说回去就回去。一晃几个月过去了，彼此信息中断，家里发急，刘财

东跑去问秦山的儿子来过信没有,秦山说没有,他又到西镇街上开药铺的窦郎中处打听,窦郎中说:

"我儿已经毕业到连队里去了,没上学了,西安在打仗你不知道?城都被围几个月了。"

"你知道这事?"

"生意人东来西往,消息在街上早都传开了,只要城攻不开,娃们就不要紧。"

"说是不要紧,你两口子也没少担心。"

"这倒是实话,自我们知道西安打仗的事,他娘整天念叨,已到庙上烧了几回香了。"

"唉,说民国好,好在哪儿,这些年仗打不完。"

"也就是,民国以来才几年光景,咱陕西听说就已换了七个督军督办了,能安稳吗?"

西安城里的灾难,吞噬着人们的心气,守军们一天三两黑豆变成了二两黑豆,外加二两烧酒御寒,拆掉炸坏的房木烤火,过了"大雪"节气,天阴冷阴冷的。终于十一月下旬的一天,城西北方向传来了轰隆隆的炮声,接着长安方向也响起了枪炮声。枪炮声由远及近,人们传着说国民联军到了,终于在城内守军出城反击下,敌人一夜之间东逃,历时八个月的守城之战结束了。

国民联军与守军在解决城内军民吃用供给的同时,动员全城军民清理和掩埋守城阵亡的几千个兵士和居民。到了第二年春天,联军司令部举行了公祭大会,两万多人从城外背土担土,在城内北边的万人坑上筑起了两个大墓塚。在纪念祭奠大会上,联军司令于右任念了一幅手书的悼词,"名城高挂残晖,燕子犹寻故垒。兵民负土坟前泪,争祭当年饿鬼",引来了会场成上千万人咽咽的抽泣声。后来他还写了一首诗:"覆局何

第十七章

· 261 ·

常今异古，义旗虽倒果成因。英雄关内知多少，血战长安有几人？"这诗传出后，其悲凄而又自豪的陕人的长安精神，激荡着每个人的情绪。但秦世孝、刘子清、窦铨、王也他们从各种报刊、杂志上的消息里得知时局的纷乱和国民军军政中的内斗惨案、清党、分政等消息时，依旧感到迷茫。

闫先生的妻子，早两年就督促闫先生为大女儿玉儿挑选一门好亲，闫先生看中了他的学生秦世孝，曾让西镇开药铺的窦郎中传话给秦世孝的父亲秦山，可惜秦山夫妻几经比较和考虑，还是为儿子订了姑表亲戚家的侄女平儿。而闫玉儿的母亲看中先生另一名学生刘子清的家庭，几次催先生托人提说，一来因为女儿闹着要继续上学不愿意，二来先生为人正直，又有读书人所遵循的道理，虽知学生不错，但男方不提自己也不愿落个巴结富户之名。后来又听说学生刘子清，上了一年师范学校后转往陆军学堂很是诧异。他觉得民国以来，起军之人口头上为国，事实上行为自私，仗着手里那杆枪，什么事都做。为了争地盘，不断发展力量，互相杀伐。他们都是一群粗鲁莽汉，当中许多司令、团长不是刀客便是土匪，所以，闫先生听妻子提起这事，便以各种借口拖了下来。

玉儿从女子小学毕业后，想继续上学，她母亲说："女儿家念多少书嫁了人离不开洗衣、养娃娃，把钱省下让你兄弟念去吧。"玉儿瞅着母亲说："娘偏心。"她母亲说："你兄弟是个男娃，把书念好了啥都能做，你一个女娃念一肚子书能做什么？"她父亲接过她母亲的话说："现在民国了，话不能那么说了。"但又接着对女儿说道："这家里呀，你妹、你兄弟在社学念书，我一走屋里就你娘一个人，屋里地里的活要有人帮你娘啊。"玉儿再没说话。

2

秦世孝的三年师范上完就要毕业了，和他一起来西安上学的刘子清转上了陆军小学后又要考陆军中学，学农的王也的学校并入成立不久的西安大学工科，翟杰也准备毕业后报考上海理工学校，于是他和刘子清商量，几个同学分手后再见面不容易，经过串通说定到东门口等齐，一同到灞桥游玩叙别。

这一天，秦世孝、刘子清、窦铨、翟杰一同来到东门口，见王也还没来，刘子清说："你们两个在这里等，我去看有没有顺路的马车，有的话咱坐上能快一点。"刘子清去了对面的街口，这时王也赶了来，窦铨说："我的大学生，起来晚了吧？"

"哪里，只是从城西跑到东城门口，连气都换不过来，你看我还拉了一个同学来，他是西安人，名字叫长安，城南人。"那位同学点了点头。这时路对面的刘子清老远喊道："快过来坐车。"几个人过去之后，秦世孝说："怎么是个牛车？"刘子清说："马车走远路，出城都装满货物，这牛车还是灞桥那边村上给一家商铺送粮食的回头车。"于是六个人上车后分坐在车厢厢边上。牛车的硬车辖辘在地上碾出扎扎的响声，年轻人一边高兴地说着话，一边领略着春三月田野的风光，不知不觉到了灞桥。灞桥两岸柳树葱茏，白絮飘飘，黑色的枝干半隐于绿色之中。他们下了车向河边走去，河水悠悠地流着，河岸上有牛在吃草，几个放牛娃弯腰向河水里扔石头，似乎在比试谁扔出的石头能在水面上漂得更远。

灞桥横跨灞河之上，桥是一根根圆柱形的石柱卯榫相接组成墩台，再在墩台上架上木梁，在木梁上铺一层层石灰和土，压实之后又铺上石板，可以说，这是一座木石结构的石板桥。

桥宽两丈有余，长有百十来丈，有大小桥孔七十多个，桥头两端有长亭，一端有牌坊，据说另一端的牌坊毁了。秦世孝他们还是第一次见到这么长又有这么多桥孔的石板桥。当他们一起走上桥面，望着桥下的流水和河岸上的柳树及飞絮时，秦世孝说："看到这桥上桥下的景致，我想起古人关于灞桥的诗，'濯濯长亭柳，阴连灞水流……赠行多折取，那得到深秋'。"王也说："这是唐朝戴叔伦的一首诗，当年他送友人东去至此，望着这桥下的涓涓春水与河岸边飘拂的柳丝，不禁生出惆怅的心情，于是折柳相赠，千百年过去了，现在人不兴这了，但它说明古人情谊的真挚与纯粹。"刘子清说："我原来读唐朝李益诗，'杨柳含烟灞岸春，年年攀折为行人'时，就不理解古人送友人为啥要折柳枝给行人，到现在也还有点懵懂。"秦世孝说："'柳''留'二字同音不同声，这里借赠柳寓意舍不得让朋友走，希望他留下。"王也接道："我想起一首隋诗，诗中写道，'杨柳青青著地垂，杨花漫漫搅天飞。柳条折尽花飞尽，借问行人归不归？'送行的人把柳条折尽了，赠予行人，行人还没走呢，就问归不归，可见那种期待回归之情。再说这灞柳风雪又是关中的八景之一，特别让人惦记。"窦铨说："长安同学是西安人，肯定对灞桥的景致格外钟情。"长安笑说："不瞒大家，我也是第一次到这里来，不过在西安一直流传着一首民歌，歌词是'灞桥柳，灞桥柳，拂不去烟尘，系不住愁，我人在阳春，心在那深秋，你可知无奈的风霜，它怎样在我脸上留。灞桥柳，灞桥柳，遮不住眼泪牵不住手，我人在梦中，心在那别后，你可知古老的秦腔，它并非只是一杯酒'。"长安同学刚说完，刘子清笑道："系住愁，一杯酒，看来这灞桥之柳成了古人寄托别离相思之情的物象了。"窦铨说道："诗意好，情意在，就是有点婆婆妈妈。不过我欣赏'古老的秦腔它并非只是一杯酒'这一句，秦腔确不是一杯酒，细思量，它是凝结这块土地历史、地域、人文辉煌与沧桑的结晶。如今国人思变，我们年轻一代也应有当仁不让之气概。"秦世孝说："说得好。"大家一同赞其所言。

　　桥上人来人往，有挑担的、推独轮车的、牵猪牵羊的，也有骑马骑驴的、坐马拉轿车的，更有衣衫破烂、挂着打狗棍的叫花子。秦世孝几个由桥西头走到桥东头，然后又回到桥西头的长亭，由于刘子清和窦铨穿着学兵服，所以过路的人把他们当成当兵的，都躲着他们。桥上的长亭不大，王也提议到桥下河边柳树下歇歇，其时已是日头当午，大家浑身有点燥热，也有点口渴，便绕出桥头来到河边。他们有的趴到河边喝水，有的先洗了手再用双手掬了水喝，然后来到岸边一棵大柳树下。秦世孝和刘子清将预先准备好的干粮、豆豉、酱菜拿了出来，王也说："我也带了馍来。"秦世孝说："我和刘子清、窦铨来时在东门口买的吃食，大家都有份儿。"他们说说笑笑野餐之后，又先后到河边喝了水，秦世孝说："咱们今日灞桥之游，既是我们同乡同学之聚，也是借着这春日的灞桥灞柳飞雪的诗意，留给我们彼此一份情意、一点牵念。对啦，我临时凑得一首小诗。"遂念了起来：

　　　　灞桥忆古留思念，岁月风雪曾有年。
　　　　放眼江山储远志，同俦争得我民安。

　　刘子清说："世孝的这首绝句好，有现实、有历史、有念想、有期待，愿我们都记住这一天。"窦铨、王也、翟杰和长安同学都点了点头。太阳偏西之后，他们开始返回城里。

3

秦世孝从师范学校毕业了,他坐了马车行进在从西安去往古陈县的路上,田野里庄稼很少,偶尔的谷豆地里也是禾苗稀疏,一片枯黄。他在学校时就知道下半年来雨水极少,干旱严重,太阳火辣辣地照着,一片片收割后的麦地依然只有灰黄色的麦茬,偶尔地里冒出一株两株蒺藜或几丛干瘦的灰灰菜。赶车的车把式说:"西府地面麦收后一直很少下雨,早先种了的秋庄稼也都旱得不长。"沿途县镇街上似乎和原来一样,行人稀少。

回到陈治县时已经黄昏时分,县东门口尚有卖小吃的灯火,但店铺大都收拾关门了,秦世孝让马车停下,把自己所带行李取下,然后在车户的帮助下搬到姑姑家的皮作坊店铺门口,他准备先住在姑姑家,等来日到县政府教育科报到后再回家。就在他拿了东西走进店铺门时,姑父正准备关店门,他叫了声"姑父",姑父抬头见是世孝,高兴地说:"世孝回来了。"接着向里屋喊道:"平儿和你娘说,你世孝哥回来了。"平儿应了一声,没等母亲出来,已从屋里跑了出来,见了世孝微笑道:"世孝哥回来了。"然后帮忙拿东西。世孝放了东西就去问候姑姑。晚饭时间姑父说:"这次回来不去了吧?"

"毕业了,明天就去县政府教育科报到,我周义哥呢?"世孝问。

"跑南路去了。"姑姑说,"都有一月了。"

饭后几个人坐在一起,彼此问长问短,说到表哥外出、家中生意,也说到乡下庄稼和收成,还说到世孝毕业回县里之后的事,一直说到深夜。平儿挨着娘靠窗坐着,眼睛亮亮的,不时地瞅瞅世孝,听着父亲和世孝说话,不是眼睛瞪得大大的,就是抿着嘴笑笑。

　　第二天，秦世孝去了县政府教育科，接待他的干事说道："你回来得正好，县教育上二小缺人，县里又成立了三小，早在年初就有安排，你先签个表，很快就会有结果。你大半年没回家了，回家看看过几天再来。"

　　秦世孝离开县城回到清泉村时已经上午了，他老远看见三弟世忠在院门前粪土堆边翻打粪土，跟前还有一个小孩儿，他想这小孩儿肯定是大哥的儿子牛牛，等到走近后叫了一声兄弟世忠，世忠抬头一看是二哥，忙把手里的镢头扎在粪土堆上迎了上去，高兴地问道："二哥啥时到的，你的行李呢？"说着接了世孝手里提的布袋。"昨天到县城天黑了，就住在姑姑家里，行李也在那里呢。"他接着又叫了一声在一旁拿着木锨在地上捣的小侄子牛牛，牛牛仰头看了半天面前的人。"叫二叔。"世孝说。小侄子似乎认出了他，叫了一声。世孝便去抱小侄子，亲小侄子的脸蛋，小侄子头一歪将鼻涕蹭到了他的脸上，他掏出手帕擦了自己的脸又去为小侄子擦鼻涕，并笑道："你看都成鼻涕花脸了。"世孝抱着小侄子，世忠随后进了家门，到了上屋见到母亲手里拿着针线和坐在一旁的父亲说话，叫了一声"爹"，一声"娘"，老人各自应了一声。母亲见儿子怀里抱着孙子，说道："刚回来还不知道困乏，先把牛牛抱上。"然后又对牛牛说："快下来，让你二叔歇歇。"世孝说："世忠在门上翻打粪土，牛牛还拿锨在一旁捣呢。"他父亲对牛牛说："来，到爷跟前。"世德媳妇在她的厢房里听见二弟世孝回来了，赶忙下了炕跑到公婆的厢房来看世孝，世孝叫了一声"嫂子"，说："听说我哥出远门还没回来。"嫂子说："走了有月数天了，快回来了。"

　　村里的亲房邻里听说世孝回来了，都来秦山家里问长问短，知道世孝已从省师范学校毕业，回到县里要当先生了，赞叹道："秦家的宗脉气象转了。"邻家的郑五老汉说："秦山兄弟你两口子要享福了。"秦山说："享啥福哩，咱还是面朝黄土背朝天。"

吃过午饭，母亲对儿子世孝说："你四爷一直惦记着你，你去看看，他前些时身体一直不大好。"父亲也说："就是，你四婆也腰腿痛，你大半年都没见了。"

世孝来到前面偏院里，四爷家原是两对面六间厦房，南面的有一间塌了，另两间一间做了厨房一间做了柴房。人住在北边，房子低矮，年久烟熏得屋墙灰黄，他走进门叫道："四爷、四婆吃过饭了吧？""谁呀？"厢房里的人答了声，他把厢房门帘一揭说："是我，四婆。"四婆说："是世孝呀，快进来，啥时回来的？""午前回来刚吃了饭，听我爹我娘说你们都身体不好。"四婆说："我世孝有心。"这时背朝外侧睡的四爷听见后翻过身，招手让侄孙坐在炕边问："回来了？"世孝点了点头。

"还去不？"

"毕业了，不去了。"

"不容易呀，放在以前都是举人了，后任在啥地方啊？"说着想坐起来。世孝忙按住四爷说："你是病身子别起来了。""我想坐一坐。"四爷说。世孝扶四爷起来接道："昨日才到县里报到，地方还没说定。""好，好，咱秦家总算又出人了。"

随后世孝问了四爷的病和吃药的情况，四婆说："吃了几服药，现在好多了，能吃一小碗饭了，你看，今天和你说了那么多话，还坐了起来，精神多了。"四爷说："现在要当先生了，这些年你爹和你娘为供你念书辛苦劳神啊。"

"我知道，四爷。"

"知道就好，老人的苦心没白费，现在家里该是你们当力操心的时候了，你爹今年也不比往年了。"

世孝又接着问："四婆，你的腰腿痛吃药了吗？"

四婆说："门上来过郎中，贴过几帖膏药，过一阵子就又不行了，唉，老了，老病了，人老了都是这样子。"

"我叔没在吗？"

四婆说："没回来呢。"四爷头一摆说："甭提了，屋里的心一点都不操，谁知道在外面跑啥？"世孝安慰了四爷四婆几句，便回里院里到秦祥伯家去了。

傍晚，世孝、世忠弟兄俩在牲口圈里给牲口拌草，世忠告诉世孝他马上毕业了，同学们都在说考学校的事。

"你咋想的？"世孝问。

"我也想考个学校继续上学。"

"好啊，想考啥学校？"

"我想考陆军学校。"

"陆军学校？"

"是呀，你看你的同学窦铨，穿一身学兵服多好看，将来当了军官才威风，会打枪又带那么多兵。"

世孝一听笑了，说："光知道威风不知道吃苦掉脑袋。"

"掉脑袋是啥意思？"

"现在当兵都打仗，打起仗来不是你把别人打死，就是别人把你打死，掉脑袋就是死人。"

"革命不怕死，怕死不革命，况且当军官有几个掉脑袋的呀。"

"说得对，想得也美，我估计咱爹娘不会同意的。"

这时小侄子走来叫道："二叔三叔吃饭了。"二人来到厨房端饭时,母亲说:"馍和菜你大嫂已端进屋去,世忠给你爹把饭端去。"世孝说:"我来端。"之后便一手端了一碗离去,世忠端了一碗也想给母亲捎上,母亲说:"你没那本事,走吧。"弟兄二人进了父亲厢房,世孝将一碗放在柜上,将另一碗双手捧给父亲,父亲问:"你娘呢?"后面跟进来的世忠说:"我娘管着牛牛吃饭哩。"世忠的话音刚落,娘端着自己的饭进了厢房,说:"你大嫂在厨房呢。"世孝忙让母亲上炕去坐,自己坐在炕边,而世忠坐在厢房门槛上。吃着饭父亲问世忠:"你们考完试了,就不去学校了吧?""要考学的人还要去。"世忠说。世孝接道:"世忠想考学呢。"母亲说:"你小学毕业了就算了,家里三十几亩地,你大哥在你姑父那里,常在外面跑,你二哥师范上出来了,要到县城去教书,不能把家里这一摊子都给你爹撂下,你爹不比前些年了。"世孝说:"我回到县上离家不远,能照看家里了。"父亲吃了几口饭,然后平和地问:"世忠,你想考啥学校?"世忠听父亲问,说:"我想考省上的陆军学校。"母亲问:"陆军学校是干啥的?"世孝说:"出来带兵。"母亲说:"世忠,你这娃咋说疯话呢?"世孝笑着说:"世忠想当军官呢。"父亲笑了一下,世忠说:"上军校不缴学费还管吃。"父亲说:"白给啥也不去。"父亲撂出这一句话时连头也没抬。

吃完饭,世德媳妇把儿子牛牛领来说:"娘,牛牛瞌睡了,你哄着睡觉,锅碗我来收拾。""牛牛,到婆这里来。"世德娘一边接牛牛到炕上,一边说:"世忠,帮你嫂子把碗碟端到厢房去。"等世德媳妇和世忠出去,她一边给睡在旁边的孙子挠痒痒哄睡觉,一边又跟世孝说结婚的事。世孝说:"这么急啊,我才回来。"娘说:"我和你爹都商量过了,你姑你姑父也是这个意思。"父亲说:"你娘给你把衣服缝下了,给平儿的一身红都做好了，粮食又不缺，肉吧，咱喂的猪也能杀了，新房就在去年盖的厦房哩，屋里待客的事你就不用操心了，啥都准备好着哩。"娘又接道："你今年都二十一二了，咱村没有几个像你这么大还没娶媳妇的了，和你一般大的，有的都两个娃了。"这时世德媳妇安顿好厨房的事，来抱已经睡着的牛牛回自己厢房，等儿媳走了后，娘接着对世孝说道："你结婚的事就放在秋后，等你爹让人把日子看下，让媒人传过话后，你大哥那时也在家，按礼数该买的买，该给的给，把事办了。"世孝说："都是己亲还这么讲究？"父亲说："正因为是己亲，有些话都当面说不出口，总之，咱按通行礼数，一样也不能少。"

秦世孝回到自己和三弟世忠住的房里时，三弟还没睡着，眼睛瞪得大大的望着屋顶，"想啥哩，考中学吧，咱爹会答应的。""中学出来能干啥？上军校出来就能挣钱。""上完中学还可再上大学嘛。""那还得多少年，要花多少钱，咱家里能成？""真要考上了咱爹一定会供，你甭听咱娘说艰难，咱爹想得远着呢，你不知道咱小时候，咱爹给咱村社学请先生费的那劲儿，人都说呢。"

两人说着话，慢慢地世忠瞌睡了，世孝却没有睡意，他想着父母说要他结婚的事，却突然想起了闫玉儿，想起了几年前他拜别闫先生时，闫玉儿对他的喜欢与眼神，那时他就喜欢上了她，后来到西安上学之后，窦铨又跟他说了闫先生曾托窦郎中和他的父亲说过他和玉儿的事。而他的父母考虑到家世的悬殊，以门不当户不对不便高攀为由，选择了利于自己上学的姑家的女儿——表妹平儿。虽是一种遗憾，但在当时，父亲所想是现实的，而且也是为了自己。姑姑家是己亲，表妹平儿自小儿嘴甜，深得母亲喜欢，长大了的平儿又上了三年学，人又勤快，针线茶饭样样都行，加上姑姑一直看好和资助自己上学，其恩德不言而喻。自己如今要结婚了，闫玉儿又上了中学，以其聪慧，在先生的影响下，将来一定会成为一个有知识的女子，况且自己的同学刘子清一直钟情于她，他从心底里祝福她的未来更好。

第十八章

灾年初显人心乱，问道求神也枉然。
失义之家常不幸，上天难以保其安。

1

秦山的三儿世忠按二哥世孝的建议，考了县里的渭滨中学，接到录取通知后，和坐在院里房檐台上抽旱烟的父亲一说，父亲脸上现出一丝笑后，说："考上了好。"然后抬起头望了望天，低下头后再没说话，似乎在思索着什么。在一旁整理拆洗要重新缝制棉衣的母亲接道："这老天爷要再这么旱下去咱家的日子也就难过了，还说啥念书呢。"

世孝知道了，对母亲说："世忠考上中学不容易，学费和家里有我哥和我。"

老天爷不下雨，清泉村除了泉水流经之地的两边田地里尚有秋庄稼之外，其他地方的田禾不是晒死了，就是长得一掌高点，蔫黄蔫黄的。早些时候犁过的地，一地的干土块，而没犁的地干得犁不动。人们天天盼着下雨，村南寺庙里的香火鼎盛，跳神之人向上天、上神求告，和尚、道士、居士均日夜诵经祈祷。白天天上偶尔出现一片云彩，人们欣喜地说老天爷要给咱们下雨了，传说着渴望着，可是一阵风过去云彩就被吹散了。有时的乌云倒是落点雨下来，可也只是湿湿地皮，然后便慢慢散得无影无踪。

种麦的时间到了，只能干着种，种上了兴许老天爷会给一点雨，不然"霜降"节令过了，种下就长出不来了。

麦种上之后，秦世孝按父亲寻人看的好日子结了婚。婚后第三天，按照老规矩他带了礼品、牵了牲口，陪着媳妇"回门"看望，拜谢丈人和丈母娘。小两口和美情顺，姑父姑姑自是高兴。第五天，新媳妇的娘家，由母亲携至亲眷属到女儿家中看望女儿，观瞻婚室，以解女儿初嫁之后再不能日日相伴、心心

第十八章

275

牵念之情，并叙谈相夫敬翁持家之道。之后世孝去了学校工作，世德又随姑家登上了行商的路途。

转眼年节到了，在秦山的家里，大儿子世德赶集买东西，二儿子世孝写对联，三儿世忠磨墨、拉纸。对联有大门、二门、房门、神堂、灶神、土地神、仓神、井神、牲口槽头、厨房、厢房、炕头的，还有本家的。邻居知道了也拿了纸来让写。一个传一个，来让世孝帮忙写对联的人一个接一个。

清泉村念过书的人有一些，能提起笔写对联的人很少，在西村，原来人们遇婚丧大事，楹联都寻义学里的先生写，过年时先生回去了就让识文断字的秦久写，写得好不好不说，还要笔墨备好，烟茶伺候。不少人都是借殷实人家来叫秦久写的时候，凑个方便写个土地、灶神的小对子和门帖了事。自世孝到西安上学年节回家，给自家和本家邻居书写对联之后，人们找他来写的人多了，寻秦久写的人少了。特别是秦世孝从省城上学回来后到县里当了先生，年节给人书写对联，来者不拒还很客气。秦久人老了，写字时手不住地颤抖、眼目发花，再也不出面了。作为父亲的秦山，看到那么多人找儿子世孝写对联心里高兴，来的人不住地和他打招呼，他一边擦拭着祭祖的祀器，一边应答着人们的问话。

西府地方的年节是热闹的，对家里年前办过婚事的一对新人来讲更是繁复。年里这一家的新老亲戚都得由这对新人去走动。新女婿秦世孝，正月初一给本家族老人磕头，初二和媳妇给老丈人拜年，之后给其户族亲房磕头认门，直到把自家所有来往的亲戚走完。受拜的亲戚家中也都要摆酒席招呼，并回送包有花生、枣儿、核桃或钱币的成双成对的手帕，既有祝福又有祈盼。新人回家时也多已黄昏，而新女婿的同龄同辈的村人便守候在村口，只抢其所拿手帕，于是你抢我护，你跑我撵，得者高兴，失者也高兴。

秦世孝和平儿回到家里时，虽然已是"六九天"，天仍然很冷，但是两个人都跑得脸色红润，很是兴奋。嫂子叫吃晚饭也说不吃，两人在厢房内将带回的包着东西的手帕一一打开，里面的枣儿、花生、核桃不少，世孝问平儿："你知道这手帕里为啥包枣儿、花生、核桃吗？"平儿说："咱给人家拜年，人家给咱回礼嘛。"

"傻瓜，枣儿花生寓意是早生贵子。"

平儿不解地抬头望世孝，世孝说："早生是期盼咱早生娃，咱结婚时在新房里有人端着升子，里面装了核桃，咣当咣当摇核桃，一边摇一边说什么，摇房摇房，儿女满堂，枣儿甜核桃香，生子个个状元郎，就都是这个意思。"平儿记起了婚房里摇核桃的事，羞怯地笑了。然后她将整好的手帕和东西一并拿去交给了婆母，婆母说："你们留些吧。"说着挑了一对好的说："给你嫂子拿去。"平儿也顺手拿了两个，别的都留给了婆母。

窦铨和刘子清年里回家，知道秦世孝结婚了，都跑来祝贺，看新媳妇，谁知正月初六，新媳妇就被娘家接去过元宵节去了，等到世孝再约请窦铨、刘子清时，窦铨已归队走了。刘子清又想到闫玉儿，便借拜望闫先生时想见见闫玉儿，结果没见到闫玉儿，后来也回学校去了。

三月间，秦世孝收到窦铨寄来的一封信，说年里因为急回营地没有告别，又说了陕军被改编准备出关东征的事，信的结尾写了一首诗，"长安一战自豪雄，坚勇铸就陕军名。为国出关东逐鹿，要让天下息纷争"。这诗既说了陕军的过去，又说了现今的去向和窦铨作为一名青年军官的精神理想。秦世孝从窦铨信中的表述，也想到自己作为一个教员的责任。不久他又接到刘子清的两封信，一封是说他们有可能提前毕业，另一封是让他转交给闫玉儿的，秦世孝心里明白刘子清对闫玉儿的感情，知道闫玉儿上学的渭滨中学，离他所在的县二小不远。当他把信交给闫玉儿时，她脸微红了一下，然后将信封一折，装在衣袋里。秦世孝问了问闫玉儿学校里的情况便走了。从闫玉儿不经意的表情里，他知道刘子清可能不是首次给她写信了，让他给她转信，说不定闫玉儿曾经收到他的信后没回过他的信。闫玉儿人长得秀气，鹅蛋脸，眉眼儿黑亮黑亮，自然而妩媚，但愿子清的主动能让他们彼此变为相好。他也记起自己的舅表弟赵禄上社学时，就看上了闫玉儿，后来到西安上学后，说动他母亲寻人为其提亲。结果人家一打听，知道舅舅脾气暴，几个儿子一句话说不对，就操起手边的东西砸过去，经常骂这个土匪、贼娃子，骂那个败家子、丧德虫，而且在别人面前说几个儿子时不说名字，只说他给起的妖号，什么"大笨二猴三阎王，四贼五土匪"，便不愿女儿嫁给这种人家。

2

秦世孝的舅舅赵有余，早年因为巧仙的婚事与秦山打官司输了，便和巧仙几乎断了兄妹之情。后来外甥一个个出生长大，年里来给他拜年，四时八节来看望他，秦山也有了一些家业，他也慢慢不像当年那样对待自己的妹妹和妹夫。由于外甥都在念书，懂礼节，他叫几个儿子向外甥学习，但他们几个都不在乎。

在乡村，一般人家为了求得人丁兴旺、四世同堂，一般给儿子定媳妇、娶媳妇都早。赵有余对几个儿子说归说骂归骂，但到了农忙时觉得儿子们还都是自己的好下手，所以他常说不怕家穷就怕没人。他已经给四个儿子娶了媳妇，第五个儿子年龄虽小也给订了婚。最顺心的是大儿子，当力能干，二儿在省城上学，他盼望二儿子将来能当官。不顺心的是在他买杨村刘二的那块好地时碰了钉子，而且还当着里正贾金的面，他心里特别窝火。

赵有余看到从前一年秋旱，到今年的春旱，地里只有一掌高的麦子，知道年馑已成定势。接着渭河对岸传来了饿死人的消息，西镇的广济寺门前，也有了等待施粥的难民。有人开始卖地买粮食了，他便安顿大儿子在自己山场里补种秋粮，然后谋划起买便宜地的事。大儿子人老诚，二弟不在，他对三弟四弟说，他去山里了，屋里的活他俩安顿吧，便扛了犁牵了牛走了。老四说："快到忙天了，屋里一摊子事给咱两个撇下，他却一个人到山里享清福去了。"老三听了老四的话说："大哥真要不回来，咱俩就成咱爹的出气筒了。"几个刚过门的儿媳开始还好，不久也便各怀心思，不是老二家的头痛进不了厨房，就是老四家的肚子痛推不成磨，只有大媳妇跟公婆做这做那，三儿媳啥也不说，你做我就跟着做，你不做我也不做。真是一个和尚担水吃，两个和尚抬水吃，三个和尚没水吃。彼此之间常为一句话发生口舌之争。好在赵有余虽生性爱财、遇事爱大喊大叫和骂人，但老伴儿脾气好，常忍气吞声地劝劝这个劝劝那个，平衡着这个家庭内部与邻里之间的关系。

夏收时，一亩地好点收个一二斗粮食，不好的只有几升，山坡地颗粒无收，接着又是秋旱。从春到夏，田野里能吃的野菜树芽都被吃光了，夏收无望，一些人有的用地换粮食，有的外出讨饭。秦山的二儿子世孝从县里二小回来，说了邻近几个县的旱情灾情之后，秦山打消了本想买几亩地的念头，他到地里转了一圈，地被太阳晒得冒烟，天上飘来一片云，还没到头顶就被烤化了。他刚回家，老伴儿巧仙说："他秦祥伯又来问你在不在。"

"没说啥事?"

"说是他屋里又要断顿了。"

"没说借多少?"

"这么多年了,你又不是不知道。"

"给装上一斗,你记着。唉,这天旱得怕人,要不是泉渠边上的那一亩半地,咱们的日子也难熬。我看这麦种不上世忠也就甭上学去了。"秦山说完,老伴儿说:"世孝不是有薪水吗?"

"薪水?就是有金子也当不了饭吃啊,从今天起,除了到山里收拾柴火带干粮,家里就再不要做馍了。"秦山忧心地说。

秦山经过些许年的努力,家里虽不富裕却也成了吃穿不愁的家庭,家里的积攒除了添地就是供儿子上学。这几年孙子牛牛满月和二儿子娶媳妇把好几石粮食用了,现在年馑开始,要养活自己一家,加上堂兄嫂两个人,不得不精打细算。

秦世忠从母亲嘴里知道家里不打算让他上学去了,他暑假回来时也见过一些逃荒要饭的人,只好答应开学后去学校说明情况。他在县城里看到不断拥进城里的难民,城墙根坐着的、靠墙睡着的、立着的、趴着的。街面上依然人来人往,饥饿贫穷和富有同在,低贱与高贵依然,农人永远逃不脱灾年挨饿的结局。自己如果离开学校回到村里,也许从此就沉没在黄土地与山林之中。他想到二哥,想到了二哥的同学窦铨,他们现在有事干,能挣钱,他们不受饿还能帮家里,是学校改变了他们,改变了他们的命运。他又想起窦铨上的陆军学校,自己要是上了的话就不发愁了。最后他想通过二哥到窦铨所在的队伍里去当兵,因为听二哥说窦铨当了排长。

一天,二哥回来了,他把爹娘不打算让自己上学的事说了,然后又说了自己的想法。二哥世孝想,年馑太厉害了,家里大哥除了收种时间在家，其他时间常给姑父吆牲口帮做生意，自己工作后有点薪水，原先还算不错，但是地里一年半没啥收成了，粮集上的粮食由每斗最初的四五角长到四五元时，自己的薪水还能买一两斗，如今一斗麦长到快二十元了，家里那么多人确实是个问题。三弟世忠想的也不是没有道理，但他又想到老同学窦铨年初信中说过可能要出关参加东征，自己曾经回信过去也再没见回信，现在到底在什么地方也不知道。于是便回学校时顺路到西镇窦铨父亲的药铺里去打听。窦郎中本来对儿子当初考军校就不满意，考上了也没办法，人常说儿大不由父，女大不由娘，所以轻易不再问他什么。况且窦铨也不向家里要什么，及至儿子毕了业到了军队，他除了从儿子的信中得到一切都好的叙说之外，再没听他讲过什么，只是见到儿子探亲回来时，穿的那一身军衣十分显气质。窦郎中和其他的老百姓一样，害怕又厌恶那些当兵的。当然也有人羡慕，至少在地方上没人敢欺负窦郎中。当老相识秦山的儿子秦世孝问他时，他说道："前一阵子来过信，只说在河南地面上，但没有固定地方，唉，这世道当兵能有啥好事，想写信问一下也没法写。"秦世孝听了心里明白。

后来世孝想给世忠找个保国民小学教书的事，可是除了城里，乡村人们多是吃了上顿没下顿，吃糠咽菜，哪有精神让娃娃上学念书呢，不少乡村的保国民学校都没学生了。

荒旱之年，地里不长庄稼还得向政府纳粮，土地成了烫手的洋芋。秦山户族里的同辈兄弟秦科，找到富户方民魁想用地换粮食，方民魁摇了摇头说："我的四十亩麦，除了河边的几亩，别的长得跟猴毛一样，麦穗像苍蝇头大小，收割时手抓不上，镰搭不住，连掐带拔回来，几亩地碾一场扬得几斗，这天不下雨我要地有啥用？"没办法，秦科领着儿子羊娃找到秦山说：

"二哥,我用地去方明魁家换粮食,人家不换不说还叫了一阵子苦。我听石榴的男人吴宝去南山背粮,我想跟着背点回来,让我二嫂帮我把羊娃照顾两天。"秦山听了说:"我知道你女人不在了,又把女儿给了人,这年馑上人都难啊。"

"我屋里剩两升面了,拿过来先凑合着,我两三天就回来了。"秦山的女人在屋里听见了出来说:"大人说走就走了,就是娃娃可怜。"她说着望了一眼丈夫。秦山问秦科到南山啥地方换粮去,秦科说:"不是东河桥就是水蒿川。"秦山说:"至少得三四天时间,叫娃留下吧。"

3

也就在这一年,赵有余用粮食换下了西镇何三的大烟馆。他爹种大烟起家,到他手里发家,成了他们村拥有七十多亩地的大户,可他一直想着长势和发大财的事。不想大儿子赵福赶着他家骡子去山里驮木头时,在通过一段一边是石崖,一边是沟谷的山路时,他用手稳着牲口驮架上木头的一端。谁知行走在石头上的牲口打了个滑蹄,驮架上的木头一摆,竟将他拨下沟去。一同的伙伴将牲口牵到平处拴了,从沟底把他背上来时,只见他头破血流,人已不清醒。于是众人便将牲口驮的木头卸下,将他架上牲口,驮回村里时人已死去。迎出门的家人兄弟抬了死者进门时,赵有余站在门口皱着眉说道:"放在屋外吧。去屋面楼上搬一页材板来把人放在上面,给洗一洗把衣服换上,准备搭灵棚。"三儿赵寿望着父亲说:"还没进门呢?!"父亲说:"死在外面能进门吗?"屋里一时乱得喊喊咩咩,这时大儿媳从院门里出来看见睡在板上的丈夫,一下扑倒在地上哭了起来,随后的三儿媳赶上前去搀扶大嫂,有余媳妇接着从院里跌跌撞撞出来，只叫了一声"我的儿啊——"便昏了过去。三儿媳见状，转身上前将婆婆一手拉向怀里，一手去掐人中。闻听不幸赶来的邻里，知道死在外面的人不能进家门，男人们便搭手帮忙搭灵棚，女人们劝说哭泣的赵福娘和赵福媳妇，让她们止住哭声寻穿戴的衣物，为死者擦洗头脸。等灵棚扎好将死者移入灵棚后，一家人又大声恸哭起来。赵有余用手背抹去自己流出的眼泪，安排儿媳们烧汤做饭，然后对围上来询问丧事的亲房邻居说："赵福按年龄说，简简单单埋了就算了，但是他膝下有子，后继有人，也算活了一世。他身为长子为这个家操了心，按正常丧事办，只是年馑上要啥没啥，吃的只得从简，从出事日起，五天头上埋藏。"此话一出，许多人也便离去。

　　赵有余的二儿赵禄不在，即使写信叫，没有八九天回不来，于是一应事情由三儿、四儿支应。四儿赵喜说："爹，三天后埋人，棺材恐怕都做不好。"赵有余说："就背给我做的那一副吧。"老伴说："那怎么行，那是你的寿材。"三儿也说："爹，你的寿材是三寸厚的松木板做的，用楼上那副二寸半的桐木板给我大哥做吧。""算了，天冷，做和漆都不方便，你大哥来了世上一场也不容易，就给他吧。"说完便回了屋里。

　　第二日便是挖墓堂，跟亲戚报丧，为晚辈赶做孝衣，裱糊棺材里面，招呼吊表奔丧的亲戚。

　　埋葬的这一天，作为姑表兄弟的秦世德拿了祭奠的物品，带着媳妇以及二弟媳，赶来送葬。出殡时赵福的媳妇头顶布孝，身穿孝衫，一手拄着柳棍，一手领着头戴麻冠、身穿孝衣、手拿柳棍、怀抱纸盆不满七岁的儿子，一步一泣跟在灵柩的后面，在十字路口帮着儿子摔碎了纸盆。赵福的娘坐在大门口长声哭啼，嘴里不住地哭叫着："我的儿呀，你的命好苦啊。还没享上福就走了，你回来连家门都没进就走了，你咋舍得下这一家老的小的呀——"不少人望着小一辈的不幸，看着老一辈的悲痛，想着年馑给人带来的灾难黯然落泪。赵有余没出门，也没招呼亲戚，一个人在北院牲口圈房里的炕上睡着。他心里难过，想着大儿子活着时的勤快和老诚，本是日后替自己当家的好料，可现在走了，而自己的心力越来越不行了，以后谁来支撑这个家呢？

　　腊月赵有余的二儿子赵禄从学校里放假回来了，他从三弟信中得知大哥死去的消息时，已是人被安埋之后，他很痛心，回来见过父母之后，就去大哥的坟上祭奠。过完年，在他要回学校的前一天晚上，他被父亲叫去说了一阵子话，然后父亲又让他把三弟、四弟、五弟叫到房子里，父亲说："过了春分，地里就有活了，我老了，你大哥在时就想让你大哥替咱当这个家，你大哥走了，咱这个家说大不算大，说小也不小，有生意也有山场，得有个硬气的人撑持，我和你二哥商量就由老三担当，以后屋里地里的活由老三安顿。"然后对三儿说："今后出入应付的事你就多想着点，有啥过不去的事跟我说。"三儿没说话，四儿、五儿看了一眼三哥，赵有余吸了两口旱烟后接道："另外，我想雇一个长工，能经常给咱把屋里地里的心操上些，几个牲口也得经管好。"二儿说："咱爹想得全，我又不在家，咱北院里的牲口、大车、家当，得有人守着。"父亲又接着道："老三多打听点，雇个长工也是帮衬你呢。"

　　转眼过了清明，虽说天干，地里仍有活做，可是赵有余家除了三儿一早起来喂牲口出粪垫圈，老四、老五都还在睡大觉，气得赵有余由南院到北院叫着四儿、五儿的名字骂。赵有余放出雇长工的消息之后，近处人都知道赵有余家的地多活多，干短工辛苦，吃得不好不说还常挨骂，给工钱又不爽快，没人去。赵有余急得乱骂一气。

一天，门上来了一个四十多岁、说外地话的人，说是找活干，当家的老三不在，赵有余出来问话。见这人个子不高，上身长，下身短，皮肤黑，身板直，自家正想寻人，他问那人是哪里人，姓啥叫啥。那人说了一阵，赵有余只听出他的姓再啥也没听清，正说着三儿赵寿回来了。经过反复比画询问，才知道他叫骆辉，贵州人，跟着吴新田司令的队伍到处跑。前几年从汉中过来说是与刘镇华一起打西安，结果在凤翔、岐山等地方被杨虎城的部队打散了，过了渭河，没赶上队伍就留下了，拿枪换了衣服和吃的，到处找活干。天旱活少，没饭吃，一路穿村走乡走了来。赵寿又问："你家里还有啥人？"他说："原有一个哥，家里穷，没吃的就当兵了。"赵有余说："这贵州在哪里呀，这没地没面的来路不明——"说着摇了摇头。赵寿说："看这人说话像是真的，咱这方圆一时又找不下个合适的，要不先留下。"赵有余说："我害怕这当兵的说的是哄咱的话，况且又是外地人。""咱是用人，又不是用地方。"赵寿说着转身问那人："你会喂牲口吧？""我都在你们这地方给人做了几年活了，啥不会呀，当兵给长官就喂过马。"那人说。"那就让他先住牲口圈房炕上，管牲口和粪土吧。"赵寿望着父亲说。赵有余看了一眼那人，又看了一眼儿子，对儿子说："那你就多操点心，不要让他把牲口牵上跑了。"三儿说："老四、老五还住北院厦房里，不怕的。"那个叫骆辉的人指着肚子问："有吃的吗？给上点。"赵有余背着手走了，三儿把那人领到北院牲口圈房，说："你就在这里吧，我给你拿点吃的去。"从此这个叫骆辉的外地人就成了赵有余家的长工，一家人都叫他老骆。

赵有余家的庄院分南北两院，两院均坐东朝西，南院里的三间大房是赵有余的父亲赵五田盖的，到赵有余手里扩了院子，又盖偏厦、盖围屋、置磨坊、盖大车门楼，院门墙头包砖，南院门楣倒格里落墨刻字，门口置鼓儿石。特别是北院大车门楼是两层，门枋门板厚重而气魄，上房的基础也已经垫好，要不是年馑到来也就要盖了。赵有余以前和大儿子住南院里的大房，厦屋二儿、三儿居住，四儿、五儿均住北院厦屋。南北两院有椿树、核桃树，树冠甚大。平常时间北院大门紧闭，两院通过上院火巷连同，人们出入均走南院大门。长工老骆住进北院牲口圈房之后，其圈房粪土出入、牲畜照料与北院内的清扫整理便都成了老骆的事。

　　人常说不怕年馑头就怕年馑尾，年馑开始时人们尚且有些许存粮，人们一边盼望老天爷下雨，一边还在地里折腾，多数家庭尚无断粮之危，人的希望在，人的精神便在。到了年馑尾，失望接踵而来，断粮、乞讨、饿死、逃离，耗尽了人的心力。于是村里发生了让人惊骇的事情。

第十九章

觅肠藜腹度荒年，合间连陌饿殍遍。
挂杖磊门逃荒去，狠心埋女感心寒。

1

　　一天早上，秦世德挑了粪筐去村路上拾粪，到该回家吃饭的时候了，也没拾到几堆，出村的官道上行人很少，只碰到两拨拄了棍子、拿了布袋出去讨饭的。回来时，在村头看见独户宋怀林的媳妇，坐在她家的房檐台上，一边长声哭啼，一边嘴里叽里呱啦地说着什么，宋怀林蹲在半面没院墙的院门外墙头前，低着头。他走上前叫道："怀林哥，啥事嘛，大清早惹我嫂子伤心地哭呢？"宋怀林仿佛没听见，没抬头。秦世德又接道："日子过不下去，一个大男人去山里捋几把神仙米、挖点葛根回来也能奈何两天，咋让一个女人家犯这愁？"宋怀林没抬头只"唉"了一声，说："我不是人。"他能听出来跟前的人是谁。"说自己不是人就能让肚子不饿？"秦世德说着把粪筐和木掀放在门外，抬步走进院门去劝宋怀林的媳妇："嫂子，别哭了，一大清早的，有啥事商量着，哭有啥用？"宋怀林的媳妇从说话声里听出是秦山叔家的老大世德，哭着说道："你不知道呀大兄弟，我的女娃昨晚被饿死了，他背着我把我女娃埋了，也不让我见最后一面，你说世上哪有这种当爹的呀，我的娃呀——"秦世德一听心里发怵，转身出门问蹲在墙头根的宋怀林："怀林哥，你真把女娃埋了？"宋怀林不说话，只把头低低地埋进两腿中间。这时宋怀林耳朵有点聋的老母亲，从房门里跌跌撞撞爬了出来叫道："怀林，你个天杀的，我才听清了，我也快饿死了，你把我也拉去埋了。"老人哭喊着晕倒在房檐台下，媳妇一见，抹了一把眼泪赶忙去扶。秦世德听见老人哭骂也转进院内来劝说，只见老人倒在院里不再出声。媳妇急着叫还在炕上的儿子："广广，广广，你婆气死了。"院门外的宋怀林听见了，赶忙跑了进来，见秦世德一手扶着老

第十九章

人的肩背，一手用拇指掐老人的人中，便蹲下身，"娘——娘——"地连声叫了起来。一会儿老人才哼出声来，但不睁眼睛，宋怀林在秦世德的帮扶下，将老人背回炕上，在炕上光着屁股的儿子见了叫道："婆，怎么了婆，你咋不睁眼睛呀，婆？"宋怀林对还流着眼泪的媳妇说："快去给娘做口面糊糊来。"秦世德知道老人因饿身衰，因气晕倒需要养息，他叹了一口气，摇了摇头说："叫广广拿上碗到我屋里去给老人端点糊汤来。"

宋怀林三十八九岁，中等个子，人本来就瘦，现在更瘦了，两个颧骨高高的，眼窝深深的。住的地方院墙西边倒了一半儿，倒了的院墙土基上被烂柴火零碎东西堆垒得高高低低。院子敞着，外面就是田地，从门前的路斜着老远就能看到院里一切。三间厦屋一间柴房，后围墙里一棵椿树、一棵枸树。人的出入仍走朝北开的院门。原来一家人，他、娘、媳妇、儿子四口人种了不到五亩地，除了房后的一亩平地，其他的地都在山坡上，年成好点日子还奈何着能过，一歉收就打饥荒，常凭自己给别人家干短工补贴家里。他那坐东朝西的三间厦房，媳妇儿子和他住一间，另一间是老母亲睡的一个炕和连着炕的一个灶台。灶和炕之间隔了一道一尺多高的短墙，灶里生火烧水做饭，热烟进入炕洞，炕也就热了。自媳妇生了小女儿之后，七岁的儿子便和老娘睡在一起。年馑开始后，半年下来吃饭便开始断顿，一家人经常是野菜汤里撒一把玉米面或黑豆面喝着充饥。

汤越来越稀，地里能吃的灰灰菜、耷拉花根、刺蓟、榆树叶都被弄来煮熟，用来充饥，时间长了人都饿得失了形。就在前一日后晌，老母亲拄着棍子在门上看孙子，老远见村里名叫从善的人在碾盘上碾东西，她走近看到碾的是已经碾过米的谷穗和玉米芯。他跟在牛屁股后，用笤帚扫着被碾砸出来尚未碾碎的部分，她走上前说："从善兄弟，把你那碾子上的东西给分我一点吧。"那个叫从善的人没抬头，仍跟着牛转圈。她又走近了一步说："就给我一掬。"从善说："老嫂子，我也是跑了四十多里路，从山里亲戚那里要来的，不是我不给你，我也一家子五口人啊。"她双手拄着棍子，用那无力而又浑浊的眼睛望了望，又望了望那碾盘上被碾砸的可以用来充饥的东西，转身走了回去。屋里的儿媳妇因为缺奶水，怀里的孩子总是含着乳头不放下，一放就哇哇地哭，从外边走进屋里的宋怀林望着媳妇怀里的孩子，说："这娃来得真不是时候，干脆给人算了。"媳妇说："闹年馑哩，谁要呀，又是个女子，扔了都没人拾。"

　　宋怀林的老母亲只有宋怀林一个，孩子对老人来讲不管男娃女娃都是金贵的，舍不得把孙女给人，扔了是伤天害理更不行。自宋怀林到南山捋神仙米摔伤腿之后，就和媳妇商量把娃放在路上，让人捡了去也好逃个活命。可是放在村里的十字路上没人抱，他又抱去放在村外的官道上，他蹲在远处等人捡走，结果还是没人捡。倒是几条野狗向孩子走去，他怕孩子被野狗糟蹋了，他又赶走了野狗把孩子抱了回来。当他看见自己皮包骨头的女人和已经睡倒在炕上的老娘与无精打采的儿子时，他决定尽快送走这孩子，谁知道怀里的孩子不知道什么时候已经饿死了。他心痛又自责，怕年迈的母亲和媳妇受不了这个打击，于是在天黑后等母亲和媳妇孩子都上了炕，说去寻人第二天一起去山里挖葛根，轻声轻脚拿了镢头和锨出门去，将早夭的孩子找了个空地埋了，才回了家。

　　也许没有孩子往日晚上噙着奶头咂奶的打搅，宋怀林的媳妇醒来天已麻麻亮，她翻了个身习惯性地去搂摸孩子，碰到自己的男人但不见孩子，她想也许男人为了睡在她跟前，把娃移到他另一边去了。她看了看男人那张土黄清瘦的脸，又想孩子好像一夜没闹腾，她半抬身向丈夫的另一侧瞅了瞅，男人身旁没有孩子，立即坐起身用手摇着男人，问："你醒醒，娃咋不见了？"男人嘴里呜哝了一声翻过身又睡去。媳妇觉着不对劲，抓住男人的胳膊使劲摇道："你起来，你说你把娃抱哪里去了？"宋怀林坐起来腻睁着眼睛说："抱走送人了。"

"送给谁家了，怎么半夜里抱娃走？"

"这你就不用管了，你睡着了，也不想让老人知道。"

女人知道丈夫要把孩子送人也是为了这一家人，便又伤心地说道："你抱走时也不说一声，让我给娃再咂一口奶，换一件衣服。"宋怀林耷拉着脑袋坐在炕上，媳妇上茅房倒完尿盆回来时，见房门口靠墙放着镢头和锨，锨和镢头都沾着生土。她想这些家具多日都没用了哪来的生土，昨晚干啥了？她返身又仔细看了看，进屋问丈夫："昨晚你干啥去了？"宋怀林一怔，望着媳妇说："不是跟你说了寻到山里挦神仙米的伴儿嘛。"他穿好衣服下了炕，但他说话时不敢看媳妇。"那房门口镢头和锨上还有生土是咋回事？"媳妇继续问。宋怀林一时语塞，想起自己昨日夜里回来放在门口的镢头和锨，没等他编出谎话来，媳妇忽地说道："你，你是不是把娃给我扔了？"宋怀林不说话，想避开女人的追问往外走，女人上前抓住一条腿已经跨出房门的男人的胳膊，说："你说你到底把娃怎么了？你不说你走不成。"宋怀林急了，胳膊一甩，说出了孩子已经被饿死的实情。

"啊！哎——我的娃呀——"媳妇一下瘫坐在地上哭了起来。宋怀林自知无话再说，便走出院门蹲在了门侧的墙头之下。之后的情景便被秦世德都瞧见了。

秦世德回到家里，给宋怀林的儿子广广舀了一碗玉米面糊糊让他走后，把宋怀林家女娃饿死的事说了，娘说："不会吧？唉，可怜的娃。"

"我拾粪回来，路过听见我怀林哥媳妇又哭又喊的，我怀林哥蹴在门外，我以为两个人打架了，去劝说时才知道的。"

"是啥时的事？"

"昨晚上。"

"唉，造孽呀！"

"老人从媳妇的哭说中知道后，爬到院里都昏过去了，我给掐住人中一会儿才缓过气来，把人扶到炕上我才回来了。"坐在一旁的父亲说道："也是没办法，家底薄，几个活口，够艰难的。"刚说完，和秦山隔一堵墙住的秦祥走了进来，秦山对儿子世德说："你伯来了，快让你伯坐，把烟盒给你伯端来。"

"坐啥哩，我还没吃饭哩。"

世德娘说："你咋不早点过来，才把锅洗了。"

2

秦祥两口子这对懒惰夫妻，作为秦山大伯父家的后人，在祖宗留下的五间大房、三十几亩地的家底上过了二十多年，既没生一个娃也没给屋里添置啥，两个人还都吸上了大烟。因为吸大烟，先后把家里的地卖得剩下村外的三四亩地了。因为没儿女似乎也没心劲，平常做地里活也是懒做，也就没攒下过粮食。每到一年的青黄不接春困之月，常是借着吃，打下粮食还。自把一间大房借给三叔给儿子结婚之后，又续了当约，这三叔一家便成了依靠。年积月累当房之约一续再续，五间大房中的三间便成了三叔的。三叔去世后，兄弟秦山依然是他两口子借吃、借钱的亲房。有人劝他俩抱一个续香火的，他说："抱一个容易，养活一个不容易。"女人说："抱养的是别人的种，自养的才是真米实面。"说得也是，北村姚家抱养的一个儿子，长大后娶的媳妇和婆婆不说话也不管，只听媳妇的，他知道自己是抱养的，对养父母不管不说，还另起锅灶，老人病了连一快追你爹去。"孩子接过馍,用舌头舔了一下嘴唇,将馍装在衣兜里,看了一下给他馍的人,趴下磕了三个头,是挨着地磕出响声的响头,随后摇摇晃晃地起来往前去了。

秋风阵阵,夕阳亮红,一路上荒草干田,近处的村庄炊烟稀疏,死气沉沉,连一声狗叫都难得听见。以往浑水滔滔的渭河清浅石露,摆渡的渡船停在干岸上。行人、牲口淌浅流而过,岸滩的蒿草黄瘦纤细,远望,萧索而荒凉的景象显得十分凄清。

3

秦世德回到家里,把到姑家和在路上见到的情况说了之后,母亲叹气道:"到处都一样,咱村已经死了十几个人了,还有五六户把门垒了逃荒走了,庙上坐堂伐神的神婆子说是老天爷收生,早先造过孽的谁都躲不过。"父亲说:"那是祈雨祈不下那么说,听老人说早些年也遭灾,不过地方上都有储存粮食的粮仓,县里的叫常平仓,管公人吃用平调。乡里有义仓、社仓,仓里的粮食多为地方上的大户丰年出粜善捐之粮,一般供缺粮户春荒借贷之用。一旦遇到歉收之年,视其缺粮情况借贷于人,其利息予以减半或免除,来年清还。到了民国之后,也曾按田亩多少增加过积存。但是近些年驻军一拨一拨,换来换去,驻防、开拔、连吃带拿,县里乡里公仓、义仓、社仓的粮食都不知哪里去了。"他停了一下又说道:"从春到夏咱祈雨求雨,老天爷就是不给一场好点儿的雨,天高难问啊!"

第二天,世孝回来了,一见哥哥世德,兄弟俩便说到年馑和人们逃荒要饭的事。世孝说:"今年全省都旱得厉害,咱西府的几个县都很严重,县府一直向省府报告要求赈济救灾,省府又向国民政府打报告。据说国府检察院院长于右任是咱省三原县人,为了此事亲自到上海呼吁募捐之事。还有在南京的交通次长凤翔人刘治洲,还有一个参议都曾先后回乡筹济粮食救灾,除了要求动用有粮的公仓开设粥场舍粥之外,还动员大户人家低价售粮,进行赊借帮人度灾。"弟兄俩正说着,吴乡约来了,弟兄俩问候过之后,吴乡约说:"世孝也回来了,你爹呢?"世德问:"乡约伯,找我爹啥事?"乡约说:"乡里弄来些救灾粮准备办个粥场施粥呢,另外还昭告大户人家捐助,我来跟你爹说让他去帮忙。"世德听了朝屋里喊道:"爹,我乡约伯来了。"秦山从屋里出来说:"吴老哥来了,快进屋里坐。"便将吴乡迎进屋内,把旱烟盒拿到吴乡约面前,吴乡约将自己手里提的烟锅,伸进烟盒里装了一锅烟点着吸了两口,说:"乡里办粥场要几个能行的人帮忙,你算一个。"秦山说:"这是好事呀,不过我去只能架火烧锅。"吴乡约说:"去了再说吧。"吴乡约走后,二儿子世孝进来说:"昭告大户人家捐粮,放在今年春上兴许还有人捐,现在这情况有也不多了。"父亲接道:"咱村就看方家和你舅家了。"

镇上粥场设了两个,一个在街西火神庙,另一个在街东关帝庙,各有五口大锅。施粥以来每日早上许多人端了碗来盛领。开始有点乱,后来在各村帮忙的人的维持下,排起长队。秦山在火神庙前的粥场,除了帮忙分粮烧锅,开锅舀粥时还对老弱幼小给予帮顾。各村都有赶早去喝粥的人,清泉村的高贵贵、宋怀林的媳妇和儿子、南村的五儿、叶娃常去,一天陈才的儿子舀了粥在一旁喝了之后又去排队,被人连骂带推之后便去找秦山。秦山知道吴宝去了山里几天没回来了,娃想给瘫在炕上的他爹陈才端点回去,可粥场有规定,粥只能一人舀一碗,也只能舀一次,便让娃等到最后把刮的锅边锅底舀上拿了回去。陈才的儿子刚走,那个叫五儿的老汉领了孙子来了,这时粥场已经开始收洗。老汉领着孙子到每个锅前看了看,锅里都是洗锅水,孩子哭了,秦山看到五儿老汉的凄楚和孩子的可怜,便

第十九章

"就是，现在粮集上的粮食价钱一斗最高都涨到二十元了。"姑父说："要卖咱也不撑那个价，没粮吃的人有几个能买得起。"世德说："就是平价卖也是赚钱的。"姑父说："世德你走时有牲口哩，给屋里驮上些。"世德说："能行，等年馑过了地里收下了我给姑父再驮来。"周义说："甭说了，生意不行，从去年到现在你的脚力钱都还没给你算呢。"

晚上，周义和父亲商量粜粮食事，他母亲望着父亲说："你不是说要开烧锅做酒吗？""原来说那都是霉了的粮食，现在粮食大都好着哩，就是世德说的话，现在粮食比金银贵重。"周义接着道："我看咱自己留些，给世德家装些，在县里几个镇上的粮集上粜些很快处理了，宋家当铺的人知道了也不顶啥。"父亲想了想还真不能在县城粮集上出粜，便点了点头。母亲说："这样也好。"

秦世德后来帮姑父在西镇粮集上平价卖了些粮食，自己又用从周义那里结算的脚力费换回了好几石粮食，把两石还捐给了乡里的粥场，从此，秦山"大善人"的名字在清泉里便被叫开了。

第二十章

荒年农辍困荒连,乱政兵匪祸续延。
粮税烟款逼民沸,交农事件震廓垣。

1

　　清泉村堡子上赵有余的老伴儿，把灯吹灭刚睡下，就听到村里的狗叫了起来，接着乱成一片，不多时，"咚咚咚"的跑步声传来。接着，"咚咚咚"的敲门声把赵有余惊得坐了起来，听出是自家的门响之后，对着窗户喊住在厦房里的三儿："赵寿，你聋实了吗？也不起来看看，是啥人深更半夜地打门？"他老婆说："是不是老四逛荡回来了？""老四在北院里呢。"赵有余的话音刚落，除了砸门声外，土院墙上出现了"簌簌"的落土之声。赵有余的老伴儿点亮了油灯，赵有余开始穿衣服，这时从院墙上"扑通"跳下两个人来。院里的大黄狗在撕咬的时候枪响了，赵寿要开房门出去，被媳妇一把拉住低声说："打枪呢，是土匪。"霎时院门被从里面打开，冲进几个人来，直向大房冲去，将已下炕的赵有余堵在里面。一个脸上抹有锅墨的土匪用大刀上前顶住赵有余的胸脯说："不要动弹。"然后对同伙说道："把住往北院去的巷道，上楼装粮食。"接着进来一些人上了楼。赵有余喊道："你们是土匪！"拿刀顶他的那人手腕一转，一刀背砸在赵有余的肩上，说道："再喊老子要了你的命，说，银子响元在哪里放着，大烟土在哪里？"赵有余被土匪一大刀背砍得已经浑身抖得站都站不稳，哪还能说出话来？他老伴儿靠在挨窗的炕角，惊恐地瞪着眼睛，两个土匪又是翻箱又是砸柜。翻出几十块银圆后，赵有余的老伴儿去抢，结果被推倒在地，大儿媳出来去扶婆婆。装粮食的土匪在楼上弄到一大罐子大烟土后，仍问银子和大烟土藏在哪儿。赵有余说："你们把粮食和钱都拿去了还要咋样？"那持刀顶着他的土匪说："谁不知道你们家从你爹手里就开始种大烟卖大

◇ 第二十章 ◇

烟土，没银子没钱还能把西镇何老三的烟馆弄来？"

这时，装粮食的土匪把粮食连扛带挟弄出去之后，将赵有余用绳子绑了往外推。老伴儿急了，说了炕角窑窝里放的钱，土匪拿走了钱仍未放过赵有余，当把赵有余拉到院里时，三儿赵寿从厦房门里冲了出来说："你把我爹放了，要拿的你们都拿走了，你们还要拉人，要拉人你把我拉去。"

"去你的。"

两个拿枪的土匪说着用枪左一下右一下将赵寿打倒在地，其他的土匪依旧连推带搡把赵有余拉走了。临出院门对着屋内说道："五天之内拿一千块银圆到黑头山来领人，过了五天时间就来搬尸。"然后在一片狗吠声中放了两枪，消失在黑夜里。

土匪走后，二儿媳从厦屋里出来，关了院门，三儿媳上前扶起被打倒在地的丈夫，然后都向上房里哭着的婆婆走去。这时四儿赵喜、五儿赵贵走了过来，老人坐在厢房的地上，用手拍打着厢房门槛呼天怨地地哭道：

"我的天啊，土匪抢人的时候你们都到哪里去了啊，粮食装光了，钱抢走了，把你们的老子也拉走了，还要叫拿钱去赎人，一千块银圆啊，这人没法活了啊。"大儿媳一边拉着婆婆一边抹眼泪。三儿媳说："你三儿刚从房门出去就被土匪打倒了。"三儿赵寿佝偻着身子说道："这一伙土匪都不得好死，一头骡子也被牵走了。"四儿说："我先被堵在北院里，后来土匪牵骡子时长工老骆也被打倒了。"五儿只是在一旁低声谩骂。"哎——你们弟兄俩一点心都不操啊！"母亲哭着说。三儿说："娘，你甭哭了，深更半夜的，你到炕上去，明日一早我就去报官，老四老五，你们和你们嫂子把屋里乱七八糟的东西收拾一下。"老四说："给二哥写信，让他回来想办法把土匪灭了。"母亲止住哭声说："不要说那些不沾边的话了，想想怎么搭救你爹的事吧。"

母子几个在说搭救人的事，三个儿媳在收拾屋里。赵寿说："楼上先别动，等乡约和保正来看了再收拾。"随后又叫老四老五到院里把被土匪打死的大黄狗拖到了北院里。赵寿把母亲扶上了炕，又一瘸一拐地去北院看被土匪打倒的老骆。

第二天一早，赵寿跟乡约和保正报了自己家里前一夜被土匪打抢和父亲被绑票的事。乡约说："昨天晚上半夜我隐隐听到了枪响，没想到是你们家出了事。"乡约和保正随赵寿到赵有余家，赵有余的老伴儿一见乡约和保正，又一把鼻涕一把泪地哭诉了土匪夜里抢粮抢钱和绑走人的整个过程。保正边听边看边骂道："这一伙儿挨刀挨枪子儿的，这么害人，你们弄清楚家里被抢走的东西，咱们一起去县府里报案。"吴乡约安慰了赵有余的老婆几句，说："案子要抓紧报，另外要赶紧想办法救人，免得时间长了土匪撕票。"

赵有余家里被土匪打抢和人被绑票的事很快传遍了全村，有人说："赵财东有粮有钱，土匪不抢他抢谁？"又有人说："活该，土匪不抢他，他又不给人。"有人接道："就是，人都没啥吃，上面叫有粮有钱人捐啥哩，谁不知道村里他家的地最多，给粥场才捐了一石粮食，西村的秦山种了不到三十亩地还捐了两三石。""你没听人说呀，人越有钱越吝啬，前几年他外甥出外跟人做生意上门借盘缠，他说得比外甥家还艰难，让女人给了两个玉米面馍就打发了。""人呀，做啥事都不能太过分，过分了老天爷都看不惯。"人们七嘴八舌地议论着。

秦山听到村里人说赵有余被土匪抢了的事后，回家对巧仙一说，巧仙惊得张大嘴巴半晌才问道："你听谁说的？"秦山说："村里人都在议论，我也想起昨晚半夜里模模糊糊地听到了枪响的声音，再又没听见啥动静，没想到是你哥家出了这事。"

没等他把话说完，巧仙说："世德呢，快叫去看看，看屋里怎么着？"

"听说，你哥被拉走了，赵寿被打倒了。"

"这可咋办哩！这——"

夫妻两人正说着，赵寿来了。赵寿一早随保正到县里报官回来，和母亲商量凑钱的事，母亲打开炕角一页胡基端出一小罐子银圆倒了出来，他数了数才三百个，他将自己手头银圆的全部拿出合在一起还差得很远，所以只有寻亲戚借了。他来到了秦山家，一进门叫了声姑父、姑姑，没等姑父姑姑两人开口，便将家里昨夜遭土匪打抢的事一口气说完了。接着说道："土匪叫拿钱到黑头山赎人，家里凑的钱还差一半儿多。我娘叫我来寻姑父想想办法，另外让世孝给在西安的我二哥写个信说说。唉，我娘不吃不喝只是流眼泪。"巧仙望着丈夫，说："赶紧叫世忠找世孝去，这世道又是年馑又是土匪，真没法儿活了。"秦山说："世孝到县府里的时间不长，又是在财政上，寻他不顶用，给西安的赵禄写信倒是可以，但现在赎人的事是第一要紧的事。"然后对巧仙说："你去一趟劝劝世德妗子，事情已出，想办法就是了，不能没把人接回来自己先倒下了。"这黑头山是哪里呢？秦山想着。

赵寿走后，秦山寻回三儿世忠，要他到县城寻世孝，世忠说："我舅多半辈子了又吝啬又自私，有人骂土匪、骂当今世道，也有人还骂他，说他为人不善，叫土匪抢了活该。"母亲听到三儿的说话声，从厢房出来说："别人说你舅那是别人，你是你舅的亲外甥，你不能说。"父亲也说道："你娘说得对，不能那么没教养，叫人看笑话。"

赵寿经过三天的奔波，还没凑够赎人的钱，赵寿来和秦山商量，说："现在卖地都没人要。"秦山说："我到城里我姐那里再去想想办法。"

秦山到县里姐姐家走了一趟，虽然姐夫用买的霉粮中的好粮赚了一笔钱，但儿子周义与在四川阆中的乡党陈栋合作做绸缎生意，家里也没有留下多少钱，借到的不多。回来后便去西镇找开药铺的窦郎中，见到窦郎中之后说道："窦老哥，兄弟寻你来了。"窦郎中说："又是谁病了？打发你儿来就行了，你还跑了来。""我世德他舅遭——"不等秦山说下去，窦郎中说道："赵有余被土匪绑票了？"

"你也知道了？"

"这事儿，传起来快得很。"

"到现在还不知是哪里的一帮子？"

"绑了票肯定说了赎人的地方。"

"说是黑头山，我还没听说过有个黑头山。"

窦郎中想了想说："黑沟你知道，再往里面去顶头有个山叫黑头山，我有一年去山里挖药到那里去过。"

"咱这一带土匪不是被县府收编为民团了吗？"

"人常说，江山易改本性难移，成了民团实为土匪的还不少。黑沟那一带是老窝。"

秦山叹了一口气说："赵寿跑了三天，我也到我姐夫那里给借了些，赎人的钱还没凑够，卖地吧，一亩地一两块钱也没人要。"窦郎中说："年馑里，地都荒着，就是没人要。"

"我想寻个能说上话的人给求个情，通融一下。"

"到土匪窝里去，难寻。"

秦山望了望窦郎中低下头去，顷刻又抬起头，说："我想来想去，咱这地方上只有你能说上话。"窦郎中说："我可没和土匪打过交道。"秦山说："我想起来了，多年前你给现在县民团团长的养母看好了病，当时他给你磕头谢过你。"

"那都多少年了谁还记得,况且那时能和现在比吗?"

"再说,你是咱这方圆几十里替人看病的大夫,又是咱西镇唯一开药铺的人,谁都有求你的时候。"

"话是那么说,但咱干的就是悬壶济世的事。"

"就凭这,谁见你都敬你几分。"

"你知道啥叫土匪?土匪就是只认钱,不认人。"

"我想别人去还真不行,只有你,他不但不会把你咋样,还得给你面子。"

窦郎中摇了摇头,说:"这赵财东——"秦山说:"家里乱得跟麻一样,就算兄弟我求你了。"窦郎中说:"到底是近亲,你让我想想。"

大凡作为医生,自古以来都有悬壶济世之名,自然爱人敬人、治病救人,加之窦郎中是个既严谨又随和之人,而且和秦山有几十年的交往,救人之事也是一件善事,便点头答应去试试。

第二天天不明,赵有余的三儿赵寿用褡裢装了银圆搭在驴背上,牵了驴到村里叫上他姑父往西镇去接窦郎中。窦郎中提了他的旱烟袋被扶上驴背后,三人便向东南沿着一条小路斜刺里朝黑沟而去。沟外田地荒芜,沟里山石壁立、草木凋零,往里面再去是深沟大河,小路临河贴近山体蜿蜒而上,一时谷底一时山崖东绕西绕上上下下,行了半晌来到黑沟,刚绕过山嘴,有人突然出来拦问,被领上走过两三里路之后,又有持枪的拦路盘问。最后被押送至一个山下的庙前,经报问庙内土匪知道是送赎银的,便让把钱送进去。待清理银钱之后,土匪头头大发雷霆,要送钱之人回去,筹足银钱次日一早送到,不然就别想见人。这时窦郎中在门外已瞥见上坐之人的模样,多年没见模样没有变,上前一步大声说道:"头人,能不能听我一言?"

"你是他的啥人,还不快回去,有啥话说?"

窦郎中虽是一方大夫,在镇上也开着药铺,平日出行却很少着袍穿褂,仅一副普通老者打扮。只是扎紧的裤口下的白布袜子青布鞋显得干净利落,宽阔的前额与稀疏的三绺胡须和手里提的那根旱烟锅与众不同。他那烟锅头大而黄亮,石头咀子又长,装烟的荷包上绣着一个药葫芦。只听他说道:"我是西镇窦记药铺给人看病的。"那上坐的匪头听了,望着窦郎中仔细打量之后说:"你姓窦,在西镇开药铺给人看病?"先生点了点头说:"已经二三十年了。"匪头听着,瞅见先生拴在旱烟锅上装旱烟的烟荷包上绣的药葫芦,似乎想起了什么,突然说道:"你是窦郎中?"遂对左右人说:"快让进来,给先生看座。"待窦郎中进入庙中坐了,匪头又对其打量了一番,说道:"你是窦郎中,自先生多年前为家母看好病后再一直未见,今日相遇一时未能认出,恕晚辈不敬。""过往之事你尚记得,那是我们行医之人守道之德不必再提,今为乡里前来求情,不知——"

"你说。"

"就是今天送赎银的这家主人赵有余,家里虽田产不少,身为财东平时为人吝啬,年馑里乡人也有怨言,但一家大小十多口人力者不多,自大儿子死后家业经营不善,又逢灾年也实有不济之处,现今筹集银钱不足,卖地也没人要,还望宽恩待之。"

匪头听了似乎有点沉默,窦郎中接道:"就算我求你了,日后如有用到之处定当效劳。"匪头抬起头来环视一周,想起自己与手下近年招致民众与政府不满,有和西山地方民团一样被赶打的可能,作为治病救人的郎中,自己手下的人过去也没少麻烦过,说不定哪天还要用到,再说先前在赵家已搜得两百多块银圆,加上今日送来的一共有一千多块银圆,还有一罐大烟,便说道:"有恩人执言,欠赎银我认了,后会有期。"然后便安排了放人之事。

等到赵寿与秦山搀出赵有余时,赵有余脸色苍白浮肿,留在脑后剪了辫子的齐脖子头发杂乱地罩在头上脸上。大襟衣袄斜敞着,光脚趿鞋,目光呆滞,像个疯子似的一句话也不说。赵寿为父亲扣好衣服上的纽扣,与姑父两人一起把他扶上驴背,被驮回之后他才老泪纵横。家里人劝他时,他嘴里只念叨着被土匪抢去的钱、粮食和大烟土,并吵嚷着要到省上去告状。儿子赵寿说:"现在咱把钱已经花了,到县府也报了案,给在省城里的我二哥也写了信,咱就等一等再说吧。"

2

西镇街上除了施粥的粥场,街中又办起了赊借赊欠,隔年有了收成按加息进行清还,以此来解决断粮的饥民问题。人们死的死逃的逃,吃观音土,吃能填肚子的东西,艰难地过着每一天。好在这年冬天下了雪,春上又落了点雨,人们开始有了希望,但是经过几年的年馑还没喘过气来。省府派了一个姓刘的做西府绥靖司令,带了三个团的人马进驻西府后,所有军需给养全由西府地方供给。西府地方一下子增加了十六万元的鸦片种植税。西府各县的财政来源主要是地丁款,过去没事业和军事支出时尚可勉强应付。自年馑以来地方上饿死和外逃的有十多万人,地没人种了,地丁款征收大减,加上灾情中学童救济、行政支出、民团杂支,不仅入不敷出,亏欠还不少,增加的那么大一笔钱从哪里来呢?各县的县长唯上是命,陈治县县长首先召集地方士绅、各区区长、商界进行紧急筹集。全县十三个区,除了三个山地区之外都叫喊连天。同时财政科的王科长向县长说了县里财政存在的困难，年馑以来地丁款收不上来，鸦片种植不成，征银也没有着落，而且三年累积欠款不少，恳请县长向省府陈情予以减免。县长不但不听反而下了死命令，要求每日必须筹得五百块银圆的钱款，否则难以应对驻军所需。

财政科按地丁分派款项后，各区乡便采取鞭打绳拴的办法进行逼交，有些村子十户人家连死带逃去了五户，派款收缴停滞不前。三月上旬省府急电，县长拆阅电文之后，又立即召开有县、区、里诸长和商会士绅参加的扩大会。在会上宣读了急速筹集原欠田赋及新派烟款不得有误的电文，全县十三区、三十九里的区长、里长和商会士绅在会场良久无声。县长点名责问，坐在前侧的一位姓刘的区长被问之后，说道："目前欠的地丁款经严厉催收交纳者为数极少，说实在的，三年来灾情一年比一年重，原来欠的都没钱交，哪里还有力量来交这次新派的款项？昨日我们那里东堡子的一户人家，因为白地款的事上吊死了。原欠的加上现派的数目太大，我们不能搞得人人怨恨进而造反吧，还是请县长设法——"这位区长的话还没说完，会场上便出现了不少的附和声。县长一看这位区长说的话引起了共鸣，非但无济于派款的征收，反而造成了不好的影响，加上这位区长敢和他顶嘴，便暴怒地厉声道："这军需供不上你负责吗？你这是存心惑乱！"说着将自己手中的茶杯朝那区长摔了过去。没等会场的人反应过来，那位区长额头鲜血直流。这时会场的人一下都站了起来，望的望，说的说，一片乱哄哄的声音。主会之人急忙一边安排人扶刘区长去医所，一边要大家静下来继续开会。接下来一位姓尹的区长说："省上电文急催款项征收，也必有急需的内情，不过这加派的十六万元的鸦片种植款多在县域南片区之内，既然如此，我们可按纳粮比例摊派，并立请驻军派人参加催收。""这是个办法，再说我们都是本地方的人，结怨太多以后什么事都不好办。""对，应该让他们派人来催收。"会场上有人附和着说。这一提议得到参会人多数同意，县长也松了口气，答应就此通报驻军，同时安排了财政科派员核实按纳粮田亩负担，火速行文限期交纳。会议在你一言我一语的议论声中不欢而散。

虽然尹区长的建议得到了县长的同意，但被加征派款的片区区长感到为难，一些里长都说难以完成，弄不好要出事。会后，当财务科长回到家里，好几个区长都赶到其家陈述困难和加征后果，商会的李士绅也来了。没等王科长说话解释，王科长在师范上学的儿子说道："诸位叔叔伯伯们，你们都是地方上管事的人，在这里跟我爹说有啥用，不如把这事交给乡民自己去办好了。""乡民自己办，自己咋办？"有人不解地问。

"你们没听说东面的一些县闹交农吗？"

"交农？交农是啥？"

"交农就是务农的人把农具交了，不务农了，要解决燃眉之急就得用燃眉之急的办——"

没等儿子说完，科长训斥儿子道："你胡说些啥？这里是你说话的地方吗？尽是在学校里听的瞎话，大家别信。"科长的儿子走了，可他说的话提醒了屋子里的人。几个区长出来后，七区的一个里长出主意说，不如各地传下去从三月十七日起，三日内各农户将原欠地丁款和加派款交清，无款交的带上农具牲畜，到县上向县府说明无力负担派款的理由。另一个里长说："这是个办法，但是这么短的时间谁跑去给每家每户说？"一位年长点儿的里长说："不是有鸡毛传信的说法吗？一村有一家知道，一家传一家快得很。"后面跟着的商会李士绅深知年馑里乡人的艰难便点头说："也是个办法。"等那些区长、里长走了之后，李士绅返回对王科长笑道："贵公子有才情啊。"王科长听了忧心忡忡地说："娃都是在学校里听说的瞎话。""走,咱们去看看刘区长,让他回去好好养伤去。"李士绅拉着王科长去看刘区长。

第二天秦世孝回了一趟家,父亲正为新派的烟款发愁,他便将县上开会与开会后发生的情况说给了父亲,并说："这或许能逼县老爷让让步。""弄不好会闹出乱子来,你是吃公饭的少掺和。"父亲说。世孝笑了笑,实际上他就是这事的积极推动者。

三月十九日这一天,县城里的街道上出现了牵牛的、肩膀上扛犁头的、扛杈把扫帚的,人越来越多。县公安队发现情况不对后,一边向县长报告一边关闭了城门。午时,几个城门都被四乡里赶来的农民围了,县长闻报之后,联合有关人员与商会士绅登城观望,只见城外大路上不断有人向县城赶来。城下有人看到城头上出现了戴礼帽、穿制服和穿袍褂的人,知道是当官的,便喊道："老天爷不下雨,地里不长粮食,县府里还不断派粮派款,这地种不成了,把农具交给你们算了。""两三年了,天旱地里干,能种大烟吗?还要烟款啊,你们还有良心吗?"一时间城下乱哄哄的,大家举着农具喊个不停。这时城头上传下话来说:"你们不能这么闹,这是省府的决定,你们这么做是聚众闹事!"人群里有人喊这是官逼民反,接着"官逼民反!""官逼民反!"的喊声不断,人群像开了锅似的喊着:"我们要求减免派粮派款。""减免粮款,免粮免款!"县长的口气软了下来:"父老兄弟们,你们的要求我们可以商量,我们会向上级报告,你们可以回去啦。""不答应我们不走!""不答应我们不走!"有人撞城门,有人向城头上扔东西,城头上的人有点慌张,旁边的守兵突然开了一枪。霎时安静下来,不一会儿城下传来"打死人了,打死人了!"的喊声,接着更加骚动起来。县长一帮人很快撤离城头,并严令不许开枪。可是开枪的事激起了更大的民愤,要求"惩办凶手""减免粮款"的喊声不断。没关城门时拥进城里的民众,带着农具牲畜围在县府门口周围。这样整整闹腾了三天,城里的人出不来,城外的人进不去,城里人柴草粮蔬的供应断了,民众生活受到了影响,商会也着了急,寻找县府。直到县长在城头上答应免去加派的鸦片种植款、当年的地丁款,严肃处理打死人的事情并妥善安葬死人之后,人群才陆续散去。

3

好在这一年春天下了雨,地里的麦苗长上来了,人们有了希望。当麦子扬花吸浆颗粒刚圆时,便有人掐了麦穗揉出青青的颗粒煮了充饥。新麦打下之后,长时间挨饥受饿的人磨下面便狠吃,似乎要把三年来没吃饱、没吃过麦面饭的欠缺吃回来似的。被饿的肠胃容易消化能力变弱,特别是老人和小孩,竟因过于饱食而撑死不少,清泉村秦久的老伴儿和几个人就是这么死的。于是从此就有了"新麦面吃了肚子起胀"的说法,好年成人们总是吃陈的、存新的。不管怎么说,年成虽不是很好,总算收了点粮食,秋庄稼也种上了,人们心安了许多。但是土匪依旧到处祸害百姓,于是省府派来了军队,配合地方剿灭遭害百姓已久的土匪。

随军剿灭土匪的窦铨完成任务之后回了一趟家,他看到历经两年连续旱灾的家乡,还没有从灾难造成的悲苦中缓过神来。当他听说了上半年的"交农之事"后,心里掠过一个官逼民反的念头。在他要随军撤走时,他很想见见已经两三年没见面的老同学秦世孝。他知道秦世孝已由原来任教的学校调到县财政科去了，便直接去他工作的地方找他。由于窦铨的媳妇是秦世孝嫂子的妹妹，所以两家又有了一层亲戚关系，两人见面之后更是客气。"啥时回来的也不说一声，我去拜访你。"秦世孝说。窦铨笑着说道："随部队到咱县剿灭土匪，已来多天了，总算为家乡人做了一件事。"

"好。看你这行头当营长了吧？"

"副营。"

"行啊，还是学兄行，带上兵了。"

"兄弟在县上也是有实权的人。"

"只是一个股长而已。"

两人相互问候之后，便说起近几年家乡和全省的灾情与上半年发生的"交农事件"。秦世孝说："说起来也够气人的，地丁粮本来按粮税核定，种一亩地征收四块五，可从省上到县上再到区乡里层层加码，到农民头上就变成了十五元。过去一年才要三次粮食，今年已经十三次了，没有粮食就要钱。而今年加派的鸦片种植税十六万元，你说上面就不知道年馑里老百姓的苦？"秦世孝说完，窦铨接道："你不知道，政府结束军阀割据的棋还没下完，又忙着在南方围剿红军哩，哪还顾得上老百姓啊。"

"那日本人在东北都闹腾两年了，军队不去打日本人还打内仗。"

"国人也在吵说这事呢，不过上面如何想我也说不清，算了不说这事了，听说你兄弟世忠不上学了，现在干啥呢？"

"刚回来想给寻个保学让去教书，年馑里没学生，他也不爱教书的事，早先想考你上的那学校，老人不同意，现在没事干，在家。"

"老人们想得多，我想只要投身报国，走正路就对得起老先人。"

秦世孝点了点头。说话间到了吃饭时间，两人到街上一家小饭馆吃了饭，还喝了小酒。两人回忆起刚考到西安上学那阵子的满盘理想，如今倒有不少感慨。从饭馆出来，窦铨告别时说："我们的任务已经完成，准备撤回西安，你告诉世忠，如果他愿意跟我去就来找我，蹲在家里也没啥出息。"

窦铨走后秦世孝思考再三，眼下在县里也给三弟世忠找不到一个合适的活儿干，家里就那么不到三十亩的地，农忙时大哥也在家中，自己也能帮上忙，让三弟出去闯一闯或许比在家里有出息。于是他下午和科里打了个招呼，说家里有点事早走一步，赶天黑便回到了家里。他先去问候父母，父亲问："今天怎么回来了？"他知道自己工作以来不是星期天不回家，有时星期天也不回来，别的话不敢说，便谎称前一天走时把记事的本忘家了。父亲望了一眼他，说："来回要走八九十里路，老没记性，跟我一样。"

吃过晚饭，世忠去喂牲口，他往自己住的厦房里去。他知道三弟现在一直一个人住在扎牲口圈的两间老厦房里另一间的炕上，他对媳妇说："你给我叫一下世忠。"等世忠来后，他又把媳妇支出去给自己烧洗脚水，然后对世忠说："窦铨这次随省上清剿土匪部队回来，现在完成任务。明后天要走，他到县上看我问了你的情况后，说如果你愿意就跟他去。"世忠说："二哥说的是真的？""我啥时哄过你，我早知道你的愿望，现在这是一个机会，再说窦铨也是自己人。""你对咱爹说了没有？""你想我能说吗，我今天晚上回来就为这事。"

世忠自小上学时，见到窦铨上军学堂穿的学兵服就非常羡慕，又对枪好奇，后来想考军校的事也没实现，没想到这一次这么突然有了机会，高兴地说："太好了，二哥我给你磕头了。"

说着双膝要跪下去，世孝赶忙拉住，说："亲弟兄，你不要跟家里人说，我知道就行，就一天半时间，家里有我和大哥，记着，窦铨所在营部在潘家村一座庙里，他是副营长。"他刚说完，媳妇端着洗脚水走了进来，见世忠站在地上和坐在炕边的丈夫说话，说道："你坐下说嘛，别站在地上。"世孝趁媳妇弯腰时给二弟摆了个眼色，世忠对二嫂说："不说了，二嫂，我二哥跑了几十里路赶紧洗洗脚歇息吧，明早天不亮还要走哩。"说完退了出去。

　　世忠回到自己房里后非常兴奋，他知道二哥原先想给自己找一个小学教书的活儿，但县里小学不缺人，乡村里的保学因为年馑，人们都顾不得让娃念书的事，现在干旱虽然缓解了，但还都挣扎在吃饱肚子的事情上，二哥同学窦铨的出现，使自己有了走出去的希望，他得想办法去找他。

　　秦世忠自在社学时就已经知道了"九一八"事变的事，这几年，二哥没少跟他说时事。二哥曾告诉他，日本人在东北不断制造事端，国民政府成立不久，各派为了一己之私，今天联合这个打那个，明天联合那个打这个，后来又调军队在南方围攻红军，日本人乘虚而入将三十多座城池占领了，接着把原来清朝退位的皇帝扶持起来建立满洲国，又进攻山海关及长城一线，国军派系各自为政，武器又不行，不到一年，东北被日本人占领。后来一个"何梅协定"，又将华北五省五十万平方千米的地方，变成置于日本人的控制之下的自治区域，于是国人的抗日情绪高涨。而从江西转战北上的红军，在到陕北之前发表了"为抗日救国告同胞书"，得到各社会团体有识之士的响应，但国民政府不屑一顾。而有民族气节的国军将士，仍在与日军作殊死拼杀，保土守疆。他听了之后曾对二哥说要上前线去，要打日本人去，二哥却说爹娘不会同意的，这次机会来了，自己一定要抓住。

第二天早上，世忠按照父亲的安排，到土场里挖了些土。母亲对父亲说："屋里没盐了，让世忠去镇街上称些盐吧。"父亲说："我去称盐，世忠担土去。"母亲说："到镇上四五里路，你跑一回得一上午，让世忠去吧，小伙子跑得快，把盐称回来了再担土去。"随后父亲给了世忠称盐的钱说："记着，要青盐。"秦世忠接过钱，母亲又拿来了羊肚袋，他拿上之后心里很高兴。他想这是一个机会，西镇往东七八里路就是二哥说的窦铨他们驻扎的地方，先去找窦铨回来再称盐回家。于是他在西镇没停，直向潘家村而去。

当他找到窦铨时，见窦铨一身戎装，拦腰皮带紧束，一支盒子枪斜肩挂在身侧，便鞠了一躬报了自己姓名。窦铨望着高高大大的秦世忠，笑道："是世忠呀，几年没见又长高了，好块头，不说名字我还不敢认呢。"他打量了一番世忠，接着说道："我和你二哥说了，你愿意跟我走就来，你真的来了。"世忠傻乎乎地笑着。"你先跟着我，队伍里连排以下的人识字的很少，先历练历练，现在我们这个团的部分人已经开拔，我们后天就走。"世忠说："我是到西镇给家里称盐才跑过来寻你的，我还得回去。"

"好，我现在不留你，但是明天下午必须赶到，后天天不亮就出发了。"

世忠回到家里已是午饭时候，母亲在院门望见儿子回来，说道："原想你比你爹跑得快，怎么去了整整一上午？"世忠不敢说实话，只得撒谎说在街上见到一个同学说了会儿话。

下午他干了自己该干的事情，晚上想到自己第二天下午就要走了，不跟父母说不对，说了自己肯定走不了。为了让老人放心并且不牵连到二哥，他寻了一片纸写了两句话，夹在枕头旁边的一本书里。次日下午跟母亲说他要去二哥那里拿一本书回来看，脚上的鞋坏了。母亲看了看儿子脚上的鞋，脚拇指把鞋面顶破了，便给他拿出一双新鞋让他换上，说："你身上的布衫也脱了，换件干净的。"等他换上后母亲说："你二哥忙，你早去早回，路上不要耽搁，都大小伙子了，让我们省点心，不是这几年年馑都该给你娶媳妇了。"

傍晚，一片火烧云亮在天边，村后的山岭已经暗了下来，几只乌鸦"嘎、嘎"地叫着飞向荒坡的林子里，该是鸡上架牛入圈的时候了，秦山问老伴儿："上午你不是说世忠去他二哥那里了吗，怎么还没回来？"老伴儿说："走时我还说叫早点儿回来，这个娃子。"世德不在，世忠又没回来，这照料牲口饮水入圈、拌草便成了老人的事，好在还有族弟的儿子羊娃，可以帮忙给牵个牲口拿个东西。关门睡觉时世忠娘说："这个世忠呀，去了城里说不回来就不回来了，都快二十岁的人了，心里不装事。"秦山心里有气没说话。

第二天世忠还没回来，世忠娘急了，想让秦山去县城看看，见秦山进出黑着个脸也不敢说。到了第三天下午大儿子世德回来了，见了父母问过之后不见三弟，问母亲道："世忠不在？"母亲说："说是去世孝那里拿一本书，今天都第三天了还没回来。"世德说："我听我姑说昨天她还见过世孝，没听见说世忠去他那里。"正说着世孝也回来了，就开口问候大哥，母亲忙问道："世忠哩？"世孝说："我没见世忠啊。"母亲说："前一天上午世忠说去你那里拿书看，走时还换了布衫，穿了一双新鞋，这跑到哪里去了？"大儿子世德说："他能去哪里，不会在他认得的同学家吧？"世孝心里明白，世忠肯定是跟着窦铨走了，说道："世忠自从学校回来像变了个人一样，没听说和同学有来往。"母亲说："你们赶紧寻一寻。"父亲说：

"这个孩子，心里不知一天都想些啥，他能在外面跑就跑去，走了还少了一个吃饭的。"母亲叹了一口气，世德说："你不用急，娘，那么个大活人丢不了。"随后世孝到世忠住的房里去看了一下，发现枕头旁边的一本书里有夹的纸条露在外面，他翻看了一下上面的字，拿来给大哥看，大哥接过，念道："爹，娘，有人给我找到活儿干了，我怕二老不愿意便没说，我走了，我会给家里寄信的。"

"这么说，像是去远处了。"世孝望了一下窗外说。世德皱了皱眉，说："怎么能这样呢？"然后向父亲说："这是世孝刚才在世忠枕头旁的书里见到的字条。"说着举了举手里拿的一片纸，接道："这到啥地方去了也没说。"父亲说："这个孽障，难道是去做贼不成？"世孝说："我想世忠不是做贼为盗的人，他受过教育。"世德也说："世忠的心性不定但不是做坏事的那种人。"母亲听了父子们的话问："世忠怎么了，犯啥事了吗？"世孝说："没有，娘。""那你们刚才贼呀盗呀的，说啥呢？"母亲瞪着眼问。父亲在一旁说道："甭问了，就不是叫人省心的。"父亲把手里的旱烟锅狠狠地在炕边磕了磕说："不知好歹的东西，是死是活由他去吧。"

第二十一章

胡为何以慰良知，从教用心育弟昆。
礼义廉耻四维立，和平忠勇作民魂。

1

秦世孝自从由学校调到财政科工作,几年时间,经历了陈治县及其周边地区的大旱大饥荒、人口减少、救济灾荒与交农事件,深谙其中弊端。而且事事仰上级官员的鼻息,自觉不适应,便有了去职之意。一次他在家中,一位乡镇管粮人员来找他,正是吃饭时候,见他手里端着一碗高粱面搅团说道:"秦股长,没想到你在县上管粮万石还吃这个?"他笑道:"粮食万石那是公家的,不是我的呀。"那人说:"干脆我给你拉上一车来。""你说得好轻松。"他望了一眼那位管粮人员严肃地说道:"人有权势不能胡作非为,在老百姓眼里我们都是官家的人,清廉正直是我们应有的德行,公仓里的粮食我们个人一粒也不能动。"随后又问道,"说吧,你来找我是啥事?"

来人说了乡长想动用义仓储粮的事。秦世孝说:"义仓储粮是地方上备荒之粮,没有县里同意谁也无权动用。""听说是县长不在,得到了财政科长同意,因为禁烟种植影响了财税收缴,所以——"没等那人把话说完,秦世孝说:"你告诉你们那里的乡镇长,他要打报告经过县长的批准。"

来人走后,他再次想到近年县里财政摊派与税赋、烟款征收时置民众于不顾的情况,以及地方上私开加码敛财糊弄的勾当,深感自己依附于政治权力,成为危害民众的工具,真不如自己去当教书的先生心里安然。考虑到现时国难之中民众的觉醒和自己县域里的荒凉与落后,他决定辞职回乡办学,从教育入手,为少年、青年授业解惑。他的辞职报告递上去之后,正好县里要在北塬建一所小学，教育科知道了便请他去经建这所小学。尽管学校在北塬上，他家在渭河南，但他还是欣然前往。

秦世孝来到要建小学的地方，那里原是乡村里一座寺庙中的保学，寺庙内有四座殿堂、一座教室和三间低矮的住房。其中一座大的殿堂内为大小同学一起用的复式教室，泥塑神像与学生共处。如此一座寺庙，现在要改建为一所小学，实际上也就是把寺庙里的各个殿堂改作学生教室，不够的部分由县政府拨款和乡绅捐建。因而除增加一座教室外，要再增建几间先生住的宿舍，另外要将原来由学生上学来时从家中带的方桌凳，换成统一的课桌和凳子。

秦世孝与原保学的先生、片区的乡绅共同努力，在一个假期完成了改建的各项工作，在秋季开学时县里委任他当校长，又增派了先生招收了学生，正式分级分班上课。就在学校开学之日，他将"礼义廉耻、义勇和平"八个大字作为学校的校训进行了说明。然后书写在斗方纸上贴在了学校办公室的正面门墙之上，又让刚从府城师范学校毕业、新分配来的先生进行了时事报告。学生有七八岁的也有十四五岁的，学校里的教学，除了按照县教育科要求统一安排教学设置的课程外，经常组织读书活动。校长言正行俭，校风良渚。

一个星期六的下午，秦世孝回家，见父亲拿着连枷拍打摊在门前麦场上的豆柴，他走上前说："爹，你歇歇，我来打。"父亲停了手中的连枷说："你回来了。"他随即接过父亲手里的连枷抡了起来。父亲没有去歇息，而是拿起了木杈翻挑他刚才已拍打过的豆柴。母亲坐在门旁怀里抱着孙子牛牛，大嫂在旁边棉花柴上摘棉桃上的棉花，母亲看到儿子回来没进门就去干活，说："刚回来，也不进屋里去把衣服换了，喝一口水歇歇。"儿子只顾着用劲打豆子没听见，秦山看了一眼老伴儿，继续低头翻挑着已打完一遍的豆柴。不一会儿，儿子手里的连枷抡几下停一下，显然体力不支，看来干公家事时间长了，干体力活儿没有了耐力。父亲看在眼里，不紧不慢干完自己的活儿，吸了一锅旱烟后又去替换儿子。就这样，父子二人互相替换着将一场豆柴拍打了两遍，然后又挑又抖，将脱去豆子的豆柴挑起垒在一边，接着又堆扫起打好的豆子，然后利用傍晚的微风把豆子扬出，一直干到天色昏黑。等把豆子装回屋里，世孝的媳妇和大嫂，已将做好的晚饭端到院里捶布石跟前，还在一旁备好了洗手洗脸的水。

吃过晚饭，父亲喂过牲口便早早歇息了，世孝虽累却无睡意，在他起身回屋时，母亲问他世忠有信没有，他点了点头，说："世忠在省城里，好着呢，来信说他挣了钱就回来看你和我爹。"

"你写信跟他说，他挣不下钱也要回来，屋里不嫌他挣不下钱。"

世孝想到，兄弟世忠自从走了之后只来过两次信，一次是刚到省城，一次是他到连队训练，而母亲问他时，他为了不让母亲担心便撒了个谎。至于父亲，因为气世忠的出走从不问及。世忠已走了两年了，以前俏皮不听话没少挨父亲的打，但碰到他愿意干的事总是踏踏实实，不惜力气。最近咋样呢？他准备写一封信给老同学窦铨，问一问。

方明魁刚当上保长还替村人说些话,后来便有他在邻村逼粮逼款的传闻,加上他盒子枪一挎,浓眉大眼串脸胡子,强势起来显得很凶恶,原先的好人样儿全不见了,眼睛一瞪一脸的狰狞和不善。白露过了,又快到种麦的时候了,秦山坐在院外树下一个碌碡上抽着旱烟,不远的涝池里有一半水面上漂浮着一种俗名叫"青蛙被儿"的绿藻,偶尔有青蛙"呱——呱——"的叫声传出,村外的田地里零散地缀着秋天的庄稼,有谷子、豆子、玉米,大部分的土地呈现出被翻耕后的褐黄色,他想起家族里的兄弟秦科,年馑上把娃撂下出去后至今没回来。自前年就有人说他在背粮的路上得病死了,后来又有人说在外面给人家当上门女婿了,已经五年没有音讯了。秦科儿子羊娃已经十四五岁了,很懂事,在家里担水起圈、放牛割草,到地里打胡基,能干不少活儿,只是这样下去也不是个事儿。

这时有到县城赶集回来的村里人捎话说,世德的姑父叫世德明日去他那里呢。正好世德从门里出来听到了,稍话人走了后,他说:"爹,世孝世忠都不在,你也上了年龄,我姑父那里就不去了吧。"父亲说:"去吧,在家也是闲着。屋里的活儿有我和羊娃呢。"

"又快种麦了,羊娃在咱家几年了,再下去让人觉得咱是图人家啥。"

"他家那三四亩地和两间房咱又不眼热,现在让羊娃回去,冰锅冷灶的他又不会做饭,任别人说去,我想着这事呢。"父子俩正说着,世德的表哥赵寿来了,被招呼进屋后叫了一声姑父,说:"我爹让我来给你报个喜,我二哥要当县长了。"巧仙听见急问:"当啥长?""当县长。"赵寿说。世德惊喜道:

"赵禄兄弟这几年在省上出息了，要当县老爷了。""没说到啥地方？"秦山问。赵寿说："好像说是到商州地方一个县里去。"巧仙连念了三个阿弥陀佛，接道："赵禄命好，赵禄有本事。"秦山说："这都是老先人上辈子积的德。"赵寿说："我二哥回来明日只在家待一天时间，说是到祖坟上上香之后，见一下亲戚族人就走了。"巧仙说："这么急呀。"秦山说："明天我和你姑都去。"赵寿说要去给别的亲戚报喜便走了。秦山一家又议论起这个喜事来，觉得很突然。

说起赵有余的二儿子赵禄，在西安上学时在学校里改名叫赵维国，加入了国民党，毕业后在一个区分部做事，两年之后调进省党部，不久前他跟随的那位部长被派往省第五行政督察专员公署商洛地方任副专员，便准备将他带过去安排到一个县的地县里当代理县长，可以说是交了鸿运。在至亲家族中有当官的自是亲族所仰、人们所敬的国民习惯，当然在家乡要扬扬名声。

晚上，秦山夫妻二人又议论起赵禄当官的事，秦山说："他舅家几个儿，这个老二算最成器，原先闫先生说学习还比不上咱世孝，如今却当了官。"巧仙说："人都很难说，前头路是什么样谁也不知道，现在咱世忠不知在外面咋样？"

"一人一个命，想啥都没用。"

"咱不图儿干啥大事，挣啥大钱，只要自己能有一碗饭吃，平平安安就好。"

最后二人又说起秦科的儿子羊娃："这羊娃他爹已经几年都没音讯了，再过两年给娃说个媳妇，名正言顺地让他回他家里过生活去，咱给活人、死人、村族人就都有个交代。"秦山说毕，巧仙说："说起给羊娃说媳妇的事，咱世忠早该给考虑了。"

"人都不知道在哪里，还说媳妇呢，不说不生气。"

"唉，世忠都二十几岁了还昏着头，就是叫人操心。"

3

要去当县长的赵维国，走时去拜见闫先生。闫先生一时记不起他的名字，他说："我叫赵维国，原来叫赵禄，是清泉村堡子的人。""噢，我记起来了，你比秦世孝、刘子清他们低一级，好像也考到西安了。"闫先生说。赵维国接道："我上的也是西安师范学校，毕业后一直在省城里做党务工作，承蒙党国栽培，这次受上司提携，去陕南一个县赴任，走之前回家省亲，拜见先生。"闫先生听了点了点头，连声说好。接着说道："南边的地方和咱这地方不同，生活习惯和人情风俗有别，地方也穷，但愿此去多关注民之疾苦。"

"先生说的是，这也是省府的意图，此去一定不负先生教诲与上司的重托。"说了几句话后赵维国便起身告辞，闫先生挽留，赵维国说道："按上司要求，赶明日下午要到商州第四专员公署，去省城的汽车票已买，不便久留。"闫先生送到门外，赵维国说："先生留步，我走了。"然后转身而去。闫先生看到学生的得意之态，感慨万千。对于志得意满的年轻人来说，人生尚需时间历练。

闫先生回到屋里，妻子询问刚才所来之人，先生说："是过去的一个学生，财东家的儿子，在省城干事，新近要去陕南一个县主事，回来走走。""主事是干啥哩？"妻子问。先生说："主事就是当官，县里的主事就是县官。"

"你的学生当了官，你这个当先生的脸上也就有光了。"

"好了，我这个曾经的先生脸上有光，不好了也就没光了，不过据其宗看其家，听其言观其色，这吃饭要靠本事，能不能驾驭得了还很难说。"

赵维国去当县长的地方虽是一个山区小县，对他来说也觉得十分荣耀，真有点旧戏文中所说的："十年寒窗苦读书，点灯熬油费心机，有朝一日中黄榜，脱去蓝衫换紫衣。"所以便在赴任前又是回家祭祖，又是通过招待乡亲好友昭告乡里。他也知道自己要去的那个县与湖北相邻，人们的口音南腔北调各不相同，民风剽悍，特别是近年以来"闹红"的事，情况复杂，成为省政府的一件大事，此去自己一定要干出点政绩。他记得《西安日报》上曾经以"极其凶恶"来形容红军并报道国军在一个叫漫川关的地方围困红军的战绩。可是红军非但没被消灭，反而几个县都有了红军。他心里有点忐忑，但又觉得这是一个立功的机会。他到达商州第四专员公署，歇了一晚，然后按照上司的安排，骑了县上派来接他的马，带了四名护兵便上路了。

去县城的道路是土石路，大都在高山深谷之中，路宽不过三米，路上偶有牛车行走。山上的草木远处朦胧近处苍凉。山沟平坝之处偶有人家的低屋草房，不是贴在河沟边，便是在半山坡上，从行署到县里，一百三十多里的路上满眼是山，只在曾经作为驿站和歇息的地方，才有小街和店铺。到了县城，他才知道这是一座位于秦岭深处、被称为八山一水一分田的小县城，县城里的人口跟关中一个大的村庄差不多。在县河与州河交界之处的县城的西北苍龙山上，一座古老的六棱空心砖塔给县城增添了一道风景。作为有两河三岭的县城，面积不小，但是可种土地少而出产不多。这里的人穷却也诚实，和其他地方一样勤劳守法，并不像原来听说的民风剽悍、愚昧无知。当他了解到县里的财政收入有一半是来自于离县城九十多里的一个镇时，他决定到那里去看看。

一天，赵维国带他的秘书和县财政科长到了那个镇。镇在县东南，古有"蛮子国"之称。在这里，一条汇流后的大河向东南直奔汉江，它使这个小镇成为一个水陆码头，所以很早以前就有南来北往的商货在此集散。镇里的小街青石铺路，房屋门店相挨而列，木板门码头墙，显眼的是砖木结构的骡帮会馆和砖石砌筑、砖木雕刻的双戏楼。镇子里居住的人，有说湖北话的，有说陕西话的，还有说话既不是湖北又不是陕西腔调的。

新县长的到来受到当地乡商帮会馆头面人物的接待，然后他在镇公所镇长陪同下，到双戏楼的上殿下殿看了看，又转往镇里的武圣官、马王庙、娘娘庙。赵维国在行走中，看到了停靠在河边来来往往的船只，也听到了人声的喧嚣，小镇上的热闹和繁荣让他知道，穷县里也有富地方，这给他带来了另一番增加财政收入的思考。于是他在离开之前把镇上的商户、会馆和富户召了去，发了一通议论，他说："在省城时听说咱这县是山大沟深没啥出产的穷县，可今天到你们这里一看，水陆交通通畅，商货往来便利，街市繁荣，是一个经商发财的好地方。但是国家目前内部平乱，且准备与日本人交战，一切尚需国民支持，财货不吝当是人人有责。但闻'闹红'一事曾扰乱过这里的平静，如今邻县仍有风吹草动，县府将倾力配合国军，望诸位协同上下一心，共保地方安宁。"在座的人有的点头，有的却显出漠然之态，镇公所的镇长说了几句拍马屁、表决心的话。临走时让牲口驮了一驮烟、酒、糖、茶、花生、芝麻，以及外来的细布、绸缎等礼品。

不久，邻县丹凤发生了国军与红军的战斗，让赵维国所在的县虚惊一场，稍许平静之后，县西有些乡村又开始"闹红"，而且出现了苏维埃政权。于是县里的保警队与红军常有战斗，这让赵维国这个县长经常睡不好觉。他除了加强县政的治安警戒，还要整日谋划增加保警队人员和粮捐摊派，加上来自上面部门的压力，使他既惊惧又疲惫。正在这时家里寄来一封信，信是三弟找人代写的，信中告诉他，母亲得病用药不见起效，病情趋重，望他回转。此时他如何脱得了身，但又不好告知实情，只在回信中说了寄钱回去让寻请名医，待公务稍暇回去探望。兄弟赵寿接到二哥的信后念给父亲听，父亲赵有余听后一把将信拿过去撕了，说："没良心的东西。"母亲听得清一句听不清一句，见老伴儿撕了信知道他生了气，有气无力地说道："赵禄没回来也由不得他，唉，生儿养儿有那么个名就好。"

赵维国的媳妇自丈夫赴任一县之长后，族中、乡里对她另眼看待。死了丈夫的大嫂改嫁之后，留下的不到三岁的小儿便由她与公婆一起抚养。她温厚和善，德、容、言、工，女子的四德尽占，人又勤快细心，深得公婆之心。可是丈夫却嫌其一字不识，姿色平常，欠于伶俐，而不大喜欢。尽管结婚已经几年，但丈夫以学习工作忙碌为由很少回家。现在他又去了远处，婆婆病重都不回来，夜深人静之时，她搂着自己一岁多的女儿，

第二十一章

· 333 ·

想着想着倒为丈夫操起心来。他在那人生地不熟的地方怎么样呢?窗前的月光明明的,她辗转反侧,睡不着觉。

赵维国当官的事亲戚邻里远传,但都只知道当官去了却不知道去处,其父赵有余是个没文化的土财主,心里除了土地、钱财和势力再没有别的。他依旧照他的老办法当家,老伴儿得了病,三儿赵寿每请医抓药,必得他同意,并在医生用药时说能用便宜的药就不要用贵的,如果抓回的药贵了些他都要问个究竟。一天他请窦郎中给他老伴儿看病,看完病他让儿子赵寿送郎中回家。窦郎中到家后刚下牲口遇到了刘二,便叫刘二到自己药铺里喝茶,刘二知道他去给赵有余老伴儿看病,说道:"赵有余的二儿当县长了,赵有余高兴坏了吧?"窦郎中说:"儿子当了官,说话气势大了。"刘二接道:"民国这县长又不赶考,只要你跟对了督军,站对了队你就能当,至于能当多久就难说了,两年三年的有,一年半载的也有。""你说的也是。有的换得太勤了。"窦郎中说完,望着刘二又说道:"街上的烟馆被取缔了,几天没见你,你今天在哪里过的瘾,这么精神。"刘二说:"街背后有卖烟棒子的,我寻见买了,顺便在那里过了瘾。"

"今年禁烟局抓得紧。"

"就是,我在我房后面地里种了不到二分地的烟,开花时被检查的他人撂倒了,真可惜。"

"你那算啥,赵有余今年在山场里种了二亩多都给毁了,气得他睡了好几天。"

"肯定有人发眼红,偷着向上面举报的。"

"说实在的,这鸦片烟当药有用,吸着上了瘾就不是个好东西了。就像学生在街上宣传说的，'道光登基民事乱，中国进了毒鸦片，古儿灯害匪浅，抽得人们身骨懒。五脏六腑同受苦，一身衣服四季穿，八面威风全扫尽，实在无脸见祖先'。这顺口溜你也知道，我劝你也戒了吧，你说你把多少家底都吸到那个烟葫芦里了。"

"老哥说得对，只是瘾发了太难受了，不光是哈欠眼泪，全身肉里像虫爬一样。"

"只要真诚有心，有像你当年考秀才时的心气就能戒了。"

刘二没再说话，只看了看窦郎中，然后点了点头。

赵维国到陕南第二年的六月，活动在商县洛南一带的红军，在一个叫袁家沟的地方设伏包围了国军，战斗持续了三天三夜，红军杀伤国军一千七百余人后西去。赵维国一干人等躲在县城里不敢出来，还没缓过神来，邻近周围几个县接连发生了打土豪、分田地建立"赤色政权"的事。自己县里也时不时发生这里杀了人、那里人被杀的情况，县保安队与地方保警队都不敢轻易出去，一旦出去便有回不来的情形。作为县长的赵维国想起这多半年来，县内几个乡镇地方"闹红"，袁家沟的战斗使他常常心神不定，县府的正常运行也困难重重。而第四专员公署只有问责而无援助，县府随时有被占领的可能。

他想，自己没当官时想当官，当了官后难安然，自己县内发生的这一切自己无法向上级交代，这阵势转不过来上面也不会放过自己。他正在思考着怎么办，秘书走了进来说："县长，有你一封信。"他接过一看是家里来的，他头没抬，挥了挥手，秘书退出之后他拆开一看，知道母亲已经去世，他顿时眼泪盈眶。先前家里来信说母亲有病已久，自己因为脱不开身只寄了钱回去，谁知月余母亲竟然离世，他追悔莫及。想起一年前他兴冲冲来到这里，上任之后却没过几天平静日子，穷县财税收取艰难，县政维持都成问题，红军活动与西进，地方游击武装闹腾，一些乡镇赤色政权建立使他自顾不暇。他这才明白，前两任县长因政绩不佳，或主动辞职，或被解职回家，自己如此情境也难有解数，照目前情况下去自己性命也难保，但是自己总得有所准备。于是他以防卫需要名义，让财政科长提取钱币千元作为备用。谁知就在第二天晚上，一支地方游击武装包围并攻打县城、县城里一片混乱，就在游击武装进入县城、政府前后混乱之机，他带了自己一年来的积攒与公款逃出城去。

第二十二章

枉说人生与师从，乌纱头戴自糊捌。
无能不谙世间事，私欲铸成败事身。

久病吃药已不见效，你就不想想？"赵寿接着父亲的话说道："爹，我二哥肯定有他的难处，现在不是回来了吗？不说了，咱吃饭吧。"赵寿见父亲吊着个脸也不敢大声说话，便走了出去，赵维国任父亲数骂也不敢吭声，吃饭时见了四弟和五弟。

下午赵寿按父亲说的，安排了屋里的活路，便陪二哥到自家的坟地里给母亲烧纸致祭。路上赵维国问三弟："家里再没雇长工吗？"赵寿说："除了老骆再没顾，地里的活儿多是看节令的，所以收、种、犁地都雇短工干。"

"能忙得过来吧？"

"咱爹算好了，长工工价大还要长年养，再说咱自家也还有几个人，就是四弟懒，五弟有点靠不住事。"

"是咋回事？"

"坏毛病，一个抽大烟一个赌博。"

"这可不是个好事，咱爹知道吗？"

"咱爹听外人说过，也责骂过。"

"看着还老实。"

赵家坟园在村西南一里之外自家的一片地里，坟园里除了五六个坟头外有一棵不大的柏树，地上细草如毯。坟园地势西高东低，坟墓按辈分从上到下，赵维国母亲的坟在下边一排，新坟上已经长出了几棵小草，坟前有一堆燃烧过的灰烬和一些未燃尽的香头。赵寿将竹篮里提的供品摆在坟前，赵维国点燃蜡烛和线香，赵寿将一沓纸钱点着，赵维国跪下趴在坟前痛哭了一场，赵寿将那坟前献供的糕点用指头掐碎，抛撒在周围。赵维国又在大哥的坟前烧了纸才回去。

晚饭之后，赵维国将一包水晶饼留给父亲，其他糕点糖果分给各房兄弟。父亲问赵维国："你说你所在的那个县乱得很，现在好些了吧？"

赵维国说："一直很乱，现在临近的几个县也都不安宁，那地方尽是山，人也穷。"

"你准备啥时又走？""不去了，到处闹，还有土匪。"父亲诧异地望着儿子说道："县长是朝廷的命官，你怎能说不去就不去了？""那阵势即使不走也性命难保，我已去职不干了。"赵维国说。站在一旁的三弟赵寿说："我二哥是在说笑话，爹当真了。"刚走进来的四弟赵喜说："二哥别哄我们了，我们都没念下书，想跟你沾光也沾不上，你怕啥？""是真的。"赵维国说。四弟赵喜说："亲戚、乡人都知道你当县长了，你说你有官不当谁相信？"几个人乱说了一阵，赵维国低头不语。三弟赵寿说："二哥回来有他回来的缘由和想法，少说点吧。"父亲一直低头抽旱烟，心想一定是那里出大事了，他才一个人这么回来，之后便说："路上走了好几天了，回屋里歇歇去吧。"

赵维国走后，赵寿跟父亲说："爹，秋风过了，再有两天逢社，咱种麦吧。"父亲说："先社后风，有牛不耕，先风后社，有牛不借，种吧，还得抓紧点。"赵寿出去到了北院里，跟长工老骆说准备种麦的事，赵维国提了一个布袋进了父亲的厢房。父亲还在炕上"吧嗒吧嗒"地抽旱烟，他将布袋往炕上一放说："爹，这是两百块银圆你放着吧。"父亲瞅了一眼，然后把布袋里的银圆倒了出来，把噙在嘴里的烟锅拿出，在炕边磕掉烟灰放在一边，拿起一个银圆用大指和食指指甲掐住，放在嘴边猛吹了一下，移向耳朵跟前听了听，完了便一个一个地数起来，最后说："就这些？"赵维国"嗯"了一声。老四赵喜要到楼上装麦籽，听见父亲房子里有声音，凑近厢房隔墙上的小窗户纸破处往里一望，见父亲在往布袋里装银圆，二哥在一旁站着，他往楼梯上攀去时故意发出响动，二哥在厢房门口朝外看了一下，没说啥又返了回去。

赵喜装了麦籽到北院见了三哥赵寿，说了父亲和二哥数银圆的事，赵寿说："你就眼睛尖得很。"赵喜说："人常说三

· 341 ·

年清知府，十万雪花银，县官虽没知府大，一年寻他个万把银子不成问题。"赵寿说："那么容易要去抢钱庄呢！"

第二天种麦时除了长工又雇了短工，由父亲过问，三弟四弟参与。赵维国不知道做啥，也就没啥事干，只是到这个地头看看，到那个地头转转，另外又要去看望姑姑和自己的岳丈、岳母以及几个一直联系着的从商和干教育的同学，所以在家的时候不多。几天下来，他穿一身制服，戴一顶礼帽，除了亲戚，他给人的感觉是彬彬有礼，不露声色。也许是在党务机关干了些年，年龄不大，城府有点深，说话不多，官腔十足。譬如谈到国家的事，他只摇头，偶尔会说国民政府都有安排，再不说什么。

2

赵维国在家无事，一天他去看望表兄秦世孝。"听说你回来了还没顾得上去看你，还好吧？"秦世孝说。赵维国摇了摇头。彼此问候过后，两人闲谈之中说起抗战之事，秦世孝说："日本人侵占我国东北谋取华北，听说红军提出停止内战一致抗日的主张，国民政府却提出攘外必先——"赵维国紧接道："我觉得委员长说的攘外必先安内有他的道理。"

"敌人都打进家门了，不一致对外还自相残杀，有啥道理？"

"咋说呢，怕就怕红军发展壮大，党国利益受到祸乱。"

"敌人入侵是亡国亡家之大事，现在应该息纷争谈抗日。"

"这些不是你我能说清楚的事，不说这些了，我现在已是跳出'三界'的人了。"

"跳出三界？是啥意思？"

赵维国说了自己去职归里的原因，但闭口不谈自己被革职之事，秦世孝既感到吃惊，又十分不解，停了一会儿，说道："你以为你是道家说的'跳出三界外，不在五行中'，可能吗？"

随后赵维国说了自己去职不干的事，秦世孝又问起他今后的打算。赵维国摇了摇头，说："暂不考虑。"接着又说想以后在地方上谋一个与军、政无关的事儿。世孝说了县城消息闭塞、街市萧条的情况，最后说："从省城过来的铁路马上要修通了，铁路通了兴许会好些。"赵维国点了点头，临离别时他看到了学校公告栏里贴的《关西日报》，日报上有中国军队抗战的报道。

　　到种上麦时，赵维国回来的消息已经传遍了西镇。因为是当过县长的，所以非常引人注意，说啥的也有。有说是被罢免的，有说是没能力被辞退的，也有说是那地方穷没油水自己不干了，还有传说是地方上"闹红"被赶跑的。在窦先生的药铺门口长凳子上坐着看病的、抓药的，也有说闲话的，其中就有杨村的刘秀才刘二、原来街背后卖大烟的何三。在病人和抓药的人被打发走后，窦郎中才装了一锅旱烟吸着，并招呼刘二吸烟。刘二说："听说赵有余那个到啥地方当县长的儿子，不当县长回来了，你知道吧？"窦郎中说："都回来有两月了，不当县长才听说。"何三接道："稀罕事儿，这有钱的买卖不干少有。"刘二说："我想要不是他没法干，要不是没能力干，太年轻拿捏不住，而不是他不想当官。"郎中说："不干自然有他不干的理由，要是没法干只有一走了事，三十六计走为上计嘛。"刘二说："平常人可以随便走，县官不是被罢就是被免，不是想走就走的，要是临战的情况下弃城逃走还要被杀头的。"何三说："也许是有啥过不去的事，要不然当官吃皇粮，公钱私钱都揽着，谁还愿意走？""你何三就知道你开烟馆时上下用钱开道的事，当官既要有后台又要有本事，前一阵子陕南那地方'闹红'闹得很厉害，也许与这有关。咱县里嘴头镇过红军时，县里也都紧张得不得了，镇上那一竿子平日耀武扬威的人都跑了，确实没点胆量蹲不住。"郎中的话，一下子把话题扯向县南过红军的事上，于是几个人又说起县里的学生娃和三小

第二十二章

· 343 ·

的先生、学生在镇上宣传打日本的事。郎中说:"咱这里算啥,听说省城里的学生、社会团体集会宣传要求军队抗日闹腾得才厉害。"刘二知道窦郎中的儿子在省城是个军官,他说的肯定是听儿子来信说的,是真的,便说道:"老百姓终归是老百姓,闹腾只是显显民气,关键还是国家当事的人和指挥军队打仗的人。听三小的一个先生说,咱们在热河、长城打日本,仗打得惨得很。"何三说:"你们说的河啊、城啊的在啥地方?""你何三就知道明里暗里怎么挣钱。"刘二望着何三说完,轻蔑地笑了笑。这时有人来找郎中看病,刘二起身走了,何三也走了。

  秦世忠跟着窦铨去了军营之后,在连队里经过几个月的训练成为一名副官,因为他有文化,在营里被安排管理军需。但他一直想握枪杆子,除了常去看士兵操练,还向窦铨要有关军事的书看。这时候他才写信给家里。他写了两封信,一封给父亲,一封给二哥,给二哥的信,是通过他的上司窦铨得知二哥所在学校地址寄出的,给父亲的信他知道直接寄不到,只有通过镇街上的店铺收转捎带,他把信寄到镇街上窦记药铺,窦先生一定会捎给家里。他在给父亲的信里问候了父母,问候了大哥大嫂,陈述了自己不辞而别的不孝之过,说了自己已经成年,不能自立和依靠家中的无奈,说了农家灾荒饥饿、瘟疫面前的无助。为了自己、为了父母、为了这个家,他必须找一个能养活自己、实现自己天命的事做。他告诉父母和兄嫂,他现在干着自己想干的事情,请父母和兄嫂放心,决不给家里丢人。他希望哥嫂照顾好父母,担待自己目前的无力和过去的无知。

  秦世孝在学校里先收到世忠的信,知道了兄弟在窦铨那里的情况,如今算有事干,这对他来说是个学习的好机会。信里说了他能做上现在的事,多亏二哥的理解和支持,他一定学好本领为国效力。他也感激二哥的老同学、他的上司对他的照应,为他提供实现自己希望的环境和条件,他要好好干、好好学,也希望二哥给他的上司窦铨写信感谢人家。但他仍要二哥回家不要说他当兵的事，以免父亲生气、母亲为他担心。

秦世孝从三弟世忠的信里，知道三弟长大了，知道感恩父母，感恩有恩于他的人。他写了封信给老同学窦铨，说了兄弟来信的情况，在几句感谢的言语之后，他提出请老同学按一个军人的标准对世忠进行要求，决不可对其放宽放任。他星期天回家，父亲把世忠给家里的信拿给他看，说道："总算有了音讯，就是没说自己到底在干啥，也没写下个具体地方。"他看完后说："世忠给我也来了信，说的都差不多，信封上好像写有地址我没记下，爹有啥话要说我给写信时给写上。"

"你写信的时候跟他说，要是在外面做对不起先人的事，他就永远不要回来。"

3

闫先生的大女儿玉儿，在县里高小还没毕业时，刘村的刘财东就打发媒人来提亲。玉儿娘知道刘财东的大儿子原来也是先生比较器重的一个学生，家里条件又好，早有把女儿许给刘家的意愿。只因刘家的儿子考入省城师范上了一年又改上了陆军学堂，先生因对民国以来军人的乱政、杀伐、祸民反感，对其另有看法，便以女儿年龄尚小还在念书为由推辞了。先生是个有名望的人，女儿爱学，先生也想让女儿多些才学，一直再未提婚配之事。如今女儿高小毕业，还想再考中学，无奈母亲身体不好，弟妹年龄尚小，便在家协助母亲料理家务。

刘家又让媒人来提亲了，来的媒人很会说话，一来就把闫先生和玉儿娘夸了一番，说玉儿娘会养，养的女儿个个像一朵花，闫先生文墨深，会教，教的女儿知书达礼会写会描，方圆四乡八里难得再有第二个。刘财东为在外当军官的儿子说媳妇，说来说去都一年了还是喜欢玉儿。最后又说到刘财东特别敬仰先生的学识和为人，儿子又是先生的学生，现在又在国民军里当了军官，玉儿嫁了过去只有享福的份儿。玉儿娘笑了笑说："你说的都对，刘家的那娃当初考上省城学校，还到我们家拜谢过先生，娃我见过，没说的，有劳你为我玉儿的事操心，等我跟玉儿他爹说了再给你回话。"

媒人走了后，玉儿娘把这事跟女儿说了，女儿心里明白，早先父亲想把她许配给秦世孝，自己听说后也欢喜。后来秦世孝听从他父母的意愿和他表妹结婚了。刘家又来提亲，她知道在她喜欢秦世孝时，刘子清就喜欢她，刘子清也是父亲夸赞过的学生，但是他从师范改上军校的事父亲另有看法。几年过去了，现在母亲又说这件事，父亲怎么想呢？而且自己还想考中学。她把自己想继续念书的想法跟母亲一说，母亲说女娃到了十七八岁不嫁人，别人会说闲话的。

闫先生在妻子的劝说下，也同意了这门亲事，过了一段时间，在刘家的催促下玉儿便出嫁了。刘财东因为儿子娶了闫先生的女儿，儿子又当了国民军军官，觉得特别有面子，所以给儿子办喜事时还请了戏班子，酒席摆了几十桌，特别有排场。刘子清也特别高兴，自己几年前就喜爱的人终于到了自己的身边。结婚这天，许多老同学赶来祝贺，秦世孝也来了。只是玉儿见到秦世孝时流露出的异样眼神让他有点不悦，因为他知道她曾经钟情于他。晚上他在两人温存之后，要她答应她心中只有他，并告诉她，他一定要把她带出去，让她永远陪在他的身边。

闫先生的大女儿出嫁之后，小女儿和儿子便成为夫妻二人的话题。这小女儿叫兰儿，自小活泼聪颖。在父亲教姐姐念书时她就跟着念，姐姐说她捣乱她不理。说她吧，起初还顺眉顺眼不说啥，但时间不长，姐姐的话她就不听了，有时还拿眼睛瞪姐姐。一次姐姐读完刘禹锡《乌衣巷》的第二句后，她在一旁哈哈大笑，姐姐说她又捣乱了，她说姐姐把"夕阳斜（xiá）"念成了"夕阳斜（xié）"，姐姐说那是一个意思。她说："咱爹教过在这里就念'xiá'。"姐姐重念了一遍觉得按'xiá'念就是顺口。兰儿上学后背书写字常受先生表扬，只是在学校里的课堂上爱与同学低声说话，常被点名。姐姐出嫁之后，她一个人常翻动父亲在家的存书，看她能看的《三字经》《弟子规》《声律启蒙》，懂不懂都觉得念起来特别顺口，像"云对雨，雪对风，晚照对晴空""春对夏，秋对冬，暮鼓对晨钟"，还有"多对少，易对难，虎踞对龙蟠""风习习，雨绵绵，李苦对瓜甜"。一次次地读，一次次地问父亲，不知不觉记了不少。

一天傍晚，闫先生回家刚进门，兰儿娘叫道："兰儿，你爹回来了，把后锅里的热水舀到脸盆里端来让你爹洗洗。"接着又叫儿子把洗脸毛巾和小笤帚拿来，儿子拿来之后，她接过儿子手中的小笤帚替丈夫拍扫身上的灰土，又把笤帚递给丈夫说："把你裤腿和鞋上的灰再拍扫一下。"闫先生一边拍自己裤腿和鞋上的灰土一边问旁边站着的儿子："牲口喂上了吧？"儿子还没答话，兰儿娘接道："睿儿早喂上了，后晌回来还给牛圈里担了好几担干土呢。"

晚饭后，闫先生问儿子学校作业的完成情况，并说道："《三字经》里的'勤有功戏无益，满招损谦受益'你是读过的，你记住这两句话能受益一辈子。"儿子还没说话，兰儿却说："爹，《三字经》里说的'勤有功'对着呢，可'戏无益'不全对，小娃娃两三岁到七八岁，都是在戏耍中学说话、学吃饭、长身体、长记性，能说无益吗？"父亲看了兰儿一眼笑了笑，说："《三字经》是给懂事上了学的娃娃说的，你上学懂事了也要记住这句话。"说完他觉得兰儿喜欢动脑筋，聪明。

兰儿除了学校里学的国语、算术、地理、历史、自然常识、国画课外，还在家读父亲存书《诗经》《论语》《千家诗》《唐

第二十二章

诗三百首》和《小儿语》里的小故事，只是不爱读父亲要她读的《女儿经》。

晚上闫先生夫妻二人闲话之中，妻子说起有人给小女提亲的事，先生说兰儿还小又正在念书，这事不急。妻子说："玉儿那阵子你就说上学不急，结果十八九了才出嫁，上了几年学顶啥用？我看清泉村秦家的三儿世忠就不错，听说他二哥准备给寻个教保学的事，咱又知底，娃小时又在一起耍过，不如早点给——"妻子还没说完，闫先生说道："你不知道，秦山的三儿世忠离家都半年多了，最近才听说在省城找了个事干，大小伙子了，走时都不跟家里说一声，现在到底在干啥事还都不知道。"

"这娃是在你跟前念过书的，人又白净，高高大大的，我看好着呢，怎么说走就走了呢？"

"秦山家的几个儿，说起来没笨的，老大老成能干，老二聪明好学，稳重有见识，老三学习不如老二，但机灵俏皮、点子不少，以后出息成啥样还很难说。"这话让在外间进出的兰儿听见了，不自觉便放在了心里。

闫先生经历了清末民初社会与学校的变化，知道大地方省城里现在不乏知识女子，县里的二小就有一位女先生，是西安师范毕业的，很受师生的爱戴。西府一个县的女子小学的校长还是个女先生，自己的女儿兰儿学习一直很用心，又勤于思考，教她的先生对她也寄有厚望，他想将来如果女儿考上师范，出来当个先生也是自己的名望，便把自己的想法跟妻子说了，妻子说："你是考了秀才当了贡生的，三十多岁了才当先生，兰儿才多大，还是女娃。"先生说："如今社会变了，你不懂，以后我跟你慢慢说。"

第二十三章

常言由事不由人，才学修为总趋新。
非是人生难一样，传承莫过正诚勤。

1

秦世孝的姑父周良娃，在买霉粮一事中，不仅发了一大笔财，还落了个饥荒年间济人之名。他高兴地筹划在乡村老家置地盖房之事，儿子周义却说，城里王家当铺主人的儿子，在省城犯事涉案，急着用钱，传出要将当铺外盘的消息，自己想接下这个当铺。父亲说："咱是吃力气饭的，干不了那事，况且那当铺几年前被土匪光顾过之后一直不景气，咱能有啥办法经营？"

"我认识那家当铺里柜上的人，听说只要识货，那是个只赚不赔的行当，而且据说库里尚存有值钱的东西，现在也来不及讲价钱。我想咱要盘下这当铺，也就不用跑南跑北的。"

"虽然是个轻松饭，可是隔行如隔山，还不如置了田地实在。"

这个从农村走出来当皮匠的周良娃，虽然成了手艺人，但是没有脱离土地，他知道庄稼人只要不遭年馑就不怕饿肚子，土地是最实在的财产。自己的父亲活着时说过，地是刮金板，只要人勤快，年年有出产。现在儿子要把赚的钱拿去盘当铺，他心里不踏实。但是儿子毕竟大了，他没说行，也没说不行。

周义自从有了盘当铺的想法，便和自己认识的那位当铺的先生再次进行了接触。这位先生姓邱，是王家当铺的二柜，曾经在周义家开的绸缎铺购买过衣料，当时周义帮他挑选并让价，还在他付钱不足的情况下让他拿了货去，由此相识。当周义再次找邱先生问当铺外盘的事时，邱先生告诉他，这是当铺主人的无奈之举，掌柜的在府城的"武太当"有份子，儿子出事之后，本想搬出府城"武太当"的股金保儿子，留着县城里的这个小当铺，却没弄成，只得将自己县城这座小当铺盘出去。周义点了点头，然后表明了自己的意思，希望邱先生能够帮忙。邱先生答应之后，周义说："若能盘得这座当铺，仍请先生当柜，

第二十三章

让能做事的留下共事。"邱先生心领神会。

　　邱先生四十八九岁了，中等个子圆脸盘，穿青布长衫，袖口上挽白衬衣外露，稳重干练。他与周义交往时间不长，但知道他的父亲是皮匠出身，开过皮匠铺、皮件作坊，是硬凭自己的勤劳发家的生意人。皇天不负苦心人，周义从行商到坐商有了新的起色之后，老天爷又让他们近两年的生意发了财，他来问当铺外盘之事看来是有备而来，而且是诚心的。于是他领着周义看了整个当铺的设施。

　　当铺的前柜是一溜儿连续两间半的高柜，高柜前安有木橱窗，橱窗下留有当物递进递出的方形洞口，其后墙放有三张桌子和座椅，侧旁有一个门洞通往里间。然后他们又看了存放一般物品的仓库货架，而贵重的物品又存在一个套间屋里。他向周义介绍了物件的入当鉴别、报价、登记、挂、当期，以及到期后的处理等。然后说："这座当铺说起来是一般小押当，小县城中只在县财政科登记，它和由商会出面管理的一般商店不一样。要是大当铺，像府城里原来的义成当铺、敬太当铺、长太当铺，都是到省上藩台衙门登记了才开当的，那里面的设施房屋是一砖到底，堂屋库房的门都是用铁皮包钉的，房屋院子还蒙有铁丝网，防护十分森严。当然大当铺做的都是大生意。"周义说："听你这么说，那些大当铺和钱庄里的设施是一样的？""实际上那些大当铺有不少在外面放印子钱，因为一般的大当铺也都是官宦人家所开，人家腰壮、腿粗，钱也多。"周义听了，也明白了大当铺和钱庄的开办是怎么一回事，他说："我不瞒你，我是想盘下这当铺之后，仍然做原来小押当的铺面，把它办成一个济人之困、解人之急、为人、利人、将本求利的典当行。"邱先生听了，点头道："周掌柜的主意甚好，为商只有在义中求利才是正当之利，也是自古求利之道。"周义同邱先生一边看一边说，他看到了当铺内的一些不足，想起当铺被盗之事，准备在盘下当铺之后做些加强安全防护的事。最后又说到当铺资金周转的事，邱先生笑道："这和钱庄相互支调就行了。"周义不解，邱先生说："都是按利息算的嘛。"周义释然。他离开当铺回头时，看到一个砖雕的大"当"字，嵌在砖包门洞一侧的砖墙上。

周义回到家里将对当铺了解的情况向父亲说了，父亲听后觉得当铺的经营很麻烦，什么大柜、二柜、立柜、坐柜、站柜、估价、当价、包捆、写票、保管，还有二手、三手、打杂的、护院的、炊事等，比自己原先皮匠铺的人还多，摇了摇头说："咱家过去最多连干活的也就十多个人，当铺里这么多动嘴不出力的人，咱能管得住养得起呀？"周义说："一种行当有一种行当的章法，虽说具体做法不一，其实管法大同小异。另外当铺不用寻货、愁市场、跑路子，我看能干。"父亲看到儿子对这事很上心，听口气是一心想盘下这当铺。他也知道儿子不是缺心眼的人，这些年其为人做事比自己强，人脉也广。老伴儿也说："儿子大了有自己的想法，以后的事啥都要靠人家，别多想了。"他说："简单的事我还想得来做得来，复杂的事自己想不清也做不到，钱是要挣的，但我想起老辈人说的，穷死没出当、冤死莫告状的话，心里总觉得当铺是个不好的行当。"

"爹娘放心，我不会干借人之困、谋人不义之事。"

周义收回了在四川广元和陈栋合作生意的股金，加上现有家中的积蓄，通过邱先生帮忙，在商会的见证之下盘下了当铺，留用了必须留用的人，然后对内进行了整修，又通过表弟世孝原在县财政科的熟人关系，重新进行了登记，办理了税务方面的手续，并向警局进行了打点，开起了当铺。

2

闫先生的大女儿来跟她娘说,女婿来信说要接她到同州去。母亲问:"同州在哪里?"

玉儿答道:"是他驻防的地方。"

"远不远?"

"好像是在省城的东面。"

"你丈夫长年不回来也是个事,让你跟着跑那么远,人生地不熟的。"

"哪能由得了他呀?"

"这么说你是想去呀?"

"娘——"玉儿有点不好意思。

"那你婆婆愿意?"

"那是他们俩的事,你不知道,娘,信里说他现在可以带家眷了。"

"反正女人到队伍里去不好,唉,嫁夫随夫,我和你爹管不上你了。"母亲说完又接道:"对啦,现在有人给兰儿说亲呢,我一定要把你妹嫁个离我近的地方。"玉儿笑道:"我没给你争气,你把希望都放在兰儿身上了。"母亲说:"啥希望,女娃娃一出嫁就成了别人家的人,父母能靠上吃,还是能靠上喝?就是离得近了经常能见上人。"

过了两天是个星期天,兰儿在家,母亲说:"听你姐说,你姐夫要回来接她去你姐夫那里,你去看看你姐夫回来了没有。"兰儿有好长时间没见姐姐了,因为在当地,女儿一出嫁是很少走娘家的。兰儿到姐姐家相互道安和询问姐夫之事后,姐姐便将母亲提到的有人给兰儿说女婿的事告诉给了兰儿。兰儿说:"看娘操的这心,我还上着学呢。"

"娘是在操她该操的心呢。"

"我不管，咱爹没说。"

兰儿心里藏不住事，有啥说啥，但是这件事她上了心。她回家后母亲问她学校里女生有多少，男生都是哪里的？男生和女生说话吗？有女先生没有？兰儿告诉了母亲学校里的制度，说有一位女先生对他们很好但很严，回答完母亲的问话后觉得困，睡下之后却又睡不着，翻来覆去，又想起儿时她随母亲到清泉村南山寺赶庙会，后来到一家人屋里去，中午又跟那家一个虎头虎脑的男娃，还有他的伙伴去村外西河边玩耍的事。在路上她吃了他们偷的西瓜，好像后来有一次还吃过他烧的毛豆。他们一起玩过娶媳妇抬花轿，两个人手交叉抬着她，唱着儿歌。"呜哩啦，呜哩啦，花轿抬到女婿家，先拜天后拜地，再拜爹娘洞房里去。"那个男娃叫世忠，他和他哥都是父亲的学生，他二哥到过她们家，学习好、有礼貌、话不多，而他，听父亲说爱玩、俏皮、胆子大。据母亲说父亲曾经想把姐姐嫁给他二哥，不知后来是啥原因，姐姐却嫁给了现在的姐夫刘子清。父亲和母亲前些时说过他，现在他去了省城，他在干什么呢？慢慢地瞌睡虫爬上了她的鼻梁，她迷迷糊糊地睡着了。

放暑假时，姐姐已被姐夫接走，她没处去，父亲不在时她就看父亲的书，她翻到了一本《太平广记》和一本《龙文鞭影》。两本书都是记述历史人物故事，前者故事篇幅不长却也完整，后者均以四言成文，押韵，读起来很上口。她翻了翻，发现过去父亲和姐姐给她讲的一些历史小故事，就是出自这两本书，她便饶有兴致地拿着读。母亲见了说："一个女儿家不学针工茶饭，将来嫁了人不但让人说闲话，还要受夫家的气，读书识字能顶饭吃啊？你姐姐这方面虽然做得不算好但还能做，你是啥都不会做还不学。"兰儿说："你就说我姐姐听话，我不听话，可是你说要做的那些活有啥难做的，除了玩面蛋蛋，就是针头线脑。"

"你甭嘴硬，你能行？我给你一片枕丁布，你绣一朵花给我看。""能行。"兰儿答应着，仍看她手里的书。

枕头是人们休息时要用的东西，大都是用布做成条形，里面装荞麦皮，两端或圆或方。而缝在布袋两端或圆或方的布片叫枕丁，做枕丁的布块有红色的、黄色的、蓝色的，上面绣了花。条件好点的人家枕丁多是用绸缎做的，上面的绣花往往是一个未出嫁女子修身养性的功课，也是智与巧的体现。而这枕头上的枕丁、脚上的绣鞋、花肚兜也是女儿家出巧的途径和装点生活供人们欣赏的技艺，也常作为女儿出嫁时嫁妆之一。

兰儿从母亲手里接过一块红布和夹绷绣布的绣花架，往自己住的厢房走去。母亲随后说，丝线在针线蒲篮里一本书里夹着。回到厢房里的兰儿将绣布夹好，绣什么呢？得先将要绣的图案描上去，去找母亲画吧，一定会受到母亲的埋怨和数落。自己画吧，弄不好会走样儿，最后她想到了拓描的办法，将一个老枕头枕丁上的"鹊喜梅"图样，拓描下来放在自己的绣布上，然后到母亲的线蒲篮里拿绣花针和彩色丝线。考虑到所绣图画颜色较多，便将夹放丝线的书本一起拿了来。先比对好，抽配丝线，然后穿针引线绣了起来，刚开始绣几针又拆几针，还将手指扎破了两次。

几天过去了，兰儿娘没见兰儿问她要针要线，也没让她画图样，以为兰儿把在枕丁上绣花的事放在了一边，便在一次早饭之后问兰儿："这几天你钻到屋里做啥？"兰儿答："不是你叫我给枕丁上绣花吗？"

"绣了吗？"

兰儿一边收拾碗筷一边说道："明天就拿给你看。"兰儿娘望着兰儿端着碗筷往出走去的背影说："你不要拿嘴支应我。"

第二天上午，兰儿娘正在织布机上织布，兰儿拿了自己绣好花的枕丁到娘跟前说："这个枕丁绣好了，再有一个就够做一个新枕头了。"兰儿娘停下手里的活儿，接过女儿递的枕丁看了看，转过脸看了看女儿，又看了看枕丁上绣的花，又转回脸看着女儿说："这是你绣的？"

兰儿点了点头。

"谁给你画的花样儿？"

"自己画的。"

"你会画？"娘有点不相信地问。

"照着你枕头上那个画的。"

"配线你是——"

"也是照着你枕头上的配的。"

兰儿娘没想到兰儿竟然不声不响，连画带绣做成了一个绣花枕丁，真是人常说的"狗大自咬，女大自巧"。她想到自己小时是母亲手把着手教会的，大女儿也是被逼着学了好些时间才学会了连画带绣，小女儿没教就自己学会了。她脸上露出笑说："我兰儿到底长大了，上了心就是学得快。"随后又指出其绣花针脚细密不一和线头的处理问题，答应再给她一方枕丁布让她去绣。就在兰儿娘下了织布机为她寻找第二块枕丁布时，她又去翻父亲放在柜上的书，看到一本《唐诗三百首详析》。她背过千家诗，翻开这本诗书看了看，里面有她背过的诗，不同的是这诗句的字侧都画有黑的、白的圆圈，后面还有解释，看了其中声调的说明和图示，她这才知道黑圈白圈所表示的意思是平仄、韵律。她把它拿了出来，又拿出一本叫《花间集》的书，她以前没见过这本书，正要翻看，父亲回来了，并一路叫着弟弟的名字走了进来。母亲手里拿着为兰儿寻的枕丁布迎了出去，告诉丈夫儿子不在屋里。父亲脱去长衫，进了厢房看见柜边上放的两本书，他知道是兰儿拿出来的，对跟进来的兰儿说道："这书是你翻出来的吧，喻守真的这本《唐诗三百首

· 357 ·

详析》你可以看，以前光教你背诗，现在好好地下功夫学学，里面有声调和韵律的标识，不管是近体诗、乐府诗、古体诗、格律图谱都注释得很清楚，有分析有解释，这些诗是历来传诵的名篇。人常说，熟读唐诗三百首，不会作诗也会吟。至于《花间集》这本书是另一种叫词的文体的书，也可以叫长短句的诗，是晚唐的东西，有一定的格式，格式的名字叫词牌。这些词的内容多是闺情艳词，偏重于香软绮靡之风，不是你这个年龄看的，你就不要看了。"兰儿娘等丈夫把话说完，把刚拿来的那块枕丁布拿给兰儿说："你在上学前做好就行。"丈夫问："你叫兰儿做啥？"兰儿娘说："兰儿在做枕头上的枕丁呢。"

"会做吗？"

"你女儿这几天自描自画已经绣好一个了。"

兰儿娘拿了兰儿绣好的一个枕丁给丈夫看，闫先生瞄了一眼，赞许地点了点头。兰儿将那本《花间集》放回原处，拿了母亲给的枕丁布和那本《唐诗三百首详析》往外走去，母亲说："把你手里的东西放下，你爹回来了，你到房后的菜地里摘一把菜来，我和面去。"

3

晚上，兰儿将母亲下午给她的第二方枕丁，撑在了绣花竹木绣架上，选好要用的绣花图案后想听听母亲的意见。当她走到父母的厢房门口时，听见父亲正在训斥弟弟贪耍不好好念书，她又折回自己的房内，拿起父亲要她读的《唐诗三百首详析》看了起来。她从书中对诗句字声的标识中发现了自己方言口语中字声平仄问题，但对什么粘、对、拗、救一时还弄不清。她看着诗的解析，却又想起父亲不让看的那本叫《花间集》的书，书名是"花间集"，父亲却说多是闺情艳词，香软绮靡，倒叫人更想看个究竟。

闫先生训完儿子，又给他讲了一些做人的大道理，然后让儿子背诵《弟子规》的第五章，完了让他好好自省，并让他去牛圈里给牛把草添上。儿子走了后，妻子又跟他说兰儿的婚事，并说有人也给儿子提亲的事。先生说："甭说了，睿儿才多大？""我想趁现在把兰儿的彩礼钱给睿儿把媳妇定下。"妻子说完闫先生扑哧一声笑了，说道："没有兰儿的彩礼钱，难道将来就不给睿儿定媳妇了？"妻子说："我还不是为了这个家呀，你也是快五十岁的人了。"闫先生看了一眼妻子有点委屈的样子说："好了，不说这些了，睡吧。""你先睡，我还有几针活儿呢。"妻子说着继续纳她手里的鞋帮子。

兰儿从所读的《唐诗三百首详析》一书中除了知道诗的格律知识外，从其拆解中更体味到每首诗的立意、情景、思想。其所言时光、地物、家国人生、感情梦想、恩怨离恨，几十个字，最多百十个字，劝、勉、苦、乐说得那么的凄美、深沉、厚重，让人久读而不厌。可是《花间集》中的闺情艳词、香软绮靡是个什么样子呢？人就是这样，有个好奇心，你越不让她看，她越想看。

过了两天，她借到父母房中拿绣花的丝线，趁父亲不在将那本《花间集》拿到自己房中，放在枕头下面，晚间偷偷地翻看起来。此本收集了晚唐五代时期十数人的词作，多为歌妓遣兴娱乐的唱词，委婉柔媚。什么"心思有谁知，月明花满枝""春梦正关情，镜中蝉翼轻""杨柳色依依，莺归君不归"，还有"花落子规啼，绿窗残梦迷""金雁双双飞，泪痕沾绣衣"。她不完全懂其意思，词句中不是风轻水软、新欢旧梦，就是美人愁、相思在……她想不出来，感到莫名其妙，倒觉得没啥意思。她没读完便将书放回了父亲的房中。

赵维国回到家里心中并不平静，真要在家种田也不是他想要干的事，他没那个力气，收收种种的季节里他没插手也不怎么露面。而赵维国的女人老实本分，话语不多，赵维国结婚时就有点嫌弃她，因媳妇是父母给定的，父亲说丑妻是家中宝，不结婚就甭念书了，他便结了。但在省城上学与工作时很少回家，去了陕南后就打算等工作稳定了，另娶一房有文化的大家闺秀，没想到谋事不成娶太太的事也泡汤了。他回来后，眼前这个不如意的女人暂时填补了他的生理需要，时间一长他的老想法又冒出来了。一次他在村口见到一个女人长得很好看，虽然一身村妇打扮，但匀称的身材、鹅蛋形的脸盘，加上白白的皮肤，使他眼前一亮，特别是她那一对黑葡萄似的眼睛，飘来飘去的眼神让他感到异样。后来他发现她是纪家的儿媳妇，她男人给东塬的土匪背过枪，没人敢惹，他爹被气死后到现在他还在外面混。这媳妇叫芸香。后来，赵维国和这个女人鬼混在了一起。赵维国经常进出纪家的屋门，时间长了，人们便有了议论。四弟赵喜从他赌友那里听到之后，回来跟媳妇说，两口子的议论被二嫂听见了。晚上赵维国回家后，厢房里便传出了争吵和哭泣的声音。这声音被父亲赵有余听见了。

  赵有余这个人尽管贪财又吝啬，自己发家的过程中在买地、种大烟、卖生烟、经营烟馆等事情上做过损人利益的事，但自己从来不抽大烟，不嫖不赌，并告诫自己的儿子一样都不能有。他想，怎么念了那么多年的书，曾经干公事的儿子会干这丢人的事？他有点不相信。

  第二天吃过早饭，赵有余想到地里转一圈看看种的麦，在村里十字路口人们常聚集的地方，听人议论纪家儿媳芸香的事，待他走近时没人说话了。他看到这些人的异样，又想起别的事便转身往回走。刚到家一进上房门，见四儿赵喜背了半口袋粮食从楼梯上下来。他问："你装粮食干啥？"儿子赵喜想趁父亲不在偷点粮食出去，没想到被返回的父亲碰见了，心里有点发慌，嘴里便支支吾吾的。赵喜知道没法辩，急道："我媳妇有病了，要去看病，我三哥又不在，你也出去了，我急用钱。"他的话音刚落，他媳妇从北院过来出现在房门口，说："你今日要走，你把你娃抱上走。"父亲一听，看了四儿的媳妇一眼，转问儿子道："你不是说要给你媳妇看病吗？怎么？"没等儿子回答，儿媳说道："你儿瘾发了，没钱买烟棒子，给我看啥病，我没病。"赵有余一听喊道："我打你个败家子。"转身在门后寻打儿子的东西，儿子一看父亲要打自己，丢下粮食口袋夺门而跑，赵有余急忙脱下一只鞋朝儿子扔去。儿子一边跑一边扭头说道："你就看见我装粮食了，看不见你那几个儿子在外胡作非为。"儿子跑了，媳妇见自己的男人走了，抱着怀里的娃回自己住的北院去了。赵有余见四儿偷粮食又听到四儿说的话，气得坐在房门门槛上骂道："对不起先人啊，养的都是一群土匪贼娃子。"他不提名地骂，把往日听到见到让他生气的事提起来就骂，骂了整整半上午，骂得南院北院静悄悄的。后响三儿赵寿回来了，他把三儿叫到自己房里，说了四儿偷粮食的事和他说的话，以及老二屋里两口子吵嘴传出的话。三儿赵寿说："我二哥的事那是些闲话，我想以我二哥的身份和本事他不会那样做的，你甭往心里去，女人家听风就是雨。老四老五的坏毛病我听说了，不过在家里偷粮食还没遇上过，今天这事他也没弄成，你也甭生气，回头我再给说说。"

晚上，赵维国回来了，赵寿把赵喜叫到二哥的房子里，对二嫂说："二嫂先出去一下，我和我二哥、老四说几句话。"二嫂出去之后，他以当家人的口气说了父亲今天生气的事，接着望着四弟赵喜说："你老大不小的，娃都抱上了，做这事不嫌丢人，惹得咱爹骂了一上午。"赵维国接道："咱家在村上论家业、论人口都是大户人家了，不能把爹的人丢了，再说政府也在禁烟。"赵喜瞅瞅二哥说："我算是倒霉，叫爹碰上了，了，你也不能待在这里了，得送你们母女回去。"

"你不是集训嘛，集训完不就回来了吗？"

刘子清摇了摇头说："是集结不是集训。"

玉儿望了望丈夫，她知道集结就是待命，半晌没说话。他接着说道："我可能走不了，你带着娃一路上不方便，又有行李，我派人送你们回去。"

晚上他帮媳妇整理了要带的行李，并把自己不需要的东西也打包装箱，然后又熬夜给家里写了一封信，并嘱咐媳妇："回家之后把信交给父亲，告诉父母不要牵挂我，带好孩子伺候好老人，在家等我的信。"这一夜两人都睡不着，说了大半夜的话。

第二天刘子清派人买了火车票，叫人力车装了行李，安排护兵跟车护送妻子女儿走了后，便立即回到自己岗位，前往集结地点。

闫玉儿回家之后，拿着丈夫给公婆在西安买的糕点拜见公婆，公婆上前抱着孙女亲了亲，女儿挣脱她的怀抱跑到爷爷的膝前，爷爷摸着孙女的头问这问那，自是一番亲热。公婆问道："子清怎么没回来？"她说道："他有急事不得脱身。"说着将丈夫的信给了公公，说："这是他写给二老的信。"子清的父亲看完信点了点头，坐在一旁的老伴儿扭头问："儿子信里说了些啥？""问候了你我，说了他没回来的原因，是接到上面的命令去了一个地方，考虑到不方便照顾她们母女，便派人送了回来。"

闫玉儿安顿好屋里的事，告诉公婆想去娘家走走。公婆知道儿媳去省城半年了，回来该去看看爹娘，嘱咐小儿子子义背上侄女去送嫂嫂。因为到娘家的路不远，玉儿抱了女儿提了准备好的礼品，和公婆打过招呼，没让小叔子送就走了。到了娘家后，她母亲惊喜地问道："不是在省城里吗，啥时回来的？"玉儿答后，母亲说道："那么远，你夫婿跟你一起回来的？"玉儿说："现在坐火车快着呢，他没回来。"

"你一个人带娃回来了？"

"他派护兵送回来的。"

"我玉儿有福，坐火车，去有人接，来有人送，你爹好些年都没去过省城了。"

"现在有汽车有火车，不像我爹他们那阵子要走路，就是骑个驴也要走几天才能到。"

母亲接着说道："这一回才去了多长时间，你夫婿就打发人把你送回来了？"

"半年多了，军队里有事，他现在去了别处。"

这时弟弟睿儿从外面回来，见了大姐问过之后便抱了外甥女英英出去耍。玉儿从母亲口中得知父亲正在后院里忙，便跑到后院问候父亲，回到屋里又问起妹妹兰儿。母亲说："兰儿提了换下的衣服到河里洗去了。"

"兰儿小学毕业了吧？"

"毕业了，又吵着上中学呢。"

母女说着话，父亲进来问玉儿："英英呢？"玉儿说："睿儿抱出耍去了。"父亲又问："省城乱不乱？"

"没听说乱，就是街上常有游行集会的、演讲的、演活报剧的。""那你夫婿他们的军队有啥动静没有？"

"听说训练很紧张，又接到集结命令，就把我和娃送回来了。"

"养兵千日，用兵一时啊，现在国家这种形势，恐怕是要准备上前线了。"父亲说完，母亲接道："尽是叫人操心的事。"

兰儿提着放了洗好的衣服的竹篮走进院里，嘴里说着，

第二十四章

都立秋了还这么热，把人渴的，然后把竹篮放下跑进屋里找水喝。玉儿叫了一声"兰儿"，兰儿一看是姐姐，高兴地说："姐姐来了，啥时回来的？我昨晚做梦还梦见你了，你、我还和小英英玩耍呢，英英跑得可快了。"母亲说道："喝点水，快把衣服搭在院里绳子上晾着去，都晌午了。"玉儿说："娘歇着，我去做饭。"

刘子清送走媳妇返回营队，到了集结地，在听取师首长训话之后，次日便坐火车开赴前线。

他们坐的是闷罐车，即一节车厢除了一个中门以外前后是封闭的，出发前师长在列队前激情愤慨的训话，在行进的车厢里余音萦绕。老兵们在议论此去要打恶仗的事，有的为师长的坚定沉稳、一定要赶走日本鬼子的斗志所激励，也有的不声不响地思考着什么，有的大声连骂带说小日本，也有的窃窃私语。在火车出了潼关进入河南时，车厢里的士兵们大都进入了梦乡。而刘子清仍想着师长的讲话，"七七"事变不到半个月，日本人已经占领了北平、天津，一路向南推进。师长是陕军第一个率部前往的，可见其保家卫国的忠心，自己此次能随往效命也觉荣光。他又想到自己的妻子闫玉儿和女儿，她们在家中这时也许已经睡着了，她们决不会知道他现在已经行进在中原的大地上，正在向抗日前线前进。到目的地后他要写信告诉她，他们几天前的集结就是要去打入侵的日本人。

他们到达河北保定时已是八月初，在安顿好驻防之后，他给家里写了一封信。刘财东接到儿子的信拆开一看，有一张折起的是儿子写给他和老伴儿的，另外折起的一张是儿子写给媳妇的。他将儿子写给媳妇的重新折好让小儿子拿给了儿媳。然后他展开儿子写给他和老伴儿的信仔细读了起来。

父亲大人敬鉴：

　　二老身体安好，恕儿不孝，前由玉儿转二老之信想已收到，因军令在身未能回家省亲。现儿已随军日夜兼程开往抗日前线，在京冀地面布防，自思我军有数十师团军队，绝可力阻疯狂的日军南侵，儿子所在属于我军第三道防线，固若金汤，请二老放心。前差人送妻女回家，又为二老添烦心有不安，望二老家事中勿过操劳，也勿牵念于儿，多着眼于小弟子义读书出息之事。儿钦佩父亲于乡里公众之事，惜年岁有加，应酌体康而为。敬补福安。

　　　　　　　　　　　　　　　　儿：子清拜上

　　刘财东刚开始看到儿子已去前线，心中不免有点紧张，后来慢慢地平静下来，看完之后长长地舒了一口气。坐在一旁的老伴儿听到丈夫看信时，念一句不念一句的，听到"开往前线"几个字她想了想问道："开往前线是说啥？"丈夫说："前线就是打仗的地方。"一听打仗，子清娘才明白儿子是去打仗了，说道："这娃，走时咋不给家里说一声，该去还是不该去？""军令如山，哪能由得了他，况且他还是个军官，领着一队人。"刘财东说完，子清娘说道："要不给写个信叫回来算了，叫他甭当那个军官了。"

　　"这不是你在家赶庙会，想去就去想回就回，这是去打日寇。"

　　"我不管打谁，就是不想叫我儿去。"子清的父亲望了一眼妻子说道："真是头发长见识短，那么多当兵的，就你儿是儿，别人的儿不是儿。"

　　闫玉儿看到小叔子拿来丈夫给她的信，等小叔子走后，她赶紧展开看。从信里知道丈夫真的是上前线打仗去了，丈夫对她的关心，让她感受到丝丝温馨，甚是欣慰。特别是信中附的

那首名叫《鹧鸪天》的词让她连着读了几遍:

> 月挂西楼秋已临,一城宁静巷深深,别离谁信今如是,曾几梦中与君同。号角响,催人行,欲留无计忆相拥。长思已往窗前月,关外犹恐听无声。

玉儿自幼在父亲的教育下读了许多书,很容易便理解了丈夫写的词,词中的语境和情感使她深受感染,丈夫对她的眷念与如今身处两地的相思让她感动。于是她在回信中也用表达心境与情感的词《巫山一段云》表述了自己的思念之情。

> 玉露金风到,云天自作为。西京别后影相随,总是梦君归。草木凝新月,清辉照鸟飞。傍依门枋锁双眉,思念绕闺帏。

她说她是学填词,要他为她指正。就在她写好回信,从公爹那里要来丈夫寄信的地址准备发出时,丈夫的又一封信寄了回来。

刘子清的第二封信是在第一封信发出之后没过几天写的,信中问询二老与家庭情况之后,便叙说了他所在的抗日前线的情况,说了他们所在的地方第一、第二道防线已被敌人突破,日军正疯狂地向第三道防线推进。由于战况紧急,也难用片幅书信说清,遂用一首七律概括。

> 防线突破日暴横,瞬间保定云压城。
> 寒星点点夜空闪,斜月西风冷气凝。
> 漫对五更思衾枕,念情切切雁声声。
> 军民守土家邦计,怒竖横眉对倭凶。

最后嘱咐因阵地随时变动不必回信。刘子清的这一封信，在一家人的心头重重地压上了一块石头，子清的父亲隔三岔五到镇街或县城打听抗日前线的事，母亲常去附近的寺庙里烧香拜佛，祈求神灵保佑儿子平安，玉儿心里也常默默地向上天许愿。

2

秦山的大儿子秦世德，自表弟周义盘下当铺之后，在表弟的要求下和表弟一起干当铺的修整活儿。姑父的皮作坊不做了，也不跑远处经商了，但皮匠铺是他多半辈子的心血，他人老了，行苦坐累虽力不从心，却也不愿撂下他曾经赖以生存的手艺。世德没有了外出跑帮行商的活儿，家里又添了地，兄弟世孝、世忠又不在家，父亲也有了年纪，媳妇和母亲也劝他回家，他便在表弟的当铺修整之后，提出回家之事。表弟要他留在当铺，他说："我就不是吃那碗饭的人，大天地里跑惯了，钻在房底下心急，自己也没那个命，四弟世义比我识的字多，他不上学了愿意来就让他来吧。"他跟姑父和姑姑说了一声便回了。

经过了连续几年的旱灾、蝗灾之后，老天爷看到了倍受苦难的人们的可怜，开始有了清风细雨，田里的禾黍得到滋润，草木也显繁荣，与自然灾害同时存在的匪患，在政府的干预下也逐渐平息。粮食收成好转，人们没忘记上天的恩施和各路神灵的保佑，便议论起谢神社戏与传统庙会礼祭之事。原来清泉村庙会的会长，因病难以出面，于是在他的提议下，由各自然村派人参加寺庙里的议事，推举新的会长负责寺庙田产、庙宇维修和庙会会事。前来参加议事的人有大姓宗族长者、有威望的老人、老乡约、老保正和保甲长。由于秦山为村中秦氏家族长者，为人向善，曾热衷于为村中私塾选聘先生奔跑，也为庙会善事活动出了力，儿子也个个争气，声名俱佳，被推举为会长。秦山已有了年纪，力不从心，推辞不就。

老乡约说："你老了但你儿世德年轻力壮，你掌舵他干事，就让他替你干吧。"没等秦山说话，老会长说："世德在外闯荡多年，见多识广人又憨厚，年馑里一家人也捐粮舍粥，有当爹的在后面指点着一定能行。"众人皆点头同意，保长方明魁便让人叫来世德，给说了让他替他爹当会长的事。世德一边摇手一边看了一眼父亲，父亲低头抽旱烟没有任何表示，保长方明魁说道："都大小伙了还怕你爹。"接着转向秦山，叫道："秦老哥，你儿等你一句话哩。"秦山这才抬起头说："众人的事是大事，多操点心也好，就看他自己了。"就这样，世德替父亲当上了清泉村三会的会长，保长方明魁笑道："还是当爹的话顶事，不过众人都看着你呢。"然后又问世德有啥说的没有。秦世德想了一下说："感谢村人父老对我爹的信赖和对我的寄望。我想说一个年馑闹得咱村有好几年没唱戏了，今年收成还可以，咱先唱一台《肘猴谢神戏》，到明年把倒塌的老戏楼重新盖好再唱一台大戏，把村里前些年遭灾的霉气好好给冲冲。"众人听了有的点头，有的说好。老会长说："还是年轻人有想头，咱们把会长选对了。"保长方明魁拍了拍世德的肩膀说："叔赞成，就看你了。"众人也都说原来的老戏楼倒了好几年了，该盖一个新的了。随后老会长向世德交代了寺庙道观的田产和已往布施的收支。

一天世孝回来了，听说大哥不再跟姑父和表弟跑生意去了，说："大哥想的也对，跟姑父表弟已经十多年了，春夏秋冬、雨露风霜，在外饥一顿饱一顿受苦了，家里的收收种种、赶牲口去山里驮柴，样样事还离不开，我和三弟又指望不上，现在爹的身子骨又不好，在家里好。""其实地里的活是半年忙半年闲，闲时在外挣点钱也好。""不就家里的零碎花销嘛，我每月的薪水——""你那薪水咱爹还想攒下添置院南面的厦房呢。"

弟兄俩说了一阵子家事，世德告诉世孝，村人议举叫父亲当会长，父亲推辞，最后让父亲掌舵我干事，把会长的帽子硬戴到父亲的头上了。世孝说："众人眼亮，父亲不用说，大哥能干，在外又经历了那么多事。"

"那都是咱爹在村上积的功德，说实在的我还吃不准。"

"咱爹没说啥？"

"咱爹只说众人的事是大事，多操点心好。"

"有咱爹呢，没问题。"

说了家事，世德又问起兄弟学校里的事，世孝说："学校在县里的安排下已经成为一所完全小学，现在学生已经有二百多人了，先生新老都有，也都尽职，特别是今年府城师范毕业到学校来的两个青年先生很能干，这一时期通过办壁报、教唱歌把学校的抗日活动一下带起来了。"

"事情顺当就好。"

"咋说呢，县里新近又让我兼了学校所在片区的联保主任，所以有点忙乱。这不，快一月没回来了。"这话被走进来的父亲听见了，说道："你当先生当校长，咋揽那事？"

"我也不愿意，上面说是暂时的。"世孝说。

"早点推掉，那尽干的是得罪人的事。"父亲说。

第二天刚吃早饭，世孝所在区联保公所有人跑来说，因汧河秋天涨水，河水改道后河两岸土地发生变化，村人为此争斗打伤了人，事情闹得不可开交，请主任赶紧去。世孝听了没说二话便随来人而去。父亲听说后没好气地说道："连个星期天都没，真是没虱捉个虱咬。"大哥世德也摇了摇头。

秦世孝跟随来人直奔两岸村人争斗的现场，只见村民双方各有数十人手里拿着铁锨、镢头互相指骂，双方人群之中站着劝架制止的联保公所的人。他先看了看争斗中受伤的人，然后站在中间高声说道："乡亲们，有啥事慢慢说，不能这样，把谁伤了都不好，谁没有个父母兄弟妻儿姐妹，真死了人是要偿命的。现在听我说，第一，各自把受伤的人赶快送回去，上药的上药，接骨的接骨。第二，你们为地相争之事，给我几天时间，我保证解决好。记住，水烧开了喝着烫嘴哩，得凉一凉，人常说心急吃不了热豆腐。"因为秦世孝是高小的校长，又在县政府财政科干过事，又是联保主任，为人正直向善，很得人们信任，听了他的话便慢慢散去。后来秦世孝让双方推举代表，连同所在保甲的保甲长共同实地勘察，与地契对照，公正地处理了这件事。父亲知道后说："这事对教书的先生不是正事，对老百姓来说还是一桩正事。"

县城里的人突然多了起来，东来的火车、汽车每天都带来许多人，还有推车的、挑担的。县城里有了面粉厂、火柴厂、机器厂，街面上有穿长袍马褂的，有穿制服戴礼帽提文明棍的，还有背枪的、讨饭的。秦世孝到县城里办事，接到从县财政科转来的一封来自山西的信，他拆开一看，是刘子清寄来的。他和刘子清从义学到社学、小学、师范一直在一起，后来刘子清改上军校后，来往较少。他记得自刘子清和闫玉儿结婚后再没见过他，只知道他在离省城不远的地方驻军，上个月才从窦铨的信里知道他已上了前线。他对刘子清在"七七"事变后即刻随军前往抗击日寇的行为十分敬重，但因不知其处地无法写信致意，现在接到他的来信很是激动。刘子清在信中简单问候略述情谊后，叙述了在前线两个多月来所经历的阵仗，以及军兵守土拼死的勇武，这让秦世孝热血沸腾。但信中也说到他们在河北沦陷后转战太行山的无奈与敌人强势横暴所激起的我军军兵愤恨。他从刘子清的信中知道了他们的艰辛、牺牲与敌人的野蛮残暴，他知道他们在一个关口已经完成布防等待阻击来犯之敌。这使他这个关中平原上成长起来的教书先生对战争的残酷与抗击日寇有了一个新的认识，他很想把这些事情讲给学校里的先生和学生听。他回到学校时已是晚自习之后，住校的同学还在宿舍里嗡嗡地说话，偶尔有个大嗓门在吆喝。除了学生和先生们宿舍里的点点灯火，整个校院里黑黢黢的。

　　学校新建房屋只有两座，其他都是庙堂改的，有的教室里泥塑神像仍在，校院里有几棵高大的柏树，在晚上一经风吹呼呼地吼，显得幽静而阴森。熄灯铃摇响之后，秦世孝到学生宿舍前转了一圈，听到里面有人说话便故意咳嗽一声，里面顿时没了声音。他往回走时路过新来两位先生的宿舍门前，门突然打开。"噢，是校长。"一位年轻先生说。"你们还没休息？"秦世孝问。"没有，刚听见脚步声，出来看看。"年轻先生说。"这古庙里太静，不习惯吧。"秦世孝说着从门往里看见另一位年轻先生在看书，便走了进去。一张大点的桌子，两个蚂蚱腿方凳，一方土炕，挨炕一张课桌上放着喝水吃饭的用具。里面看书的年轻先生看到校长进来便站了起来，侧着身子一只手还按在了书上。"看的啥书啊？"秦世孝问。那位先生不自在地笑着说："闲书。"后面跟进的先生接道："是母校出的一本刊物《引擎社》。""记得原来出过一本《西声》。"秦世孝说着拿起那本刊物翻看了下目录。这是一本油印刊物，里面有关于抗日战争的、禁烟的、民先队活动的，还有关于马克思列宁主义的介绍，说："这是才出的，里面有些新东西，看完了让我看看。"说着将书放回原处，"早点休息。"说完便走了出去。

第二十四章

看那本《引擎社》的年轻先生连忙去关好门，对另一位先生低声说道："没注意校长进来了，不会拿咱们看的书说事吧？"另一位说："校长不是说也想看嘛，我想不会。"

"听说他还是联保主任。"

"我觉得校长对咱们在学校里宣传抗日和教唱抗日歌曲还是很支持的。"

3

秦山的妻子在年馑上收养的一个女娃燕燕刚满十五岁，保长方明魁便打发媒人来给他儿子提亲。秦山说："我燕燕才多大，他就说开这事了。"媒人说："方保长看上你家燕燕长得好看、膔腆，个头儿又高，加上你两口子教得好，想先给他儿子定下，我想方保长家境不错，土地田院、油坊水磨——"没等媒人说下去，秦山说道："还有大骡子大马大烟馆。"

"这你都知道我就不说了。"

"我燕燕是许人呢，不是许他家那田产骡马的，你回去跟他说，就说我说的，我燕燕还小，现在不说这事，让他给他儿寻个年龄相当、门当户对的吧。"

媒人走后，妻子望了一眼丈夫说："燕儿年龄虽小，许人定亲倒是咱该操心的时候了。""那要看是啥人家，你不知道方明魁当了保长后是个啥人，他那大烟馆就是他领人砸了别人的，又联合上面的'鬼'新开的。据说生的熟的都卖，还老往纪家跑，和那婆婆、媳妇两个都不干净。两个儿子，一个抽大烟，抽得地里活都干不了，方明魁叫人把油坊和水磨管着，他蹲在烟馆里不出来，瘾过饱了胡逛。另一个儿才二十岁出头，又赌又嫖，借着他爹是保长在赌场上又横又赖，上梁不正下梁歪，咱跟他有啥说的。"

方明魁在清泉村算是老户，家境不错，早先作为方姓户族的长者，曾为村子开办私塾义学跑动过，在村中敢于说话，影响不错，与秦山都是吴乡约王保正、村里庙上议事时离不开的人。自村里实行保甲制他当上保长之后，变得和以前不一样了，说话比以前硬气，有时自己不出面故意让保丁整人打人，然后他再出面做好人。南村塬边上纪家的儿子纪定升给土匪背过枪，土匪被剿灭之后流落在外两年没回来。他以侦听其下落为名常出入其家中，不仅和纪定升的娘不清不白，和那家媳妇芸香也有传闻。这事连杨村的刘二、西镇的窦郎中都知道了。所以如今的方明魁在村里，他在前面走后面就有人指着他的脊梁骨骂。这也是秦山后来看不起方明魁的原因。但是方明魁依然我行我素，因为他是保长，他有势。

过年时村里耍完社火，收拾好社火、头帽、衣箱后临走时，方明魁叫住秦世德说："叫你爹明天到我屋里来一下，我有事跟他商量哩。"世德回到家跟父亲说了，秦山一时想不起方明魁有啥事跟他商量，只"嗯"了一声。

第二天吃过早饭，秦山提了旱烟锅往方明魁家走去。方明魁家是个四合院，在南村的最东边，院内有上房和两对面厦房，院落坐南朝北。当他走到跟前时，发现原来的土门楼变成了砖包的高门楼，门楼上青瓦坐脊、云瓦包边、筒瓦扣带，檐口上还使用了滴水。这方家啥时盖的新门楼他还不知道。走进院里，一只大黄狗"汪汪汪"叫个不停，这时方明魁从上房里走了出来，说道："秦老哥来了，快进屋里坐，稀客，稀客。"秦山说："保长叫，能不来吗？""一年了，从腊月忙到现在才算把年过毕了，现在请老哥来坐坐。"方明魁说。

方明魁家上屋的三间大房里，中间作为堂屋有八仙桌、太师椅,桌后正面墙上仍贴着过年时用红纸写的"天地君亲师"敬祀之位,香筒蜡台香炉仍在。方明魁说:"外面冷,坐厢房里吧,炕热着。"方明魁让秦山上炕,秦山说都"六九天"了不冷。说着坐在挨炕的一个杌子上。方明魁女人走了进来,说:"哟,他秦叔来了。"问过之后将柜上放的旱烟盒子端到跟前。秦山拿起烟锅刚要装烟,方明魁说:"老哥甭装,咱抽这个。"从旁拿出一把卷烟叶,褐红色,一尺多长,又拿出一把剪刀,然后抽出一片烟叶,剪成两寸长的叶片,拆出叶片中大的叶梗便卷了起来。说:"一个熟人送的汉中的卷烟,你看这陈色,闻这味道,抽起来香而不呛,又不起痰。"秦山放下手里的烟袋,也撕展着剪好的叶片准备学着方明魁的样子卷烟,方明魁将手中卷好的一根烟卷递给他。他说:"这叶子有点潮。"方明魁说:"这叶子膘厚,有油气,就是这样。"他拿火镰撇火,方明魁拿火柴给他,他拿起一看说:"这是咱县里火柴厂出的新火柴,咱西镇还缺货,时有时无的。""这是我在县城买的,对啦,有人给我一包汉中毛尖,等把水烧开了泡一壶你尝尝。"方明魁一边说一边将一张炕桌搬到炕上,又叫老伴儿端来一碟点心,等泡好的茶水倒在茶碗放炕桌上时,因炕桌不平,茶碗里的茶水流了出来。

"这炕桌放地上还行,放炕上有铺的东西就不行了,另外老哥坐在跟前,炕桌显得低了不少。"方明魁说着将茶碗移到柜上,拉开柜抽屉拿出几个银锞子去支炕桌腿,因为银锞子有棱角不好用,最后又开了柜拿出几个小洋芋大的银元宝去支炕桌腿,支来支去,支了三个,另一个用银圆调着支稳了,重将茶水、点心摆上去。然后招呼秦山吃点心喝茶。秦山已经看出方明魁心里想的是啥,问道:"不知兄弟叫我是啥事,这么盛情?"说着端起茶碗抿了一口茶水。方明魁说:"没啥,就是一起说说闲话。"秦山心想，没啥事叫我来又是卷烟又是好茶，还拿银子支炕桌腿，不是为了儿子的婚事，炫富摆阔叫我看啥哩？他吸了口卷烟说："这卷烟劲儿大。"方明魁一边饮茶一边说道："老哥辛苦了大半辈子，儿子都成了人还是歇不下。"秦山笑道："这人呀，一个人一个命，不能比。"

"听说老哥去年就想盖房哩，怎么一直没见动弹？"

"娃们都不在，也吃力。"

"缺啥就跟兄弟说一声。"

秦山知道方明魁说的都是面子上的话，还真没见过他帮过谁家渡过难关，便摇了摇头。

"你看你兄弟我和你还想结亲呢，怎么光摇头不说话？"

"老弟是家大业大，当保长势大，我可攀不起。"

"看看看，见外了吧，咱都是多少年的交情，谁不知道谁，咱两家要是结了亲家，还说啥你呀我呀的。"

"我没老弟你那个福气，我是靠两只手刨着吃的，和你不一样。"

两人正说着，院里有人吆喝道："方保长在家吗？区公所有通知。"方明魁答应着向门口说："进来吧，进来说。"秦山见从方明魁叫他来说的话虽都是闲话，却是有意卖弄他的富有和势力，便借此下炕说："谢老弟惦记，今天抽了你的卷烟，喝了你的好茶，你有公事忙，我走了。"

"咱老弟兄俩把话还没说完——"方明魁刚下炕，秦山已出了房门，头也没回就走了。

秦山回到家，世德问："爹，我方叔叫你啥事？"秦山说："叫我抽他的卷烟，喝他的毛尖茶，再就是夸他的富。"世德问："咋夸啊？"父亲说了在方明魁家里的事。在一旁的世德娘说："也就是，炫富，拿银元宝和银圆支炕桌腿的事还真没听说过。"世德说:"那有啥,他不还是他,吃的粮食、睡的炕跟咱一样,他炫他的富,咱过咱的日子。"父亲坐在炕上说:"他那是为你妹妹的事在耍弄我呢。""啥?为我妹的事?"世德不解地问。母亲一旁说:"方家打发媒人给他儿子说燕燕,让你爹回绝了。"

"原来我看我方叔人还差不多,如今当了两年保长就这德行了。"世德不满地说。

"人家有财气,有势力,咱比不过人家。"

"甭看他现在,他两个儿都是败家子,咱们钱不多,啥时候让他瞧瞧咱们的人气。"

父亲望了一眼世德,世德突然想起父亲的生辰是二月二,正好今年是他的五十寿辰,于是便谋划着怎么给父亲过寿,让兄弟们回来共同为父亲争一口气。次日他去二弟所在的学校,跟二弟说了给父亲过五十大寿的事。世孝说:"咱爹今年四十九岁明年才满五十岁。"世德说:"给老人做寿是做前,不做后,做虚不做实,论时天在增,论地年在加,言寿为儿女所望。你给三弟写封信,让他赶爹的生辰一定回来。" 世孝点了点头。

秦世德回到家里开始准备磨面、寻找乐班、告知亲友、请厨、买肉、买蔬菜。母亲知道后,问世德:"世忠知道吗?"世德说:"我已让世孝写信叫世忠回来。"

世孝在学校里抽时间到县城,买了带有撒金的红色宣纸,用自己几年来习练书法的功力写了一个大大的寿字和一副寿联,"寿域鸿开陈百福,善启仁义吉祥来",一并寻人做了装裱。

秦世忠已经离家几年了,很想回去一趟,因为他是背着父亲偷着走的,从二哥的信里知道父亲很生气,母亲也很伤心。尽管他给父亲写过信,父亲却一直没给他回过信,他也从二哥给他的信里知道父母对他无时无刻不惦记。现在他自立了，也理解父母的心。另外他从开赴抗日前线的兄弟部队参与战斗的激烈、艰辛意识到作为军人的天职，如今全军都在备战，说不定哪一天自己也要随部队上前线，所以他一接到二哥的信，说要给父亲过五十寿辰，他就立刻请了假，赶在父亲生辰的前一天回了家。

正是麦苗返青生长的时候，田地里一片嫩绿，锄草的人星星点点散布在麦地里，路边的柳树枝条由红变绿，上面生了黄黄的叶芽，枝条在轻风中荡动。世忠老远就看见村里小河渠边的擎天杨树上有鸟儿在飞。村里的房屋虽然依旧灰头土脸，但村后山岭在苍灰色中隐着绿。家乡的一切对世忠来说格外亲切。当他走进自家院门时，拴在墙角的大黄狗咬了起来，他看了一眼，叫了一声："大黄。"对着他叫的大黄似乎从他的声音里辨出了什么，停了一下，当他继续往里走时，大黄叫一声不叫一声地摇尾巴，它是认出了他。他听见从屋里传出："娘，你歇歇，狗叫哩，我们两个人擀完面收拾菜，你去看看。"老人出了厨房门看见一个穿兵服的走进来，还没来得及问，就听见来人叫了一声"娘"。她静静看着，世忠紧走两步到了娘跟前，又叫了一声"娘"。"是世忠啊。"她用手摸着儿子魁实的身子说："你这一走就是几年，穿着这一身衣服娘都认不出你了。"母亲说着用一只手撩起衣襟去擦流出的眼泪。在厨房的大嫂二嫂听见后，忙放下手里的活儿出来说："呀，是世忠兄弟啊，这两天一家都惦记你回来哩。"说着上前接了世忠手里的东西向上屋里去。

晚上家里的人都回来了，他见了父亲叫了一声"爹"，父亲上下打量了一下他，没说话。他与大哥、二哥、四弟、小妹还有羊娃兄弟、前院里的四爷四婆、堂兄弟都见过了面。饭后他跟大哥说，父亲还在生他的气，大哥说："咱爹也盼你回来呢，你回来了就没气了。"他要二哥陪他去向父亲认错，二哥说："你知道咱爹的脾气，你先去我就来。"世忠知道他小时犯了错，父亲不打他但要罚他下跪，让他反省。于是他走进父母的房间，见父母坐在炕上，"扑通"一声跪在地上说："爹，娘，儿子不好，让二老操心了。"母亲说道："你爹五十生辰，你回来了就好，起来吧，都大人了。"父亲没张嘴，世忠没起来仍旧跪着。妹妹燕燕去跟大哥说了，大哥说："知道了。"接着世孝搀了四爷走了进来，四爷一进来就说道："世忠走时没跟你说也他不对。但出去后干的是正经事，如今回来了给你下跪认错你还有气啊，娃好歹也是个带兵的了，叫起来吧。"世忠扭头叫了一声四爷，秦山见四叔来了，忙说："你坐吧，世孝把烟盒给你四爷端到跟前。"然后接着道，"我又没叫他下跪，他知道老人的心就是了。"四爷接着对世忠说道："记着，儿女走到哪里，爹娘的心都是跟着到哪里，起来吧。"世忠向父母和四爷分别磕了头才站起身来。世德这时也走了进来，四爷又转向世德问："明天的事准备得咋样了？"世德说："让四爷操心了，都准备好了。"

　　清泉村过五十岁寿辰的人不多，秦山过五十岁寿辰这一天，亲房邻里都赶来帮忙。院里摆了酒席，房门上贴了寿联，二门门口一侧乐班敲打，吹弹拉唱，鼓乐声声。临近午时，新老亲戚、街坊邻里前来祝贺，在一串串的鞭炮声中，秦山头戴瓜皮帽子，身穿一件黑土布袍子坐在屋中的一把椅子上，接受着儿女与晚辈们的叩头拜贺和礼品、寿桃、花馍、长寿面、糕点、衣物等。引人注目的是中堂挂在秦山身后墙上的"寿"字和两侧的联句，亲戚族人邻里指着屋里的这场面，议论着秦山的福气。前来贺寿的还有他的老交往窦郎中、闫先生、吴乡约、王保正、刘财东、刘二等人，方明魁也来了，另外还有二儿世孝的同学同僚、三儿世忠的同学等。

秦山寿辰的答谢酒席，在乐班的吹打声中开始，在世德、世孝、世忠三个儿子轮番持酒敬谢中结束，结束时已经下午了。人们散去后，大儿子世德从屋里端出一把太师椅，又拿来两根丈橡和绳索，分别和三弟世忠用绳索把木橡绑在椅子的两侧，世孝知道了大哥说要抬着父亲游转的话是真的。世德和四弟世义搀着父亲从屋里出来，让父亲坐到椅子上，父亲不解其意，老伴儿说："娃让你坐你就坐上。"父亲把椅子左右看了看，知道是儿子要抬他转，便脱了青布袍子，世孝从屋里拿来一件白羊羔毛皮马甲，说："太阳偏西了，你又脱了袍子，把这个穿上。"父亲笑说："九九都快满了还穿这个呀。"世德说："爹，你穿上，还冷呢。"他给父亲穿上，没扣扣子，完了又接着道："爹，你把我兄弟们从小拉扯大，又用肩膀把我们扛成了人，现在该我们抬你了，你坐好手抓好。"然后又对兄弟们说："世孝和世忠在前面，我和四弟在后面。"接着弟兄几个往扛头下一钻，有个门房的侄儿也想抬，世德说："等一阵子换吧，乐班的两喇叭一个唢呐给咱走到前面，起。"于是弟兄四人抬着父亲出了院门，向村里走去，本门房里的几个侄儿跟在后面，从自家所在的西村到北村，再到东村、南村，一路走来，坐在太师椅里的父亲，没扣纽扣的羊羔毛皮马甲，随着抬人的步履一颠一颠地翻动着，特别引人注目。人们看着议论着。大儿子世德光着头，穿着大襟棉袄，腰里勒了蓝腰带，二儿世孝头戴礼帽一身制服，三儿军帽军服，四儿一身学生装，各抬着一个扛头，精神抖擞。人们羡慕地说："秦山的四个儿，一个是村里庙会的会长，一个是小学校长，一个是军队里的连长，一个是学生班长，儿子都成气候了，当爹的熬出头了。"

· 383 ·

人们夸赞他人丁兴旺、教子有方，先人积了德，祖坟里有脉气。他们走到南村方明魁家门侧歇了一下，准备爬坡到塬边上的村里去，再穿村而下回家。

听着传进屋里的唢呐声，方明魁问老伴儿外面在干啥，老伴儿到门外看了看进屋说："是秦山的几个儿抬着他爹从村里转过来了。"方明魁明白秦山是在借过五十岁寿辰争人气呢。

秦山坐在椅子上由几个儿子抬着在村里转的事传得十里八里的人都知道了，一次赶集时，秦山在西镇窦记药铺门上碰见了窦郎中和刘二，刘二说："秦老弟是'毛盖梢梢上梆辣子'，寿辰那天一下抡红了。"秦山这才说了方明魁联姻不成，用银元宝和银圆支炕桌腿气他的事，儿子知道后想借此争口气。"有这事？这方明魁也是，有多少鸭子吆不到河里去。"郎中说。刘二接道："这世上有了钱的人有了权势，没有几个有德行的。"

第二十五章

男儿无志不成夫,岂可偷安为俗徒。
喜读军书怀远善,雨花秋果作遗珠。

1

秦山五十寿辰的第二天,世忠娘把世忠叫到自己的厢房里说:"三年前就有人给你提亲事,后来你走了,你爹生气不让再说了,可我们一直操心你的这事,亲戚见了面也常问,你也不小了,耽搁不得了。这次你回来了咱就把这事定下,能结婚就结了。"母亲下令似的把话说完,父亲没说话,依旧抽他的旱烟。世忠笑着说道:"哪有那么方便的事,不急。"父亲说道:"你看村里像你这么大的人,没娶媳妇的还有几个?咱家还有你弟你妹,总不能不等大麦黄小麦黄吧。"父亲说完,母亲又望着他说:"街坊知道你回来,为你提亲的有西镇的、杨村和岭后村的,我和你爹打听了一下,西镇是闫先生的二女儿,杨村是刘二的侄女,你在家里时见过,岭后村的你不知道,但都是知底知面的人家。不过闫先生的二女儿听说在上府城师范,将来不好使唤,岭后村萧家的女儿老实勤快,家境虽差些但嫁到咱家比较知足,听话,好使唤。"世忠听着母亲说,心里在想。"人常说娶媳妇要娶家里不如咱家的,嫁女要嫁比自己家强的,女儿去了不受罪,就是这个道理。"父亲说完,世忠说道:"咱家家大人多,和睦相处是大事,像我大嫂,人敦厚老诚,我二嫂温顺勤俭,都是过日子的人,一旦有个小家子气的人来了,这个家就难长久了,所以有家教是很重要的。"这时世孝走了进来,听到了兄弟世忠的话,说:"对着哩,古人也说过,能娶大家奴不娶小家玉就是有这个意思。看来出去在社会上闯了几年,有了见识。"接着他望着母亲说,"是给世忠说媳妇的事吧,我听说了,我看闫先生的二女儿兰儿不错,有文化有教养,绝对能配上咱世忠。"世忠不好意思地说:"听说人家还在上学。"二哥说:"那有啥,现在结了婚上学的也有的是。"母亲看了看丈夫的脸，秦山知道闫先生是有学问的人，家教不用说，只是觉得自家和人家门不当户不对，说道："闫先生在县城学校里当先生已经多年，认识交往也多，现在不比从前。另外还要换庚帖合婚，看有啥妨碍没有。"世孝等父亲说完，对兄弟世忠说："你人不在家，爹娘一直操心你的婚姻大事，就按爹娘说的办吧，定下了，大家都心安。"然后跟父母说他要去学校，就走了。

世忠娘迷信，按照老一套办法，通过媒人要来了几个提亲的闺女的庚帖，请人合婚，杨村的和岭后村的与世忠不是在属相上不合，就是五行相克或相冲，唯有闫先生的女儿，属相合五行相生，于是她又将其庚帖拿了压在灶神的香炉之下，向灶神燃香三日求取平安。

三日之后，家中一切平安，便认定闫先生之女和世忠为天作之合。因为闫先生夫妻都曾到过他们家里，见过世忠，这次秦山过寿时，闫先生来见了还夸赞世忠是个又高又魁实、穿了军装英气勃勃有礼貌的青年。由于两家相识相知，便为儿女定了亲事。

兰儿从学校回家拿东西时，才知道父母给她和秦家的三儿世忠订了婚。她埋怨道："怎么连个话也不捎就——"母亲说："跟你说了你能回来吗？况且儿女的婚事都是父母给定，人家又是他爹过五十大寿请假回来的，只有几天时间，另外你爹这一回也见了人，个子又高人又壮实。听说在军队里还当了连长，没啥好嫌的。"兰儿瞅了母亲一眼，实际上，她嘴里跟母亲那么说，心里却十分高兴。因为姐姐玉儿在她跟前给她说女婿的事时，她脑海里就出现过秦世忠的影子，少时的他一直印在她的心中。说心里话，她倒是很想见他，但是他已走了。

不久她在学校里接到了从省城寄来的一封信，她突然想到了他。她忙看信的落款，果然是秦世忠的信，一看信的抬头，她"扑哧"一声笑了，这个人是她曾经念想的人，也是父母给她选择的夫婿，这时旁边有人经过，她忙将信纸折起来装上，她想他会说些什么呢？她找了一个僻静的地方，重又将信展开读了起来。

兰儿小姐台鉴：

久未相见至以为念。想你在学校生活一切康适。

你想不到我会写信给你吧，小时候我们相识，想不到后来很少相遇，但印象和影子都留在了心里。失学后的那两年我很瞧不起自己，空有少时的志气。经过努力，如今自己走上了为国家做事的岗位。我们的过去与我们的父母，为我们走在一起铺了路，尽了挚爱的责任和义务。我心里高兴，也敢给你写信和关心你了。我知道你在学校的生活是丰富的，我在军队里也不断地训练和学习，现在我们都已脱去小时候的懵懂，在为自己的前途努力，我想我们的前途会是光明的。现有一首小诗：

男儿无志不成夫，岂可偷安为俗徒。
喜读军书怀远善，雨花秋果作遗珠。

仅此奉闻，用展寸诚。

秦世忠 二月十六日

兰儿看完信，总觉得这开头称呼自己"小姐"有点怪怪的，接着她脑海里出现了小时的他和相识后的印象、影子，她联想到自己以往的念想，不觉脸上有点发热。而后边的小诗更显出他的男儿气，晚上她抽空儿又看了一遍，她想，回不回信？怎么个回法？怎么称呼？写些啥？睡下之后仍在想，想着想着睡着了。

第二天，她除了上课做作业吃饭，就只想着给世忠回信的事，一连几天，几次提笔要写，却不知道该怎么称呼他。她和他一不是亲戚二不是同学，虽然父母已经为他们订了婚，他应该是她的未婚夫君，但因没结婚又有点说不出口，真可谓炙热之情感没能言。她知道，女儿家的庄重矜持，既是传统中的保守与羞涩，又是保持庄重鄙于轻浮的纯洁，她决定暂不回信。

刘财东在参加秦山五十岁寿辰时，看见秦山的三儿秦世忠之后，便想起自己的儿子刘子清。儿子自去年开往抗日前线，后来转战山西，曾经写回过几封信，至今再未见有信，后来的情况一概不知。过了年听说日本人已把山西一半地方占了，儿子现在在哪里呢？一家人天天在念叨，儿媳也天天在问有丈夫的信没有。刘财东跑到西镇窦郎中那里去打听，他问窦郎中："有没有听你儿子说抗日前线的事，我儿子已有几个月没来信了。"窦郎中说："我家窦铨年里回来过一趟，连来带去三天时间，说是燕北打了败仗，死伤的人很多，先前开往前线的队伍有的六七成都没了。"说完叹了口气。刘财东听了忧心忡忡地摇了摇头。

一天，日本人的飞机开始出现在县城的上空，从几架到几十架，炸弹爆炸的烟火腾起几十丈高，在城区的街道、工厂燃烧着。房屋成片成片地被损毁，伤亡很多，人们对从来没见过的飞机扔炸弹的轰炸场面感到惊慌。时不时传来防空警报，那种凄厉的声音撕扯着人们的心灵。

就在这时，秦世孝在学校接到三弟世忠的一封信，信中说了他所知道的抗日前线的情况，日本人占领山西太原与晋南三十城之后，沿同蒲线一路南下到了临汾。上海、南京、济南已失，河南的开封、江苏的徐州情势紧急，现在陕西的军队随时准备出关抗击日军，阻止日军从山西渡过黄河进入关中。他也听说了日本飞机对家乡县城的轰炸，对家中之事自己有心无力，望大哥二哥多多操心。

秦世忠同时也给兰儿写了一封信，说了省城里学生和民众的抗日活动，以及目前国家的不幸，自己将随时待命必要时奔赴前线，还说日本飞机轰炸家乡县城，要她特别注意安全。

2

随着战争的推进，河北、河南、山东、江苏、浙江的丢失，大批难民西逃。工厂、军队、仓库、学校、报社西迁，陇海铁路西端的陈治县火车站、汽车站、劝业市场上的人一下子多了起来。随之而来的是剧院、酒楼、饭馆、银行、客栈货场、照相馆、服装店的增加，县城里街头马路上马拉轿车、人力车、滑竿来来往往，市面上空前繁荣。而城南河滩地上新盖起的茅草房、难民简易房，迅速形成一片仅有六七尺宽的街巷，东西南北的小小街区里，说书场、菜市、耍猴的、卖膏药的、旅店、茶舍、妓院、唱大鼓的、唱小曲儿玩弄杂耍的，应有尽有。

南门里，在方明魁开的油坊里帮忙混饭吃的秦祥，听说火车站口卖的胡辣汤和腊肉味道不错，他想去看看是一种怎么样的吃食。他到那里看到标有胡辣汤字牌的卖家，走过去一看，一个冒着热气的铁锅里，是飘着粉条、豆腐皮、面筋类的熟面糊糊。吃喝的人不少，似乎还闻到了一股香气，他想尝尝，便要了一碗，喝完之后身上热乎乎的，他吧唧着嘴品味着，看不出放了辣椒却有股辣乎乎的味道，半晌他才悟出是胡椒。紧临的腊肉铺的另一种香味又直往他的鼻子里钻，走近看时，台盘上的酱红色的肉块让人眼馋。他咽下了口水，不由自主地舔了舔嘴唇，上前去要了二两腊肉，让主家切了一点他用手捏了放在嘴里嚼了嚼，觉得味道就是不一样，自己这些年到处吃酒席，好像也没吃到过这种腊肉的味道，遂叫主家用纸包了准备带回去让妻子也尝尝。后来他便常去光顾，可惜他这种生活为时不长。因为当初叫他到油坊去帮忙的方明魁是想通过他与秦山的堂兄弟关系，为自己给儿子聘燕燕出点力，谁知提亲被秦山婉言拒绝。他打消了为儿子求亲之念后，秦祥的用处已失，便借生意不行而辞退了他。正在这时，卖腊肉的店主，在新兴起的南河滩市场另开了一家大的饭铺，想将腊肉摊铺转让出去，秦祥知道后，便有了盘下之意，他提出要店主教自己制作腊肉的方法，店主满口答应，他便回家和妻子商量，妻子自然愿意跟随他到县城过不种地又有腊肉吃的轻松日子。可是眼下要的盘资哪里去寻，想来想去只有去找秦山兄弟。秦山听了堂兄秦祥所说，觉得是件好事，说道："不管怎么说，这是个吃饭讨生活的门路，比望着别人下巴看别人脸色吃饭强，只是这银圆一下子要拿出来确实有点吃力。"秦祥说："我知道兄弟过五十大寿花销不小，也不会攒那么多现成的，不过我知道兄弟义气，就是借也能借得来，再说我到县城后，院里的那两间房还不都是兄弟你的了，我又带不走。"秦山一听这话，说道："那怎么行，你这样做，外人可不那么想。""兄弟放心，哥这些年吃你的、拿你的也不少了，心里有数儿，你这次给哥把这个忙帮了，哥写个字据给你，并叫老乡约作为中人。"秦山摸着自己下巴上的胡须说："既然这么说，置业是件好事，我给咱想办法。"

  秦祥离开方明魁的油坊后，在火车站开起了腊肉店。秦山的大儿世德给堂伯帮忙，按堂伯说的，将其所需东西吆着牲口搬到了县城，从此，秦祥和妻子便一直生活在县城的东门口。

  进入夏收，人们开始为割麦子忙了起来，一天下午有人从窦郎中的药铺给秦山捎来一封信，交给正赶着牛车从地里往回拉麦子的世德。世德一看信封上的名字和寄信地址，知道是三弟世忠写来的，到了麦场上，见父亲和二弟正在垒麦，父亲在麦垒上，二弟用麦叉往麦垒上丢麦捆。他将信交给二弟世孝，世孝看了一眼装在了衣兜里。等到晚饭时候，世孝才向父亲说了世忠来信的事。父亲"嗯"了一声没问信的事，却转过脸问世德："地里割下的麦子拉完了没有？"世德说了后，又说了次日准备割村东地里麦子的事。吃完饭，世孝从衣兜里掏出世忠寄来的信给父亲，父亲一边打着饱嗝一边拿烟袋锅装烟，说："你大哥也在这里，拆开念吧。"世孝将信拆开，一字一句念着，当念到省主席孙蔚如已奉命组建集团军，很快要渡过黄河开往前线，他所在旅队也在编时，父亲又让他重念了一遍。世孝说："看来前线很是吃紧。"

晚上，躺到炕上的秦山跟老伴儿说，三儿世忠可能要到前线去打仗，老伴儿说："你听谁说的，世忠来信了？"秦山"嗯"了一声。老伴儿"呼"地坐了起来说："这可咋办呀？"秦山说："国家养兵千日，用兵一时，有啥咋办的。"

"这春上才给订的婚。"老伴儿忧心地说着，看着丈夫。"原想着忙后在老屋那边把那两间房续起来，年底或明年春上给把媳妇娶了，现在看来不行了。""老屋的厦房不续，也要给世忠把媳妇娶了，要不这一走是个事。""不续房，厢房往哪里安顿呢？""续房也来不及了，隔壁他秦祥伯家那两间房不是没住人吗？能不能——"秦山正在想这件事，老伴儿一说，他说道："秦祥还有东西在里面呢。""不就是些搬不走的老旧家具嘛，挪出来就是了。"秦山想了想说："那就等把麦割完我去说。""还得快一点。"

地里的麦子全部收上场剩下碾打之后，秦山跟大儿子世德说自己要进一趟县城，把褡裢往肩上一搭、旱烟袋一提就走了。

从清泉村到县城来回四十里，秦山走得早，过午时就回来了，麦场上儿子世德和世义分别牵着一头骡子和一头牛，拉着套了拨柳的碌碡相跟着，以人为中心转着圆圈一茬接一茬儿

第二十五章

· 393 ·

地碾麦。二儿子世孝用扫帚围扫着被碌碡碾砸溢出的麦秸和麦粒，他走近后问："场里麦秸翻过了没有？"大儿子世德说："翻过了，这是碾二茬。"他说："后晌场里赶早点儿，把麦扬出来，还有别的事。"

晚饭后世德、世孝的媳妇哄娃睡觉去了，世义、羊娃去睡觉走了，院里只剩下秦山老两口和世德、世孝了，秦山说："你弟兄俩都在，我和你娘商量了，原准备秋后给世忠结婚的事不等了，准备现在就把媳妇给娶了，今天我到你伯那里说好了，把大房南边的两间收拾一下，世忠的新房就安在里面，改日去把你姑叫来，和你娘把新媳妇的一身红给赶一下，麦碾完草就办。"世德说："得跟闫先生家说一声，说清楚，人家也好准备。"父亲点了点头，对老伴儿说："你给闫先生家传话，打发媒人去。"又对世孝说，"你给世忠写封信，告诉他家里的安排。"

就在世孝把给世忠的信写好刚寄出去，世忠的又一封信寄回了家，信中问了二老和家中收麦的情况后，说新建集团军先头部队已经渡过黄河，而且连续收复了日本人在山西占领的十多个县，自己所在营队也即将出发。父亲一愣说："我马上去跟闫先生说给世忠结婚的事，世孝你到省城跑一趟，叫世忠马上回来。"

3

闫先生理解亲家秦山的意思，让学校里去府城办事的人给女儿捎了一封信，叫女儿回来有要紧事。兰儿回来后，父亲跟她说了结婚的事。兰儿说："我学校还没毕业，咋说这事？"父亲说了世忠父亲来家里说的话。兰儿说："我在学校时事报告会上听说过，咱陕西的军队要出关过黄河去打日本人，却不知道他们这么快。"母亲在一旁说道："不说了，忙前人家就打发媒人来说过你们结婚的事,我和你爹都准备好了你出嫁的东西。"父亲说:"你娘一直都在为你赶做嫁妆。""那我的学还没上完咋办?"兰儿说完母亲接道:"嫁过去了你成了秦家的人,那就是秦家的事了。"兰儿说:"那我不出嫁,等毕业了再出嫁。"父亲在一旁说道:"婚一定要结,至于上学的事世忠他爹也不是不懂事的人,儿子又是个军官,他不会难为你的。"母亲接过父亲的话头说:"嫁过去了,人家一大家子人,哪能啥事都由她。"兰儿瞅了母亲一眼说:"娘光为人家想就不为你女儿想。"看到母女争执,闫先生说:"这事我去说,但是从现在起,你在家听你娘安排,世忠他二哥已到省城叫世忠去了,你写个假条我让县上到府城办事的人给捎去。"

兰儿对自己出嫁的事开始有点不愿意,经父亲一说心里安稳许多。另外她一想到世忠要上抗日前线,自己的丈夫要做抗日英雄就很激动,她在学校里就曾为一些同学报名参军抗战而感动,所以她内心里也高兴。但她考虑到继续上学的事,对父亲说:"请假的事只能说家中有事,不能说我结婚,另外婚后世忠走了,我仍回娘家继续上学到毕业,出嫁时不开脸不盘头。"父亲点了点头。

秦世忠结婚这天,舅家、姑家、新老亲戚和街坊邻里、亲朋好友都赶来祝贺,结婚虽然有些仓促,但还是按乡俗,迎新花轿到了门外之后,唢呐声声,燃放花炮,人们争相围观。新媳妇从轿子里出来,头上顶着盖头,一身凤冠霞帔,在伴娘的搀扶下,双脚踩在从轿口铺的三丈六尺红布上,一步一步一直走到院内。新夫妻二人抬了里面插了刀、剪、尺、秤、镜子等物件、装有粮食的斗,放在一张上面点燃香蜡的八仙桌上,在婚礼司仪的喊声中拜完天地、拜完父母、拜过宾客之后,新郎手持红绫牵新娘入洞房之内。坐在炕边让厨子用擀面杖揭去盖头,接着夫妻二人喝交杯酒,唱婚人端上升子在炕的四角摇核桃枣说吉利话，炕角落小方桌上的长明灯，在年轻人的嬉笑戏耍中冉冉闪动。喜庆的花窗与陪嫁，崭新的铺盖与箱柜，让她这个还在上学就结婚的人眼前生亮。脱去凤冠霞帔一身红色衣裤的她，只将原先的发辫挽在脑后，粉红色脸蛋略显羞涩，脉脉含情，没有开脸、没有涂脂抹粉的天然素净特别好看。也许是读书让她的亮丽更添了一份贵气与娴雅。人们都在赞叹秦山给几个儿子娶的媳妇一个比一个好看。婚礼热闹了乡邻，也乐呵了老人小孩，娘家人闫先生、兰儿的姐姐玉儿、兄弟闫睿，姑、舅、姨娘、门族至亲，见到风光的婚娶场面和丰盛的酒席与盈满的宾客都很是高兴。秦世忠请假回家结婚后，窦铨也得到上司的同意，于出发前回家探亲，正好赶上世忠婚礼，刚来就碰见吃完酒席的刘秀才刘二迎面走来，窦铨叫了一声"刘叔"，刘二定睛一看是西镇窦郎中的儿子，笑道："这世忠结婚你也赶回来了，好，好。"接着又问道，"你爹呢，没来？"

"一早儿就出诊去了，你老人家可好？"

"好，好，你爹辛苦，你回来了多待几天。"

刘二说着朝老远站着跟人说话的秦山走去，离秦山还有几步远便叫道："秦老弟大喜。"秦山忙上前抓住刘二的手说："秀才老哥也来了，坐席了没有？""坐了，坐了。"刘二一边说一边打着饱嗝，脸上红红的，显然是喝酒上的颜色，他说道："老弟有福，几个儿子一个一个都成了人，当先生的当先生，当会长的当会长，现在又一个当军官的，一家子可是文武齐全，又遇上了闫先生这么个亲家，真是前一世积的德，全了。"秦山说道："看老哥说的，王十万还差根担呢。"正说着旁边的方明魁吆喝道："刘秀才，今天没担你的担子吗？"刘二摇着头说："今天是吃酒席来的，谁还担那劳什子呢。"

原来刘二把家里的田地踢腾剩二三亩地之后，凭着自己的精明做起了小炉匠的修补活儿，单日逢集时在街上摆摊做些敲敲打打、修修补补、烧烧焊焊之类的活儿，无集日便挑了担子串乡做些活儿，赚些买大烟棒子和家里用的油烟钱。人们背地里议论他作为子孙的不肖，但他念过书知道的事多，所以也爱听他边做活边谈古论今和吹牛。

秦山看到刘二似乎酒喝得有点多，要拉他到屋里去歇息，赵维国来到秦山跟前叫了一声"姑父"，秦山一看是内侄，让他到屋里去坐。"我寻我世孝哥说几句话。"赵维国离开后，刘二朝其背影一指说："这是你亲戚赵有余的儿子吧？"秦山点了点头。刘二说："是当过县长的那个吧，一看穿戴就不一样，虽说身上的制服不新了，头上的礼帽还硬挺挺的，唉，是官不当官，是人难当人啊。""我这内侄是生不逢时。"

"不要为别人惜惶了，那都是报应。对啦，你不爱听，算了，不说了。"刘二手一扬，说，"我走了，你忙吧。"

窦铨在酒席桌上喝过秦世忠敬的酒，又和世孝对饮之后，和世孝离开酒席桌子到屋里叙话。叙谈中窦铨谈到了国家抗战的形势和陕西组建军团即将出征的事情，然后说道："这次回家探亲是出征前的特例，当兵的平时看着没事，战时就不一样了。"世孝说："我理解，国难当头啊。"接着又说道："父母也就是想着给三弟世忠把媳妇娶了，彼此都有个盼头，况且这仗也不知什么时候才能打完。"窦铨说："世忠也该结婚了，这一阵子军队里回家结婚的还真不少。"世孝又突然问道："刘子清还没信吗？"窦铨摇了摇头，一转身看见父亲被世孝的父亲从上屋里送了出来，说道："我不知道父亲也来了，我回来父亲总是忙，一直还没好好地说话呢。"世孝说："窦伯伯是从北村过来的，我知道他除了逢集在药铺坐堂看病，没迟没早跑来跑去被人请去家里看病，老人家德高望重。"窦铨说："可惜我这为儿子的难尽其孝啊。"说完一脸的愧疚，站起身朝父亲的背影望了一眼，快步赶了去。

秦世忠比窦铨虽然早回来一天,却与窦铨的归队之日相同,临走的前一日晚上,他在父亲的房里聆听了父亲的教诲和母亲的嘱咐之后,大哥也说了几句期望的话。等他回到自己厢房时夜已深了,媳妇兰儿尚未歇息,他问道:"你还没睡呀?"兰儿看了他一眼说:"刚给你整理了母亲后晌拿来的几件新衣和鞋袜,里面还有我给你做的一双鞋。"

"这两天你也没好休息。"

兰儿微笑道:"你挺会说话,就是这两天没听你说几句话。"

"结婚的第一天晚上,闹房的人那么多,一直闹到鸡叫了人才散了,刚吹灭灯吧,窗外却窸窸嗦嗦有听房的人在动,不敢说话。昨晚闹房的人走了,我和你说话,你又羞羞答答的除了点头就是微笑,能说几句话?明天我要走了,你还不想说些啥吗?"

"你明天走,我也走,先回娘家后去学校,结婚时我没开脸没盘头没擦粉,你不高兴吧?"

"上学要紧,不误和少误的好,至于开脸盘头那是老习俗,脂粉你没擦比擦了还好看,本生本色的天生丽质。"

兰儿瞅了世忠一眼笑着说:"尽说好听的话。"

"我秦世忠走州过县是从省城里回来的,我的眼光能假得了吗?"

"你去了省城就给我写信,将来能像我姐夫那样,受人爱戴和尊敬。"

"我一定做你爱戴和尊敬的男人。"

世忠一边说一边脱去衣服,然后一口气吹灭放在柜上的油灯,将兰儿搂进自己的怀里说:"咱们在被窝里说悄悄话。"

世忠要走了,他跟爹娘说:"我到西镇去和窦营长一起走,顺便把兰儿送回娘家,她说明日要到学校去。"娘看了一眼世忠的媳妇说:"都今天走啊?"世忠爹说:"去吧,都不要耽搁。"说完停了一下，又说道："记着，出门在外比不得在家，自己要操心。""爹娘放心，你们说的话我都记住了。"世忠说完用手碰了一下媳妇兰儿的手，兰儿说："二老都上了年纪，在家里不要太劳累了，有时间我就回来看望你们。"娘对世忠说："兰儿把家里给你做的衣服鞋袜都包好了，不要忘了拿。"儿子临出门，娘又拿了前一日晚上熬夜给儿子烙的锅盔馍。儿子说："我坐车半天时间就到省城了，拿几片锅盔，其他的让兰儿带到学校里去吃吧。"

在秦世忠与窦铨归队的第三天，新组建的集团军在省城的东校场举行了渡河作战的誓师大会。这一天晴空万里，烈日高照，国旗招展。大会开始，首先举行了中国国民革命军事委员会向军团长的授旗仪式，然后军团长将大旗交与旗手之后，进行了誓师讲话。军团长一席慷慨激昂驱逐日寇、保家卫国的讲话，犹如天空响起惊雷。再加上渡河作战先遣部队在山西晋南连克十三县日寇的胜利消息，校场之上欢声雷动，呐喊声、锣鼓声彼此激荡飞扬，飘向全城的大街小巷，飘向郊野、飘向乡村，通过电信、通过报纸，鼓舞了全省人民抗战的信心和决心。

兰儿由父亲伴随回到学校后，为了不显露自己结婚的痕迹，在家就换去了结婚时穿的衣服，恢复了自己作为学生的往日装束。但是同学们还是觉得她变了，变得温柔了，有心思了，而她自己不觉得。事实上她在感情上确实有了依靠，她有时一想起结婚时的情景，世忠的影子就出现在她的眼前。以前是偶尔想起他，现在是时不时地就想起他，在一起不知说什么话，离开后又总想和他说话。有时想，自己怎么由一个姑娘一下就变成了媳妇？她准备给他写一封信，开头该怎么称呼，称呼"夫君"觉得怪怪的，想来想去觉得暂且直呼其名比较好，内容写啥呢？

学校就在东湖旁边，晚饭后，她独自一人到湖畔散步，站在洗砚池边，看着远处的天边落日、近处苍黄的土城墙，又正轻风拂柳、藕花放红，她想起她和他离开家村蹚过西河时的情景，竟凑出一首"浣溪沙"的词来：

水里沙洲石露滩，芦苇一片鸟声喧，望君离去羞半含。
时立东湖亭阁下，夕阳城暮藕花嫣，风轻凝目忆垂帘。

她回到学校后便提起笔，在教室里趁没人时写了一段话，附上了她的"浣溪沙"，最后说明写时仓促，盼望来信指教就发了出去。

秦世忠接到兰儿的信时，他们已接到东渡黄河出发的命令，正在进行出发前的准备工作，他忙打开来看。从信里他看出自己年轻妻子的心理变化和不自然的状态，既可亲又可笑。而一首"浣溪沙"的词将他拉回家乡的河水沙洲、芦苇水鸟，东湖的夕阳古城、藕花杨柳，以及婚屋洞房里，女人的思维与细腻的感情让他心潮起伏。他知道了她对他的思念，他在赞美了她写的"浣溪沙"后，说了自己归队后的情况，并用"更漏子"记述了他们的抗日誓师大会：

鼓声声，旗漫卷，战马嘶鸣浩漫。东校场，万人喧，长安城际间。阳烈艳，汗浸面，激昂晴空一片。将军威，震河山，誓死把敌歼。

然后，他又以自己归队路上所见的情况与自己的决心写了一首诗，表达了彼此相期相望的心情：

离归路上难民挤，肩挑拄杖行作泪。
但得我军东渡河，抗日相期将敌击。

第二十六章

千年修得同床梦,恩爱夫妻时无情。
囹门胆悬魂魄在,素衣泪洒跪坟茔。

1

战争使位于西北西南交通要道上的陈治县的人口迅速增加，除了各类事业机关、医院学校、工厂迁入之外，商行、货栈、旅店、戏院、餐馆丛生。而在城南的渭河滩上，说书场、妓院、赌场、烟馆、杂耍、茶坊比比皆是，破天荒地创造了这座小城有史以来最繁荣的景象。东城门口、汉中路口、火车站口、新市街几个地方，渐成不夜之地。

虽然存当寄卖行增加了上十家，但在县城经营当铺的周义生意仍然很好。于是他将原先门墙上的"当"字涂成了黄色，凡从街上走过的人，老远就可以看见门楣之上那个很气魄的"当"字。而周义的父亲并没有去儿子当铺过人们所说的清闲日子，他除了干他的皮匠活，时不时还与陈师、世德往北路贩卖点土布、棉花和药材，回来时让牲口驮些青盐、胡麻油再卖出去。

勤快的秀姑与儿媳，共同为做不同生意的父子俩操持家务、养儿育女，日子过得倒也安然。只是日本人的飞机常常飞到县城上空丢炸弹，就在他们这一次刚赶着牲口出了东门往金河边走去时，好几架飞机轰隆隆从头顶经过。接着从空中丢下炸弹，烟火纷飞，人们四散躲藏，牲口受到惊吓两耳耸立。陈师与世德紧拉着牲口的缰绳，谁知陈师被远处飞来的东西击中头部额角，陈师用手去捂，血从手指缝间外流。世德忙从烟荷包里掏出半把旱烟，拉开陈师的手揸了上去。周良娃说："世德，咱不走了，回。"陈师说："世德你照料牲口去。"世德把牲口拦住，见陈师蹲在地上龇牙咧嘴的，一双手压住的捂了烟叶子的伤口仍往外渗血。他让姑父牵了牲口往回走，然后扶了陈师往街上的诊所而去。这时河对岸店子上和近处的劝业市场也相继汹汹腾起烟火。空中呼啸而过的飞机与西关又传来的炸弹爆炸声，让人们纷乱，同时呐喊声、议论声、叫骂声不断。

世德返回姑父家后，说了陈师额角擦去一块皮，伤口上再没发现什么，诊所给上药之后已送回了家，医生让一天换一次药，忌食辛辣。周良娃安顿完屋里的事去看陈师，并送去了两把挂面。下午周义又提了礼品去看望陈师，并留下两块银圆。陈师不要，周义说："拿着吧，还要换药呢。"

隔了两天，世德和姑父赶着牲口又出发了。大街上到处有"打倒日本帝国主义！""日本鬼子滚出去！""坚决支持抗击日本侵略者！""当兵去，到前线去！""团结起来一致对外！"的标语。路过被敌机轰炸过的地方，满眼尽是焦土灰烬，残垣断壁，东倒西歪的房屋。现场仍在寻找死者和东西的人，脸上仍挂着愤怒凄楚和痛苦无奈的表情。

秦世孝在世忠结完婚回到学校之后，一直在为帮表弟赵维国在县里找事干在想办法。本来他当校长的小学里需要人，只要他给推荐，并给县教育科打个报告，表弟赵维国就可以到学校教书。但是表弟说他对当先生教娃娃念书没兴趣，而他在县里除了在财政科干过，别的行道都不熟。他只好借到教育科办事的工夫，到财政科熟人那里去打听。科长为难地说："有缺额没编制，听说税务上扩编，你去问问。""税务那边我不熟悉。"他说。"有个叫吴晟的你认识，现在当了副所长，你去找一下他。"科长说。

由于抗战军费支出加大，税收增加，加上县城工商的发展，税种科目增多，原有机构人员不足以应付，正待增加分理人员，在秦世孝的联系奔波之下，赵维国改用原名赵禄作为一位新的干员暂且寄身于此。

回到学校的兰儿在火热的抗日宣传活动中，参加了民先队，和同学们一起办壁报、演话剧、上街宣讲。可是一到农村，知道和日本人打仗的人不多，作为民国以来饱受军阀土匪祸害的广大民众，痛恨打仗也害怕打仗，只要看不到打仗就不关心打仗。身在西府最高学府府城师范的学生，利用暑期成立了工作团，分赴府地各县区举行宣传活动，兰儿也参加了。他们组织当地学生教师贴标语，办演讲，合唱抗日歌曲，把抗日前线不断传来的消息，通过油印刊物"学生呼声""抗战办法""青年战线""行列展望"和大众壁报、抗日壁报等形式，将抗日救亡运动搞得轰轰烈烈。同时，兰儿也想起丈夫世忠已东渡黄河月余时间，现在在什么地方、情况怎么样她一概不知。虽然她相信他精明机灵，但自己一直牵挂着他。开学前工作团从邻县回来，兰儿顺便回了家，一来看望一下自己的父母，为开学到学校去做做准备，二来打听一下世忠有没有来信。及至到了家里见过公婆，没等她说啥，公婆便说起了儿子世忠平安家信的事。她知道信里问遍了家里所有的人，只是自过黄河居无定所，所以不让写回信，他有空会给家里写信的，她听了才有所释然。到娘家后她将这一情况告诉了自己的父母，母亲说："信来了就好。"父亲却默默不语。因为父亲从学校的同事那里听到，陕军渡过黄河之后，开始取得了一些胜利,后来打过一些恶仗,特别是"永济之战"很惨烈,牺牲了不少人,省城报纸上都登了,反响特别大。父亲沉默了一会儿说道:"不容易啊,连委员长都致电进行嘉勉,总算把敌人阻拦在黄河以东。"兰儿没想到父亲比自己知道得还多,但是父亲凝重的表情让她不解,这时母亲说道:"你夫婿有信了,可你姐夫自去年十月之后就没见给家里写信了,现在人到底在哪里都不知道,一家人整天念叨着,唉,古人说,儿行千里母担忧,实际上是里亲外戚都担着忧呢。"正说着,玉儿夫婿子清的弟弟来了,进门便说:"叔,姨,我哥殁了。"说着话声音有点咽。兰儿娘说:"你说啥,子义,你哥咋了?"闫先生对老伴儿说:"甭急,让子义说,我也没听清。"子义咽了一口唾液,说:"军队里通过县上的人昨日来说我哥已在前线阵亡了,随后由他所在的军队,派人送来他生前的一些遗物与一笔抚恤金,我娘听了昏倒了,我嫂子一声哭下去换不过气来,现在稍微好些了,但都哭声不断,我爹让我接我姨过去,劝劝我嫂子。"子义说完,已见兰儿娘和兰儿呆愣愣地站在一旁,半会儿兰儿娘摇了摇头。闫先生沉默片刻之后,说:"大半年了没音信,我预感就不好。"然后望着子义问:"没说是啥时候在啥地方殁的?""说是去年十一月间在山西一个叫娘子关的地方。"子义说完,闫先生对兰儿娘说:"子义来接你,你现在就去。"接着对兰儿说:"你也随你娘去劝劝你姐,你姐家有啥安排,你回来说。"

兰儿娘骑上来接她的牲口,兰儿随其后一起前往姐姐玉儿家。母女到了玉儿家与玉儿的公婆见了面,都泪眼婆娑,泣不成声。等到兰儿与娘到了姐姐厢房,只见姐姐搂着自己女儿睡在炕上，兰儿叫了声，说："姐姐，咱娘看你来了。"玉儿翻身坐起，头发散乱，脸色发黄，母女俩眼泪又一下流了出来，兰儿也泪光闪闪。随玉儿坐起来的孩子，仍然手抓着玉儿的奶头不离其口，玉儿的婆婆上前抱过孩子对亲家说："玉儿已经两天未进水米了，你好好劝劝，我把娃抱我那边去。"说着又用衣襟擦眼泪，玉儿便又啼哭起来。

原来玉儿的夫婿刘子清，自河北转战山西给家中写过一封信之后，便投入忻口战役之中，在驻守阵地阻击敌人进攻之中，营长牺牲，他由一个连长被临阵任命为营长继续指挥战斗，在连续打退敌人的无数次进攻之后，敌人用飞机大炮轮番轰炸他们的阵地，阵地全是石山，掩体均为石块堆垒，在一片焦土烂石之中，他和他的战士全部牺牲。也就是这场激烈而残酷的战斗，使得他们部队的人员损失了三分之二。当时在敌人猛烈的炮火之下，阵亡将士的遗体来不及转移，被当地老百姓就地进行了掩埋。后来的清点上报颇费周折，营以上军官一月之后已通知了各自家中，营以下官兵便迟滞了半年，这次给刘子清家人的通知与抚恤按营长对待。刘财东知道儿子在前线阵亡心里虽然悲痛，但他知道儿子是为国牺牲的，是一种大义，必得昭彰于乡里。他要告知乡里乡亲，儿子为国捐躯的尸骨仍留在他乡，他要将儿子的丧事办得像模像样，以告知儿子在天之灵，告诉他父母家人都惦记着他。于是他为儿子搭灵棚、设灵堂、请吹鼓手，消息传得很快，做丧事之日亲友邻里都前来帮忙。刘财东在本村之中辈分高，儿子虽年轻，但是为国抗日阵亡，所以祭奠者甚众，亲戚邻里自不必说，区、乡政府也派了人来。闫先生让儿子和女儿前来，秦山和世孝也赶了来，还有刘子清原先的同学知道了也都前来致祭。刘财东设宴答谢，完毕后他为儿子做了衣冠冢，将军队送回的儿子的遗物放入其中，并准备将来寻儿子的遗骨带回来。给儿子办完丧事之后，刘财东便病倒了。

2

闫玉儿在丈夫刘子清治丧祭奠之后，对丈夫原有的希望望破灭了，精神支柱没有了，一下子不知道日子该怎么过了，她搂着孩子在炕上睡着，不想吃也不想喝。两天过去了，她想起在送来的丈夫的遗物中，有一封丈夫生前写给她但没有寄出的信，公婆当时拿给她时她已泣不成声，婆婆也一时晕倒，一家人忙着搭救婆婆，她哪里还有心思看信，便将信塞进衣服掩襟之下的衣兜里，这时她才记起。她将孩子哄睡着之后，掏出信来在油灯下看，信里叙述了他和士兵们冒着严寒坚守阵地与敌人战斗的情况。恶仗一次一次地夺去了中国军人的生命，而中国男儿坚守寸土的斗志和决心，也让敌人付出了昂贵的代价，山间阵地上敌尸无数。信里一首诗写道：

　　雪飞山体着素衣，寒入身躯不作题。
　　但有弟兄忠骨在，胆悬国门不低眉。

英雄气概贯穿其中。她又想起去年十月之后她思念他时写的一首诗：

天雪寒宵灯火亮，萧萧村野白茫茫。

岁次阴霾难安寝，人事青书梦里藏。

想到这里，她的眼泪涔涔而下。没想到丈夫的音信真成为梦中之事。丈夫阵亡在雪花山，为了永久纪念丈夫，她将女儿的名字改为雪花。

刘子清的阵亡，给他家中带来了不幸，同时也让闫先生老两口为自己女儿年轻轻的就失去丈夫而悲痛。作为连襟亲戚的秦山也开始为自己的儿子担忧，心里边压上了一块大石头。世忠的母亲更是盼望儿子平安归来，常去村南的寺庙里烧香磕头，求神灵保佑。

兰儿从姐夫的阵亡想到了自己的丈夫秦世忠，她盼望他有信来，她也想给他写信，无奈没有地址可寄。于是她把姐夫抗日阵亡的事迹，在开学后的民先队聚会活动中讲给了同学们，又一次激发了同学们的抗日情绪。

清泉村的方明魁虽是小姓户，但凭着自己祖上所留田宅，日子过得比别人滋润，也凭着自己的精明与人合伙在岭后西河建立水磨，再后来又开了油坊。当上了保长之后可以算是当地有钱有势的人，可惜两个儿子大的念了三年书不念了，二儿子到社学上学后，不久就三天两头地逃学，方明魁暗地里开了烟馆之后，二儿子不是在水磨溜达就是去油坊、烟馆胡逛。在烟馆里，他看到抽大烟的人来买烟或抽烟的时候，有的哈欠眼泪，有的没精打采，抽了烟离开烟馆时却精神抖擞、说笑自如，他不但觉得好玩，还觉那大烟有点神奇。有人知道他是东家的儿子，便有时招呼他吸一口，而他似乎又闻得大烟燃烧时散发出的那股香气，便常往那里跑。方明魁便把油坊交给了大儿子经管，把烟馆交给二儿子料理，好让他们自己有点事干，不再游手好闲。他为了张扬自己，在为大儿子娶媳妇时跟全村人打了招呼。秦山鄙于方明魁依其财势张狂，不打算前去捧场。这时三儿世忠回来了。他是奉命回陕带领新兵，趁机回家看看父母家人。世忠考虑到方明魁毕竟是保长，得罪他没啥好处，便自己替父亲去吃酒席。在酒席上，知道世忠从抗日前线回来接领新兵后，同龄人和小青年便要跟他当兵去。他通过地方政府进行了挑选，或是两丁抽一，或是壮丁抽签。他把要为哥哥报仇的刘子清的弟弟刘子义劝了回去，门子里的羊娃没要，带了邻家石榴的儿子狗娃、宋怀林的一个儿子广广，还有西镇和杨村的四个青年经过登记举保，乘火车前往省城。临走，母亲唠叨儿子与媳妇没有见面，世忠以时间紧迫、不影响兰儿学习为由，给留了一封信，在父母的叮嘱下走了。

  各县区集中到省城的新兵，由集团分别接往前线很快投入培训，新兵的年龄多为十七岁到二十二岁之间，大都不识字，培训非常吃力，但很快被送往前线。为了好管理，军团将这些娃娃兵暂时编为一个新兵团布防于二线阵地。但是在日本侵略军的狂轰滥炸、不断进攻扫荡中，新兵团的娃娃兵开始经历血与火的战斗考验，最后有七八百人不甘被俘，跳进了高崖下的滔滔黄河。

3

一天，赵有余在堡子上的十字路口和人说闲话，远处传来"嗡嗡嗡"的声音。人们东张西望，辨别声音传来的方向，忽然发现渭河北边天上有许多飞机，轰隆轰隆声过后，烟尘火柱腾空而起。人们七嘴八舌地议论起来。"日本飞机又来炸县城了。""起火的地方是纱厂。""咱县里驻了许多军队，怎么就不打这飞机？""可能没大炮，手榴弹、'三八'大盖打不上吧。""打上打不上连个样子都没有。"

敌人的飞机一路往西而去，撂下的炸弹在地面爆炸，烟火一片，绵延几里路长。人们议论着，一个族弟望着赵有余叫道："老哥，你家赵禄不是在县府里吗，这日本人老远开着飞机跑到咱这里撒野，没听上面咋整治？"赵有余从嘴里取下旱烟锅说："我没有那个儿子。""你二儿子不是好好的嘛，啥时又把你惹啦？"族弟说。赵有余头转向一边不说话。

原来赵有余在山场里种了一片罂粟，春夏之交，正是开花孕果之时，有人举报，他家受到禁烟局清查。在县里干事的儿子赵禄得知后，赶回家中向三弟问清地方，跑去用竹竿全部给撂倒了。赵有余骂儿子是胳膊肘往外拐，不为自家着想，吃屋里的，喝屋里的，是白眼狼，并要他领着媳妇娃娃滚出家门。兄弟们见了赵禄也不理他，媳妇也埋怨他，他一气之下寻了村边上的一个空院子住了下来。后来，因某些地方种罂粟与县长私下允许有关，县长被上面撤了职，他也因父亲种大烟之事被追究，因此一肚子气，搬出老屋院子好长时间没回去。

就在赵有余他们看见日本飞机轰炸县城并议论这件事的第二天，从清泉村到西镇赶集回来的人带回消息说，窦郎中的儿媳，前一日骑着驴去县城北崖走亲戚，已经到了往北崖去的街巷口，日本人的飞机"呜呜呜"地从头顶飞过，炸弹一个接一个地落了下来，牵牲口的伙计和驴被尘土气浪推倒在地，而她被飞机扔下的炸弹炸死了。人们都为窦郎中惋惜，秦山听见后赶往西镇对窦郎中进行宽解和安慰。

窦郎中知道儿子远在抗日前线，所在地点不定，难以告知，只得按照家乡的习惯，将死于家外飞祸、没进家门的年轻人草草地埋葬。因为秦世德的媳妇与其是堂姊妹，秦世德和媳妇都赶去帮忙。儿媳留下的一个五岁小儿，成为窦郎中和妻子对儿子唯一的念想。而这时窦铨正在中条山、芮城、平陆、夏县一带随军团调遣，和日本侵略军周旋。

在府城师范上学的兰儿和同学们，得知日本飞机轰炸了县城，死了不少人，县城里的一小和女子小学也死了人。人们恐惧的同时，抗日的情绪高涨，抗日的声势越来越大。这时支援抗日前线的各类工业合作社一个接一个诞生。作为中国妇女自卫抗战将士会省分会府城支会的一员，兰儿除参加妇女抗战壁报宣传，节假日又组织知识女性走访抗战兵士家属，帮助不识字的家庭为其写信，告知父母家人的思念期盼。当她听到西镇窦郎中儿媳死于日本飞机轰炸时，她想起了自己的丈夫世忠，然后回了一趟婆婆家。见到婆婆时，婆婆正和几个女人一起做针线说闲话，她问候过婆婆，又在婆婆的介绍中认识了一起做针线的村人。她们夸赞她，夸赞世忠有眼力、世忠娘有福气。这时世孝的媳妇在屋里听见声响抱着孩子出来了，兰儿叫了声"二嫂"，在二嫂的招呼声中，兰儿说了自己参与走访抗战士兵家属的事，并将手里拿的东西交给二嫂说："这是我娘给咱爹娘的两把挂面。"这时坐在一边的石榴问兰儿走访是干啥，兰儿说了之后，石榴说："我家蛋蛋跟上世忠走了几个月了，也不知在啥地方？"兰儿说："你有啥话想说，我给你写了寄给我丈夫，让他转给你家蛋蛋。"石榴说："写啥呀，蛋蛋不识字。""那我就让他跟蛋蛋说，你惦记着他，想念他。"坐在婆婆旁边的宋家大嫂说："那你写时把我广广也问一下。"兰儿说："你家广广识字吗？""念过两年书。"广广的娘说。"给写过信吗？""他爹认得字但不会写。""那我替你写一封信给捎去。""你就说我跟他爹念着他，让他好好干，打起仗来前后都要把眼睛长上。"兰儿回到她的厢房里写好，拿出来给宋家大嫂念了一遍，随后又说了一阵话，该做午饭了，大家才散了去。

赵禄有几日没回去了，媳妇在家突然肚子痛，打发六岁的女儿去叫三弟的媳妇，三弟媳听说二嫂肚子痛，预感到临产的事，一面让丈夫给二哥捎话，一面去村里叫接生婆。孩子出生并不顺利，直到第二天凌晨才生了。接生婆接生完将婴儿包好之后也累得不行，想睡一睡，这时三弟媳端来了烙的旋油饼子和烧的葱花鸡蛋汤。接生婆吃喝完毕刚说要走，赵禄回来了，听说媳妇生了个儿子心里高兴。便说了些感谢弟媳感谢接生婆的话，三弟媳安顿好屋里要回老屋那边去伺候一大家子人，接生婆也要走，赵禄没做过饭，也没伺候过女人，更没伺候过坐月子的女人，接生婆交代他说，女人坐条山下的同伴们，不由得心里难受。特别是那些年轻的娃娃兵，他们很多都还没结婚。军人的天职与军人的正气是中国军魂的所在，调防不等于休息，日军在南线仍很猖獗，作为军人他们是国家与老百姓安宁的支柱。最后，他说："好了，说得多了，等我到了新的驻防地再给你写信。向父母问好。"兰儿看完信，打消了给他写信的念头。

秦世忠在给妻子兰儿发信的同时，也给二哥世孝寄出了一封信，信里除了告诉二哥陕军在中条山抗战中取得力阻日军跨过黄河西进关中的胜利之外，也告诉了二哥他们调防的事。更重要的是他告诉二哥，在夏县与太岳军区的一个军需主任兼枪械设备厂长，是二哥的同学翟杰，人很瘦却特别精神，一身灰色土布军装，他们的队伍生活、着装分不清是兵是官，只有近身枪支配备上才能看出一些，他们装备上不怎么样，战斗力却很强。他说："我们在接触交谈知道是乡党之后，才彼此认识。他说他没想到会碰到我。他问了你的情况，告诉我他和你是上海'一·二八'抗战之后因居无定址而失去联系的。他是怎么当了八路军的，他没说，我也没时间问，他只要了你教书学校的地址，我们便各自分手。"

秦世孝接到兄弟世忠的信已是一个月之后，他为兄弟的平安高兴，更为知道了老同学翟杰的情况而高兴。他知道翟杰从上海理工学校毕业后到了金陵兵工厂，后来随厂迁往武汉，武汉被日军占领之后就再没了消息，没想到现在他出现在太行山地区八路军中。但他知道八路军是国共合作抗日、从延安开往前线的红军，这里面一定有故事。翟杰的事让他又想起另一位同学王也，王也从农工商实业学校转到西北大学水利系，最后转到西北农林专科学校试验农场工作，多年来只见过一次面。还有窦铨，他们都在为生活、为自己所从事的工作忙碌，又值国难，刘子清也走了，什么时候幸存的他们再能重聚在一起呢？

兰儿全身心地投入到自己的工作中，在教学之外与学校里的其他先生一同参与学校的抗日宣传活动。他们成立歌咏队教唱抗战歌曲，如《救国军歌》《保卫黄河》《长城谣》《游击队之歌》《大刀进行曲》《谁说我们年纪小》等，并在街头演出抗战故事活报剧，搞得有声有色。晚上她写完教案之后又想起了丈夫秦世忠。调防之后应该写信来了，他结婚两天之后就离开了她。外面起了风，风吹得窗户上的纸不时"啪啪"作响，她想躺在床上看会儿书，不想一会儿就迷糊过去了。迷糊中，她和几位先生领着学生在火车站前的场地上，刚要进行宣传演出，不经意看见从出站口出来的人群里，有一个穿军衣的人很像自己的丈夫秦世忠。她想他不是已调防河南去了吗？怎么会在这里呢？她想，认错了人在这公众场合中可是难为情的事，待走近后再说。她将自己的目光收回，仍然招呼她的学生，谁知在她转身之后，身后却有人叫了声"兰儿"，她转身抬头看时，真是她的丈夫秦世忠。她惊讶地说道："是你呀，你回来了。"话音刚落，听得一位同事叫她，她答应了一声，似乎声音很大，竟然连自己都被惊醒了，她望了望空空的房间，什么也没有，她知道自己刚才是在做梦。她顿时十分清醒地坐了起来，拿过一支铅笔在一张纸上写着画着，竟然写出一首词来：

关西说信，难见夫君所顾一片情，枕困轻寒薄衾人。
月偏更进，风敲小窗入梦，似是相逢，醒对灯花空对静。

她将它用墨笔重抄了一遍，对折叠好夹在一本旧书里，就在她翻这本旧书时，发现她婚后回到学校里写的一首"别去"，她拿了出来：

时年别去时，羞对村路旁。
天上云儿走，点头无感伤。
春风草叶细，燕子绕屋梁。
清露浴晨梦，雀儿鸣绿桑。
醒来忆南柯，君至在厅堂。
英武戎装裹，目睁空对窗。

她看完后自己笑了，笑自己懵懂时对他的感情，笑婚后分别时的羞口不言，以及如今分别许久感到的寂寞，也许这就是男女婚姻之后自然而然产生的感情与责任。

后来，家里考虑到两人结婚几年了，世忠又回不来，便安排兰儿去了世忠那里一趟，两人终于再次相见。

3

刘二自参加了秦山三儿子的婚礼之后，十分佩服秦山，觉得他教子有方，儿子现在个个都成了有头有脸的人。秦山这三儿子小时聪明俏皮，长大后脾气刚硬，如今做了军官，在前线杀敌抗战可谓良士。且所纳之女又是闫先生的女儿，真可谓金童玉女。回到家中，刘二便和自己的女人说起在秦山家吃酒席的事。女人说："你见过大热天谁家娶媳妇吗？"刘二说："这倒是没有，不过听说秦山的三儿要上前线去，家里便急着想把婚给结了，事情虽然仓促却也在理。"女人惊问："秦家咋叫儿子上前线去？"刘二望了一眼女人说："日本人跑到咱国家来打咱们，这两年把炸弹都扔到咱地面上了，不去打能行？古人云，民为国之本，兵者国家之大事，死生之地存亡之道，况且秦山的三儿现在还是一个军官。""你说的我不懂，我只知道咱老百姓一日三餐有饭吃就行，你今天吃了酒席，我还没吃饭。"妻子说。"这不，我给你拿了一个肉夹馍。"刘二说着从怀里掏出手帕包的肉夹馍来，女人接过白面馍头掰开一看，里面有三片半拃长二指宽的肉片，笑道："你今天还真有心。"

刘二的小炉匠生意已经有两年了，除了西镇的三、六、九集日之外，有时还挑了担子到川道一些大村串乡做活儿，这种行道发不了财，但是养活他和自己的老婆不成问题，而且手头还比庄稼人活便些。但是多年养成的懒散之习不容易改，除了集日，大多数时候他不干活，而且集日里挣的钱除了吃饭，最大的开销还是去烟馆里过大烟瘾、买烟棒子回家抽。

一次西镇关帝庙庙会，傍晚时他想去会上转一圈看看，便收了摊，把东西寄放在窦先生药铺的后院里，到了关帝庙。正对着庙的戏楼上还在唱戏，他望了一眼，知道那是王家戏，是西府的四大班之一，箱底厚实，名戏子比较多。因为关公在民间不仅是一位义神，也是一位财神，所以上布施的人特别多，对于刘二来说，上一炷香、磕个头是决不能少的。庙院里几棵高大的柏树下坐满了人，望着戏楼上正唱着的戏，有的人一边乘凉一边说闲话。他想上厕所，绕到庙后却见一处围了不少人，他方便之后走了过去，原来是"摇宝"押单双，他看到有人竟然一保押下去赢了，远比自己凭手艺挣钱容易，他也想押一把，掏钱的时候却又有点踌躇，一旦输了今天可就白来了，又抬头一看，夕阳已快西下，便转道儿回了家。

次日收了摊他又去关帝庙转悠，又到了摇单双的场合跟前去看，他心里痒痒，押了一把，赢了，停了一下他又押了一次，又赢了，他买了几个糖糕回到家时天已黑了，尽管妻子有点埋怨，他仍然笑脸相待，晚上过罢瘾他说了他下午在关帝庙押宝

第二十七章

众人的事，价钱上你说了算，戏楼盖起了啥时候都在那里，想起了可以去看看，那还是你的念想呢。"刘二点了点头说："侄娃子说得对，大材应大用，又是公众事，今晚我和你婶子说说，明日给你回话。"

两人分手后，刘二往回走，一边走一边想，自己最近因赌钱手头有点紧，真是瞌睡遇到好枕头，但是他得想办法把老婆说服了。

第二十八章

家风有立有传承,贪鄙岂能育后生。
道德人心贵良善,取溆更是祈太平。

1

赵维国在县里税务征稽处任职时间不长，又被安排到禁烟局，一天他到东塬乡办完事，顺便跑到表兄秦世孝所在的学校去看望秦世孝。两人见面之后，便说起西镇发生的保安队抓人的事，先是东溽沱村毛纺站几个人被抓，没过几天三小与几个保国民学校的先生又被抓了，还有三小的校长。赵维国说："听说都是共产党的地下工作人员。"秦世孝说："东溽沱村的毛纺站是西北工合办事处、县上事务所的一个生产合作社，里面的人不是纺毛线的就是织袜子的女人，三小的几个先生即使是共产党，现在国共合作也没啥。至于三小的校长，听说是他竞选乡长时上告过原来的那个副乡长，人家合伙在报复他。"赵维国说："说是国共合作了，那是为了抗日说给国人听的，实际上较着大劲。像去年的'黄桥事件'，今年的'皖南事变'，小摩擦各地都有。"赵维国随即又大概说了"黄桥事件"与"皖南事变"。秦世孝望了一眼表弟赵维国，说："你从哪里知道这些事的？我听说的和你说的不完全一样。"秦世孝说着摇了摇头。接着又问了家里老人的情况，并说了自己听到的关于表弟和另外一个女人的事。赵维国笑了笑说："都胡说的，没有的事。"

赵维国走后，秦世孝想，表弟赵维国是受过教育的人，当过官，现在也是干着公事的人，怎么能和一个没文化的农妇胡来呢？接着又从表弟说的国共合作中有摩擦的事，联想到驻地国民党预备师与地方保安团，晚上进攻驻东镇53军东北军抗日司令部办事处的事，他叹了一口气自言自语道："古人说，善积则功成，非积则祸及啊！"

回到禁烟局的赵维国，想起表兄秦世孝提到他与另外一个女人的话，他当时只是笑着搪塞过去，事实上其传言不虚。他前些年刚回来，一次在村头碰见那个女人，在他的印象里村里没有过这么好看的女人，瓜子脸，短刘海，一绺头发吊在耳侧，浅淡的眉毛下一双黑葡萄似的眼睛，灵动的瞳仁儿见人一闪一闪的。圆发盘在脑后，一件半旧紫红色夹袄衬着她那黄白皮肤很是好看，自那以后他就留心起来。后来他知道那是村东纪家的儿媳妇，叫芸香。据说她丈夫早先给土匪背过枪，土匪头子被县府收编之后他一直跟着耀武扬威，媳妇就是那时娶的。可是过门之后几年不生养，后来婆婆在娘娘庙的送子娘娘那里求了几年，有了个女娃，几年过去了又一直没生。听人说，男人纪定升在外面坏过头了就没能力生娃，连媳妇生的第一个娃也是别人的。这女人身材匀称模样俊，三十岁出头显得很年轻，不管穿啥都好看，这让赵维国特别动心。他把她和自家的女人一比，自己的女人个子不高，菜盘子脸上一对细小的眼睛，更不讨人喜欢的是待人没有一点灵活劲儿，说话也是死巴巴的。当初结婚时他就不愿意，因为是父母给定的亲又沾点亲戚，他不结婚父亲就不让他到省城上学去。他工作后曾想另娶一个有点品位的女人，可惜他没有那个命。他回来后媳妇和过去一样伺候他，把女儿也管得和她一样腼腆听话，但他从心里没爱过她。因掠倒了父亲种的大烟苗，他被父亲赶了出来，搬到邻村亲戚的一座空院子里住下，三弟常常打发长工老骆拿些面来，媳妇在院里种点菜过日子。媳妇坐月子要人伺候，正好接生婆是纪定升的娘，愿让自己的儿媳芸香来，正合了赵维国的意。芸香除了保证他媳妇一日三餐之外，就是打扫卫生洗洗涮涮，如果大人娃娃健康便没多少事可做，而且有空儿可以回自己家，赵维国回来了便一同共餐用饭，时间不长就像一家人一样。这期间赵维国有一个星期没回来了,有一天芸香正在院里晾晒给婴儿洗完的尿布,赵维国回来了,他走到芸香跟前说:"既要伺候大人又要管月娃,够麻烦你的。"芸香转过身来说:"先生回来了。"紧接着笑道:"先生会说话,照顾月子都是这么做的。""难得你这么有心。"赵维国说。

晚饭后芸香把一切安排停当准备回去,走时赵维国跟了出来,在院门口,他从衣兜里掏出一个小手帕包的东西塞到芸香手里,说:"拿着,不要说是我给买的。"芸香望了赵维国一眼,知道这是他背着他的女人给她的,不觉得有点心热,她抿嘴一笑点头离去。在路上,她想小手帕里包的是什么呢?在没人的地方她打开一看,里面有一个花红发卡,两个网脑后发髻的青丝络,而小手帕又是才兴的花手绢,她心里暖暖的。她没想到这个男人这么有心,这些东西都是县城里的人使用的东西,据说都是京货铺里才有卖的,而自己的男人从来没给自己买过什么。而且自从自己男人跟随的头儿被打死之后,回来东躲西藏地瞎逛,经常不在屋里,家里的日子过得紧巴巴的。没几日赵维国又给了她一盒粉和一块香胰子,而他给她这些东西的时候还说她长得俊,说着在她发红的脸上抹了抹。当时她的心跳得咚咚咚的,她生怕被人看见,她想着怎样把他媳妇伺候好报答他。他给过她零花钱,她知道他心里有她。

对自己男人没点满意之处的芸香,早先与自己中意的娘家门上的秦世德好过,嫁到纪家之后没了来往。几年前在一次娘娘庙祈子会的晚上,与其在麦地里野合之后生了一个女儿,使她常常想起他。但秦世德是他们家的长子,家里忙外边忙,常跟他姑父跑生意,很少见到他。她人长得好看,男人又总不在家,保长方明魁经常来睡下不走,村里光棍汉翻墙敲窗子打她主意,外面的闲话一串串。但除了娘家门上跟她好过的秦世德，对她最好的就是现在同村的赵维国，她觉得他们都是见过世面的人，既能干又爱女人。终于她和赵维国好上了。

  赵维国的儿子满月之后，芸香回去了，他们的情却没断，芸香常以让赵维国给在县城里代买东西为由，不时与赵维国接触相会。时间长了，没有不透风的墙，赵维国的女人也早已看出蹊跷，因慑于丈夫在她面前的威严而忍气吞声。后来芸香的肚子显大之后，村人的议论之声传到赵有余的耳朵里，本来他气二儿不为家计考虑，掠倒了他种的大烟，让他带着媳妇滚是气话，结果儿子真走了几个月都没回屋里来，也不问他的死活。如今又出了关于二儿子与纪家儿媳的传言，他更加生气了。在农村，人们望富不望穷，鄙于懒惰和不务正业，但广受人们指责的是淫盗之事和忤逆不孝，这也是老辈子人传下来、人们应该遵循的最基本的德行。

  赵有余从外面回来一进院门就骂，从南院骂到北院，看见鸡骂鸡，看见狗骂狗，整整骂了半晌。吃过晚饭，他把三儿赵寿叫到自己厢房说："你把家里的地亩列出来，房院列出来，你弟兄几个都分开过吧，我和你们谁也不走一起，我自己过。"赵寿说："爹，你有啥话你就说，谁不对你就骂上一顿，生这么大的气，把你气病了，叫外人怎么说我们？"赵有余说："这么大个家，有人吃没人做，老四老五懒不说，瞎毛病不少，老二搬出去不回来，更难听的是外面的人说老二的话，我原先还不信，现在把先人的德都丧尽了。"三儿赵寿说道："我二哥大多时候不在家，外人说的那些话也都是些没影儿的事，老四就是那样子了，如今麦种上了，地里的活儿都做完了，我准备改天到山里收山场上的东西去，为这些闲事生气也一天了，你早点歇息吧。"说着站起身要走，父亲仍坚持道："这个家一定要分。"赵寿没说话走了。

赵有余装了一锅旱烟吸着后，一边吸一边想，他今天听说二儿子把纪定升媳妇的肚子弄大了，人们见到他连招呼都不打，光拿眼睛瞄他。他觉得在村里，他们家是个大家子，二儿赵禄还曾经当官显赫过一时，可现在这个家，从表面上看，地多、房多、人多，实际上儿子们做的丑事已让他这许多年撑起的脸面丢光了。

2

西镇地方上连续发生逮捕人的事后，清泉村的保长方明魁也受到了责难，加上他有让自己儿子逃避壮丁征用、私下经营大烟的劣行，因而被上面革去了保长之职。保长一职暂由甲长秦旺代理。这秦旺当保长虽没啥资本，却在当甲长的两年里练就了一张能说会道的嘴，并在征缴粮捐、派差抓丁中练就了能挨打也能做恶人的本事。按农家人说的，是脸上长了狗毛的人。但他在秦氏家庭的影响下，有时也护佑地方、息讼民事纠纷。就在当上保长没多长时间，驻西镇的国军42师因征集粮草和村民发生纠纷，打伤了村民，引起民众不满，几个村子联合起来与征收粮食的国军讲理，争执中发生冲突，秦旺被国军以不顾国军利益偏袒村民为由绑架后，拷打致伤。事情闹到县府，县警备司令部出面调解，对方不让步不说，还以老子自居，气势压人。同时这伙国军还在河滩村的龙王庙会上将一个唱戏的女旦角架走，老百姓都骂他们是土匪兵。曾作为联保主任的秦世孝，以自己在教育界的影响联合教育界、工商界人士向国民政府军事委员会省军委会进行了控诉，直到那个肇事的连长被撤职，驻地官兵调防他地。

就在秦世孝联合县里教育界、工商界告赢驻地国军兵横侵民之事刚松了一口气之后,一天夜里,他的表弟赵维国急急忙忙跑来告诉他,省党部派人来县里查捕东塬小学的两名共产党。秦世孝问:"你从哪里得来的消息?"赵维国说是省党部人说的。秦世孝瞪着眼睛问:"你和省党部有联系?""哪里呀,是我原来的一位老同学昨天来县里,一起吃饭时闲话中说的。""你的老同学?"随后赵维国便说了他那位老同学的来龙去脉。

赵维国的这位同学姓魏,西安人,是他在省城上学时的同班同学,魏同学毕业后又考到了南京大学,后来魏同学大学毕业回到省城在省党部工作,此间他曾被派遣调查赵维国陕南失职一事。赵维国暗里请老同学帮忙,拿了两百块银圆拜托魏同学。魏同学回去后向省党部写了调查报告,在魏同学的帮忙下,省党部为减少各方面影响,免去赵维国职务,除去党籍。此次魏同学秘密前来陈治县,是要缉捕从省城来的在一个叫东塬小学教书的地下党人,他知道赵维国临时在县禁烟局工作,便在他们相见闲谈中说了这件事,赵维国想到这件事涉及表哥秦世孝,便在魏同学走后找到表哥秦世孝说了这一情况。秦世孝知道表弟是出于关心自己,并非同情和袒护要被抓捕的先生。他平静地说,他没发现被聘用的先生有什么不对之处,也许是弄错了。赵维国说还是注意点好便走了。之后秦世孝很快告知两位先生躲避,并于次日一早儿安排好学校里的事后回了家。等到县党部会同保安队警察局到学校抓人时,人已不在。他们通过教育局把秦世孝从家里叫来询问。秦世孝说:"张、刘二位先生在学校时间不长,但其活动严重影响学校里的正常教学,学校早已将其解聘离职,自己近日因感风寒在家养病,不知道他们的去向。"

几天之后,秦世孝到县教育局办完事,顺便到街上为学校买办公用品，在一个巷口碰见了躲避抓捕的两位先生，他们拉他到一家小饭铺买了酒菜感谢他的知遇之恩。秦世孝说："谁叫咱们是同行，人常说，人不亲行亲，你们二位又都是朋友介绍来的，咱们在一起这么长时间，人这一辈子谁还没个三灾八难的，不过现在为了安全，你们得离开这里。"张先生说："我们给你和学校带来了不小的麻烦，我们准备到北边去。"刘先生接道："我有个亲戚在长武县做生意，准备到那里去看看，就是不知道路咋走。"秦世孝听了，说："东方不亮西方亮，哪里亮就到哪里。至于去的路我有个亲戚过去常到北边跑生意，我给你问一下。""太好了，明天我们仍在这里见。"刘先生说。

秦世孝从小饭铺出来，准备到姑姑家去替二位先生问北去长武的路。自工作后，除了一年的四时八节去拜亲，平时很少去。他到街道商店里买了一斤点心、一斤果子提上往姑姑家走去。自县城里的东门被拆之后，县城里几年来建成了二马路、三马路、林森路、老正街，一直延伸到火车站。沿街商铺、旅馆、剧院、澡堂、茶社、饭馆、裁缝铺一溜两行，汽车、马拉轿车、东洋车还有难民穿行其中，光戏园子除了秦腔剧院外，还有豫剧院、京剧院和越剧团。他来到姑姑家，表嫂接了他的礼品，他见了姑姑姑父问好之后，姑姑也是把娘家人从大人到娃娃问了一个遍，然后要给世孝做饭。秦世孝说到县里办完公事已经吃过了饭，姑父问他们学校是否安稳，他说："没啥，原先三小被抓去的人也没见做什么坏事，不见得就是坏人，只不过是同事不同心，党派政见不一，咱不说这个，我想问姑父还和东堡子的陈师跑北路吗？"姑父说："从去年下半年以来，汧陇、凤台两条路上都查得紧了，上半年我和陈师跑了一趟，出县过岗时，给岗上塞了钱才过去的，回来后家里说啥也不让

第二十八章

· 437 ·

再去了。"秦世孝说:"我们学校里有两个先生原来是省城里来的,前几天保安队和警察局给寻事,两人不在这里干了,说是有亲戚在长武做生意哩想去那边,不知路咋走。"姑父说:"这一路不是马拉就是驴驮,没汽车。陈师昨日我还见过,好像说是这两天要去。"姑姑对姑父说:"咱世孝也是帮人,你去给问一问,要是去那边还是个伴儿。"姑父点了点头。

　　姑父去后,姑姑给世孝倒了一茶碗开水,然后去了厨房。姑姑是世孝的亲姑姑,又是世孝的丈母娘,人常说"丈母娘爱女婿,提了竹篮绞水去",说的是丈母娘见了女婿,激动地拿错了家具。姑姑到厨房又是烙旋油饼又是煮荷包蛋,一会儿便给世孝端来了,世孝说吃过饭了,没有动筷子,姑姑说:"离你吃过饭都半晌了,吃吧。"他知道姑父是替自己问话,不等姑父来一起吃,做晚辈的就太不懂礼貌了,他执意要等姑父回来。姑姑遂又端来了一碗,说:"你姑父有呢。"接着姑姑又问起世忠。世孝说:"世忠上前线三四年了,只回来过一次,去年从山西调防河南时,媳妇兰儿去过一回,现在又一年了,只来过两封信。"姑姑叹了一口气说:"这仗也不知道啥时才能打完。听说世忠媳妇也当上先生了。"正说着姑父回来了。姑父一进门说道:"巧得很,陈师给长裕货栈赶脚,明日一早就走,顺路要过长武,听我说了后答应做伴。当知道要去的人是当过先生的人时,他说文化人盘查得紧,要随着去就得扮成买卖人,说好明天天不亮到火车站北边的长裕货栈门口等。"秦世孝听了高兴地说:"太好了。"然后端了面前的一碗荷包蛋给姑父。姑父说:"你赶快吃。"姑姑对丈夫说:"你走了后我给做的,世孝一定要等你回来才吃,都快凉了。"姑父接了碗之后,世孝又拿了旋油饼子给姑父,自己才掰了另外半块儿旋油饼泡在自己碗里,端起碗呼啦呼啦地吃了起来,吃完了说:"姑父慢用,我去跟他们说清楚,等会儿我还得赶回家去。"姑父说:"最好把那人领到长裕货栈门口去认认地方。"

3

正月初十,人们还沉浸在走亲访友的年节中,九龙山庙会传来消息,下八庙的会首决定"取湫",这事既显得神圣又让人们高兴。"取湫"是一个民间祈雨活动,翻开地方志书就会发现,关中自古以来是三年一小旱、五年一大旱,有时连年出现旱情。落后的生产方式和一成不变的种植方法,使得多数人处在受饥荒的边缘。于是祈雨便成了官民旱年必要的活动,而敬奉玉皇大帝和龙王爷,更是村村社社乡民都要进行的事。

在渭河南几十里范围之内,自明朝起形成上八寺、下八庙、外八庙联合"取湫"的活动,盛大而隆重。清泉村及其寺庙,正好位于由川道进入山中的转点,所以成为"取湫"队伍的往返接送歇息之处。因为"取湫"活动隆重盛大,所需民力支撑十分繁缛,于是众人定为三年一小取、五年一大取。小取即由局部村社庙会联合或村社独立在就近寺庙求雨,届时斋戒、诵经、许愿、游神。下雨了小村唱小戏,大村唱大戏,大戏一般是请县里戏班,有时也到外县请红箱名角儿戏班唱的,欢庆上天施恩和神灵大德。而大取的地方原在秦岭的太白山,因其道路艰险、气候多变,在宋元时期由磻溪宫道教真人丘处机议改玉皇山,此后一直延续下来。其"取湫"的联合村社由"取湫"所行路线经过的村社、下八庙所在各村、上八寺所在各村和外八庙所在各村组成。其路线之长、范围之大,在陈治县里是数得着的,它与渭北塬的上刀山神会,同具轰动全县的效应。

"取湫"所需人数众多,人员庞杂,其路途吃用更是件大事。好在寺庙都有庙产与布施收入，各庙庙会组织均按传统方式接待，提供住宿与马匹草料、饮水。神汉跳神和对神灵敬拜活动所需香、蜡、黄表纸、炮仗都要准备妥当。特别是"取湫"队伍行经村社道路两侧，人、轿、马匹踩踏都须提前告知。经过半年的准备，农历六月初六之后，承办"取湫"的八庙村社开始敬奉神灵，并到忠信里的九龙山玉皇庙呈文求雨。然后选定"取湫"的"湫子"，请布道的道士、道长、神汉确定吉日举行仪式出发。而选取的"湫子"，都是青少年，共计一十八人，还有陪同的道士一十八人。

出发这天，彩旗仪仗队前行，大锣鼓队跟随，"湫子"头戴柳条编的帽子，身穿白布长衫，手挂木棍身背取水的瓶子，赤脚行走。陪同伺候湫子的道士身着道士服装随行，只是排在最前面的"湫子"和最后面的"湫子"各拿一面"取湫"的旗子。走在前面开道的神汉手持黄表、缠裹红巾和带有小串玲的月牙斧，后面的是头顶丘处机牌位、身穿道袍的道长，然后是细乐队与吹手喇叭一路吹吹打打，在庙会众会长与虔诚信众的簇拥下行进。沿途自有不少乡人观望，所经过村庙的庙会组织纷纷接待，正午时到达清泉村略歇用餐、照料牲口，赶天黑前歇息于净身寺沐浴敬神。次日凌晨告别村社相送之人，经太和宫、天台山、秦岭腹地的水蒿川老庙，诵经三日后再上玉皇山。

玉皇山乃嘉陵江发源之地，位在秦岭主脊，海拔两千五百多米，山势北陡南缓，断崖栉次，壁立千仞，山林茂密，气阴凉寒。其上有一座铁铸庙堂，庙堂之内供奉着玉皇大帝、燃灯古佛、观音菩萨三座神灵铜像。诸"湫子"于庙堂内燃香点烛、焚表敬拜，开始在庙后一"湫石"下采集天珠玉露般的"湫水"。日日跪念经书敬奉神灵，直到一十八瓶"湫水"装满了"湫瓶"才下山。返回浅山的太和宫之后，歇驾"验湫"。

这"验湫"乃是将"湫水"滴在一张黄表之上，水滴晶莹滚动不渗便认可成功。"湫头"将"湫牌"让人发回下八庙九龙山之地，并告知上八寺、下八庙各村社会长，立即准备骡马"接湫"。清泉村隆兴寺庙会会长秦世德，在父亲秦山的安排下，一样一样做着接驾的事情。

这"接湫"场面极为隆重，要用三百六十匹装扮一新的骡马，个个匹配新鞍吊蹬，前攀后勒、裹肚嚼缰、配戴绒花挽具，骡马头上肩上黄表彩绸、绣球绒线绒花、大大小小圆镜、方镜、丝绕线绷，华丽神气英俊威武，在太阳光下异常闪亮。特别是它们脖子上带的似小孩拳头的串串铜铃，随步履哗哗作响，不由得让人振奋。加上那大小轿子、彩旗、锣鼓会聚于太和宫前，围观之众人山人海。当主事之人宣布请玉皇大帝、燃灯古佛、南海观音、九天圣母、风伯雨师等，诸神上马上轿之后，接神之马在主人的陪伴之下，围绕跟前的走马岭走上三圈之后开始起驾。这时锣鼓喧天，长号唢呐齐鸣，有人肩架"杨爷"前行，彩旗之后三百六十匹接神骡马与大小轿子后随，然后是神汉、"湫子"、布道、执事、护卫，浩浩荡荡原路返回，再加上送众，队列绵延一里多路。中午时分，"取湫"队伍在清泉村隆兴寺歇驾用餐，骡马补充草料，清泉村社众早已做好接待。

午后诸神灵开始起驾，便出现抢"杨爷"一幕。那被人架在肩脖子上的"杨爷"，乃是一半人高的木制彩绘神像，系九龙山一带人们敬奉的喜神。今众人见"取湫"成功欣喜若狂，多人相互争抢，抢着架"杨爷"。老人们还说能争到架"杨爷"一生办事顺当、身体健康。所以这位前行的"杨爷"一路上被二三十岁的青壮年争抢不断，路上、地里、河渠，跌跌撞撞，可谓人神共乐。

"取湫"队伍刚出村子，还没离开清泉村，空中便响起嗡嗡声。但是冲天的锣鼓响声使人们根本听不见远处的飞机声，当空中的嗡嗡声大起来时，突然有人向北边天空一指，喊道："飞机，飞机，飞机，贴红膏药旗的日本飞机！"接着渭河北边股股烟尘腾起，轰隆轰隆的炸弹爆炸声传来。人们心里紧张，人群出现慌乱。轰炸完县城返回的飞机经过上空，又打起机关枪来，于是人马受惊，队伍奔乱，清泉村会长秦世德高喊："锣鼓队停止敲打，人员散开。"过了一会儿，敌人的飞机全走了。

"取湫"队伍才又开始归队。为了安全，清泉村会长、民众与锣鼓队一直将"取湫"队伍送到前来接驾的护卫和鼓乐队伍跟前，才转身返回。

第二十九章

文化传承在里村,民情规约总深存。
国难曾叫民生艰,天责也让人敬尊。
唱戏高台言教化,和谐自古贵民心。
静看历史说今古,正气贯穿才是魂。

1

陈治县渭河南下八庙、上八寺、下八庙村联合"取湫"结束两日之后，下了雨，人们都说老天爷是活天爷，对神灵感恩戴德，此后三两日一晴、四五日一下雨。庄稼汉知道，有钱难买五月旱，六月连阴吃饱饭，种的秋庄稼出苗生长的时候，由于雨水充沛，豆苗隔三岔五有新叶增添，晚上夜深人静之时，站在地头都能听见"喳喳喳"玉米的拔节声。

正是大暑前后——一年最热的时候，秦世德午饭后觉得热得厉害，便把身上穿的汗褂纽扣解开，提起衣角扇凉，屋里娃娃吵闹，女人也不断叨叨。他走出门想找个能乘凉的地方，看了半天，打麦场的杨树下虽有荫凉，走近后却困热困热的，没一丝儿风，便朝村南的寺庙走去，他知道寺庙地势高，山门高大，庙院空旷，山门门道里的穿堂风溜溜的。住庙人都是耕种庙产田自食其力之人，他们除了耕种田地就是供奉寺庙内的神灵，平日清扫院落，早晚一炉香，天天念经课。每逢初一、十五或神灵诞辰之日，寺庙山门大开接待信众，平时半闭只供住庙人出入。秦世德站在庙门外，果然凉风习习，又因寺庙两面环山、四周树木葱茏显得异常宁静，门道是方砖铺地，被住庙人扫得干干净净。他顺门道挨墙躺下想事情。地里的活儿即将完结，父亲昨晚上也问他盖戏楼准备的情况，他说了木料已基本备齐，青砖、板瓦、筒瓦、瓦当、滴水都已出窑，大小脊兽、墙头砖雕也已入窑，是该动工了。想着想着又迷糊地睡去，一觉醒来太阳已经偏西，他到砖瓦窑场里看了看，又到庙里看了看已经烧好存放在那里的东西，向庙里主事的居士打过招呼，又去选定的建戏楼的地方转了一圈，才回到家中。

正坐在院外树下的碌碡上抽旱烟的秦山，见他回来，说："世德，我跟你说，你早点安顿在麦茬地和闲地翻犁，你看羊娃能提大犁了，让他跟着你学，人常说，翻晒土地三伏天，灭草除虫好种田，伏天翻一遍顶，伏后翻两边，我是给你帮不上啥忙了。"世德说："我知道，爹，你不用管。"秦山头发花白，身腰前倾，白粗布布衫敞开着，年轻时的那两块胸肌已经不见了，脖子和手背的皮肉松弛，牙也掉了几颗，但眼神依然有神。他说："除了菜地早秋地，二十多亩地至少要犁两遍，已是伏天了。"接着又问道，"最近世忠没来信吗？世孝的学校里怎么放假了还是那么忙。"世德答道："世忠没来信。世孝不是还兼着他所在那个乡的联保主任嘛，就是忙。"秦世德套了牲口，叫上羊娃扛上镢头去地里干活去了。

晚上，他又被父亲叫去说给羊娃娶媳妇的事。"羊娃媳妇年里订下，这接娶的事情还得一些时间准备。我跟你娘说了，新人的衣服鞋袜、炕上被子枕头，你媳妇和世孝媳妇合着去做，他们家有个半新的旧柜，到时候到东镇去给他买个箱子让他背回来。"父亲说完又问起盖戏楼的事。世德说："材料都准备得差不多了，准备麦种上的时候动工。"父亲说："到时候，要寻人看个好日子。"

七月下起了霖雨，河里发了大水，在西河河道打制的盖戏楼的地基石料有的被冲跑了，不得不重新打制。

秦世忠调防河南西部之后，在休整的同时，不断地与在黄河对岸的日军交火。接防山西的国军的失败，增添了日军在西部地区给他们的压力。更可怕的是河南大面积连续干旱，军粮匮乏，民不聊生，民众对横征暴敛的不满日益加重，再加上汉奸、叛徒、指挥失误，使得抗日前线的情况非常复杂。在一次战斗中他负了伤，事实上他在山西中条山与日军战斗时就负过伤，但他那时没跟家里说，伤好后在调防前他通过书信请媳妇兰儿到他居住的地方，度过了一段难忘的日子。兰儿被军人的忠勇感动着，曾要求到他们的随军医院去照顾伤员，但因为她怀孕了，他没答应。她回老家后第二年生下了他们的第一个孩子，一家人自是欢喜，他接到信后更不必说。

兰儿的爹闫先生在县立中学教书，弟弟也随父亲在县里一小上学，兰儿的娘一个人在家寂寞，便三五天一趟地看望女儿和外孙。一年之后兰儿想工作，但又不想到她原来教书的二小去，便在西镇的一个工业合作社找了个工作。她母亲说："一个女人家结了婚，男人不在就是伺候公婆看娃娃，干啥事？又不是没吃没喝。"她父亲说："有点事干也好。""恐怕你公公婆婆都不愿意。"母亲瞅着兰儿说。兰儿说："我就说我到娘家住一阵子，反正我爹和闫睿不在，你就一个人，娃都一岁了，该离奶了，你就受点麻烦给我看着点，我每天都能回来，等不黏人了，我就送回去让他爷他奶管。"

兰儿有文化又是抗战军人家属，有工作的信心和热情，工业合作社的事情都是支援抗日前线的，她认为自己干的工作就是对抗日的支持、对丈夫的支持。干了一段时间后她给丈夫秦世忠写了一封信，而秦世忠接到这封信的第三天，日本人就向守在黄河南岸的国军发起了进攻。秦世忠所在团队的一个排还有一个连全部牺牲，他也受了伤，撤往洛阳西北的山地，此后日军一路南下。

四十七天时间，战线纵深推进了千里。而在养伤中的秦世忠给二哥写了一封信，信中说他想不通，陕军两万多人在中条山三年没让日本人跨过黄河一步，豫中三十万国军却挡不住十几万日军的进攻。

日军的疯狂并没有改变他们即将失败的命运，终于在反法西斯盟军的支持下，反击日军收复失地的战斗开始在滇缅等南宁、湘中、湖北西北部、河北中部、浙西、山东等多地展开，终于胜利在望。冬闲之时清泉村的大戏楼开始动工了，盖一座像样的戏楼是全村人的愿望，而且很多人主张，要盖一个西镇最气派的。于是人们投入帮忙平场地、挖地基、运石料的事情中。

　　为了大戏楼的基础稳固，除用打制的石条筑基之外，大墙四角还将几个大碡磕砌了进去。统一两层基石砌出地平二尺之后，开始青砖包砌外皮。为防基部受潮，山墙三尺之内全用圆木檩条填塞，并用石灰灌缝整平，然后才用土坯砌垒，真是实打实的百年之基。同时在寺庙房院之中进行柱、梁、檩、板的锛、斧、锯、刨、凿。

2

　　秦世孝所在的小学刚开学，从县城里传来日本投降的消息，以及街道商铺门口悬挂国旗、燃放鞭炮的事。在西镇赶集的秦山，见到窦郎中药铺门上的国旗，指着旗子问："挂旗做什么？老哥。"没等窦郎中回答，走到跟前的刘二接道："老弟不知道啊，日本投降了，我这里给二位祝贺了。"说着双手抱拳示敬。秦山不解地问："秀才老哥，你这是啥意思？"刘二道："二位的公子都是抗日的功臣，日本人投降了，国人可以松口气了，你们两家庆团聚的日子也就到了呀。"窦郎中说："老秀才就是老秀才，一样的事情说出来，国和家都有了。"秦山也说："这有才学的人说话就是不一样，好些日子没见你了。"刘二说："我是混饭吃呢，哪能比得了你们，坐地生财。"秦山从西镇回来，跟老伴儿和大儿子说日本投降了，不打仗了。大儿子说："你听谁说的？""我在西镇听刘二说的，街面上都在挂国旗、放鞭炮。"老伴儿说："真要是不打仗了，咱世忠也就能回来了。"大儿子说："世忠是军官，不打仗也回不来。"秦山接过大儿子的话，说："这么多年了，这一次兴许能回来在家多待些时间。"世德娘说："就是，不念别的，他媳妇和娃都在家里，他娃生下后他还没见过呢。"

星期六，二儿子世孝回来也说了日本投降的事，小儿子世义也说他们学校准备参加县里组织的庆祝抗战胜利游行活动。世忠的媳妇兰儿领着娃也回来了，一家人都在为日本投降、抗战胜利感到高兴，期盼着抗战的亲人回家团聚。

农历九月，田里的秋事已毕，种下去的麦子已经生绿，早晨麦苗叶尖上的露水，在阳光下明溜溜的闪亮，这时的天气不冷不热让人爽气。山坡崖坎上的野菊花开得一丛一丛，片片黄色的野菊花中间夹着几簇小小的紫色小花，深绿色的草丛由张扬的茂盛变得娴静而内敛，而菊花又不失其在风露中的挺拔之姿，有一种自然的好看。

重阳节刚过，离家后东渡黄河抗击日寇的秦世忠回到了家乡，他现在已经是一名国军的团长了。踏上家乡的故土他感慨万千，虽然战争使自己家乡这个后方交通要道上的小县城街区增多、城区增大、人口增多、市面繁荣，但是乡村依然还是贫穷的。街道上叫花子乱窜，村子里依旧是土墙土房，衣食依旧简单。这么多年了，他只回来过两次，一次是东渡黄河前回来结婚，另一次是接收新兵时，抽空儿从新兵集结点回来。这一次他是抗战胜利归来，一来探望父母，和家人团聚，二来想接媳妇与娃去他驻防之地共同生活。随行护兵知道县城离团长的家村尚远，要为他叫一个滑竿，他说，没坐过不习惯，护兵说雇一辆马拉轿车，他说坐里面急人，最后按他的意思雇来一匹马。到了村口后他便下了马先行，让护兵牵了马跟在后面，到兰儿点了点头。他又问:"我看下午拿笔在画,是不是在学写字?"兰儿说:"我是给娃画了一幅梅春图,让学着给梅花涂颜色呢。"

"给梅花涂颜色?"

"梅春图据说是一种古老的画春图,到冬至日进九之后开始画梅花,每天画一朵,九天画九朵,九九八十一天,画够八十一朵梅花,春天就到了。我想到进九了,给他画一幅好点的梅春图让他开始染梅花,一朵一朵地染,染梅花跟画梅花一样,孩子既学了计数也有了节气的概念,还养了性子。"世忠听了甚觉媳妇有智慧,说道:"到底是当过先生的。"说着将媳妇搂入怀中。

3

清泉村的大戏楼从备料到建起,然后雕刻装饰绘画,历时两年多,快建成了。戏楼位于寺庙以北一块空地之上,坐北向南,面对着半山坡上的寺庙,两层的土木砖石结构,下屋为一封闭空间,既是进入二层的通道,也是临时住人的地方。其上为几十根楼条托起的木板楼层,楼上宽两丈七尺,进深五丈七尺四寸,三面封闭一面通开观瞻,从台口往里进深四分之三处有木板隔断,前台为演出舞台,后台为演员化妆放置衣箱之处,里外两厢各有小门出入,小门一曰出将,一曰入相。屋顶歇山式重檐斗拱,檐柱、梁枋、门窗有雕刻和彩绘。其雕刻有浮雕、浅雕、透雕。彩绘有云雷纹、回纹、如意纹、花草纹、万字纹、人物故事。色彩有青绿、靛蓝、土色、米黄、朱红,贴金洒银,富贵堂皇。特别是舞台的天花板,花纹色彩更是艳丽。戏台口从梁枋到明柱,雕刻的游龙戏凤活灵活现。两侧内墙分别还有文王访贤与姜子牙封神壁画，整体上大方气派，其新、其华、其高、其大，让人耳目一新。还没完全落成，邻近村子的老人娃娃都赶着来看，秦世德的父亲秦山一直坐在经建场地，既是义务关切，又为儿子世德尽一份监造的责任。

戏楼建成后人们开始议论唱戏的事，有人说，村里好久好久没唱过大戏了，自老戏楼塌了十几年，庙上的还愿戏、庙会戏、忙后戏，不是唱灯影就是唱肘猴，最好的一年唱了一台线猴戏，这回要唱一台大戏。在村人的议论下，秦世德与三会会长乡老、老乡约、老保正、大户人家户主、保长甲长聚会商议，一律赞成唱一台好戏，一谢神灵保佑，二谢村邻支援。老乡约说："咱还要为咱村争一口气，咱村自古是一个设乡管里的大村，管的五个里有清泉里、鸡峰里、清水里、八鱼里、忠信里，民国以来才变了。变了后村里的人气财气都弱了，这一回就唱一台有名角儿的戏，争争人气、争争村气。况且国家这多年抗战也胜利了，地方上出钱、出人、出力紧了些年，现在也该乐呵一下了。"与会的人都同意，最后会长秦世德说："既然大家都同意唱戏，咱就唱一台好戏。另外我再说三点，第一，时间咱就放在中元节，到时候寺庙洞观，菩萨殿、三官殿、山神庙、土地庙、火神庙，一律明灯上香，吊表敬祀各方神灵，保我一方五谷丰登、四季平安。第二，盖戏楼花销大是事实，村里大户人家能拿的就拿点，多少不限，咱过会收的布施，一应费用都明细公布，戏子的饭各家各户轮流管，管不了的不管，给戏子吃不好还是咱们的名声。第三，三个会份各出一人，加上老乡约和老保正一共五人，给咱去订戏，要看有没有把式、名角儿，还要看箱底，箱底要新。还要跟他们说明咱戏楼、是新戏楼、花戏楼，还要唱打台戏。众人拾柴火焰高，咱下去就准备。"散会后人们一边走一边说给庙会上捐粮捐钱的事。弯月已到西岭山巅，凉风习习，庙前的泉溪拐来拐去，穿过村庄而去，溪边杨树上的叶子沙沙地响着，山塬村野里的夜静谧而温馨。

订戏的五个人，身背干粮，手提旱烟袋，王保正还掂了一根五尺棍。打听到河对岸北塬上有戏便先过渭河上塬，然后又听说东镇近处一个村子唱戏转往东镇，最后从东镇折向渭河南唱戏的地方，六天跑了几十里路看了四台戏，又打听了另外两家的戏班，议论了一番便回来了。会长秦世德说："这么快，戏订了没有？"老保正说了跑路看戏的经过，老乡约说："看的戏有新汉社的、鸣盛社的、东镇的王家戏，还打听了温家戏和赵家戏。新汉社的生、丑、净、旦把式，名角不少，班底年轻箱子也新，人家已经有了台口。鸣盛社是李甲宝领班，人多戏多，这两年红的那个劲儿都知道。王家戏是传唱四代人的家班子，班老人精，箱子有点旧。温家戏箱子新，现在岭南一时回不来，赵家戏在西山唱，我们商量了一下，订了鸣盛社李甲宝的戏。"一位姓董的会长说："咱跟他说了是新盖的戏楼，既要唱还愿戏又要打台，人家满口答应。"另一个会长补充道："咱订的这家新添了箱底，就是有点班大人多。"秦世德说："只要把戏唱好，咱不怕他吃喝。"很快，订了戏的事在清泉村的五个自然村传开了，离中元节只有三四天了，村里各家各户，不是淘粮食磨面、赶集割肉买菜，就是打发娃娃叫亲戚看戏。

农村里唱戏一般是三天四晚，开戏的前一日晚上，戏班挂灯、亮箱底、亮班底，最为忙碌。正会一天为会日，也就是神的节日，这一天上下午都要唱本戏，戏子最累。这一天，看戏的人最多，给神灵许愿还愿的人也最多。因为是新戏楼要唱打台戏，戏班早到一天，在安顿好舞台布置之后，班主拿出了三天四晚准备演出的戏单，给订戏的老保正看。老保正看到戏单上的本戏有《香山寺还愿》《黄河阵》《下河东》《安安送来》

《大登殿》《侧美案》《抱火斗》，折戏有《辕门斩子》《拾玉镯》《杀狗劝妻》《柜中缘》《赤桑镇》《狗家滩》《苏三起解》等。老保正说了声好，拿了回来。会长们一看有《黄河阵》便说开了："啥戏都能唱，唯独《黄河阵》不能唱。"老保正说："班主说这戏人、仙、神都上全了，正会那天唱，热闹。"一位乡老说："戏是好戏，可咱村的朝阳洞里敬奉的三位娘娘，因为师兄赵公明而命丧《黄河阵》，所以咱村不能唱这出戏。"经过议论将正会那天要唱的戏改为《下河东》，另添了一本叫《双官诰》的戏。

开戏的晚上因为要唱打台戏，开台要祭神驱邪所以开戏早，天刚黑，台口的汽灯就被点亮了。戏楼前的场地上坐满了人，秦世德早早到戏楼上做了安排。开场时冲天大炮鞭炮响起，鼓乐齐鸣，烟火纸屑弥漫台前，接着一声战马嘶鸣似的长号声后，锣鼓咚咚声中打台戏开始。只见一把烟火之中一人灵官装扮，一手高执金鞭，一手拿金砖挥舞而出。行至台中高声吟诵道："三眼能识天下事，一鞭惊醒世间人。"然后自白为护法监坛之神，纠察天上人间除邪祛恶，为护佑乡里保一方平安特敕命打台，拒一切妖魔鬼怪。然后向四方挥动金砖与手中缠有黄绸挂有黄表的铁鞭，后将铁鞭插入背套，金砖别在腰间，从舞台正中的桌子上拿起折好的黄表用手指画了几下，点燃之后抛向空中，趁燃表飞升之时迅速拿过写有雷火之字的瓷碗向上扔去，当第一次扔上去的雷碗刚要下来之时，手中的另一雷碗抛了上去，瞬时"啪"的一声，雷碗在空中相撞而碎。然后灵官手持铁鞭和金砖，四下里舞动，接着又是一阵鞭炮声响，同时有人为灵官搭红献礼，于是在一阵喇叭声和一把烟火中灵官退场。戏台下人们还在议论打台戏的森杀之气和灵官的由来，开场奠酒也完了，本戏《香山寺还愿》在喊喊咣咣的锣鼓声中又开演了。

　　因为有名角儿、把式唱戏，特别是甲宝出场这台戏引来了四方八面的人。有赶十几里路来看戏的，看戏的人有坐地上的，有站着的，有站板凳上的，还有赶了大车让女人娃娃坐大车上、自己坐在老远土崖边上的，更有正面侧面骑在树杈上的娃娃们，看懂看不懂、听清听不清的图个热闹欢心。加上戏场四周赶会卖吃食的、耍把戏卖膏药的、到各寺观庙院敬神还愿的，真是热闹极了。这热闹的场景，被许多人永远记在了心中。

第三十章

团圆宴谢众乡邻，姑嫂说诗诗兴存。
家学修成数才女，言情言物言自身。
谁知慈母因病逝，哀泣报恩无处寻。
厚道为人循正理，贤良总叫人铭心。

1

秦世忠为了方便换了一身便衣去看望了二哥和岳父母、姑姑、舅舅之后,这天曾经跟他当兵去的、宋怀林的儿子广广的娘寻了来,向他打听儿子的情况,秦世忠只知他从家乡带出去的几个当兵的年轻人一到省城便被集中编队,到了前线集中训练后编入新兵团他就再没见过。这些年打了无数次的仗,也牺牲了不少人,况且军队人员在战争中减员增员不断,战斗地点不停地变动。调防河南之后的第四集团军驻防战线又长,自己几次受伤、几次医伤养伤,现在他也不清楚他带出的几个人都在哪里,他说了这些情况之后广广的娘低下了头。他说他回去之后帮忙查找,好给怀林哥和嫂子有个交代。广广娘走了后,他摇了摇头,叹了一口气。

晚上,秦世忠跟媳妇兰儿说,他这次回来走时要带她到他那里去。兰儿多想和自己的男人在一起呀!这几年她教过书,参加过抗日宣传活动,生孩子后又到地方上的工会组织办事机构做事。她之所以这么努力,一是她作为一个受过教育的有知识、有文化的年轻人,在国家存亡之大难中,有责任有义务有情怀,二是她的丈夫秦世忠在抗日前线浴血奋战的英雄精神鼓励着她。虽然他们相聚不多,通信中他也很少向她和家中说战场上的其他情况,但她从另外的传言和偶尔见到的报纸上,得知了他所在战场上战斗的惨烈。而他从没提及过自己在前线战斗中受伤的事,她心里佩服他的坚强和毅力以及作为一个军人的勇敢与沉稳。他曾在信中写给她的诗激励着她,让她从他们年轻时朦胧的爱和激情的爱,转为忠诚的死心塌地的爱,如今两人相爱的结晶——儿子抗抗也成为他们爱的纽带和共同的希望。她到过几个县的农村,也到过丈夫所在的军队,不识字的人太多太多,她认为教育是改变人与社会命运的良药。所以儿子大点后,她又想去学校教书,而且她觉得儿子太小就跟着自己四处跑不好。姐姐年轻守寡,至今未从姐夫阵亡的噩耗中解脱出来,母亲大多时候也一人在家,她犹豫再三不想随行。

秦世忠的假期将完,必须归队了,他也不勉强她。于是他在家里备办了酒席,请了本家族人和乡老,答谢众乡亲对家人的关爱之后,又与大哥二哥四弟及姑表兄长赵维国、周义几个人一起相聚话别。

玉儿听说妹妹兰儿有可能随妹夫而去,便赶来看望,二人在厢房里叙话后,知妹妹不走心里高兴。这时燕燕走来说:"三嫂教我学诗,我学着写了几首,今日拿来你给我看看,赶明日你走了,就没人教我了。"走进屋里的二嫂说:"燕燕都上中学了还要三嫂教你啊。"燕燕说:"二嫂不知,如今学校学的科目多作业多,国语里又不教这些。"兰儿说:"现在国民学校都这样。"说着接过燕燕写的诗笺,看了看说:"还不错,你的第一首第二句的第三字按声律应平而仄,如果第五字不改仄为平,把平声韵一取就犯了孤平的毛病。你第二首第二句中的情字与第四句中的人字,虽然都是平声韵,但一个是庚韵,另一个是痕韵,同一首诗里用韵应是同一声韵。"姐姐玉儿接道:"字的声律在咱陕西话中往往分不清,这是常事,时间长了就好了,不过古人的诗也不一定全都合声合律因律害意,可是咱们初学时还是应该按规矩学。"兰儿说:"这些年咱们各忙各的,日子过得够沉闷的,今日凑在一起实在不容易,燕燕的诗把我的兴趣提了起来,要不咱们大家做几首诗逗逗趣,相互切磋一下？"燕燕一拍手说："我赞成，要是三嫂这次跟三哥走了，咱们就更难在一起相聚了。"兰儿说："谁说我要走了？"二嫂说："我也听说世忠这次回来有这个打算呢。"这时大嫂走了进来说道："算起来兰儿结婚快八年了，两个人年纪轻轻的一个在东一个在西，几年见不上一回面，谁能不想谁？""看大嫂把人说的。"兰儿脸红地说。二嫂说："大嫂的话是实话。"燕燕在一旁低着头抿嘴笑。大嫂又问兰儿的姐姐玉儿："雪花咋没跟你来？"没等玉儿答话，兰儿说："雪花在上学，要不早跟来了。"玉儿接道："就是，我们家雪花跟只猴似的，一点儿也不像我们。"兰儿说："我们小时候多木气呀，哪能和雪花比。"接着又说，"咱们姐妹们难得聚在一起又这么高兴，刚才我说了做做文字游戏，大嫂也算一个吧。"大嫂说："啥蚊子游戏？这两天哪里逮蚊子去呀？"燕燕笑道："是'文字游戏'，不是'蚊子游戏'。"大家都笑了，大嫂见大家都笑，经燕燕这么一说，知道自己说得不对，说："我不识字，你们耍吧，我还有事。"说完便走了。兰儿说："姐姐，你给咱出题吧。"玉儿丈夫阵亡那年才二十一岁，多年来她作为一个年轻寡妇，身上再没有穿过红红绿绿衣服，也不能和年轻男人说笑，难以启齿的孤独和苦情使她的心凉透了，她说："自你姐夫殁了，我都没那兴致了。"兰儿说："过中秋时我去看你，还见你写的诗，我们都还想听你指点呢。"玉儿笑了笑，说："出个啥题呢？"头一转从窗户洞里看见照壁背后的黄菊花，接道："我看到你们院里的菊花了，现在是寒露已过霜降将至，正是菊花开放之时，就以'菊花'为题吧。"兰儿说："就依我姐说的，各人想好了我那边桌上有笔和纸，抄写在纸上交给二嫂。"二嫂说："我早先看你二哥读诗说诗

第三十章

· 461 ·

写诗，但自己只上了个小学，跟着你二哥学着作过对句，作诗不行。"兰儿说："甭说了，二嫂，我二哥是大先生，他常说常写，熏都把你熏会了，做吧。"

妯娌姊妹们在厦屋里逗趣，世忠世孝与表兄弟们在上房屋里谈论国家大事，什么"重庆谈判""双十协定""和平建国"，以及将要看到的社会革新，都非常乐观。赵维国说："听说国民政府要八路军撤出他们占领的一些地方。"秦世忠说："那是政府的命令，八路军也是政府的军队嘛。"秦世孝说："八路军既然是政府的军队，为啥八路军从日本人手里夺回的地方要让中央军接管？""军队就是要服从政府的安排。"秦世忠说。赵维国接道："听说几个月来，许多地方双方都发生了冲突。"周义说："不会又打起来吧？"赵维国说："这说不好，早先两家已经打了多年的仗，就是主义不一样、想法不一样。""但愿能过上没战事搅和的日子。"周义说完，赵维国接道："周兄怕啥，你做你的生意赚你的钱，管他打不打仗。"秦世德说："不安宁了对谁都不好。"秦世忠说："这是国家的事，咱们谁也管不了。"周义说："我想兄弟应该都打够了，死人见的够多的，真要再打起来确实不是个好事。"赵维国说："不说这些了，咱弟兄们相聚一起不容易，特别是世忠兄弟作为国军的长官，今后能为弟兄们多考虑点就是。"世孝听着摇了摇头。世忠说："兄弟身在军中，无法顾及家中。"然后又转身道，"特别是大哥、二哥在家辛苦，在家事和老人敬奉上我难以为孝为敬，你们要多些担待。"秦世德说："家里的事你就不要操心了，盼望你以后给家里多来信，免得一家人都为你操心。"

两位表兄弟要走了，秦世忠和大哥二哥大嫂将他们送出院门，世孝的媳妇听见娘家哥周义要走了，也赶出院门相送。回来之后，秦世忠一进自己厢房，见媳妇、妹妹、妻姐、二嫂都先后在纸上写着什么，问："你们在做什么？"兰儿说："大家高兴，学着作诗逗乐呢。"世忠说："今日还有这等意趣？"接着又问道，"做哪方面的内容呢？"兰儿说："燕燕把她学的两首诗让我看了，引起了大家的兴趣，我让我姐出个题目，我姐看见院里照壁背后的菊花，就依此作起了菊花诗。""倒是正当其令。"世忠说着扭身去看院里照壁背后的菊花。

二嫂收来各人所写的诗笺，交给兰儿，兰儿一个一个地看着，又相互传着看，燕燕的诗是一首《吟菊》：

身瘦花儿亮，霜来倍有神。
素怀清雅志，风采动乾坤。

兰儿看了燕燕的诗说："气魄挺大的。"玉儿写的是两首《秋菊》：

（其一）
清香暗送蕙芳衰，万里鸿声伴月来。
忆旧英姿多飒爽，秋心谁解履霜开。

（其二）
陶令评章说到今，花萼寒素秀姿伸。
慢待云雁西风里，可叹独守抱香身。

兰儿看看完姐姐的诗，知道姐姐是在写自己，她既同情姐姐又怜惜姐姐。二嫂的诗是一首《菊颂》：

黄菊披秋露，崖坎付盛荣。

任其萧肃气，芳姿傲霜逞。

兰儿说道："野菊花虽不及庭院里悉心栽培的受人青睐，但其价值与品格不低，不但让金秋更金，而且更能经受风寒。"最后她念了自己写的两首《赞菊》。

（其一）

寒临花圃说欣荣，带露半开瓣复陈。

心素不争春日艳，霜来枝俏倍精神。

（其二）

一份清淡弥久香，魂牵梦绕逐韶光。

春去秋来攒佳色，生死荣枯自芬芳。

大家听完都觉兰儿的诗意思深沉。秦世忠虽站在门外看照壁背后的菊花，却在兰儿的诵读声中把屋内女人们作的诗都听到了，他转身说："不简单，没想到都会作诗，作得都不错，二嫂的诗是真情实感，有生活气息，朴实。玉儿姐的诗，'慢待云雁西风里，可叹独守抱香身'。尤好，就是气氛沉了些。兰儿的诗有点我行我素，但也写出了自我淡然与生活的心态。"兰儿望了一眼自己的丈夫说："光说别人，你也作一首嘛。"世忠说："临时抱个佛脚。"遂吟道："冷对秋风姿秀挺，香凝花圃自清宁。不与兰蕙共春艳，嫁于霜天守始终。"

"随题为名，就叫'菊'吧。"兰儿咧嘴笑了一下。二嫂说："兄弟是跟我们大家说话哩。""不，不，这是逗趣。"

世忠说着要走，燕燕说："三哥你还没说我写的诗呢。"世忠说："不错，意趣盎然，没想到你也学写诗了，好好学。"说完去了上房。燕儿问二嫂："意趣盎然是啥意思？"兰儿说："'意趣'就是'意味'和'情趣'，'盎然'是'充满'或'洋溢'的意思，总的意思就是充满情趣。"说完她又接道："诗虽千种万种，但大都是写自然、写人、写社会，有借事、借物、借景种种不同，写的人心情不同，所指物象不同，便有了志趣、情趣、意趣之分。"燕儿自觉受益不少，说道："学校里的先生就不讲这些。"二嫂说："人念的书多了就是不一样，你看兰儿不管啥都能说出个道理来。"兰儿说："别夸我了，二嫂，咱换个题目吧。""你说，我们都跟着学着说就是了。"二嫂说完看了一眼众人又望向兰儿。兰儿说："我六七月间随同事到东边一个村子，看到长莲藕的莲田，莲花开了，特别好看，长在泥水里却一尘不染，印象很深，一直想写一首诗，咱就再写莲花吧，你们说呢？"二嫂说："你们都是有学问的人，你们说，我跟着学。"燕燕说："真要好好学的是我。"兰儿说："那就作吧，或诗或词都行。"过了一会儿，玉儿说："我套用鹧鸪天的词牌作了一首词：塘里荷花香淡宜，绣漪一池弄青衣，叶生烟水碧无垠，听雨秋阴恨诉谁。思旧事，皱长眉，皆因运命不相随。如今谁晓笑无处，一阙辞章无有题。"

　　兰儿听完姐姐的词，心里涌现出无限的同情来，她摇了摇头。二嫂说："现在是寒天了，荷花早已没了，池塘里有的也是残梗败叶了，所以我凑了几句：飞霜留得残荷在，衔露含珠无碧蓬。芳绪幽情泰然去，黄昏尚有丝在根。"

　　二嫂念完，玉儿说道："二嫂还说她不会作诗，她的残荷诗让我很有感触。我随顺一首：莫说梗枯叶趋黄，弯腰匍匐水塘中，痴情倾尽留凄美，心静澄明藕作成。"

兰儿说："姐姐没再沉浸于过去，有雪花可望。二嫂的诗诗情深，燕燕你的呢？"燕燕说："我写了一首觉得不行。"兰儿说："念吧，咱都在学。"燕燕念道："绿肥红瘦复花池，婉约清纯一片情。圆影浮香惊笑闹，芳心优雅是姿容。"

念完有点羞涩地笑了一下。兰儿说："不容易，挺好的，一颗纯净的女儿心。"遂念了自己的一首词："晓香晚放一花莲，珠露润明滚叶田。十二花仙话佳丽，风韵皎洁清气宣。幽梦里，水塘边，且看出浴笑无言。污泥不染持清绝，绿红相倚立漪涟。"

这时夕阳已经爬上窗棂，玉儿要赶着回去。兰儿说："姐姐住下明儿回。"玉儿说："雪花要放学了，我得赶紧回去。"兰儿要送姐姐，玉儿说："她姨父明天要走，你该给准备了。"说着站起身往外走，兰儿、二嫂、燕燕都跟着送出院门。

既然兰儿不去，秦世忠准备第二天就走，兰儿晚上便为他整理洗好的衣服，等他从上房父母处归来。天上月圆，窗外清寒，一缕白云横界月中，秦世忠臂揽妻子于怀中，他们结婚数年，如此的夜晚确实太少，他爱妻子的聪慧，爱她的执着以及对自己的温柔。他们共同爱好诗词，作为关中的汉子和淑女，不善于用语言表达感情，却经常用填词赋诗的办法进行交流与沟通，他想着，她们的诗与词哪个又不是在写自己呢？

孩子抗抗在一边睡着了，他们在一番温存激情之后相拥而眠，并发出轻微的鼾声。

秦世忠要走了，一家人都起得很早，忙这忙那，这时接世忠的护兵也牵着马来了，饭后一家人送世忠到院门口，兰儿也要回学校去，四弟世义牵了已经配好鞍的牲口到三嫂跟前，父母兄嫂这个叮咛那个嘱咐，真是：

> 霜天晨月冷，窗外鸟无言。
> 别意笼家室，门旁马匹鞍。
> 秋阳梳败叶，山野菊花繁。
> 老少相思寄，话儿逾万千。

苍凉的田野，远处的坡头岭边，草树、黄叶给人以不自觉的伤感，一阵西风，路边凄草摇摇，世忠走出村口回头望去，家人仍站在门前，母亲正撩起衣襟拭泪。

兰儿回到学校，一连几日神思不安，一天晚上她写下一首诗：

> 岭山苍郁鸟声鸣，紫菊黄花柿叶红。
> 梦里家村老人泪，相思思想何日终。

2

立冬后，天气转冷，兰儿将儿子放在家中，让他同爷爷奶奶睡热炕，她每个星期天回来看看，碰上有洗的衣物便到村南的泉水渠里给洗洗。奶奶给他做的猫手袖，将他的手藏在里面，加上他外婆、姨姨给做的虎头帽、虎头鞋、棉衣棉裤把他裹得严严实实，走起路来显得熊笨熊笨的。

她坐在炕上看着抗抗身上穿的衣服、戴的帽子，那上面密密麻麻的针脚与彩绣，让她想到了自己笨手笨脚的往事。那是她生了孩子的第二年秋天，婆婆将剪裁好了的孩子的棉袄衣片和棉花拿给了她，说："今年你娃的新棉袄你给缝吧，衣服上的纽扣我给挽，孙子们多，我都得给做点。"然后给她交代了哪个是衣服的前襟，哪个是后襟、袖子、领子。婆婆走后，她觉得做针线活儿没啥难的，自己在娘家织布、纺线、绣花、纳鞋底啥都做过，很快就将各片连在一起，装上了棉花，然后却不知道怎么办了，婆婆来帮她翻好，等她缝完衣服领子，却发现领子差了一寸多，这是咋回事哩？她翻来覆去找不到毛病，是领条裁短了？她去找婆婆，婆婆一看笑道："你上领的做法不对，领口是圆的领条是直的，长度不一，你把领条拆了，我给你说怎么做。"从那以后她更体会到一个女人的不易，从春到夏到秋到冬除了屋里的杂活之外，她要为一家人穿的、戴的、铺的、盖的做多少针线活，拿千针万线都不一定计算得来。

　　冬至刚过，世德娘受了凉，自己没当一回事，两天下来浑身不舒服。她把孙子抗抗哄睡着之后，给自己熬了一碗姜汤喝了，却仍然咳嗽，而且头痛昏重。到了晚上连饭也吃不下去了，浑身疼痛、咳嗽不止，秦山给寻来七八颗谷，说是能发骨关节中的寒气，她喝了蒙上被子发汗。孙子抗抗知道奶奶有病，要睡在奶奶的身边看着奶奶，并不时地叫一声："奶奶，好了吗？"爷爷说："别叫了，睡吧，等你明早起来奶奶的病就好了。"

　　抗抗睡在爷爷奶奶中间，因为奶奶要发汗，炕烧得太热，抗抗将胳膊伸在了外面，突然"哇"的一声大哭起来，爷爷还在抽旱烟，听见孙子抗抗的哭声，转身发现一个蝎子从孙子的枕边往炕边跑，说了声"蝎子"，忙弯腰抓了只鞋去拍打。蒙在被子里正在发汗的奶奶，听见孙子被蝎子蜇了，一把掀去被子坐了起来，说："我看蝎子把我娃哪里蜇了？"见孙子一只胳膊露在外面半弯着，一直在哭，她发现抗抗胳膊上一处开始红肿，便双手按住细看，发现红肿处有一黑色小块，知是蝎子所蜇之处，用指头挤了挤，然后用嘴对着一口一口地吮唾。老伴儿秦山说："别唾了，你快躺下吧，我去醋缸里挖点醋坯来给敷上。"大儿子秦世德在对面的厢房里听见了赶过来，说："抗抗让蝎子蜇了，醋坯我去拿。"并叫娘赶紧睡下。等世德把醋坯拿来给敷上，孩子的哭声慢下来时，世德娘才重新躺下。经过这一番折腾，身上刚出的汗早已没了，嘴里还一边骂着蝎子一边哄着孙子。谁知第二天早上浑身发冷、身重不支，起不来了。早饭后，秦世德便去西镇请窦先生来给母亲看病，谁知窦先生已早早地出诊去了，秦世德等到中午尚未等到，药铺的伙计说："先生出去了，这里看完病又被那里请了去，说不准啥时才能回来。"秦世德只好下午再来。

冬天的天黑得早，转眼麻麻黑了，窦先生仍没回来。药铺的伙计说："刚才来抓药的人说又去了别的村子，这两天得病的人多，看样子是回不来了，明日回来我跟他说你来过两次了，让他一定去你那里。"

次日窦先生来的时候，也已过午，问过得病情况，号了脉，看过舌象，说："病人先时受凉内寒未去，发汗之时又突然受凉寒上复寒，这就像本来把钻到屋里的贼往外赶，还没赶出去却又钻进来了贼，自然是贼害又增加了。表虚里寒，邪盛正虚，伤及脾胃，且寒窜筋骨，病人浑身疼痛没有胃口吃不下饭，损阳伤气，浑身无力，人老了身子骨弱经不起折腾啊。"说完遂开了药方让去抓药。两服药吃完病情大有好转，只是得病四五日来进食少，显得浑身无力，头昏目眩，面色萎黄，人一下瘦了许多。又吃了窦先生开的一服中药，过了几天，自己觉着有了点精神，去给自己烧炕，不小心跌倒在房檐台前，筋骨受伤，终因身弱气衰而动弹不得。大儿世德又为母亲寻找治理骨伤之病的郎中，人老了骨伤一时难以愈合，动弹不得吃饭受到影响，渐渐人瘦得皮包骨头了，她问老伴儿："世孝不回来吗？"老伴儿告诉她学校里快放假了，放假时和开学时一样忙。她又问三儿回来不？老伴儿说："世忠才走了两个月，那么远能回来吗？"她叹了一口气说："都忙，啥时是个头啊，我看我见不上世忠了。"老伴儿说："别胡思乱想，伤筋动骨一百天，慢慢会好的。"

过了几天，世德娘老是犯迷糊，呻吟声减少了，老伴儿觉得不对头，又让儿子世德去请窦先生。窦先生来给开了药，说："脉象不稳，要随时注意。"在窦先生开的药的支撑下，人清醒了，说了许多话，而且脸上出现了红晕，一家人都说好了，不要紧了，秦山却摇了摇头，说怕是回光返照，让世孝赶快给三儿世忠发个电报。进二九后的第三天，中午还吃了半碗饭，傍晚时人便昏迷不醒，窦先生来把脉后，摇了摇头说："人不行了，准备后事吧。"世德说："前天吃了药昨日好了许多，怎么就……""那叫回光返照，生命最后的一搏。"

窦先生走后，家中立刻忙乱起来，秦世孝下午得知，赶天黑进门，世义、兰儿、燕燕也回来了，守在母亲身边，不住地叫"娘"，母亲终于眼睛露了一条缝，说："你们回来了。"然后又望了一下周围，闭了眼睡去。二更时分停止了呼吸。儿媳们和哭着的女儿燕燕，忙着为老人换穿寿衣，洗头梳头。几个儿子吊着眼泪在父亲的指点下，安排停灵挂帘摆放祭桌之事，然后点灯上香奠纸哀泣。二门之外偏院里的秦旺，听见里院里的哭声也赶了进来。

3

秦世忠接到母亲病危的电报，赶回家时母亲已经逝去，院门外高高的纸竿上挂着接地的望门纸，他心里不禁发酸，一进上房门便跪倒在地大哭起来，望着母亲的灵堂双膝跪着呼喊着："娘啊，娘啊，我的娘啊！你咋不等等你儿啊？"一直移膝到灵前，他不住地自责自己不孝，哭声触动着亲人们，他刚被劝住哭声，上香焚纸磕头时又哭了起来。他哭着走到灵前，卷起帘幕，揭去母亲脸上所盖的纸细细看了一遍，哭得更悲痛了，二哥上前劝住了哭声，这才与一旁守灵的同胞同族兄弟侄儿侄女见过，然后去了父亲所在的厢房中问候。

丧葬之日，本门族亲房邻里都来帮忙料理搭棚、移灵和除了酒席制作之外的各种迎亲接友的事情。到了下午，亲戚朋友致祭，孝子穿孝服挂柳棍迎祭跪拜，祭礼除了花白献食、纸制灵亭、金花象蜡、童男童女、名旌、香灯、白鹤、梅鹿、金银山、摇钱树等还有礼金。到了晚间便是亲友、孝儿孝女祭奠告别仪式。仪礼是九头十八拜，伴随有乐班吹奏，间隔夹有乱弹清唱寄托哀思。因为烧纸仪祭人多，仪式一直进行到天亮，略歇，吹鼓手的长号一鸣，送埋入葬之事便开始了，移灵、出棺、抬埋，孝子、相送的亲友，加上下葬封土的村人，排起半里多路的长队。坟园在村外一里多路之处，从到坟园下葬封土焚化祭物，到返回之时已近中午。接下来便是安置灵亭于堂屋之后进行最后祭拜，然后进入酬谢酒席。秦世德弟兄四人轮流向席间人们敬酒致谢。秦世德偶一抬头发现门外刘二在张望，赶忙跑出去叫了声"刘叔"。刘二说："怎么你娘不在了？""家母因病去世，谁也没有想到。"刘二叹了一声，说："不该走的走了，该走的像我，阎王爷又忘记叫了。"秦世德搀刘二进屋入席吃喝，刘二自知身上无钱上礼，不去。秦世德说："好久没见了，你进去陪我爹说几句宽心话吧。"刘二听了无法推托，便在秦世德的搀扶下进了上房，跨进门槛时秦世德叫道："爹，我刘叔来了。"刘二站在迎门的灵堂前，想要上香，秦山从厢房里出来说："老哥来了就好，你上啥香啊。"刘二说："同辈之人先死者为大。"硬是上了一炷香双手抱拳施了一揖，被秦山拉进了自己厢房去说话。

刘二吃完酒席要走了，走至院门外，秦世德又赶来给了刘二一个夹肉的馒头，说："人多，叔没吃好，拿上吧。"刘二推辞不过，却又摇了摇头。

刘二走后，世忠问大哥："刘叔还抽大烟吧？""家产都被抽光了，就剩三间厦房、二亩地和一个老伴儿了。""有儿吧？"世忠问。大哥说："就一个女儿，出嫁多年了。"

"把大烟瘾戒了吗？"

"大烟瘾是戒了，却又染上了赌博。说起来惹人笑，闲了我给你说。"

第二天兄弟三人说闲话，又说起了刘二，大哥便说了刘二当老婆的事。刘二上半年赌博，输大了，欠赌债没钱还，躲来躲去，人家要他结，他推了一时又一时。最后人家怕他又失信，要他把他老婆作为抵押要挟他，他想，做抵押还是要拿钱往回赎，况且自己老婆又是个闲不住的人，干脆当给他，可以以工抵债，便说："自己老婆是大户人家人，上得厅堂下得厨房，织布纺线绣花做衣，样样都会，到了你家就算做工抵债吧。"那人说："难道你是想把老婆当了不成？"刘二说："说好了，我可是当上半身，不当下半身，半年时间。"就这样刘二把老婆当给了人家。大哥说完，世忠惊奇地问："还有这事？"二哥说："就是。"大哥说："说起来人都难以相信。"世忠道："这个刘叔真是，还是老秀才呢。"大哥说："现在他也惜惶，老婆回来后就不愿跟他过了，去了女儿家，他呢，现在偶尔背个背篓串乡卖麻花讨生活。"二哥说："一个大烟瘾糟蹋了他一辈子。"

当天下午，秦世忠接到要他归队的电报，晚上他向父兄说明次日要走的事情，父亲说："这么急？"大哥也说："不能等咱娘头七过了再走吗？"他便说了要打仗的事。"日本不是去年都投降了吗？还和谁打仗？"大哥问。世忠说："自日本投降后，国军和八路军一直都有冲突，河北、山西、湖北都打了几仗了。""不都是一起打日本的国家军队吗？咋把外面的贼赶跑了，国内又闹腾起来了，这又要闹腾到啥时候去呀？"大哥皱着眉说。父亲说："打了这么多年的仗，才说打毕了能过几年安稳日子了，又要打仗，难道不打不行吗？"秦世孝说："八路军是共产党领导的军队，国军是国民党领导的军队，两家的目的不一样、主义不一样，想不到一起、干不到一起，能不争不闹吗？"父亲对三儿世忠说："真要再打仗，你回来算了，家里现在又不是没饭吃，再说你这么多年老在外，媳妇娃娃又不和你在一起，总不是个长久事。现在你娘没了，你媳妇教书管娃也是个事，你真要在外面的话，就把你媳妇和娃领上，也好都有个照应。"父亲这么一说，兄弟三人都不说话了。

夜里，世忠和媳妇兰儿说："娘走了，你我都常不在家，娃放在家里也不是个事，上次回来就想带你走，要不，这一回走吧，到那边我在洛阳寻个地方住。"兰儿说："那我学校里

第三十章

的事不干了？"

"你只要给咱把娃带好就行了。"

"再不到一个月就放寒假了，现在离开对学校对学生都不好，不能为了咱自己，忘了学生影响学校，再说老人刚刚去世，七天奠期都没满，乡人习俗议论这一关都过不了，你事急你先走吧。"世忠想了想说："你说得对，我去安置好后就派人来接你。"

第三十一章

数年理想变迷茫，鉴古思今思国殇。
商市频添衰败景，势情不济兆败亡。
心寒且温至人语，也学偷安在一旁。
春水悠悠草生绿，山川呼唤忆家乡。

1

在国共的一次战争中，窦铨所部受到重创，窦铨受了重伤被转往洛阳，后又转往西安治伤养病。在西安，他回忆起自己受伤的经过和自己所部兵士死伤情况，脑子里不时涌现出战场上子弹飞流、手榴弹爆炸、炮弹开花的惨烈场景，特别是当他知道曾经投奔他参加抗战的一位亲戚和家乡的几个后生也死了时，不仅伤心落泪，心理上还增加了负担。日后当他回到家，他们的父母向他询问他们的儿子时，他将如何回答他们？说死那是一种多么沉重的打击，一个走时活蹦乱跳、虎虎生气的，是他们老了后要依靠的人，死了，让他们怎么接受得了？说还活着，不仅是昧了良心骗人的假话，而且死者父母家人永远等不到儿子归来，他的良心无法解脱。他几年前东渡黄河投入抗战中，一个班、一个排、一个连、一个营、一个团地在和日寇的战斗中牺牲，可那是保卫国家领土、保卫自己的田地的民族战争！现在的仗是自己人打自己人，军人老百姓成了牺牲品，他甚为厌烦。在养病期间，他想办法弄来几本书看，有讲历史的，有讲社会的，讲历史的有《五代史》《三国志》，讲社会的有《庄子》《淮南子》。对于历史，他在上学时就听说中国的历史是一部帝王兴亡史，而民国之后的纷乱又重复了分分合合的封建割据史，中国人民终于在共同抵御日本侵略的战争中团结起来了，但胜利后却没有看到和平与安稳。他在看的《淮南子》一书中杂糅了诸子百家之论，其天文训、民道训、人间训、十六经、诠言训说了天，说了地，说了阴阳四体、天道人道与福祸之门，阐释了圣人之德，宣扬了道家的清静无为，和循理而为、离道而妄为的思想，并对儒家、法家、兵略家进行了论述。而其中"国之所以存者，仁义是也""遍知万物而不知人道，不可谓智；遍爱群生而不爱人类，不可谓仁。仁者爱其类也，智者不可惑也""治国有常，而利民为本"等，使他甚有所悟。而兵略中的论述更为精要，从日本投降一年多来的国共战争中，他看到国军越打人越少，解放军越打人越多，看到了战争胜负与民心的关系，自己妻子被日本飞机炸死和自己在战场上的生死经历，让他特别向往清净平安的日子。

一天他去八仙庵闲游，庵外看相算卦的不少，有测算"八字"的、摇金钱课的、六壬算法溯吉凶的、看面相手相骨相的，他想试一试，又觉得与自己身份不合，再一想，作为一个军人，军功是拿命换来的，可是战场上成千上万人的死亡，难道都是命理能说得清的？于是他走开了。

年后的三月，春暖花开，他的体内除了有一颗子弹，因位置问题无法取出之外，身体基本已经复原。他向医院请假回家看望父亲和儿子，这半年多他治伤养病的事一直没告诉过家里。现在他回家了，消息很快被上西镇赶集的人带到了清泉村，秦世孝知道后赶去看望。见到老同学面貌依旧脸色却显得憔悴，似乎原来那浓黑的眉毛长得更长了，说话沉稳，精神却不似以前。窦铨的亲戚朋友甚多，他此时换了一身便衣忙着应酬，两人寒暄之后，窦铨问到世忠，秦世孝说了近况与年后媳妇娃娃一起被接去洛阳的情况，窦铨听了后，说："也好，两人在一起彼此好有个照应。"然后约定改日再聚，各诉衷肠，秦世孝便走了。

秦世孝回到东塬小学的第二天，表兄周义来找他，来的时候他正在给学生上课，下课之后两人相见，相互问候家中老人之后，周义便问起北路是不是要打仗的事情。秦世孝说："你问这是——"周义说了家里老人和陈师去北路，到北山口被保丁队挡住不让过，后来找了人给了点钱过去了，但到了灵台县，又被截了下来，不让再往北去，说要去就是"通共"。不得已将驮的棉花、布匹、茶叶就地处理了，没赚到钱，回来以后老是唉声叹气。秦世孝沉思了一下说："听说这个月国军向以延安为中心的边区发动进攻，灵台县以北地方情势比较紧张。"周义说："共同抗战那阵子放开的关卡又关了，这今后北路的生意又做不成了。"

"现在听说东北也在打仗，一时半会儿都停不下来，回去跟姑父说，上年龄了，不要跑了，挣下的钱也够他花了。"

"你不知道，前些年当铺生意不错，老人家跑北路有一下没一下地也能赚点钱，在乡下还买了好几亩地，老房也翻修了。自日本投降后，县里许多从外面临时迁进来的工厂、学校、机关和人，先后都回去了，生意确实不行了。"周义说着停了一下，接着又说道，"最近我听说府城的银子市场红火得很，有些人倒卖银子银圆赚了不少，你知道吗？"秦世孝知道表兄周义书没读多少，但脑筋活，能赚钱的生意他都能看到，自己不懂那一行也没那兴趣，也许自己受正统思想的影响，认为从商便是谋人之利而非谋生，赚了钱还想继续赚更多的钱，在生意场上久了，厚道人也就不厚道了。他摇了摇头笑道："古人说，房是招牌、地是累赘，人没钱不行，但差不多就行了。所谓的银子市场，事实上就是钱发得多了，不值钱了，银子银圆被作为存储货币而被吵着买卖。许多人利用时间地域上的价差买卖赚钱，但是真正赚了的不是老百姓，所以做啥都要防着点。"

下午上课铃响了，周义走了，此后没出几天当铺出事了。因为发生一桩文物盗窃案，搜查人员追查赃物去向，涉及周义的当铺。他们在搜查中发现了一支手枪，便将里面弄得乱七八糟。而警队队长在搜查中，又看上了一件值钱的狐嗓子皮衣，这件皮袍子是一件贵重之物，是一个有钱的女人在逃难中为掩埋被敌机炸死的男人而抵当的，当时当价六十块银圆，后因难以赎回而留在铺中，算是衣物件中的镇库之物。几经折腾还是被拿走了，看来只要谁家的东西被有权的人看上了，那是非被想办法弄了去不成。所查赃物被充公没收，并被以不法经营罚了两千块银圆，当铺从此也就关了门。

2

春风的节气都过了，天气仍冷冷的，人们说那是因为"惊蛰"那一天天气不好，谚语中有"春寒不算寒，蛰寒寒半年"的说法。意思是"立春"这一天冷不要紧，"惊蛰"这一天冷了要冷很长时间，春天的气息总是遮遮掩掩的，唯一能看到春天气息的是地里的麦苗起了身，在阵阵的东风中摇曳着萌萌的身子。

窦铨来到东塬小学找秦世孝，学校的办公室是大办公室，先生们都在一起办公，秦世孝把他领到自己的住屋内，叫校工提来开水，给泡了茶，说："没想到你会跑到这里来。""有什么不方便吗？"窦铨问。秦世孝说："路有点远，你嫂子前一天来给我洗了几件衣服，清明快到了，今儿上午才走。没法招待你。"窦铨笑了笑。秦世孝说："你坐这里喝茶，我有一节课去安顿一下就来。"窦铨点了点头，秦世孝去后，窦铨先看了看秦世孝房间的摆设，房间里除了两张课桌、两个蚂蚱腿方凳就是一方小炕。他没想到一个国民小学校长的宿舍如此的简单。当然这是一座古庙改建的，他也知道从他们上的私塾到社学、小学，到省城里的学校，大都是在祠堂里或古庙里。他想，民国后几十年了，学校增加了不少，但大都还是由古庙和祠堂改建的，国民政府花钱的仗没少打，造就了一批又一批的武夫和墨吏，可学校还是多年前那样。他又看到秦世孝桌子上放的书，除了国民小学学生课本，有"三民主义"读本，叶圣陶的长篇小说《倪焕之》，郁达夫的《沉沦》，沈从文的《边城》，戴望舒的《雨巷》，张恨水的《现代青年》，另外还有一本王国维的《人间词话》和一本《古文观止》。窦铨知道秦世孝喜爱读书，涉猎广泛，从他坚持教育工作和他所历览的书籍，可以看出他是一个想为社会变革立志寄身的人，他从教育岗位到财政岗位，又到教育兼行政，走着一条追求民生、民权、民主的路。而自己这么多年却从一个精进求学、投身革命、与日寇血战八年的军人，变成了迷茫看不到希望的厌世之人，他自嘲地笑了笑。秦世孝从课堂回来之后，他们谈了许多。

晚饭后，窦铨和秦世孝在学校院里转了一圈，又到校外四周看了看，学校里除了离学校较远住校的几十个学生之外，大都是校周近村的学生，下午上完自习课交了作业就都回去了，校院里很静。在他们回到住的房子里坐下之后，窦铨望着秦世孝说道："还是你选对了教书先生的行当，远离军界、政界忘乎自大、钩心斗角的纷乱，少了许多烦恼，不像我。"秦世孝说："自我们走向社会后，当各自的理想受到挑战的时候，从文的羡慕从武的说走就走、说打就打，痛快。为武的又羡慕从教的清静安然，殊不知各自都有不一样的苦衷。"

"现在作为军人更大的是杀人见血后的困惑，我现在做梦见到的都是士兵们一个个、一堆堆死在荒野山间，可眼前这一切到底换来了啥？"秦世孝听到窦铨说这些，知道战场上的情景对他刺激太大，便岔开话题，说："不说那些不痛快的事了，说说你如今还是一个人的事。"窦铨摇了摇头。不提这事便罢，提起这事，他又想起妻子被日本飞机炸死的事。妻子是家中父母给娶的，粗识字，人一般。当初他还有点勉强，但妻子的厚道、对老人的孝顺与勤快，很得一家人的称道。她长着一张菩萨面孔，对人温婉和顺，就像父亲说的，她虽没读过《女儿经》却有妇德、妇言、妇容、妇功的"四德"，这就是家教和人品。她死了，家里人依旧都记着她的好处。她遗有一子，由母亲照看，一提起儿媳的死母亲就掉眼泪，一直催他续弦。现在老同学一说，他竟说道："这人生我是看透了，生时喜，死时悲，世上太多的人喜时没有悲时多，受苦受累半辈子，说死就死了，连一天好日子都没过上，像当兵的更是生有时，死无地。"秦世孝说："老同学不必那么悲观，社会怎么走都是在走，只要自己心里有一盏灯亮着，总是有盼头的。"

"我这一段时间到过一些寺庙，那些出家人非常本分，不但心静而且与世无争。"

"那是他们有信仰。"

"最近我看了《庄子》的一些论说很有感触，其实人的生死存亡、穷达富贵皆以命行，其生灭之变乃为自然之道，与谁为伍都是泯灭物我，倒是远离红尘，终身才得逍遥。"

秦世孝笑了笑说："老同学尚道，岂不知逍遥不见得自在，不管是天上地下，道家佛家儒家，从道长、住持到弟子、沙弥，照样受着诸多清规戒律约束，也必不能有想象中的逍遥自在。好了，不说这些了，我听说有人为你和子清的遗孀玉儿撮合，可有这事？"窦铨看了一眼秦世孝，回想到过去，学生时代他对她也产生过爱慕之心，但在其与同窗好友刘子清结婚之后，自己便不再有觊觎之心，更何况子清是为国捐躯。他便反问道："你认为呢？"秦世孝说："子清殁了一晃将近十年，闫玉儿守着一个女儿，看不到什么希望，子清和咱们又是同学，真有此事也没有什么不妥，难道你不动心？""正因为子清不但是同学还是朋友，所以这事决不可以，有人说过这话，我早回绝了。如果朋友之妻有难处可以相帮，但决不可以相助出于他为。"秦世孝听了老同学所言，知其多年为军，内修自然纯正，非一武夫之心，说道："老同学说的也是，但也不能不考虑年幼的儿子与年事已高的父母而自我超脱，庄子在他的《骈拇》一文里也说过，小惑易方，大惑易性的话。"窦铨听了好一阵子没说话。秦世孝又接道："我知道老同学对现实有不解之处，但不知对时局有何看法？""怎么说呢，国共之战一年多，互有胜败，前景难明，但是民心向背却是大事。老弟你身为校长、副乡长，自有可为之处也有愿为之心，我是生有涯而无待。"窦铨说着显出疲乏来，秦世孝看到老同学如此心境，又劳累一天了，说道："该休息了。"

窦铨回到家之后，家里又议论起他的续亲之事，这时接到部队来信，信中说知他已经伤愈望他归队。此后他从报纸上得知，国军兵进山东，他知道此去必定又是打内战，实在不愿前往，便以外伤虽愈，但尚有一颗子弹因位置问题未能取出时有疼痛，且数年未曾回家请求续假探亲为由，复信一封。到了五月，孟良崮战役 74 师覆没使他大吃一惊，他知道 74 师乃是国军的王牌军，全军美式装备，由委员长特别器重的爱将统领，竟然全军被歼，太不可思议了。他被迫在又一次电报的催促中回到了军队，之后不久他腰里的旧伤复发，又到了后方医院，在接到母亲病重的家信之后，他打了退役报告。

3

在豫西驻守的秦世忠，听说共产党的军队南下时，一度让三百多公里的陇海铁路瘫痪，他突然担心在洛阳城里住的媳妇和儿子，如果有一天洛阳以西铁路也瘫痪了，那就麻烦了。他立即写了一封信寄回住在洛阳的妻子，要她带上两个孩子赶快回陕西老家去。同时他收到二哥秦世孝寄给他的信，说到窦铨退役回乡的事，他觉得如今正当党国用人之时，与窦铨当年的革命抱负失之交臂实在可惜。

此时在洛阳城里不时有八路军出没，城内驻军除了加强日夜巡逻外，城门口也增加了岗哨，并传来了城内驻军换防与大修防御工事的事。没几日，洛阳之西从晋南渡过黄河而来的八路军进入陕县、渑池、灵宝，洛阳城里一下紧张起来，街道上乱哄哄的。因为洛阳是省会城市，又是委员长的行署，其安全保卫工作经过精心经营又通过换防精锐进行了加强，加上周边分驻的国军，一共构成了三道防线。尽管如此，腊月初八之后，往年早该是年节集市趋于红火的时节，进城贩卖土特产、菜蔬、木炭的大大减少，市面的油、肉、面都涨了价。从西门经周公庙到西关，从南门到洛河边南关一带，以及从东门到文庙一带的街上，虽然商家摊贩也摆出了各种年货，但赶集的人们总是急匆匆的。

秦世忠的妻子兰儿，自被丈夫派人接来洛阳，在生了第二个孩子之后家里便雇了保姆。丈夫虽然驻防之地不是很远，时而能够回来，但时局突然紧张，丈夫要她回老家但她不放心丈夫就没有回去。接着孟津、洛阳西郊遭到袭击，她的担心突然增加。

年节到了，丈夫却一直没有回来，她想出去看看外面的情况到底怎么样。她把孩子留在家中，让保姆照看着，她一个人上了街。她是住在南关一个北巷道的一个小院里，往街上走的时候，一路上就听有人说八路军要进城了，有人还说城北有八路军进来过，还死了人。街上银行也早早歇了业，街面上几家有名的大饭店如中州饭店、一品香、万景楼也关了门。也有没关门的像卖面、卖米、卖油盐的，另外沿街叫卖灶神、门神、土地神、香表、年画、炮仗和白菜、萝卜、大葱的摊贩不少，而且米、面、油的价格涨得让她吃了一惊，买时还不要纸币要铜圆、银圆。她买了几样调料和肉，菜蔬等准备让保姆来买，经过一个卖花炮的摊点时，她给孩子买一把"嘀嘀金"和"星星花"与一盒小炮。卖花炮的人在几个买花炮的人的要求下放了一串鞭炮，人们还在评论鞭炮的响声时，警察一下子跑了过来，"没看到不让买卖燃放花炮的禁令吗？"并对卖花炮的人说:"除按规定罚款之外,花炮一律没收。"卖花炮的人见警察既要罚钱又要没收东西,急着说道:"老总,我今天才进城,不知道告示,我不放不卖了我走。"这时驻防的国军巡逻兵也赶了来,对巡警说:"违反治安禁令,东西你们拉走,人我们带走了。"卖花炮的人被手里端着枪的巡逻兵推推搡搡地带走了,警察拿了卖炮人的花炮也走了。人们议论道:"这过年连花炮都不让放了。""这鞭炮一响,还以为八路军进城了,都害怕着呢。"兰儿把自己买的一盒"嘀嘀金"和一把"星星花"往篮子里的香表下塞了塞,走了回去。

  好在这个年还比较平静,秦世忠于年节到来时托人给洛阳家中备办了年货物品。年三十后晌才回到家中。吃过年夜饭,保姆是城里人,领了兰儿给的年钱非常高兴,兰儿说:"李妈,一年了,辛苦你了,你回家过年吧,初三初四我们要去拜访朋友,初五你来帮我们招待客人。" 然后用手帕包了糖果花生瓜子给保姆。保姆走后,她拿了准备好的冥纸冥钱,到小院的门外面朝西堆放点燃,默默祷告祖宗年节安然。这时秦世忠帮孩子点"星星花"和"嘀嘀金"玩。

  初五这天保姆一早来和兰儿做了一桌酒席,兰儿还特意擀了一大案面,做了家乡的臊子面,在酒席之末,臊子面一端上来,人们都觉得臊子面比菜还香,因为几个人都是陕西同乡,更是赞不绝口。

  饭后闲谈中又说到时局问题,几个人道出了对时局的担心与忧虑。秦世忠说道:"大家不必担心,委员长不是从陕西汉中调来强力师团进行防卫嘛,另外城周百十里之外有国军好些师团,不要紧。"秦世忠这么一说,在座的人有的点头,有的却摇了摇头。

兰儿知道丈夫第二天一早儿要走，一家人一年了在一起的时候不多，一起游玩的时候更少，客人走了后她向丈夫提议，带孩子去城南洛河边上走走，并说道："腊月里还买了一盒小炮，城里不让放，今天咱就带娃到洛河边让他们放着玩一玩。"秦世忠的妻子和儿子来洛阳后，由于战端变化，自己驻地随时迁移，难得有时间陪他们到城里城外去游转，城南的洛河边自己也没去过，便欣然同意。一家人来到大街，秦世忠要叫洋车坐，兰儿说："又不是走亲会友赶时间，一路走着又随意又能看热闹。"

于是她和丈夫走在前面，保姆李妈一手牵一个孩子跟随在后面，在一个十字路口有许多卖玩具的，还有卖"玻璃叮当"和捏糖人的，而且各种各样的花灯笼也摆了出来，孩子们好奇，兰儿为儿子买了一个"风车车"一个"猴儿打秋千"，并答应回来时给买兔子灯笼和鸡灯，保姆才拉了小儿子继续往前走。

到洛河边游玩的人不是很多，也有大人带了小孩到河堤上放花炮的，洛河岸边的冰凌泛着白光，河水清冷清冷的，但在水边仍有绿色的小草，在太阳光下亮绿亮绿地长着。"风车车"在小儿的手里时不时地转着，大儿子玩着手里的"猴儿打秋千"，河水悠悠地流着，清波淡淡。这条柔丽的河水使他想起一个因三国时曹植的一篇《洛阳赋》而被世人编排出的爱情故事。他又向河对岸望去，灰黄色的川塬，灰蒙蒙的南山和山上泛白的积雪，想起了老家的渭河川道。高高的秦岭，距离家村仅有二十里路的陈仓山，村后的山岭，村子里山脚下的清泉。说道："在外这么多年，跑了许多地方，总觉得还是家乡好，

第三十一章

只是此身已不由己了。"妻子说："人常说生长在哪里爱哪里，在自己家里都想出来，真出来了又都想回去。"

"今年的年一点儿都不热闹。"

这时大儿子看见远处河堤上有娃娃放炮，也吵着要放炮，于是兰儿将手里拿的一盒小炮递给丈夫，让他和孩子一起放。

第三十二章

曾为革命到军中，风雨陶铸识不同。
也说忠诚和效命，扪心自问已征程。
谁知母逝痛肠断，弃职回乡度亡灵。
身罹无解从大道，山中庙里抄真经。

1

　　从初一到十五，洛阳城里除了人们走亲戚、拜年，没有官方组织的任何活动，只在一些庙宇、里巷有小的活动和演出，而赶会的也大都是些女人和娃娃。大街上显眼的地方、十字路口、城门口张贴的告示禁令，不断地告诉人们形势的紧迫，一改往年年节的热闹而显得冷清。

　　正月十四这天，兰儿期望丈夫回来过元宵节，她和保姆一起准备了过元宵节的吃食，但丈夫没回来，她和保姆一直陪儿子点着花灯，在院中和里巷里游览了一阵，安顿儿子睡下后，想到丈夫没回来，毫无睡意。次日一早儿吃过饭，便叫保姆到街上看，有报纸就买一张来。保姆回来说街头巷尾都在议论打仗的事，她从《洛阳日报》《中原日报》上刊登的消息，知道了国共军队在东北战场上和石家庄战斗的情况，也知道洛阳也即将打仗。保姆告诉她，一队队国军在街上跑，城门也都关闭了，城墙上站满了国军，街上的店铺也都关了门。

　　二月二龙抬头的节日要到了，大街小巷本应该是卖爆米花和炒豆子，还有面里加了调料做的棋子豆的时候，全城却没入枪林弹雨之中。家家户户都关紧了大门守在家里，夜里大炮声和机枪声不断，屋里连灯也不敢点，屏着气听动静，胆大的男人们三三两两聚在一起议论着外面的战事。和所有人一样，兰儿夜不能寐，她搂了孩子静静地守着一盆木炭火，想着此时丈夫的安危，她多么希望丈夫突然回到自己的身边，又和她一起趁黑夜跑出城去，带着孩子回老家去。几天之后，洛阳的四座城门都被打开了，枪声集中到了城内的东北角，最后枪声不响了，巷子里有人说，洛阳城解放了，守城的国军投降了。有人说，国民政府的官员都跑了，有的当了俘虏。兰儿想，看来丈夫即使活着也回不来了，以后城里会变成什么样子不知道，日子怎么过也不知道，一时间她感到茫然。一天，丈夫同事的两个住在城东的家属，跑来向她打听自己丈夫的情况，因为城里城外信息不通，都说不出个子丑寅卯，但也说到城东北的粮仓被解放军打开，正向城里老百姓发放粮食的事。

兰儿居住的巷子里，有人从城东北粮仓领回了发放的粮食，说大街上很平静，一些小商铺开了门，除了偶尔从城外传来一两声枪响再也听不到什么。巷子里的人进进出出多了起来，天气暖和了起来，兰儿从巷子里一棵小柳树枝条上的叶芽和邻家院里开花的杏树看到春天来了。她想到洛河，想到洛河河堤边的柳树、城郭与丈夫，不觉皱起了眉头。

> 东风使处，洛河波皱，春寒时驻。杨柳纤纤，草堤新绿，杏花初度。轻烟织绕城郭，结愁绪，长空依旧。尽是低声，传言变故，叫人心忧。

一首"柳梢春"的词似乎不能完全概括她现时的心情，她在家里走来走去，她想到街上去看看到底怎么样了，这时保姆来了。"太太，好着吧？"兰儿说："李妈来了，几天没见了，外面乱不乱？"

"街上除了扛枪的巡逻兵再没军队，店铺大都开了业，好着呢。"

"我想出去买点菜，这两个娃要跟着，还没走得脱。"

"我替你去买吧，太太。"

"再别这么叫了，李妈，叫我名字吧。"

"那可不中，我是个做下人的，不叫你太太而叫名字，没那个理。"李妈说着将手帕里提的自己在家里蒸的枣儿馍拿了出来，说："这些日子不太平，没见你和孩子，来看看你。"

"李妈真有心。"

兰儿说着叫孩子过来问过李妈好，李妈给两个孩子掰了一块枣儿馍。兰儿说："李妈来了好，我正想出去一下，你帮我把娃招呼一阵子。"并要两个儿子听李妈的话。李妈知道太太多日未出去了，外面啥情况她不知道，心急，便答应下来。

兰儿一身兰棉布旗袍裹身，只把头发用双手往后拢了拢，提了一个竹篮去了街上。她看到大街上一切正常，和保姆李妈刚才说的一样，街市和平，扛枪的巡逻兵穿着灰色的棉军装在街上规整地走着，一切和往常一样。因为自己是国军的家属，心里还有点胆怯，她很快地买了两样菜和醋就回来了。她发现李妈给她打扫完屋子又给她擦洗桌椅板凳，忙让她坐下来歇息，说道："自你走了，又不见孩子爹的信息，我心里一直很乱，什么也不想做。"

"都是这样，太太，谁心里有事都是这样。"李妈说完，兰儿说："我们外地人在这里没亲戚，外面又打仗，心里又慌又害怕，我真还想寻你来说说话哩。"两人说了一阵闲话，李妈问起先生，兰儿只摇了摇头。看看已快中午，李妈说："太太在，我走了，改天再来看你。"兰儿说："李妈，以后就别叫太太了，以后就叫——"

"名字可不能叫，你不是当过先生吗？我就叫你'先生'好了。"兰儿笑了笑，要留李妈在家吃午饭，李妈说："最近没啥活干，几个人都守在家里，都还等着我给做饭呢。"说完便走了。

兰儿在家里一边哄小儿子玩，一边教大儿子读《三字经》，三天没出门，城里发生了戏剧性的变化，连枪声都没听见响，一夜时间共产党的军队突然走得无影无踪。几天后的傍晚秦世忠回来了,他进门后,摸了摸大儿子的头,又抱起小儿子亲了亲。妻子望着他半天说:"城里打仗把人能担心死。"秦世忠说:"让你受惊吓了,共产党的军队进攻洛阳,我们被阻挡在外围,总部派的援军又被洛河涨水迟滞,干看着过不来。"

秦世忠说着解去腰间的武装带,问:"保姆没有来?"

"我让她回去了,你歇着我去做饭。"

兰儿炒了四碟菜,端来了稀饭馒头,又取来一瓶白酒,给丈夫倒了一盅,大儿子分完筷子,等妈妈坐下。世忠拿酒瓶给妻子也倒了一盅,说:"你也喝点。"兰儿很少喝酒,见到丈夫安然回到自己身边,一切的担心暂时释然,便端起酒盅陪丈夫抿了一小口。谁知这竟成为两人最后的一顿晚餐。

2

窦铨的母亲肚子痛,父亲按中医里的"绞肠杀"给她吃中药治疗,延续两日无果,情急之中有人建议请县里西医诊所诊视,窦老先生有点迟滞。等把西医大夫请来诊断后,判定为盲肠炎并有可能已经化脓穿孔,需送医院手术切除。当时在陈治县西医手术并不多见,人们对于开肠破肚的事难以接受,窦老先生及其亲属更不愿意,就这样,老人在中医对这种急性病痛无法治疗的情况下去世了。而退役回家的儿子也没赶上为母亲送葬,母亲的离世使他非常悲痛。

他没想到母亲走得这么早这么快,他记得母亲的身体虽然单薄却很少得病,偶尔受了凉,也只熬一碗葱胡子蒜皮子的姜汤一喝就过去了,父亲是大夫也很少开药方抓药给她吃。在他的记忆里母亲一直很精神,他甚至没见到过母亲睡在炕上让人照顾过，一直是她照顾祖父母、父亲和自己的儿女。所以在他成人后，远离家乡能写信的时候，也都很少意识到母亲会得病，大都是信里开头问一声安好，结尾致一声平安祝愿。他悔恨自己许多年来只为自己的理想而忽略了家，可参加军队是为了革命，参加抗日是为国为家，那近两年的内战是为了什么呢？

父母养育了自己，又在自己媳妇死后帮自己养育自己的儿子，同时还为自己操着心，他愧悔有加，在母亲的灵堂前哭过之后，又随兄弟到坟上去祭奠。儿子跟爷爷睡，跟小叔耍，跟他一点儿也不亲，问话答一句不答一句，他叹了口气，摇了摇头。

有一天，他去找老同学秦世孝，秦世孝见他穿一身便服，串脸的胡茬，遂在一段寒暄之后问他，是否准备在地方上另谋一事，摇了摇头说："不曾考虑。"秦世孝说："也好，也该让心歇歇了，也让身体恢复恢复再说。"

"岂止如此，多年在外，如今回乡连儿子都不认识自己，就想到家乡的各处看看，和老同学老朋友叙叙家常，只是我现在闲了，人们却都还在忙。"看到秦世孝并无时间陪他，下午他又回了家。

他游转了几处寺院道观，游转中他记起家乡先前为亡人做道场的事，母亲的突然离去，让他这个没有尽一点孝的儿子久久难以释怀，他想为母亲做一次道场，便向清泉村的朝阳洞道观走去。道观在清泉村三台山上，小时他跟随母亲到观中去过，一条小路弯弯曲曲到得古观山门，山门上一副对联写着："法天地阴阳顺变别开洞府，合道统厚德恒昌兆姓平安。"道观内和他小时候的记忆一样，东侧临崖一排古柏，西侧一排神仙洞府，正南五间土木二层楼房。他径直往楼下住人之处走去，快到门口，见一年轻之人出来，他上前问过，知道道长正在屋中静坐，后被引入客房。片刻道长到来，头戴月牙冠，身穿青衣大布衫，裤腿装在高筒白布袜之内，脚穿一双青布圆口鞋，清瘦的脸庞，几缕银发在下巴上飘拂，窦铨起身说道："打扰老道长了，我是西镇药铺窦家，老母不幸归天，报恩无处，想请道长做一番道场斋醮超度。"道长望了望窦铨，见眼目鼻窍与窦老郎中很像，说道："你是窦老先生的长子吧？"窦铨答道："正是。"道长继续问："听说你一直在外带兵打仗，什么时候回来的？"窦铨说："未能赶上母亲安葬愧悔有加。"

"孝先于忠大于忠，无孝也难以有忠，为国尽忠也是孝，自古忠孝难以两全。如今斋醮超度也是孝仪，只是些许年来灾荒战乱，本道观奉养不足，常住者日去，建斋设醮甚少。斋醮不管是一日、三日还是七日，序说、诵唱乐奏、巡转天尊、礼经拜神都不可缺，其法师、侍经、侍香、侍灯、辞章书写、经卷呈表、监斋，一应人等都得要有。就说乐师，知鼓、知钟、知磬、知锣、知笙、木鱼就要六人，你们家也不是一般人家，幽醮超度不说七天至少也得三天，没有八到十二人就不行，吾虽有高功大法师之名，但观内也是难以应付。幽醮道场是济幽度亡之事，大德大功之为，南山寺出家之人甚众，尚可为之。"窦铨谢过道长指点起身告辞，时已近午，道长挽留斋饭，窦铨掏出一块银圆放在经堂辞谢而去。

南山寺离朝阳洞不远，他来到南山寺，葱郁的柏树高过大殿，笼罩于殿院之上，殿院之中有主殿、陪殿、前殿，从护法神殿到大佛殿通过一块殿院相连，院内树上悬着一个大铁钟，午后寺庙内静无声息。穿过庙院往里走，可以看见四个窑洞和一座供孩子念书的教室，他记起小时父亲曾经把他转来这里接受闫先生授课，三十多年过去了这里依然如此。这时从一个窑洞里走出一位老者，白发白胡须，大襟衣袄大裆裤，裤脚扎起，面带一副笑眯眯的和缓神情走了过来，窦铨自报家门说明来意之后，老者笑道："原来是窦老先生之子，老人家一辈子为人治病，有仁有义，是个好人。"遂让窦铨到住室坐了。这时有人送来茶水，老者对窦铨说："为母设坛度亡乃是大孝大德，亡人七七四十九天之内为往生之期，乃是最好的超度时期。"便满口答应下来，逐一将法事、朝课、仪规、内容准备说了一遍，然后确定了法事活动地方，说完，窦铨告辞回家。

次日，窦铨和父亲正在屋内说为母亲设坛超度之事，伙计进来说门上有人要见少主人。窦铨起身出外，来人并未进门，只在门外台阶前转述了师父的话，并将一纸单交于窦铨。窦铨看完后说："请回去告诉师父，一切按师父所列科仪进行，等一会儿我就过去。"来人走后，窦铨将寺庙住持送来的度亡法事科仪安排给父亲说了一遍，父亲说："道观里设醮度亡与寺庙里超度法事，虽科仪上叫法不一，但都是设坛、敬神、请灵诵经，形式上都差不了多少，只是请的神不一样，念的经不完全一样，你既已说定就做去吧。"这时门外来了病人，父亲要去招呼，窦铨也要去寺庙，便都走了。

窦郎中要接看的病人，是清泉村秦山家的近邻陈才的媳妇石榴，前几日曾托人请他到家中去瞧过病，女人面黄肌瘦，只是吃不下饭，身体乏力，到庙上要的灰药吃了些许，也一点没顶事。他知道这个女人，为了瘫痪在炕的前夫和娃娃招夫养夫，十六七岁的儿子当兵去后一直没有音讯。前夫死后，不幸后夫也患急症而亡，日子过得惜惶。给她开了一服药吃了后有所好转，今日挣扎着又跑了来。窦老郎中摸过脉之后说，前几日给她用的是舒肝解郁、调和肝脾的药，只是得病时间久了仍然气败，遂又开了药方让抓两服，女人说："抓一服吧，两服钱不够。"老郎中说："你拿一服药的钱，给你抓两服药，病好了，好等你儿子回来。"女人千谢万谢后拿了药离去。

第三十二章

• 497 •

3

为母亲做过超度法事之后的窦铨,心里似乎安然了许多,寺院中的安静与寺僧居士们的平和心态影响了他,于是他在寺院里又住了几日。南山寺庙产丰厚,古寺以大乘禅宗为宗,自清末北院关帝圣君大殿落成,入住寺院之僧人居士既事佛又敬神,遵循礼仪庆典与儒教相似。随着时间的推移,住庙之人有皈依剃度之人,也有皈依无剃度的男女居士。到如今童身出家之人仅有四人,入寺者修身修心、自食其力、与世无争。平常念经劝善做法事,有时为邻近村庄人家析解纷争,所以这座寺庙也成为附近人们寄托心灵、愿望和寻求精神解脱的场所。

窦铨回到西镇家中后,不时传来拉壮丁和打仗的消息,特别是打仗的消息让他不安。他睡下之后就做梦,梦见曾经打仗的场面,醒来之后回忆起来,许许多多的兵士和同仁都已经阵亡。但他们活着时的笑骂,打仗时的惊恐与无畏,受伤之后的痛苦喊叫与牺牲时的惨烈,老是出现在他的眼前,闹得他精神恍惚。他想用看书的办法进行排解,却无济于事。眼前的儿子又使他不断地想起死去的妻子,儿子与爷爷和兄弟的感情远远胜过于和他的感情,他第一次感到孤独。他想起了寺庙里人们的平和淡定,他们的生活的俭素而又艰辛,只要没有人去打搅,他们会过得很自在。他近期在寺庙、道观里接触的《金刚经》《坛经》《心经》《太上感应篇》,使他深有感触,产生了远离尘世的念头。

过完年,秦世孝刚准备给兄弟世忠写信,便听到洛阳城已解放的消息，他便根据自己所知道的东北、西北战争的情况和《解放日报》《新华日报》中的报道，在信中劝兄弟不要再打糊涂仗了，要不率军投降，要不离职回家，免得越走越远，并告知兄弟，一家人都盼他平安归来。不久世忠的信来了，说了世事纷争和他自己忠于党国的志向。秦世孝看过信之后摇了摇头，自言自语道，一条道儿走到黑的倔驴。局势发展得很快，华北解放区几乎连成了片，中原野战军临近潼关，延安也被西北的野战军收复了。

窦铨萌生远离尘世的念头之后，便又游走了磻溪宫、少祖山、净身寺、毗轳寺、瓦峪寺，觉得都是丛林小庙又邻近村社，而且一些寺僧观主碍于自己父亲的名望，愿意引渡他为居士却不愿收他皈依。于是，一天他来到离家二十多里之外的陈仓山山门口一个叫苟家滩的地方，见到一座寺庙。寺庙背靠一座山丘，山丘之上林木葱茏，庙院坐东朝西，正面一红漆大门上坐复檐三层三间阁楼，其上青瓦四坡五脊六兽，四角飞檐上翘，屋脊正中一方画天铁戟。庙门前台阶之下数丈之外，一条河水萦绕北去，庙的两侧开阔滩地一片。庙宇正门常闭，其侧有一座小门，窦铨沿小门入里，见一位老人坐在一边劈柴。他上前问道："老人家在忙啊？"老人没抬头应道："噢，你进山去呀？""不，我是专门到庙里来看看。"窦铨说。老人抬头望了一眼问："你从哪里来？我怎么没见过你？"窦铨自报家门之后说道："多年在外也没到过此处，世事艰难，心烦归里，无事游转，听说有这地方就跑来了。"老人说："是戏里看的吧？戏班子到处都唱苟家滩这戏。"

窦铨看过《残唐五代史演义传》，知道"苟家滩"戏里说的是唐末，朝里近臣与外臣勾结骗取封号之后，又串通一气采用离间朝臣护驾的方式，谋取唐室江山。皇帝西避幸暑陈仓山，

第三十二章

叛军赶驾，勤王忠勇之师与其决战于此，终将叛将杀死于此处。所以，这苟家滩近处也是一座古战场。窦铨还听说庙后一座馒头似的小山包，是死于此处的叛将王彦章之坟丘。

得到老人的同意，窦铨登上阁楼，他看到阁楼之内有大钟大鼓，阁楼之上环廊通透，四望山水田地郁郁葱葱，人家杳杳，近处水声隐隐，鸟声鸣鸣。望着庙后的坟丘，想着远去的历史和古人留给后人的传说与纸书，觉得人生一世，不管多么轰轰烈烈，到头来一切归空，山仍是山，水仍是水。然后，他又看了阁楼的精巧搭建，木枋叠加斗拱的套用，精雕施画给人以既厚重又玲珑的感觉。他从阁楼下来不住赞叹阁楼的气派瑰玮。老人说："这阁楼据说是民国以前四川匠人建的，咱本地人建不了。"谈到庙宇远离村庄，住庙如何解决生计问题时，老人说："庙旁庙后都有地，吃用不愁，闲时到山里挖点药材可以卖钱。"

"平常你一个人吗？"

"平时这里除了进山背柴、担柴、放牛的人和冷天烧炭伐木的人之外再没有人，就是每年六月六庙会时人多，有时还唱大戏。"窦铨告诉他自己愿意和他做伴。老人说："我是没家没舍没儿没女之人，在此看庙等死，你年纪不大有家有舍，跑到这地方不是找苦受吗？"窦铨说："有甜就有苦，苦中也有甜。"

"苦中还有甜？没听说过。"

"人心里的烦恼取掉了，生活虽清苦，心里也安甜。"

老人望了望窦铨说："你是读书人，和我这个不识字的不一样。"窦铨笑道："不一样是暂时的，一样是永远的。"然后他又到正上的庙堂里去，庙堂内除列位泥塑神像之外，几案上香炉蜡台一样不少，旁边的一颗斑驳铁红色的圆石引起了他的注意，他询问老人，老人给他说那是一颗曾经落在庙院中的星星。他感叹地说道："没想到周流天空的东西归宿也在此处，真是少见。"

中午了，老人到河里提来了水，生火做饭，他去架柴。一顿玉米面搅团，干辣子、盐、咸酸醋、水煮青菜，让他觉得甚有味道。此时他的心中似乎没有了原有的烦恼，他想到，也许这里便是他的归宿。两人睡在同一土炕，正好这一天是农历的十五，他代替老人向庙内神灵上了香、点了灯，并上到阁楼撞响了大钟，与老人说了半夜的三皇五帝的夜话。第二天早饭后，他拿两块银圆放在老人面前，让老人告知地方村社，就说他是出家人，改日来此住庙修持。

山月长空里，茴香河水明。
阁楼钟敲夜，问道苟家潼。

窦铨回到家中，考虑到自身条件与自己对儒、道、佛的理解与追求，去了陇州龙门洞拜师皈依。在他离开家之前，他怕自己的执意惹父亲生气，趁父亲外出将两千块银圆和一封信让兄弟转交父亲，没说他要去哪里就悄然离开了。父亲回来把儿子信拆开一看，只见上面写道：

父亲在上，容儿不孝，尺婴成躯父母之恩，少慕声闻，欲立业建功，几经世事，淡然世情。今有兄弟长成继父志业，事民沉疴，善莫大焉，儿去后，膝下之子累父，再不可为己而为，偏成伪果。
儿敬书拜上。

窦老先生看完叹了一口气。窦铨后来又到本县金台观中挂单听经，最后来到苟家滩，拿出几十块银圆将庙堂收拾了一番，便正式出家为道。

第三十三章

种因得果是常态,宗祖儿孙自继承。
虽是人生难过百,轮回历史总无终。

1

在清泉村当过保长的方明魁，家底本来就不错，除了油坊还有后河与人合建的水磨，加上当保长时在西镇上钩下连开了一家烟馆，一时间日子红得耀人眼目。可惜两个儿子都好吃懒做不干正事，又嫖又赌。大儿子方大发娶了媳妇多年过去生了个女儿，因为赌博而一下输掉了父亲让他经营的大烟馆，回家后怪媳妇是丧门星不生个儿子，在媳妇身上出气，一顿拳脚之后媳妇一气之下上吊死了。媳妇娘家人将其一纸告到县府，方明魁为了平复这件事，连打点官员和给儿媳娘家赔偿动了家底，前后卖了二十亩地。小儿子方大升二十岁出头了，说了几个媳妇都不成，最后说成一个，还没过门人家听说方明魁大儿媳上吊死了，便退了婚。在乡村，谁家如果出了年轻女人上吊、跳井、喝毒药而死的事，就被认为屋内有鬼，阴气太重，加上人们对这家人德行的议论，这家人就像染上了瘟疫一样，没人再愿意把女儿嫁给这家，小儿子便再没娶成媳妇。方明魁的老婆不久便愁苦得病而死，作为老子的方明魁训骂儿子也罢，有时提起木棍赶打儿子也罢，两个儿子的恶习仍难改。直到有一天家产已败去七八成，方明魁也被气死了。大儿子方大发在南山寺寺主和朝阳观道长的劝化之下有了醒悟，他改邪归正，为父亲在坟前立了碑。一年之后，在一次祭奠之日，他来到坟前，想到自己四十多岁将原有的一份家业败得徒有四壁，简直无脸面活在世上，便在向父母上香磕头哭泣之后，一头撞向石碑，后被在地里闲转的秦山发现救起，连劝带训送了回去。二儿子方大升分的家产也就剩三间厦房二亩地了，又懒得经营经常没啥吃的，一次到堡子里人家偷粮食时，被赶得无路可走，从堡城的墙上跳下来将腿摔断了，皮肉伤得也不轻，爬回家中后靠亲房邻居施舍的一碗饭活。不久三间厦房在雨中塌去一间，他在两间房下拖着断腿爬来爬去，终于腿伤处溃烂生虫无钱医治死了。方大发埋了兄弟方大升，守着自己的三间大房和兄弟留下的两间厦房，带着媳妇给他留下的女儿过着日子。方明魁家的败落渐渐成为人们闲谈的话题，也成为村人私下里教育自家孩子的反面教材。

秦山的二儿秦世孝，在当东塬小学校长和兼职联保主任工作以及后来当副乡长期间，因向抗日战场输送兵员的工作而受到县府的表彰。县里复又把他调入县财政科，并劝他加入国民党。他说，自己是个教书的先生，没啥其他本事和抱负，既然来了，就等有了建树再说，也省得别人说闲话。实际上秦世孝在学校里已经秘密加入了共产党的地下组织。

一个星期六的下午，秦世孝的儿子秦刚回到家里告诉爷爷，父亲又到县府里去了，不当校长了。秦山听了，说道："学校里干得好好的，跑到县府里干啥去？""县府里不好吗？爷爷？"秦小刚问。秦山说："不好。"

"那为啥人人都想到县府里去当官啊？"秦山摇了摇头说："你不懂。"

第二天，秦山让大儿世德拿了点新谷碾的米，去县里看二儿世孝："你给他说，好马不吃回头草，时局又这么乱，让他看清势头，他先前还劝世忠呢。"世德到县城见了二弟问了不当校长的情况，说了父亲让捎的话，世孝说："我本不想来，但这是财政口子里的事，我想过了，世事再变，谁都离不开钱和粮，回去跟爹说，我心里有底。"然后两人又说起三弟半年以来没消息的事，世孝说："我给写了两封信，现在到处都在打仗，信很难邮得到。"随后世德又说："听说西镇窦老先生的大儿窦铨出家在山门口的庙里，你知道不？"世孝惊讶地问道："出家？上半年还到我所在的学校里去过两回，他闲话之中的确有点厌烦现实，也说过民国十一年大学问家李叔同出家的事，我当时考虑他是被战争的残酷刺伤了心，加上家中媳妇的死和母亲的逝去让他心中愧疚不安，我还劝了他几句。"

"他是给他老娘做了好几天法事道场后走的，真想不到。""等我把手头的事安顿好了后去看他，也许那庙里出家的人不是他。"

秦世孝到东塬小学交代了走时未尽的一些事宜，回家途中路经西镇，有意到窦记药铺问了一下窦老先生的儿子，伙计说少掌柜的不在。他又问啥时能回来，伙计答道："少掌柜已经走了几个月了，啥时回来不知道。"秦世孝听了心里想，看来兄长说窦铨出家的事也许是真的，他决定次日一早儿就去找他。

第二天吃过早饭，父亲和大哥都在为邻居帮忙打院墙，他跟父亲说要去山门口的苟家滩庙上，便走了。秦世孝爬坡翻岭，跨沟过河，一路顺着十二岁时跟随父亲到山里背柴、和村里小伙伴们一起到山里摘五味和猕猴桃毛栗子的山路而去。

绕过一座十多户人家的小山村之后，他便顺着一条大河边直往南走。河边的岸地上分布着大小不规则的田块，有的种了麦子，有的种了油菜，田边垒着大大小小的石头，枯黄的野草与石头构成田块的界限。河道两边不远处连接山塬的地方，偶尔可看到挂着红柿子的柿树和飘着黄叶的杨树。穿行于河中巨石间清洌的河水，发出哗啦啦的响声，在这响声中最能引起人注意的，是建立在河边的瓦顶、木墙、木地板的水磨坊。他在水磨坊磨过面，知道水磨是怎么工作的。被引入的渠水推动带水斗的立式特大木轮，再通过平轮立轴穿过木楼地板带动于磨坊内的大石磨下盘，与缚于屋内大梁上的石磨上盘作相对运动，研磨从上盘磨眼里流入的粮食。水磨力量大，速度快，比起牲口拉磨磨面快五六倍，而且晚上也可以自己磨面，还不误人白天干活。这种水磨在常年流水的几条大的河上都有，是老祖先利用自然水力极为了不起的发明。他记得十二岁那年第一次跟随父亲到水磨上磨面时，他很好奇，跑到磨坊下看那水磨轮大的带小的、慢的带快的不停地转，而河水通过人工渠流入水斗再跑出水斗，有哗哗声也有轰轰声，十分神奇。

"哞——"路旁一声牛叫，将他的思绪拉回到现实中。他抬头看了看前方，不远处层峰叠嶂，两山相夹的地平线上的山脚下，隐约能看见苟家滩庙前的阁楼，阁楼往后是大庙，大庙后是馒头似的小山。他听说过那个小山包的故事：唐朝末年叛臣手下的大将王彦章，赶驾唐僖宗至此封锁山门，被勤王之师打杀后埋葬于此，不想这坟丘无故上长，近居之人心生疑虑，疑出现妖气秽气，便请了一位道士作法，作法之后不久坟丘仍然往上长，道士建议乡人建一大殿，奉请道家祖师入住镇压邪魔怪异。说也怪，大殿落成，祖师塑像开光之后，这坟丘再也不长了。人们朝拜祖师保一方平安的功德，不断扩建，并附随每年陈仓山庙会而设庆，到时进香朝山之人非常多，很是热闹。

秦世孝到了庙前，进入庙院之后，见一位老人坐在侧屋的门槛上剥玉米，经询问，知道不久前有人出家庙中，姓窦，现去山里挖药去了。老人接着问他："你是他的什么人？"秦世孝说："小时在一起念过书，是多年的老朋友了。"老人看了看秦世孝，见他身上穿着制服，上衣里的白布衫白净，说话又有礼貌，说："你们都是识字的文化人，屋里坐吧。"他起身让他进屋，接着说道："他住这间房，常看书写字，我住另一间屋里，乱，不干净，到他屋里坐吧。"

住屋是一明两暗的三间偏厦，他走进窦铨住的那间，只见靠墙一张方桌，前檐靠窗一方土炕，铺盖被褥整理得整整齐齐，屋内干净。方桌上靠墙整齐地摆着不少书，另有插着笔的笔筒和砚台，旁边一沓粉连纸，方桌上方的墙上贴着一个"道"字。

老人说：“你在这里等他，我给你烧开水去。”他说不渴，老人便又去剥玉米。他想帮老人剥玉米，老人不让，他便去翻看那桌上的书。桌上的书有老子的《道德经》，庄子的《逍遥游》，葛洪的《抱朴子》，刘安的《淮南子》，另有《太上感应篇》《初真戒说》《初真十戒文》，虞世南的《孔子庙堂碑帖》，赵孟頫的《洛阳赋》《道德经》小楷字帖，王羲之的行书《圣教序》帖。在翻看和粉连纸放在一起的窦铨书写的《道德经》中的名言佳句和小楷抄写的《太上感应篇》时，他发现中间夹了窦铨写的两首诗笺，一首题为《初朝祖师庙》：

山风织峭寒，细雨悄然行。杂树云烟里，梨花自飘零。
巍巍神殿里，心绪付磬声。梦去归来日，空空了了中。

另一首名为《无题》的诗写道：

不说世间热与凉，清宁寡淡自心藏。
道经千百释蒙昧，隐忍含饴对感伤。

他看完知道第一首诗写于春末，是窦铨到这里不久，面对青山烟雨院中飘落的梨花和庙堂内的磬声，感叹自己似梦一样的过去和人生的形迹有无。而第二首显然是出家之后回顾已往世态中的冷暖而作的。对于经世的无解的感伤，用佛家的语言解释，皆是一场空空了了，看了窦铨的诗和抄写的东西后，秦世孝叹了一口气，退出窦铨住室，到外面和看庙的老人说起了闲话，老人说：“我是个无亲无家的看庙人，窦先生是屈才了。”近午，老人准备做饭，秦世孝听说窦铨挖药说不定不回来，可能住在山中汤房庙里或还丹寺，便起身告辞，临走说：“麻烦老人家，他回来了就说一个姓秦的老相识来看他，没等着回去了。"

秦世孝在回家的路上，想到几个自幼同门同师的同学，如今一个已经为国捐躯，一个又出了家，他们的起跑点一样，最终走的路却不一样，是命运，还是自我与环境所为，一时说不清。

2

解放军进入陈治县三天之后便撤离了，县政府跑了的人又都重新回到了各自岗位，并私下里议论着。在禁烟局里上班的几个人说啥的都有，有人说："现在国民党半壁河山已去。"这时局长走了进来"咳"了一声便没人说话了。只听局长说道："干自己的事吧，党国大事不是诸位担心的事，车到山前必有路。"赵维国听了这句话，坐在了自己的地方，寻思起车到山前必有路的路来。想了一程没想出个啥，但想到在财政科干事的表兄秦世孝，做事自信执着，有自己的见解，于是抽空儿跑到秦世孝那里，想听听他对时局的看法。表兄秦世孝说的与局长说的一样，只说好自为之，静观其变。但考虑到自己的过去和自己家里所占土地数量在村里数一数二的情况，心里觉得不安。但也有一件事让他感到高兴，那就是他有一天回家在村口见到芸香，芸香抱着孩子见到他笑着说："回来了。"然后指着他对怀里的孩子说："叫干爹。"孩子叫了一声"干爹"，赵维国答应着，凑上前亲孩子脸蛋之后，亲了一下芸香的脸蛋。芸香脸红地左右瞅了一下，微笑道："别叫人看见了。"赵维国说："看见了也没啥，我是娃他干爹呢。"芸香低声说道："你就知道你这干儿子。"说着斜了一眼赵维国。赵维国笑道："有咱娃在，能把你忘了吗？"芸香心里明白，这孩子是她和赵维国的，只是生在了纪家的炕上，娃满月时，赵维国以芸香伺候自己女人坐月子之事，前往纪家祝贺，纪定升的娘和媳妇芸香以赵维国在县里干事有钱有名望为由把赵维国拜做孩子的干爹，从此便有了彼此之间正式来往的关系。

赵维国回到家里跟女人把见到干儿子的事一说，女人说："我知道你的心病，你去和那女人睡就是了，啥干儿子不干儿子的，谁不知道那是你的种。"女人的两句话，把他噎得说不出话来。

1949年正月初七才立了春，虽然春天来得有点晚，但还是来了。可是这个年过得一点也不热闹。陈治县的县城门晚上关得早，白天开得迟，进城的人都要被盘查。赶上物价飞涨，市面通行的金圆券不值钱了，人们损失极大。

正月十四这天，清泉村的秦山提了个兔娃灯笼和一捆麻花，去给嫁到外村的养女燕燕的孩子送灯笼，回来路过西镇在街口碰见刘二，随叫道："秀才老哥过年好。"刘二头上后半个脑袋的齐耳长发压在戴的瓜皮帽下，耳朵上套着的一对棉挂耳子让他的听力减去不少，他的两只手依然揣在袖筒里，只是左右看了一下但未抬头。秦山又叫了一声，他才抬起头来："是秦山兄弟啊，好，好，你咋从东边过来？"刘二答应着问秦山。秦山说："给外孙送灯笼回来。"说着将手里提的旱烟袋递给刘二，刘二拿自己的旱烟锅伸进秦山的烟荷包里，用两个指头在烟荷包外捏着装了一锅烟，吸着后，望着秦山身上说："兄弟过年做了一件织贡呢新褂子？"秦山点头道："腊月，二儿扯了布让儿媳妇给缝的。"

"兄弟有福啊。"

"咱这年纪了，新的旧的对咱来说穿在身上暖和就行了。"

"肯定新的比旧的暖和，况且是织贡呢的。"

刘二说完拉着秦山蹲在一个向阳处问道："听说窦郎中的大儿出家了，你知道吧？"秦山说："我二儿打听到地方还去寻了一次，没见上人。""好好儿的官辞了不当回来又出家，不知咋想的，怪不得我年前见先生不像平日那样喜人。""听说前些年打日本，这两年又打仗，见的死人太多，自己又几次受伤，媳妇让日本飞机炸死了，老娘死时也没见上面，一下把心伤了。""可是回来了，当爹的有那么好的医道，还有一个药铺干啥不行？守着也吃一辈子。"

刘二说完又问秦山："你三儿现在在哪里呢？"秦山叹了一口气，说："多半年都没来信了，战事紧，邮政上时通时不通的，说不上来现在在哪里。""儿孙自有儿孙福。你也上了年纪了，把自己顾好，我还要到街背后去。"刘二说着站起了身。秦山知道刘二烟瘾还没真正戒掉，两人一个向东一个向西走了去。

说起世忠，他接到二哥给他写的信后，以自己受训于黄埔要忠于党国而婉拒了二哥的劝说，但他也没有想到洛阳失去之后，他随他的部众从河南到湖北再到汉中节节败退。妻子兰儿和两个孩子一直生活在被解放军解放了的洛阳，虽说未受到什么冲击，但是一年了兰儿并未盼到丈夫的归来，这成为她一直忧心忡忡的事情。洛阳在恢复城市生产生活、公教人员登记中，兰儿为了生活也进行了登记，因为她有从业教育的资历，很快进入了正常的教职工作。

窦铨离家八九个月，但他始终没有告知家中他在哪里，一般人也见不到他，他是为了把自己纷乱的心、没地方搁的心放在一个清静的地方，让那些过往的不安与现实的纷扰离开自己。而山庙中的孤独与寂寞，又让他产生从古人的遗篇中寻找慰藉的想法。于是他除了翻阅他桌上摆放的书籍之外，有时因感而发也填写点诗和词，抄写一些经卷。他到山里挖药回来后，从守庙老人那里得知秦世孝来过，在他的住屋里等过他，老同学一定是看到了他桌上放的书和写的东西，知道了他的心境。但秦世孝不知道自己现在利用验方挖药给人治病的事。他在这里看到村野之人染病之痛与医病之难，便为他们用自己从父亲那里听来的一些验方治病，病愈之后，乡人对他既信赖又尊重。现在他因受到在金台观一位道长用针灸给人治病的影响，也开始学习针灸之术了。一天他正在屋内看着书上所说 在自己身上寻找治病扎针穴位，听到院里的守庙老人吆喝道："窦先生，上次来找你的秦先生来了。"窦铨遂拔除自己腿上扎的针，刚要起身迎接，秦世孝已经到了自己住室门口，便站起身双手抱拳说道："失礼了，失礼了，快进屋坐。"秦世孝笑道："半年多不见，老同学没了官气却增加了仙气。"窦铨说："自觉颓老，何来仙气？"他一边让秦世孝进屋一边说。秦世孝看着桌上的银针，说道："你在学针灸？"窦铨点了点头。

"这里的生活你习惯吗？这么静偏的山寺。"

"人喊马叫的场面见得太多了，有所为而无为，道非也。"

这时屋外传来守庙老人的话："窦先生我烧好开水了。"窦铨提了茶壶走了出去。秦世孝望着墙上"道"字两边的条幅，待窦铨进来倒茶之时，他指着墙上的条幅说："字写得不错。"窦铨说："算是消磨时间，要说写字，我一直想请教你。"

"老同学不必谦虚，你的楷字字体似柳，行书字体似颜，够可以的了，不过能写到似而不似才是你的字。这道字两侧条幅里的内容前者不知出自哪里，后者又像在哪里见过。"

"说得倒也中肯，至于内容，前者出自《太上感应篇》开头'福祸无门，唯人自召'一句，后者是积善章中的一句，'是道则进，非道则退'，其意仍循老子道德经之要，有明义举善、循道而为之意。"

"原来是《太上感应篇》中的，倒是没有读过。"秦世孝说完，窦铨说道："其实在《淮南子》一书兵略训中论说军事战争生灭存亡之理时，也说到了无为有为、以静制躁的天道与人的情志智慧和修为。其达于道者反于清静，以恬养性以漠如神为也。"秦世孝接道："其实《淮南子》十二篇所论，包括

第三十三章

了原道、圣人、天文地理、守道、包容等,诸多循道博为之说,自老子以下纵观历史再回看所谓道,其核心是天无私才有地,地厚德才有万物,天地包容一切,人应效法天地,这也是天人合一之原说,引申到四时八节廿四节气受天所制约,人也应该如此。"窦铨点头道:"可中国的历史与现实并非如此,对我来说走这条路是磨难出来的选择,再说我们军兵大都也是为了一口饭吃,即使有报国理想的,也只是被绑在一辆战车上的愚忠,到头来又有多少不是被愚弄的呢?"

"历史已经翻出新的一页,老同学应该顺天体道,对我们来说,为了民族存亡而战斗的精神,仍然是可以传承的。"

窦铨听出秦世孝劝他回归世俗之意,说道:"老同学是有见识的人,我是杀过不少人、有恶的人,所以我出家是想走出恶的阴影,初心道戒,只为自己不再为恶,古往今来人们都想走出历史的往复,却一直没有走出来。"

"说心里话,我不赞成你的这种选择,在一般人的眼里道士大都是驱邪捉鬼,劝人为善,并不知道道德经的宗旨。"

"你说的也不全是,只是我心已决。"

这时守庙之人手里拿了一把青菜走了进来说:"窦先生,晌午了咱做点啥饭——"窦铨笑道:"光顾了说话,把做饭给忘了。"

饭后稍许,秦世孝说:"听说苟家滩曾经是个古战场,除了流传的故事,你在这里还听说有啥遗迹没有?"窦铨说:"远古千年之事谁能说得清楚,听说前两年有放牛的人在山门口一处地方捡到过铜箭头。"说着起身,二人一同来到庙院之外,窦铨用手指了指捡到铜箭头的地方。山门口往里,沟谷狭长,左右蜿蜒,高山环围,一水穿流,河滩时宽时窄,河水有深处有浅处,远处有被开垦的小块田地,历史的陈迹让人感到乱世的渺茫。秦世孝告诉窦铨,解放军已经打过了长江,占领了南京，红旗插上了南京国民政府的门楼顶上。窦铨听了先是一愣，接着沉静地说道："世事之变了然，老矣，只居川谷，知生类，明远近，知祸福，宁静好和。"

3

农历六月小暑这天下了一场雨，谚语有"雨下小暑，灌死老鼠"之说，实际上小暑之后气温蹿升，三日一小雨，五日一大雨，田里的秋庄稼如谷子、豆子、玉米等一派欣荣景象。只是有从县里赶集回来的人说，城里乱，东边仗打得厉害得很，已经几天了。秦山听到这一消息之后，想到二儿子世孝多日没回来了，还有二儿媳和孙子也在城里，便打发大儿子世德到县城去跟二儿说："世事这么乱，干啥啊？甭干了，都叫回来。"大儿子走后，他又想到三儿世忠，已经一年没音信了，不知是死了还是活着，不由得"唉"了一声。

秦世德到城里县府找到二弟世孝，说了父亲要他甭干了回去的话，世孝问："咱爹病了？"

"咱爹怕你到时候跑不利索，为你媳妇娃娃着急呢。"

"不要紧，要不先让他娘儿俩跟你回，我还有点事，安顿好就回去。"

夜里，一夜不断的枪炮声之后，迎来了黎明的宁静。秦山起来之后到牲口圈里给牲口拌了一槽草，和往常一样拿起扫帚，扫了里院扫外院，然后到院门外向四周望了望，又朝县城的方向望了一阵，除了偶尔传来的一两声枪响也看不到什么动静。回到屋里，大儿媳已把洗脸水舀好放在上屋的房檐台上，待他洗完脸把饭端了来。大儿子牵出牲口收拾完牲口圈也来洗手吃饭了。这时秦旺从二门里进来见了世德问道："世孝还没回来吗？"世德说："没有，叔，坐下吃饭吧。"

"乡公所、区公所的人都跑光了。"

"你咋知道的？"

"昨晚不是炮声枪声一直没停嘛，我一夜都没睡好，今早就去镇上打听，街上的人都在议论，解放军把县城解放了。"

秦山没吭声，只略微停了一下手里夹菜的筷子，秦旺又说道："会不会和去年一样过两天又都撤走了？"秦世德说："我看这一回不一样。"这时秦旺的媳妇在前院扯长声喊他娃的名字，秦旺知道媳妇在叫自己，转身从二门里走了出去。

秦山望着堂弟秦旺的背影，想到二儿世孝两个月前说的解放军已经打到南京和占领了西安的事，他感觉到这世道真是要变了。他马上六十岁了，从清朝变民国，民国换总统，改朝换代几起事了。好在自己家几个儿子还都能干，一家人的日子过得还算可以，只是这世道一变，二儿世孝和三儿世忠都曾给国民党做过事，吉凶难料，想到这里便有点心烦。吃完饭刚点着旱烟锅吸了一口，便被呛得咳嗽起来。他的气管一直不好，这一咳嗽之后便又喘起气来，端着碗在一旁吃饭的小孙子秦刚腾出一只手走到爷爷的背后，伸手在爷爷的背上不住地拍，直到爷爷不咳嗽了才住了手。秦山扭头望着孙子笑着说："还是我孙娃子心疼他爷。"等到孩子们都散去之后，他把大儿子世德叫到跟前低声说："世孝没回来，不会跟县府的那伙人一起跑走了吧？"世德说："不会的，爹，我前日见他时，县府里的人进进出出那么慌乱，他好像不慌，只说还有事。世孝干了这么多年，心正人正，当校长时就很得先生们的心，不会有啥事的。"

"我原就想叫他把书教好，书教好了，就是积德行善，干别的事自己担惊受怕，就像你三弟世忠，一家人都要为他操心。"父亲说完叹了一口气。

不一会儿，外面传来昨夜里国军溃败撤离路过靠近大路边的刘村时抢掠的事，刘财东的儿媳闫玉儿被糟蹋后上吊死了。人们都骂那禽兽之军。可怜这非正常死亡的年轻人，在乡村不得埋进祖坟，没有子嗣也不能办丧事，刘财东家只告知玉儿娘家人一声，便于天不亮悄悄地埋葬于另处。

县人民政府成立后，秦世孝仍留任财政局工作，一家人都很高兴，唯有父亲秦山说："县府的事能不干就不要再干了，铁打的营盘流水的兵，还是教书好，长远。"儿子世孝听完对大哥说："现在是新社会了，组织上需要你干你不干，那可是对革命的不支持。"大儿子世德对父亲说："世孝现在是共产党县政府的干部了，不支持革命怎么行？东溽沱村家家女人都在做军鞋，户里筹粮食支援前线，咱能落于人后吗？"

人常说，一场秋雨一场寒、十场秋雨单换棉，种麦时人都穿上棉裰子了。早上，人嘴里呵出的气已经能看到了，拉犁的牲口鼻口里出来的气白白的。麦苗分蘖才三四个叶子时，下了一场大雪，人们在结束了兵荒马乱的担心之后，日子过得异常平静，村里成立了农会，动员年轻人上夜校学识字，使得村里有了生气。

秦山的咳嗽气喘病受点凉就犯了，大儿秦世德请西镇窦郎中来为父亲看病，窦老先生来后，看到秦山靠着被褥坐着，说："老弟硬朗了一辈子，怎么躺下了？"秦山忙招呼让近前来坐，说："老病又犯了，这回不仅是咳嗽，气也喘得厉害。"说着话喉咙里"吱儿吱儿"的，像猫儿念藏经一样，世德把旱烟盒端到窦老先生面前，窦老先生拉过秦山的手腕，秦世德赶忙拿过一个枕头放在父亲的手腕之下，先生一边替秦山号脉，一边问其饮食起居，然后又看了看舌象，换过手号了另一手腕的脉说："肺气亏虚，老病了，拿笔墨来。"一边开药方一边说："以健脾、燥湿、宣肺、平喘为主，另外再给你说个偏方，白萝卜切五片，生姜三片，大枣三枚，煎煮后加上两小勺蜂蜜试试，不过不要再抽烟了。"秦山说："该死的却活着，不该死的却早走了。""甭胡说了，阎王爷不叫你，你急也不顶啥，歇着吧，我走了。"窦先生说着站起身，秦山给儿子世德说："送你窦伯。""不用了，我还要到东村周家去。"说着出了房门问世德："你家老三还没信儿吗？"世德点了点头。"这是你爹的心病啊。"窦先生说。

第三十四章

私产调动人心性,天顺民应自欢欣。
家大要分自然事,折腾负气损己身。
但将恩怨笑相对,情是情来亲是亲。
大道运行重宽厚,白头不忘是祖宗。

1

  赵维国在农村新农会成立、区乡政府土改工作宣传开始之后，急得像热锅上的蚂蚁，担心自己家的情况会不会被定为地主。他去表兄秦世孝家里找过几次，想弄清划分成分的事，但表兄好长时间都没回过家了。于是他又鼓动三弟赵寿一起向父亲提出分家的事，意思是七八十亩地弟兄几个一分，也就都成了十几亩地的小家了，就定不上地主了。父亲过去一直说要分家让他们自己过，实际上是说气话，吓唬他们，现在真要分了他是极不愿意的。另外他认为家产是父辈和自己一点一点积攒的，不是用钱说买、用粮食说换就马上能得来的，也不是从别人手里抢来讹来的，而且几辈人成年围着地转，就是做不过来雇人做，也要给人工钱，怎么说定个地主就一下把地白拿走了？二儿赵维国说："平均地权是孙中山早年提出来的，怎么个办法不知道，现在共产党坐天下，人家说怎么就怎么，你有啥办法？"三儿赵寿接道："人家又没说咱就是地主分咱家的地，开会说了划分成分的事，咱们地多是实，但人也多。就说雇长工吧，也就是老骆一个，收种之时雇短工也都是管吃管喝给了工钱的，这个家不分也不怕。"老四赵喜嘟囔道："分吧，分了做起活来轻松，过起日子来自在。"赵有余一听四儿说的话，气不打一处来，吼道："我还没死哩，你个好吃懒做的败家子！"然后又接道："你大哥死得早，娃又小，分了家让这孤儿寡母咋过活，咱家是堡子上唯一的大家子，就这么散伙了，对得住先人吗？想过没有？把心都瞎了。"老头子对四儿一顿臭骂之后，他们都出去了。

  几个人从父亲的住房里出来后，老二跟老三说："咱爹是为了一个大家子的声望，也为了大嫂和大侄子，这定成分的事咱不能不考虑，我看地和房仍分为四份，把老人和大嫂大侄儿分在一起，收种之时咱都帮顾就是。"他又让赵寿到农会和搞土改的人跟前探询划成分的事，得到的答复是，成分的划分是依照政策进行，不因现时土地变化而变化，并指出现时分家是一种逃避土改的行为。后来清泉村根据政策，通过自报公议，农会与土改工作组评审，土改工作委员会报审县政府批准，公布了村里人家的成分，四个自然村有三户定了地主、两户定了富农，两户富农一个是堡子上的赵有余家，另一个是西村的秦旺家，而方明魁的大儿成了贫农，还分了二亩地，秦山家是中农。秦旺家里的地虽不到五十亩，但人少雇工多，剥削量计算下来达到了富农的标准，而且他当保长后又恶又霸。北村的刘财东被定了个地主，他想不通，他认为自己儿子为国尽了忠，自己抗战中捐过钱粮，虽然也听大儿子活着时说过平均地权，让人人有地种、有饭吃的话，可是自己的地是用粮用钱连换带买置下的，怎么就白分给了别人？而且分到自己地的人，有几个都是抽光赌光家产、不劳而获的人。一天他见到老伙计秦山说了自己的心里话。秦山说："古话说，房是招牌地是累，攒下的银钱是催命鬼，好儿不种祖业田，好女不穿嫁时衣，儿比咱强，人家看不上咱攒下的，儿不如咱，几年也就踢踏光了，想开点，咱就权当做了好事了。"

在一个天气晴朗的日子，清泉乡在西镇火神庙戏楼前的场地上，召开了全乡土改工作结束庆祝大会，全乡十九个自然村都打着锣鼓前来参加，几个村子的小学还扮了秧歌队进行表演。会场上除了有组织的村社队伍坐在地上之外，住在附近的女人、娃娃、老人围满了会场。一阵子的冲天炮、鞭炮声和锣鼓声响之后，戏楼上讲话完了便是秧歌表演和村社戏班子演出。这时会场上人们开始东张西望，大呼小叫，熟人寻熟人，亲戚叫亲戚。杨村的刘二走到了清泉村队后面打听秦山来了没有，认识刘二的人说："他人好像没来，他大儿世德来哩。"有人胳膊一伸用手指道："那不是，在中间坐着哩。"刘二点了点头，因为秦山的大儿是另一辈人，没有多少共同语言，只望了一下便又和几个熟人打着招呼。从身后站起一个人叫道："老秀才，还记得我吗？"刘二扭头一看是清泉村的老保正，笑道："呦，是王保正呀，你不是在粮食集上当经纪嘛，也来了。"王保正说："庆祝土改，我也分了地，能不来嘛？"

"该来该来，你还好吧？"

"老了，不行了。"

"你不老，原先是个小钢炮，现在仍然是个老钢炮。"

王保正个子不高，虽然年龄和刘二差不多，头顶也没了头发，但是敦实、精神。他看到刘二人很瘦，腰也弯了，手按着嘴里噙的旱烟锅，一只眼角还挂着一点眼屎。接道："走，咱到火神庙门那边去说几句话。"两人来到火神庙门旁坐下，重新把旱烟吸着，问刘二："给你定了个啥成分？"

"贫农。"

"你呢？"

"和你一样。"

"那秦山家里呢？"

"中农。"

"你们村堡子上的赵有余划了个地主吧？"

"本来按地赵有余够定个地主，但是赵家的几个儿都是劳力，就那么一个老长工，按人口收入算来算去算不上地主，就给划了个富农。听说西镇药铺的窦先生还给定了个小土地出租？"

第三十四章

523

"老郎中是个自食其力的劳动者,但自己家里的三十多亩地都让别人给种着。"

"还是老秀才眼睛亮,1949年前把地都卖光了,不然也是个大地主呢。"

"嘿嘿,这也是一个人的命,就说你们村的方明魁、堡子上的赵有余,人强命不强。不管怎么说,几千年来,只有共产党土地改革最彻底。"刘二笑着说道。

"我不识几个字,一辈子没啥本事,现在又沾了新社会的光,分了地,啥命不命的,方明魁和赵有余家兴家败,还不都是自家造的孽。""听说赵有余的几个儿都分开过了,赵有余跟哪个儿在一起过活?"

"说起来话长。"

王保正便说了赵有余早先生气用分家吓唬儿子,后来儿子要分家他又大骂一气,真要分时,他气得一个人搬到山坡地里的一个窑洞住去了,大孙子跑去看他爷,见他爷用三个石头支着一个铁马勺做饭哩,便叫了他娘硬把他爷从窑洞里拉了回去,现在老头子和大儿媳大孙子一起过哩。但时不时地回他那个窑洞里去,不回屋里了。有人去看他,他只是一个劲儿地数着几个儿子,一个一个地骂,骂大儿没良心早早地走了,骂老二只顾他们一家,骂老三没本事当不了家,骂四儿五儿狼心狗肺、贼娃子、败家子。后来除了大孙子经常给他端饭和拿些馍去,其他几个孙子也不去他那里了。他又不回去,就一个人住在那窑洞里。刘二听了说道:"他和他老爹比,差得远,就说他和秦山明里暗里较了多半辈子劲儿,结果呢?连他自己也没想到他现在这样。"

一天,三儿赵寿到他爹住的窑洞里跟他爹说,村里他姑父家的世孝当上县政府的财政科长了,世义还当了副乡长。他爹说:"你听谁说的?"三儿说:"村主任这么说,农会主任也知道,听说前两天区长乡长到村上来检查工作,还特意到我姑父家里去过。"赵有余好一阵子没说话,他停了一会儿,说:"他是沾了社会的光,以前他有啥?不是我原先看不起他,一辈子了,就供儿子把书念成了,啥都翻过来了。"赵寿觉得父亲老了还是那么固执,姑父虽然一辈子没有置下多少家业,却走的是一条正路。

赵有余想不通,自己干了一辈子,一心要把人活得有头有脸,没想到到头来却是灰头土脸的,他输了,输给了秦山。三儿和大孙子叫他回去,他只摇头不说话。

2

赵有余病了,三儿赵寿一早吃过饭便跑到塬下西村找姑父秦山,离老远他看见姑父坐在大门外的碌碡上抽旱烟,走近后叫了一声姑父,秦山抬头一看是内侄赵寿,说:"这么早下来要到哪里去?"他问候过姑父之后说:"我爹病了,我让搬回屋里去,叫不动,我想请姑父去劝劝。"

"请大夫看了吗?"

"给抓过一服药,吃了好像没顶事,他住在那半坡的窑洞里离老屋有一大段路,伺候又不方便。"

"你爹一辈子脾气大,他听过谁的话啊?"

秦山一边说一边同侄儿往院内走。赵寿说:"我就担心他一个人,在那野地边的窑洞里有个三长两短,我这当下辈的就叫人骂死了。""你知道你爹几十年来对我看不上眼,直到你姑不在了,才来我屋里一回,我去未必能听我劝。"秦山把烟灰在鞋底上磕了磕,接着又说道:"你先到西镇把窦先生请一下，让他给你爹把把脉，我这就去看你爹。"

"我先把你接了去再去请先生。"

"这儿到堡子也不过一二里路，抬脚就到了，你去吧。"

赵寿走后，秦山让儿媳包了家里的两把挂面提上，又拿了自己的旱烟袋跟大儿媳说："世德回来了你就说我到二塬上看他舅去了。"儿媳说："爹，你一个人能行吗？一架坡呢。"秦山说："我能行。"说完就走了。

秦山走了不到一里的平路便开始上坡，三四道弯，走起来觉得费气力。他想到年轻时不论是去山里担柴、背柴、背炭，除非负重背倒坡，背得重了才流汗喘粗气，背的柴一放就什么事都没有了，如今只一个人爬这坡都喘气，真是年龄不饶人。在拐过第二道弯之后，他坐下歇了歇，向塬坡下望去，自己所居住的村庄被一块块大小不一、形状不同的麦田围绕着，麦田之间偶尔夹有一块油菜地，或者没种庄稼的闲地，那是主人留作早秋作物的地。麦子已经打二次花了，长势好，看来又是一个好年成。当他到了第三道弯一半的时候，向东南一条小道转向赵有余坡地里的窑洞走去。他到一个崖坎下的窑洞门前往里一看，只见挨门的炕上睡着赵有余，大孙子坐在炕边拉着爷爷的手。见到窑洞门前有人进来，孙子忙跳下炕说："娘，来人了。"正烧开水的大儿媳扭头一看，叫道："姑父来了。"然后跟儿子说，"叫爷。"说着上前接了秦山手中提的挂面。秦山见炕上的赵有余微微睁开眼睛，毫无生气地望着他。秦山把手里的挂面给了赵福的媳妇，对赵有余说："听说你不好，兄弟看你来了。"赵有余一头白发，散乱地罩在头上，老脸上布满了皱纹，面色灰黄，眼帘下垂，点了点头。炕上一张光席，一个白色印花被面、蓝被里的旧被子盖在身上。"你是怎么不好，大夫没说是啥病？"秦山问。赵有余声气低微地说："老病了，身子骨到处痛，活够了该走了。"秦山说："如今社会变了，没咱们年轻时那些烦心事了，才该好好过活了。"

"我要强了一辈子，现在啥也没有了，儿女都是讨债的贼娃子，我还了一辈子的债。"

秦山笑了笑，说："你置的家业不给他们，走的时候又拿不走，接辈传辈嘛，他们替你管着，真要没人接你这一摊子还是个事。"

大儿媳把开水用小碗盛了端来，一碗放在公公面前，一碗递给姑父，孙子拿了一个小勺舀了开水给爷爷喂，爷爷不张嘴摇了摇头。秦山说："你看你嘴唇干的，要喝点水。"赵有余把放在嘴边的勺子用手挡了回去，停了一会儿望着秦山说："你还恨我吧？"秦山说："咱不说过去说现在。"

"我知道，死去的他姑一直在恨我哩，现在你们一家子都过得挺好。"

"各家都有各家的没奈何处，不说了，我让赵寿给你请窦先生去了，估计快来了，让赵福媳妇和孙子把你搀上回老屋吧，你在这里不回去，知道的人说你脾气固执，不知道的说儿女们不好。"

"也顾不得脸面了，我这年纪了，有今年没明年的，我全当没儿子。"

"甭说气话了，等一阵子窦先生来了连个坐处都没有，走吧，我搀你。"

孙子将爷爷从炕上扶起，把鞋拿到跟前，赵有余趿了鞋，指了指墙角里的棍，孙子拿来给他，他拄了木棍，在孙子的搀扶下往老屋里慢慢走去，胸前油得呼呼发亮的大襟棉袄，让他显得异常的邋遢。

赵有余呻吟着进了门，刚躺到炕上，窦先生就被三儿赵寿领进了屋，窦先生一见秦山说："你也在这里呀？"秦山说："辛苦老哥了，这么远，又是过河又是爬坡的。"窦郎中面向炕上睡着的赵有余说："老东西，还认得我吗？"赵有余早注意到了进厢房门的窦郎中，有气无力地说："难得把你又请了来。""要不是说你有病，秦山也在你这里，我这年纪真懒得出门爬你们这上堡子的坡了。"窦先生说。赵有余有气无力地说道："你是神，活人死人都不敬你不行，你来了就给我开点药送我走吧，早死早托生。"

"这我可不敢，吃的是治病救人的饭，要送你走，我死了给阎王爷可不好交代。"窦先生说着伸手去摸赵有余手腕上的脉搏，说："心脉不齐，人乏力、气短是因为心脉失养，情志不宁，痰饮阻滞引发心胸不适、心脾不调、饮食受限和浑身无力，加上上了年纪，身子骨虚缓。"这时赵寿搬来小桌放在炕上又拿来了笔墨，窦先生盘腿而坐开了药单，说："好好调养，社会在往前走，不要想得太多，这服药吃了，再调理一下脾胃就能吃饭了。"赵寿说："我爹就是为我弟兄们的事想得太多。"窦郎中说："想得越多越不顶用，想想自己就行了。"窦先生说着起身要走。秦山说："让小伙子送你回去，顺便把药抓了回来。""你不走？"窦先生问秦山。秦山说："你走吧，你是个大忙人，我这一下坡就到了。""跟家里儿女说，让照顾好点，时间不多了。"先生说完骑上赵寿牵的驴走了。

秦山从赵有余家回来时已近中午，刚坐下，大儿子世德拿了一封信从门外进来，说："爹回来了，我舅咋样？""你舅一辈子心气盛，想大业发大家，嫌这个儿不好，骂那个儿不出力，如今土改定了个富农，几个儿又都分开过了，有气窝在心里久了，加上老病就起不来了，请窦先生给看过了。"说着看见儿子手里拿着的信，问："你手里拿的信是？"世德说："村里人从镇上给捎来的，信是由河南洛阳邮来的，封面上写的是你的名字。"说着将信递给父亲，秦山接过信封拆开，将信取出来交给儿子世德，说："你看是老三写的吧。"秦世德展开信纸只有一页，正文下面垂名儿媳两个字，说道："是世忠媳妇写来的。"

"老三媳妇？快念。"

世德坐在炕边念起了信。

父亲大人，并二位兄嫂：

近安，久疏问候敬请见谅。不孝儿媳因世事变故，夫君随军转战无有消息，我母子住址变迁遂与家中通信中断，又日盼夫君归来息心苦待，夫君不归我母子如何归得？后来生活不济之时，新政府为我谋得一小学教员之业，我母子得养，今知夫君被俘不知戴罪如何，但总算有了消息，好在也觉欣慰，知道家中也异常惦记，现禀告家中老人兄嫂勿念，待有结果迅即禀达。先复。

儿媳携子拜上

父亲听完叹了一口气，说道："老三还活着，死了不好，活着也不见得好。"父子二人都沉默不语，过了一会儿，世德说道："世忠媳妇和娃生活有着落还好，世孝在咱县政府里干事，不知能不能给老三帮上忙？"父亲说："世孝在地方上虽说在县府里干事但也不是个啥官，和军队上根本就搭不上话，况且两党两军打了几年的仗，是死对头，人各有命天注定。娃娃安稳就好。"

世德知道三弟当兵认真，又死心塌地，拼命地干，当了官，日本投降后跑东跑西看不来势头，不听人劝，如今未死在战场而成了俘虏，可能比当兵的罪还重。他看到父亲那衰老的体态与黯然的眼神以及久被气喘折磨、说起话来有点气紧的样子，说道："让世孝给写封信，叫老三媳妇把两个娃娃领回来算了，在外地举目无亲的，终究不是个事。"秦山摇了摇头说："世忠媳妇信中不是说要等世忠有个结果嘛，现在她能回来？"

世孝知道兄弟世忠的情况后给弟媳写了一封信，按弟媳来信的地址寄了出去，信里说了一家人的牵念与关心，事已如此，希望她在适当的时候领着孩子回来。同时把这件事告诉了世忠的岳丈闫老先生，闫老先生在县城里的中学教书，他正在忙乎儿子闫睿报考军事干校的事，听了世孝说的女婿和女儿的事，叹了一口气，然后点了点头说："让她回来吧，回来彼此都有个照应。"

1951年在政府打击反革命分子运动中，秦世忠作为一名被俘的国民党军队军官，因在解放战争中挫败一支国军起义计划，导致几十人死伤而被判刑十年。同时兰儿因是反动军官家属而失去了工作，丈夫服刑进入劳动改造之后，写给她的第一封信，告诉她离开洛阳带着孩子回老家去，也只有老家才能收留她们母子，亲人和土地才是她们母子生活的依靠。兰儿知道丈夫坐牢有期，而自己身处异地，无亲无故又无生活来源，况且等待有时，只得变卖了微薄的家当，领了两个儿子回到了老家。在见到公公秦山之后，便和孩子一起跪倒在老人面前叫了一声"爹"，孩子都跟着叫了"爷爷"，秦山满脸胡茬，头发花白，用粗糙的大手拉起两个孙子，抚摸着孙子的头说道："几年不见都长大了。"世德的媳妇拉着弟媳兰儿问过一路的辛苦之后，帮着给收拾厢房，并问两个孩子："还认得婶娘吗？"大平说认得，二平不说话，只摇了摇小脑袋。兰儿说："走时大平几岁了，二平还没出生。"并对二平指着说，"叫大婶娘。"

二平叫了一声"大婶娘",世德媳妇应了一声,慈爱地抱着二平的脸蛋亲了亲。

当日下午便有宗族邻里赶着看望兰儿母子,次日起,一连几天都有亲戚来看在外已经几年的兰儿,兰儿教孩子称呼所见之人并让其一一鞠躬。兰儿清瘦的身躯、朴素的衣着与柔和亲切的言语,显露出一个知识女性应有的特质。村里人和亲戚也都知道兰儿的丈夫世忠是国民党军官,解放两年了,现在媳妇一个人领着娃回来了,也有问孩子爹的,兰儿只说没回来。看到一家人都不愿提说的样子,便不再问。后来一些人从村主任、农会主任那里知道秦世忠被判刑劳动改造的事,因秦山一家人原先在村里的口碑不错,也没得罪过人,所以人们只有背地里议论议论,从没人在面上说什么。

3

和秦山同宗同门房的秦祥,自从以家屋和几亩地从堂弟秦山那里作为抵押筹得钱款,盘下火车站河南人的腊肉铺之后,便把女人也叫了去,一同住在店铺里,很少再回到乡下。生意红火了几年,后来附近卖腊肉的增加了几家,各家都有招揽生意的办法,而秦祥两口子因为懒且吸食鸦片,生意平淡下来。于是原留在店铺制作腊肉的伙计,看到老业主在南河滩新市镇开办的茶社旅馆生意好,便提出要走。对于才五十岁出头就疾病缠身的秦祥来说,胜任不了这起早贪黑买进、制作、卖出的事,有一下没一下赶不上趟,不久便腰腿疼痛,卧床不起了。店铺停业了月余,为了治病,女人把腊肉铺转卖了。秦祥捎话把秦山叫了去,拉住秦山的手说:"我恐怕不行了,走了后叫世德把我埋到别处,我不配进祖坟。"秦山说:"别说了,谁不得病啊。"秦祥继续说道："到时候你把你嫂子接回去照顾上，活吃死埋，屋里的那一摊子就算了，不提了。"秦山说："大哥好好养病，不要想那么多，你的话我记着，你放心。"大嫂说："兄弟，我人不行，耳聋眼花又要照顾你哥，现在啥也顾不上，你操心让世德媳妇和世孝媳妇给你哥把寿衣提早缝一下，我前两天给扯了一件外面套的黑土布褂子。"说着把布拿给了秦山。

秦世德在家听父亲说了秦祥伯说的话，说道："就这做褂子的七尺布，人死了上下里外从头到脚穿的戴的，我就不相信两个人这几年连个啥都没置办。"父亲说："你秦祥伯两口子你又不是不知道，他把咱当自己人，咱就给做吧，除了给做老衣外，你考虑今冬咱在前院的北院墙跟前给盖一间厦房，你秦祥伯一旦走了，你婶子在县城里也住不下去，回来了总得有个地方住。从现在起你把屋里事情安顿好，隔三岔五地就去看看，已经走到这一步了再甭说啥。"

随后在县里干事的秦世孝知道了，抽空去看望了一回，半躺在炕上的秦祥一见世孝拉住他的手说："世孝来了啊。"世孝说："听我哥说你病了，来看看你。"说着把手里提的点心、小果子给了婶子，秦祥说："侄儿是个人才，听说要当官了。"世孝接道："是个啥人才啊，只是赶上新社会了，为人民服务哩。"秦祥说："你爹终于活出头了，有你和你兄弟世义，咱先人祖宗也荣光，你爹也有福。"秦世孝笑道："新中国新社会了，人人都会有福，大伯病好了也好享福。"

秦世德在家里，安顿自己媳妇和世孝媳妇给秦祥准备布料做老衣，还考虑在前面偏院里盖房子的事。媳妇在箱柜里翻了一程说："黑布白布都有，就是没个尺码怎么做？"世德说："就按我的尺码给做吧，宽大点没啥。"世德媳妇和世孝媳妇商量了一下，一个人给做衣服，一个人给做鞋袜枕头。

秦世德的姑父周良娃，在县城虽然做了多年的皮匠生意，但在他的观念里他还是乡下人，只不过学了点手艺，比别人手头活便些。他攒了点钱又置买了点地，觉得种地是自己的祖业，况且靠手艺发财是不可能的，世事又变化多端，啥人也得吃粮食，家里只要有粮食心里就踏实，钱再多，遭了年馑金子银子都吃不成。所以乡下的地，每当收种之时他总回家照料，有亲戚帮忙也有临时雇工。土改时他便和老伴儿回到了乡下家里，儿子周义不回来留在了城里。过了不多时间，府城的银子市场没有了，当铺重开生意也不行了，他又不愿做皮匠活，便将当铺折变后，在父亲开皮匠铺的地方办了个杂货铺，当起了小业主。也就在这一年，秦世孝当上了副县长，工作多经常忙，儿子又在县城里上中学，于是将妻子接到县城料理家务。这时村里人都说秦山的儿子当了县老爷，秦山是县老爷的爹了，便不再叫他老会长了，见了都叫老太爷。秦山说："我只能给我孙子当爷，儿子干儿子的事，我种我的地，过去是糊汤搅团，现在是搅团糊汤，没啥两样。"

一次秦世孝坐火车去省城开会，在武功车站上，上来一个穿制服戴眼镜的人寻找座位，这个人的体貌特征很像多年以前的同学王也。那人好像也不住地朝他望，正好坐在了他的斜对面，但他记得王也农业水利学校还没毕业，就被并入当时成立的西北大学，毕业后好像去了一个试验农场，以后就再也没见过面了。他又看了对方一眼，觉得更像他记忆中的王也，于是他从衣兜里掏出一盒纸烟，抽出一个递了过去，说："先生很像我多年前的一位同学，不知现在在何处供职？"那个也不住望他的人一怔，说："你是——秦世孝？"他点了点头，才要说话，那人说："我是王也。"秦世孝将纸烟放在跟前的小

第三十四章

桌上，两人一下子彼此握着对方的手不停地摇，一个说多年没见了，一个说快二十年了。然后坐下来说起彼此的情况，最后王也说道："现在我被调到农学院教书了，一晃我们都过了不惑之年。"秦世孝说："是啊，过去的十多年是战乱笼罩的十多年，也是不堪回首的十多年，现在解放了，国家一穷二白，要发展，农业是头等的大事，国家需要你们这些懂行的人和培养人才的人。"随后又说到其他几个同学，王也说："我前一段时间去翟杰家里问过，听说现在在工业部里。"王也对刘子清在抗战中的阵亡与窦铨后来的出家唏嘘不已，说道："我们年轻时的美好愿望和抱负都不尽如人意。"感叹社会能让一个人变成英雄，也能让一个人产生弃世的念头。王也在咸阳下车，两人互留了通信地址。

秦世孝从省城出差出来，听到乡下家里发生了一件意想不到的事：大哥世德修前院大门时与秦旺发生争执，彼此动了家什，大哥秦世德的头被打破了。因是家族亲房间宅基地之争，村上也没人管。秦世德寻到秦世孝，秦世孝劝解了一番，硬把这事忍了下来，但从此两家人变成了再没有来往的冤家。

随着农村合作化的发展、土地私有制的结束，社会组织下的大集体形式中，妇女劳动力得到解放，社会物质有了大的发展，但同时埋下了人们懒惰、投机、出工不出力、吹牛说谎、坐吃山空的坏毛病。当自然灾害与人为灾害累加的时候，灾难不可避免地到来。在那缺吃少穿的年代，闫先生曾接济过女儿。

数年之后，秦世忠减刑释放回家，父亲去世了，老一辈人都走了，妻子兰儿也走了，大哥也走了，二哥成了城里人，四弟是个乡干部，自己的两个儿子与大哥一家已分开过了。大哥一家住在大房里，自己的两个儿子住在厦屋里，也都成了家，有了下一代，但是都显得灰头土脸、表情木然。他跑到父母亲的坟上趴下哭了一场，又到妻子的坟前，蹲在地上掉着眼泪，述说着自己的罪过和给一家人带来的不幸。

坟草萋萋，秋风瑟瑟。但不管怎么说他在外多年终究回了家，回到故土，这里是他的根，他心里觉得安然和平静。"文化大革命"中他和二哥都受到了冲击，多年后，没想到最后自己可以得到政府对抗日老兵的优抚。

他拄着拐杖，满头白发，到了父母的坟上，给父母烧了一沓纸磕了头，也给妻子坟前烧了一沓纸，对着祖宗的坟丘说道："老爹老娘老祖宗，我不全是个罪人，我们的国家和政府并没有忘记我在抗击日寇时的功劳。"他的儿孙们也从此直起了腰杆。真可谓：

记忆千千岁月催，山村故里总相随。
有长有短人生路，言过言功言有为。
情世事，总相迷，寒凉热冷不时陪。
劝君牢记天人史，正道盱衡是命题。